Nofel soffistigedig ar y naw, s___ ___ ___ niadau gyda
phleserau mawr i'w cael ar bror__ ___ a_

Dyma awdur gyda doniau_ ___ i_ __ _h a dychymyg
ond mae hefyd yn cynnig g_ ___ ___ ____, sy'n atgoffa dyn
o awduron o ganoldir E_ ___ gis Ivan Klíma, Elias Canetti neu
Italo Calvino.

Mae'n chwareus – ond mae'n chwarae'n glyfar ac yn ddyfeisgar.

Jon Gower

Nofel arbennig iawn gan awdur talentog, medrus. Mae'r disgrifiadau
o'r therapi'n taro deuddeg yn ddi-ffael – yn boenus felly.

Mae yma ysgrifennu godidog drwy gydol y nofel, a chefais fy
swyno gan y darnau bychain a ddaw rhwng y penodau hynny sydd
wedi eu gosod ym Manceinion a'r ysbyty.

Mae hon yn nofel wych, ac mae'r awdur i'w ganmol, nid lleiaf
oherwydd iddo lwyddo i osgoi unrhyw sentimentalrwydd a fuasai
wedi baglu nifer o awduron llai medrus.

Ac mae'r frawddeg olaf un yn ysgytwol o annisgwyl.

Gareth F Williams

Mae'r nofelydd yn llwyddo i drawsnewid profiad oeraidd,
amhleserus yn fyfyrdod lliwgar ac athronyddol am fywyd.

Mae'r ffaith i'r nofel gael ei lleoli ym Manceinion – ac i'r
byd anghyfarwydd, dinesig hwn gael ei ddarlunio trwy lygaid
Cymro – hefyd yn chwa o awyr iach, ac mae'r arddull yn llwyddo
i fod yn gynnil ond eto'n synhwyrus, yn ddadansoddiadol, ac yn
athronyddol.

Nid wyf yn teimlo i mi ddarllen dim byd tebyg yn y Gymraeg
o'r blaen, a thipyn o gamp yw creu nofel sy'n teimlo'n gyfoes ac yn
Ewropeaidd, tra'n ll___ ___ ___ ___ ___ er yr un pryd.

Fflur Dafydd

Y M B E L Y D R E D D

I Lisa, Casi a Nedw am fy nghynnal
yn eu gwahanol ffyrdd

YMBELYDREDD

GUTO DAFYDD

Diolch:

i'm teulu, fy ffrindiau a'm cyd-weithwyr am eu cefnogaeth a'u hiwmor;
i staff ysbyty Christie, Manceinion; i Meinir Wyn Edwards a Nia Peris am
lywio'r gyfrol drwy'r wasg ac i Huw Meirion Edwards am ei sylwadau ar
y broflen; i Rhys Aneurin am y clawr; i Llŷr am Gyfamod Five Guys
ac am agor fy llygaid i bosibiliadau hunanffuglen.

Argraffiad cyntaf: 2016
© Hawlfraint Guto Dafydd a'r Lolfa Cyf., 2016

Mae hawlfraint ar gynnwys y llyfr hwn ac mae'n anghyfreithlon
llungopïo neu atgynhyrchu unrhyw ran ohono trwy unrhyw
ddull ac at unrhyw bwrpas (ar wahân i adolygu) heb gytundeb
ysgrifenedig y cyhoeddwyr ymlaen llaw

Cynllun y clawr: Rhys Aneurin

Geiriau 'Talu Bills' ar dudalen 133–4 © Rodney Evans

Rhif Llyfr Rhyngwladol: 978 1 78461 329 7

Dymuna'r cyhoeddwyr gydnabod cymorth ariannol
Cyngor Llyfrau Cymru

Cyhoeddwyd ac argraffwyd yng Nghymru
ar ran Llys Eisteddfod Genedlaethol Cymru gan
Y Lolfa Cyf., Talybont, Ceredigion SY24 5HE
e-bost ylolfa@ylolfa.com
gwefan www.ylolfa.com
ffôn 01970 832 304
ffacs 01970 832 782

It is a highly subjective, romantic, impressionist picture less of a city than of an experience. It is Venice seen through a particular pair of eyes at a particular moment – young eyes at that, responsive above all to the stimuli of youth. It possesses the particular sense of well-being that comes, if I may be immodest, when author and subject are perfectly matched: on the one side, in this case, the loveliest city in the world, only asking to be admired; on the other a writer in the full powers of young maturity, strong in physique, eager in passion, with scarcely a care or a worry in the world.

Jan Morris, *Venice* (rhagair, argraffiad 1993)

Pobl sydd wedi'u dad-diriogaethu yw'r Cymry, a dieithrwch yw eu tynged i gyd.

Simon Brooks, 'Cymry newydd a'u llên',
Taliesin 156, Gaeaf 2015

PARATOI

Gwahanol

Gŵyr yn reddfol y bydd rhywbeth yn wahanol am yr apwyntiad hwn.

Bu yma sawl gwaith o'r blaen: ers blynyddoedd, daw yma'n rheolaidd. Mae'r nyrsys a staff y ddesg yn ei nabod erbyn hyn, yn holi am ei hanes a'i les, ac yntau'n fflyrtio â hwythau fel â hoff fodrybedd.

Nid yw'r stafell aros yn mennu arno erbyn hyn. Gofala beidio â throi ei lygaid at y llawr i osgoi edrych ar ferched y mae eu triniaeth wedi dwyn eu gwallt, y menywod gofidus y mae eu pennau noethion pinc yn dyst i'r drin y buont drwyddi. Nid yw'n edrych i'w llygaid – does arno ddim eisiau tresmasu ar eu pryder – ond mae'n gofalu nad yw'n gwneud iddynt deimlo eu bod yn rhy greithiedig i'r byd allu dioddef edrych arnynt.

Bellach, a'r tiwmor powld yn ymwthio dan ei gesail gan feddiannu esgyrn a chyhyrau ers sawl blwyddyn, dydi'r apwyntiadau hyn yn ddim ond esgus i ddod am drip i Fanceinion. Gall ef a'i wraig drefnu eu bywydau o gwmpas y *check-ups* chwemisol: cynllunio'u siopa dillad, edrych ymlaen at brofi bwyty newydd, manteisio ar y cyfle i dreulio noson mewn gwesty rywle yng ngogledd-orllewin Lloegr.

Ni all ddiffinio'r hyn sy'n wahanol y tro hwn.

Fe'u cyferchir mor broffesiynol gynnes ag erioed gan yr ymgynghorydd. Gan roi ei sbectol ar ei thrwyn, mae hi'n holi cwestiynau consyrnol – 'Wyt ti'n cael poen? Ydw i'n iawn i feddwl bod gynnoch chi aelod bach newydd o'r teulu?' – ac ateba yntau gyda'i onestrwydd hynaws arferol.

Ond wrth iddi ddechrau dweud hanes ei diwmor wrtho, er mwyn profi ei bod newydd ddarllen ei ffeil, dechreua yntau anesmwytho. Dywed hithau wrtho fod y tiwmor wedi ei ddiagnosio ers hanner dwsin o flynyddoedd, ac iddo dyfu'n gyson er iddyn nhw drio sawl math o dabledi. Roedden nhw wedi cael rhywfaint yn fwy o lwyddiant wrth gynnal *radiofrequency ablation* ('Wyddost ti,' dywed wrtho, fel pe na bai'r profiad wedi gwneud unrhyw argraff arno, 'pan ddaru ni stwffio nodwyddau ymbelydrol yn y tiwmor er mwyn trio'i losgi fo a'i ladd o'), ac mae'r sganiau diweddaraf yn dangos bod tipyn o'r tyfiant yn gelain erbyn hyn.

Gŵyr o'i goslef a'i gofal wrth siarad fod 'ond' ar y ffordd. Wrth iddi ddisgrifio'i gyflwr wrtho eto fyth – tiwmor o'r enw ffibromatosis ymosodol, nad yw'n ganser, ond sy'n ffyrnig iawn o fewn ardal benodol, ar wal dde ei frest, fel y gŵyr yn iawn – ceisia eto ddyfalu acen ble sydd gan yr ymgynghorydd. Rhywle yn yr Alban? Gogledd Iwerddon? Rhywle yng nghanol Ewrop, fel yr Iseldiroedd? De Affrica? Mae hi'n amlwg yn byw yn Lloegr ers blynyddoedd maith, ond mae arlliw o'i hacen wreiddiol ar ôl...

Fe'i dadebrir gan un gair yn llith broffesiynol y meddyg.

'Sori, allwch chi ddweud y frawddeg ddwetha eto, plis?'

'Ar ôl pwyso a mesur efo'r grŵp rhanbarthol, rydan ni wedi penderfynu argymell cwrs o radiotherapi iti. Rhag blaen. Dydan ni ddim isio gohirio'r driniaeth rhag ofn i'r... ym... tiwmor dyfu'n fwy, yn uwch i fyny dy ochr di, a dechrau amharu ar y nerfau sy'n gwneud i dy fraich di weithio.'

Meddylia am y gair trymlwythog hwnnw. Radiotherapi: triniaeth i bobl a chanddyn nhw diwmor go iawn, un a allai eu lladd nhw. Triniaeth hegar, front ar gyfer pobl nad oes ganddyn nhw ddim byd gwell i'w wneud efo'u hamser, na gobaith arall. Iesu mawr, mae o'n colli digon ar ei wallt fel y mae hi, heb i belydrau niwclear ei wneud o'n slap-hed cyn ei ddeg ar hugain!

'Faint fasa fo'n gymryd?' hola. 'Pythefnos?'

'Dim ond unwaith fedrwn ni gynnig radiotherapi. Unwaith

mewn oes. Rydan ni'n gyndyn o wneud hyn i rywun mor ifanc. Felly rydan ni isio gwneud y mwya o'r tro yma. Rydan ni'n meddwl am ddeg triniaeth ar hugain, efo dos go uchel; dyna'r mwya fedrwn ni ei roi i ti heb wneud difrod parhaol i'r ysgyfaint.'

'Ond mae hynna'n...' dechreua brotestio.

'Chwe wythnos. Deng munud o driniaeth, bob dydd o ddydd Llun i ddydd Gwener.' Clyw lais yr ymgynghorydd yn mynd yn gadarnach; mae hi wedi arfer â rhwystro cleifion rhag cael sterics.

'Blydi hel,' dywed, gan droi at ei wraig. Mae ei hwyneb hithau mor anghrediniol â'i un yntau. Yr un peth sy'n mynd drwy feddwl y ddau. Mae ganddyn nhw fabi bach ychydig fisoedd oed, mae arian yn brin, a...

'Ydach chi isio chydig o amser i feddwl am y peth?'

'Fydda i'n gorfod aros yma'r holl amser?' torra ar ei thraws.

'Dydan ni ddim yn cynnig llety. Fasa hi'n gwneud dim lles i ti dreulio tair awr ar hugain a hanner can munud o bob dydd ar ward efo pobl sâl iawn, dim ond er mwyn cael deng munud o driniaeth.'

Nodia. Edrycha ar ei wraig. Mae ganddyn nhw bethau i'w trafod: fydden nhw'n teithio bob dydd? Mae hi'n siwrnai o ddwyawr a hanner o adref iddyn nhw. Fydden nhw'n gorfod symud yma i fyw? Dydyn nhw erioed wedi byw mewn dinas, heb sôn am rentu fflat dros dro efo babi newydd. Sut fydden nhw'n fforddio'r cwbl?

Mae'n troi at yr ymgynghorydd.

'Sori, mae hyn yn sioc. Mae o'n lot i'w ddallt. Ym. Ydw i'n cael dweud "na"?'

'Dy benderfyniad di ydi o. Fedra i ddim ond argymell y ffordd orau i drin y cyflwr.'

Does dim pwynt iddo esbonio'u pryderon logistig; meddyg sy'n eistedd o'u blaenau, yn gwneud wyneb empathetig, nid asiant teithio.

All o ddim dweud dim byd arall.

'Iawn: pryd ydw i'n cychwyn?'

Tân

Gwneud y tân ydi ei waith o. Wel, nid gwneud y tân, a dweud y gwir – mae'r tân yn llosgi'n barhaus ers i wres Gorffennaf gilio ac i wlybaniaeth Awst ei gwneud yn llaith a rhynllyd dan y bont. Cynnal y tân yw gwaith Eric: ei fwydo â choed a geriach, a thynnu'r lludw drwy'r hafn yn y gwaelod â'i siefl. Mae bellach yn ddechrau hydref, a'r fflamau'n llosgi'n ffyddlon dan lygad ofalus Eric.

Mae'n well gan Eric sbio ar y tân na sbio o'i gwmpas. Does arno ddim eisiau gweld wynebau'r bobl sy'n brysio heibio ar y pafin – y myfyrwyr a'r slâfs swyddfa, y copars; maen nhw'n brysio am fod arnyn nhw ofn Eric, ofn ei dân, ac ofn ei gyfeillion a'u pebyll blêr. Does arno ddim eisiau i lygaid y cerddwyr petrus gysylltu â'i lygaid ei hun, hyd yn oed ar ddamwain. Er mwyn osgoi pethau felly y dewisodd y bywyd hwn.

Gall ddibynnu ar y tân i fod yn annibynadwy. Er bod rhai patrymau cyfarwydd yn y tân, nid yw llamau'r fflamau byth yn union yr un fath. Gŵyr Eric, yn fras, sut y bydd y tân yn ymateb os bydd yn lluchio darn o bapur neu'n poeri i'r bin metal y mae'r fflamau'n llyfu ei ochrau, ond gall y tân wastad ei synnu a'i ddiddori. Nid yw'r tân yn honni ei fod yn gyson. Nid yw'n honni ei fod yn rhesymegol. Nid yw'n gofyn i Eric ymddiried ynddo. Nid yw'n cymryd arno fod rheolau'n llywodraethu'r hyn y mae'n ei wneud. Yr unig uchelgais sydd gan y tân yw llosgi: llarpio popeth fflamadwy o fewn ei afael er mwyn sicrhau ei barhad ei hun.

Dyna pam mae'n well gan Eric sbio ar y tân nag ar y stryd.

Hygs

Dydi ei deulu o ddim yn rhai am gofleidio'i gilydd.

Mae pethau'n wahanol rhyngddo ef a'i wraig – mae hygs ysbeidiol yn gwbl naturiol, ac mae'r ddau ohonyn nhw'n hoffi boddi'r babi â mwythau. Ond dydi o a'i frawd a'i chwaer a'i dad a'i fam ddim yn hygio. Pan fu farw ffrind iddo'n ifanc mewn damwain arswydus a bisâr, ac yntau, ar ôl clywed, yn pwyso ar y Rayburn yn llanast o ddagrau, daeth ei fam ato a hanner gafael yn ei fraich; roedd hynny'n chwithig ac yn ddigon.

Nid oerni yw'r diffyg hygs – nid diffyg cariad. Yn ei farn o, dim ond ymddygiad rhesymol a chall, heb sentimentaleiddiwch llosgachlyd, yw peidio â chofleidio'i gilydd. Rhywbeth i fodrybedd colur a sgert o Lerpwl, a phobl ar eu gwannaf mewn angladdau, yw hygs teuluol.

Y diwrnod ar ôl tecstio'i fam i ddweud am y radiotherapi, caiff alwad ffôn gan ei dad.

'Gwranda, dwi wedi gofyn yn gwaith, ac maen nhw'n dallt yn iawn. Mi ga i gymryd gwylia i fynd â ti i Fanceinion, ac os gorffenna i fy ngwylia, mi ga i gymryd yr amser heb gyflog. Hynny ydi, os oes isio. A sgen i ddim isio busnesu, a dydw i ddim yn gwybod sut mae hi ar neb, yn nac ydw, ond os oes gynnoch chi isio menthyg – wel, ddim menthyg, fasan ni ddim o'i isio fo'n ôl – rhyw bres neu rwbath, neu isio i ni dalu am westy i ti, mae hynny'n iawn hefyd. Ond cofia, nid Band of Hôp ydi hyn. Does 'na ddim rhaid i bawb gael ei ran, yn nac oes? Mi wnawn ni be fedrwn ni, ond paid â meddwl bod rhaid i ti adael i mi wneud rhywbeth dim ond am fy mod i'n cynnig. Mi helpwn ni faint bynnag lici di, dim ond i ti ofyn. Iawn?'

Mae hynny'n gynhesach, yn gadarnach, yn dynnach nag unrhyw hygs.

Ffurflen

Rai wythnosau'n ddiweddarach, mae'n ôl yn yr ysbyty, er mwyn cael trefn ar drefniadau'r driniaeth.

Mae tymer go syber ar yr ymgynghorydd y tro hwn. Rhestra'r pethau a allai fynd o chwith yn ystod y driniaeth, a'r sgil-effeithiau y mae'n debygol o'u dioddef.

'Blinder fydd y peth mwyaf, oherwydd y teithio a'r aros mewn gwestai. Rhywfaint o isio chwydu, ella. Teimlad fatha ben bore ar ôl sesh ambell dro. Ac mi fydd dy emosiynau di ar chwâl, dim ots pa mor tyff rwyt ti'n meddwl wyt ti. Er na fyddi di'n teimlo dim byd yn ystod y radiotherapi, mi fydd y pelydrau'n llosgi dy groen di, ac yn ei wneud o'n binc. Mae'n bosib y bydd o'n wylo hefyd.'

'Wylo?'

'Y croen yn torri a hylif yn dod allan. Mi golli di'r blew dan dy gesail, a rhywfaint o flew dy frest, nid bod gen ti lawer. Fedrwn ni ddim osgoi difrodi'r ysgyfaint. Bosib y byddi di'n fyr dy wynt. Ella bydd y pelydrau'n gwneud i rai o dy asennau di gracio – gobeithio ddim, achos mae hynny'n reit boenus.'

Nodia, gan gredu ei bod wedi gorffen. Ond mae gan yr ymgynghorydd ragor i'w ddweud.

'Rhaid i mi ddweud hyn wrthot ti. Mae 'na siawns o un mewn 250 y gallai'r driniaeth ei hun achosi tiwmor arall ymhen pymtheg neu ugain mlynedd. Ac fel rwyt ti'n gwybod, fedrwn ni ddim rhoi radiotherapi i ti eto. Ar yr ochr gadarnhaol, wnei di ddim colli dy wallt ac mi fedri di yfed alcohol o fewn rheswm.' Pesycha'r ymgynghorydd. 'Reit ta. Os wyt ti'n dal yn fodlon, wnei di arwyddo hon?'

Caiff bwl o chwerthin. Nid yw'n siŵr pam. Mae'n amlwg o wyneb yr ymgynghorydd nad yw hithau, chwaith, yn siŵr pam mae o'n chwerthin.

Ymddifrifola. Nodia. Ysgrifenna hithau frawddeg ar y ffurflen, a gofyn iddo'i harwyddo i roi ei ganiatâd i'r driniaeth. Arwydda: beth arall sydd i'w wneud?

Wrth arwyddo, sylwa ar y rhif sy'n dilyn ei enw bob tro y mae'n ymddangos ar y ffurflen: 24609-3740. Dyma'i rif ysbyty. Dyma pwy fydd o am chwe wythnos y driniaeth.

Gosod

Ânt ag o i'r stafell baratoi; dywed myfyrwraig nyrsio wrtho am dynnu ei grys, ac y bydd rhywun gydag o'n fuan.

A buan y dônt: tair ohonynt i gychwyn, dwy radiograffydd mewn sgrybs marŵn ac un ferch mewn ffrog – doctor, mae'n debyg.

'Wnei di'n hanwybyddu ni?' gofynna'r radiograffydd â'r gwallt melyn iddo gyda fflach o wên ac acen lydan. 'Fyddwn ni'n dy droi a dy drosi di er mwyn trio ffendio'r safle gorau; beryg y byddwn ni'n siarad amdanat ti fatha tasat ti ddim yma, felly ymddiheuriadau ymlaen llaw.'

Ufuddha. Gafaela'r tair yn ei fraich, a'i symud i fyny ac i lawr ac i'r ochr er mwyn ceisio gweld faint mae o'n gallu symud. Rhydd y doctor ei llaw ar y tiwmor, gwasgu, a symud rhywfaint ar ei llaw er mwyn ceisio deall natur y targed. Fe'i rhoddir i orwedd ar wely cul, oer o flaen sganar siâp donyt, a gofynnir iddo a all ddal ei ddwylo uwch ei ben (yn union fel roedden

nhw'n gorfod rhoi eu dwylo ar ôl gorffen cinio yn 'rysgol bach
er mwyn gofyn am gael mynd allan i chwarae).

'Ym, na,' dywed. 'Fedra i ddim codi fy mraich…'

'Paid â phoeni,' dywed y radiograffydd dawelach, ac aiff y
tair rhagddynt i'w symud a'i wthio i safle arall.

Edrycha i fyny arnynt. Does arnyn nhw ddim angen dweud
llawer: maen nhw wedi gosod miloedd o gleifion ar y gwely
hwn, ac fe wyddant yn union pa fodd y mae angen iddo
orwedd er mwyn i'r peiriant radiotherapi allu pelydru i mewn
i'w diwmor.

'Beth am fel hyn?' gofynna'r doctor wrth iddynt ddal ei
ddwylo uwch ei ben eto, ond gyda'i benelinoedd at y to. 'Wyt
ti'n teimlo y gallet ti dy ddal dy hun yn y safle yna am chwarter
awr neu ugain munud?'

Mae ar fin ateb yn gadarnhaol, er bod y tiwmor yn pinsio
fel y diawl – does arno ddim eisiau bod yn drafferth iddyn nhw
– ond torra'r flonden â'r acen a'r trwyndlws ar ei draws.

'Na, fedra i weld ar ei wyneb o nad ydi o'n gyfforddus.
Drïwn ni rywbeth arall.'

Gwena arni, yn ddiolch bychan. Wincia hithau. Aiff y tair
rhagddynt i'w symud a'i fowldio fel pe bai'n Action Man un
o'u brodyr.

Digwydda edrych ar ddwylo'r doctor. Edrycha'n ôl ar y to.
Try wedyn i edrych ar ei dwylo eto. Mae rhai o'r bysedd ar
goll. Nid yw eraill ond yn stybiau cnotiog. Mae ganddi fawd
a bys neu ddau'n gyfan ar y ddwy law; mae'r bysedd eraill yn
amrywio. Ai damwain a gafodd hi, ynteu a fu ei dwylo felly ers
iddi gael ei geni? Chwaraea â'i beiro'n gwbl hyderus, ei throi
rhwng bawd a hanner bys; gall hi symud corff 24609-3740 yr
un mor benderfynol â'r ddwy arall.

Er ei waethaf – er iddo geisio lladd y teimlad – ni all osgoi
teimlo pang bach o dosturi drosti. Does ganddo ddim hawl i

bitïo drosti: does arni ddim angen tosturi. Ond llynca'i boer wrth feddwl, mor sentimental â dyn llednais yn gwneud y diolchiadau mewn bore coffi, am hon yn defnyddio'i dwylo amherffaith yn berffaith fedrus i wella cyrff amherffaith pobl eraill: am hon, a fu drwy'r drin ei hun, yn paratoi pobl i fynd drwy embaras ac iselder eu triniaeth eu hunain. Cerydda'i hun am feddwl y fath ffwlbri nawddoglyd. Sylwa arni'n croesi ei breichiau mewn modd a guddia ei dwy law, a sylweddoli ei fod yn gwneud yr union beth y dymunai hi, mae'n debyg, i bobl beidio â'i wneud: sylwi, tosturio, ceisio defnyddio'i dwylo afluniaidd i ddychmygu ei chymeriad cyfan hi.

Erbyn hyn maen nhw wedi penderfynu ei osod ar ochr chwith eithaf y gwely oer, gyda'i fraich dde – y fraich y mae'r tiwmor odani – yn gorwedd wrth ei ochr. Mae yntau'n gyfforddus, dim ond iddo gael rhywbeth dan ei arddwrn i stopio'r cyhyrau o gwmpas y tiwmor rhag ymestyn yn boenus. Gwena'r tair ar ei gilydd, yn fodlon o'r diwedd â'i safle.

Daw nyrsys i mewn. Gosodir llen o bersbecs dan ei gorff. Daw rhywun â chlustog fach o jel, a'i chynhesu'n sydyn, cyn ei gosod o gwmpas ei benelin; ei mowldio o gwmpas ei fraich. Teimla'r jel yn caledu ac yn dal ei fraich yn union lle mae hi i fod; gludir y glustog jel ar y persbecs. Daw rhywun arall â beiro barhaol at ei wely ac olrhain siâp ei gorff ar y persbecs gyda'r inc (yn union fel roedd o a'i frawd a'i chwaer yn olrhain siâp eu dwylo ar bapur efo pensils lliw yn nhŷ Nain ers talwm). Gludir padiau i ddal ei arddwrn yn gyfforddus ar y persbecs hefyd. Rhoddir sticer gyda'i enw, ei rif, a'i gyfeiriad ar gornel isaf y persbecs. Daw rhywun â chamera i dynnu llun o'i union safle ar y persbecs.

Codir y gwely i fod ar yr un lefel â'r donyt o sganar. Llithra'r gwely i ganol y donyt. Mae pawb yn gadael y stafell. Fe'i gadewir yno gyda grŵn tawel y sganar – CT yw hwn, ac mae'n dawelach o lawer na bangio diwydiannol y sganar MRI y mae'n gyfarwydd ag o – a phelydrau gwyrdd yn chwilio'r stafell.

Tatŵs

Ar ôl y sgan, caiff ei gorff ei farcio â'r feiro barhaol gan y meddyg. Daw pawb arall yn ôl i mewn, sicrhau ei fod yn iawn, gwenu ar ei gilydd, a mynd, gan fynd â'r llen bersbecs gyda nhw.

Caiff ei adael gyda Laura, yr un gegog, ddel â'r acen Swydd Gaerhirfryn gref. Esbonia hithau y bydd yn rhoi tatŵs iddo, rhag ofn: byddan nhw'n defnyddio sgan o'i organau a'i esgyrn er mwyn arwain y pelydrau i'w priod le, ond bydd hi'n marcio'i gorff â phum brycheuyn o inc er mwyn bod yn siŵr o daro'r targed.

Mae'n cyffroi drwyddo. Esbonia wrth Laura y byddai wrth ei fodd yn cael tatŵ, pe bai ei wraig yn gadael iddo gael un. Gwena hithau.

'Tatŵ o be fasat ti'n licio, tasa hi'n caniatáu?'

'Eryr.'

'W, eryr ia? Pam eryr – wyt ti'n rhyw fath o neo-Nazi?' cellweiria Laura.

Chwardda, a dweud nad oes rheswm penodol. All o ddim egluro iddi, heb gryn drafferth, ei fod yn gwirioni ar ganeuon Cwmni Theatr Maldwyn, ac mai Eryr Pengwern fyddai'r aderyn yn y tatŵ, gyda'r geiriau 'EIN CADERNID' uwchlaw'r eryr ac 'ARWYDD RHYDDID' odano. Mae hefyd yn ormod o drafferth esbonio wrthi ei fod yn dymuno cael ambell linell o farddoniaeth mewn mannau eraill ar ei gorff: 'Gair, wedi'r êl gŵr, a drig' y tu ôl i'w ysgwydd, ac 'Ni wyddom beth yw'r ias a gerdd drwy'r cnawd' ar hyd asgwrn ei belfis.

Mae dwylo Laura'n union fel y dylai dwylo meddygol fod – yn esmwyth a chyfforddus, ond yn cyffroi dim arno wrth ei gyffwrdd.

Pum pigiad siarp, ac mae ei datŵs cyntaf ganddo.

Apple Store

Y prynhawn hwnnw, mae rhyddid y ddinas ganddynt. Mae'r babi gyda'i thaid a'i nain, a dim angen iddyn nhw ill dau gyrraedd yn ôl adref tan amser bàth a gwely'r fechan.

Cinio amdani: brecwast llawn mewn caffi gyferbyn â chanolfan siopa Arndale. Ond mae'r lle wedi rhedeg allan o selsig.

Ac wedyn i mewn i'r ganolfan siopa, a drwy'r wal wydr – ar ôl mynd, yn ddryslyd, yn ôl ac ymlaen ar hyd y strydoedd golau artiffisial, i fyny ac i lawr grisiau symud wrth geisio ffendio'r lle – i mewn i'r Apple Store. Mae llygaid y ddau'n agor led y pen yn ehangder moethus, clir y stafell. Cyflyma'u calonnau, yr un fath yn union â'r plant ysgol sy'n chwarae'n wirion â'r iPads wrth un o'r byrddau.

Ânt at y bwrdd sy'n arddangos y MacBooks. Mae'n agor un ohonynt. Goleua'r sgrin yn ufudd iddo. Taena'i law dros y bysellau, ac arweinia'i fysedd ar hyd y tracpad. Wrth wneud, anadla'n hir i mewn drwy'i drwyn. Sawra'r posibilrwydd: y cyfle y mae'r cyfrifiadur yn ei gynnig iddo.

Os oes rhaid iddo adael ei waith am ddeufis a mwy, os oes rhaid iddo dreulio nosweithiau diflas mewn gwestai a bariau, a theithiau hir ar drenau, mae'n rhaid iddo gael rhywbeth i'w wneud – tasg i'w chyflawni. Os yw'n cael chwe wythnos o ymweld â dinas brysur, ddifyr, gythryblus, gyffrous, mae'n rhaid iddo gofnodi'r profiad – peidio â gadael i'w gof hidlo'i gyfnod ym Manceinion yn ambell ddelwedd o beint a stryd a chanser, ond sylwi ar holl symptomau cynnwrf y ddinas, mesur ei deimladau a'u cyfleu iddo'i hun at eto, at gyfnod pan fydd ei diwmor yn ddim ond craith a'r cyfnod hwn yn ddim ond un o heriau pitw ieuenctid.

Anwesa fetal y MacBooks. Coda hwy, eu pwyso yn ei law: cymharu gwedd y rhai 11 ac 13 modfedd, cymharu pwysau'r Air a'r Pro, astudio'r tyllau yn yr ochr ar gyfer gwahanol gyfarpar. Ceisia'i ddychmygu ei hun yn estyn hwn o'i gês mewn caffi a thafarn, a bwrw iddi: ysgrifennu ar deithiau trên hwyr a glawog, y bwrdd yn drybola o becynnau brechdan o gwmpas ei gyfrifiadur.

Edrycha ar y peiriannau: wyth ohonynt ar y bwrdd o'i flaen, a'u casys arian yn gwadu'r ffaith mai peiriannau ydynt. Does arno ddim ofn eu galw'n berffeithrwydd, y petryalau lluniaidd hyfryd hyn: y sgriniau eglur sy'n erfyn am greadigrwydd a'r tracpad sy'n addo ufuddhau'n reddfol i anwes ei fysedd. Edrycha ar y MacBooks fel biolegydd yn astudio neidr neu lygad neu gyhyr: gwêl brydferthwch a allai fod wedi cael ei bensaernïo a'i gynhyrchu gan filenia o esblygiad. Gwêl beiriant sy'n cynrychioli eithafion llwyddiant dyn: mewn slabyn o fetal a phlastig a gwydr, dyma ddynoliaeth wedi creu deallusrwydd i'w helpu ei hun. A'i greu'n hardd. Fe'i crëwyd mewn modd sy'n erfyn am gael ei anwylo a'i goleddu.

Sylla ar y logo gwyn, golau ar gefn pob MacBook: y siâp elfennol, cyffredin a ddyrchafwyd yn symbol. Afal: mae pawb yn bwyta afalau. Mae gan bawb syniad yn ei ben o siâp afal, er bod yr afalau a greem â chreons yn yr ysgol yn amrywio'n arw. Hwn yw'r delfryd o siâp afal: ni welwyd erioed yr un ffrwyth mor lluniaidd â hwn, mor berffaith gymesur.

Ond nid yw'r siâp yn gyfan. Brathwyd yr afal. Bu Efa yma.

Mae talp, siâp hirgrwn perffaith, ar goll – neu, o edrych yn fanylach, wedi ei symud a'i osod fel y ddeilen uwchlaw'r afal. Mae'r symbol yn gafael ynddo o'r newydd. Gwêl ynddo waith ar ei hanner: cyfle i'w gymryd; blas i'w sawru; ffrwyth i deimlo'i ddannedd yn crensian yn gyntefig drwyddo. Bu'r symbol yr un peth ers dechrau'r cwmni: pery'r afal yn demtasiwn, erys y talp coll yn wahoddiad.

Dywed yr afal: Adda, cymer dy frathiad dithau. Mynna dy wybodaeth. Hawlia'r posibiliadau a gynigir gan y peiriant a'r rhwydwaith eang a gyrhaeddi drwyddo. Cymer y cyfrifiadur a'i ddefnyddio i gofnodi dy brofiad: ei drin fel llestr i'r hyn a weli, a glywi, a deimli.

Ond mae modd gwneud mwy na chofnodi. Ef fydd meistr y peiriant hwn. Ni ŵyr y ddogfen – y gofod gwyn y bydd yn teipio'i eiriau'n brysur arno – ai gwir ai gau'r hyn a ddywedir. Mae ganddo hawl i'w ddychymyg a'i gelwydd a'i ffantasi: er ei holl harddwch, ei gyfleustra, ei gyneddfau, ni all y peiriant ei rwystro rhag plygu'r gwir yn rhacs. Bydd y teip yn cyrraedd y dudalen yr un mor rhwydd, yn edrych yr un mor smart ar ofod gwyn y ddogfen, os yw'n ffug.

Dewisa'i gyfrifiadur, talu, a mynd.

Cŵn

Mae cŵn yn gwneud hyn. Gŵyr Steve hynny, ac mae'n ymfalchïo ei fod o'n gwneud yr un fath. Mae cŵn yn ffyrnig, yn ffyddlon, ac yn dilyn eu greddf.

Bob nos, cyn cysgu, bydd cŵn yn cylchu'r fan lle bwriadant gysgu er mwyn gwastatáu'r gwellt i gael lle fflat i orwedd tan y bore. Wrth gwrs, dydi'r rhan fwyaf o gŵn ddim yn cysgu yng nghanol gwellt erbyn hyn, ond nid yw'r newid hwnnw wedi cymell y cŵn, eto, i roi terfyn ar eu harfer, hyd yn oed os ydynt yn cysgu ar garped neu goncrid.

Cyn cau sip ei babell bob nos, aiff Steve yntau ar dramp o gylch yr ardal o gwmpas y bont. Aiff i lawr y strydoedd, drwy'r meysydd parcio, heibio'r garejys blêr, dan bileri'r fflatiau cyngor. Chwilio y mae am drwbwl. Chwilia am unrhyw un a allai feiddio achosi problem ar eu patsh nhw. Chwilia am sgalis sy'n cadw sŵn â chaniau seidar, am fegerwyr ffres, am ladron poced sy'n celu yn y cysgodion cyn cipio'u cyfle.

Ac os daw ar eu traws, byddant naill ai'n cilio o'i ffordd o'u gwirfodd, neu bydd Steve yn eu gwastatáu fel ci'n gwasgu gwellt i'r llawr. Bydd yn cicio'u pennau'n erbyn wal neu'n sathru eu bysedd yn sgrech i'r pafin.

Bydd yn mynd heibio i'r hen sied lle maen nhw wrthi'n casglu cyfarpar yr apocalyps.

Yna, bydd yn fodlon. Gall fynd i'w babell, a thynnu ei sach gysgu drosto (nid yw'n ei gau ei hun ynddi, rhag ofn y bydd angen codi'n sydyn yn y nos i erlid tresmaswr), a chysgu'n wyliadwrus.

WYTHNOS 1

Dydd Llun

Cyrraedd

Tybia 24609-3740 fod llu o arbenigwyr – penseiri a pheirianwyr,
dylunwyr masnachol a modelwyr symudiadau torf – wedi bod
ynghlwm â dylunio'r orsaf er mwyn rhoi profiad penodol i'r
sawl sy'n cyrraedd yno ar drên. Bydd modelau cyfrifiadur
cymhleth wedi rhag-weld sut y bydd y teithwyr yn mynd
rhagddynt oddi ar eu trên – naill ai i brynu nwyddau o un
o siopau'r cyntedd, neu i gerdded i'r dref, neu i barhau â'u
siwrnai mewn bws, car, tacsi, neu dram.

Ond nid yw'r holl arbenigedd hwnnw'n gwneud llawer o
wahaniaeth i 24609 wrth iddo grwydro'n hurt, yn ôl ac ymlaen,
ar hyd y teils. Ceir dwy allanfa. Aiff i lawr y grisiau symud i
gyfeiriad un ohonynt, ond ar ôl cyrraedd nid yw'n gweld lle
i ddal bws. Aiff yn ôl i'r prif gyntedd. Ceisia ffendio Waitrose
gan fod ganddo gardyn i gael coffi am ddim o'r siop honno. Ni
all ei ffendio. Mae arno eisiau defnyddio'r tŷ bach. Daw o hyd
i'r tŷ bach, ond mae'n rhaid talu 30 ceiniog i'w ddefnyddio.
Mae hynny yn erbyn egwyddorion 24609. Dim ots. Chwilia yn
ei gês am ei waled, ac yn ei waled am y newid iawn.

Ar ôl dod o'r tŷ bach, aiff i'r swyddfa wybodaeth. Gofynna
a oes ganddynt fap o'r orsaf. Oes, meddant, gan siarad yn eglur
gan fod acen 24609 wedi gwneud iddynt feddwl ei fod yn dod o
rywle fel dwyrain Ewrop; yna rhoddant fap o strydoedd canol y
ddinas iddo. Derbynia 24609 y map, a gofyn ble mae Waitrose.
Caiff ei gyfeirio yno; hawlia'i goffi.

Mae'n dal heb syniad ble i ddal bws i ysbyty Christie, na
pha fws i'w ddal. Aiff i'w gês eto ac estyn map o strydoedd y
ddinas. Gwêl fod swyddfa Transport for Greater Manchester

ychydig strydoedd i ffwrdd. Aiff yno, gan fynd rownd y bloc ar y ffordd gan ei fod yn dal y map a'i ben i waered ac yn dewis y bont anghywir o'r herwydd. Maent yn credu ei fod yn dramorwr anneallus yn y swyddfa hon eto. Daw oddi yno gyda darn o bapur ac arno'r rhifau 42 a 43, a map beiro annealladwy o strydoedd cyfagos, ac atgasedd at y bladras annymunol a ddeliodd â'i gais.

Aiff i'r cyfeiriad y pwyntiodd ewinedd pinc ac aden Gala'r ddynes yn y swyddfa iddo ac, o'r diwedd, gwêl fysys. Gwêl fws rhif 42. Tala bunt i'r gyrrwr, sy'n llai hynaws na gyrwyr y bysys y bydd 24609 yn eu dal i'w waith, a dringa i'r llawr uchaf. Efallai ei fod mewn poen, mewn dinas ddiarth ac yn teimlo fel pe bai rhywun wedi shyfflo'i ymennydd, ond pam ddylai hynny ei rwystro rhag hawlio'r sedd flaen ar lawr uchaf y bws? O'r fan honno, gall weld adeilad Primark yn fawr ac yn wyn o'i flaen wrth i'r gyrrwr gychwyn ar ei daith gan refio'r injan a phwyso'n ddiamynedd ar y brêc wrth ymuno â'r traffig.

I lawr y stryd gyntaf â nhw. Mae blociau swyddfa brown afiach yn gymysg ag adeiladau urddasol sy'n edrych fel rhai a godwyd ag arian yr ymerodraeth. Mae gwesty mawr, smart – a fyddai, pe bai'n digwydd bod yn y dref lle mae 24609 yn byw, yn anghymharus o enfawr ac yn ganolbwynt i'r dref – yn edrych yn bitw a di-raen yma, ac yn gartref i fariau amheus a 'lolfeydd' anniwair.

Ar y stryd odano mae llanciau siarp mewn siwtiau ar eu hawr ginio'n smocio a gweiddi i'w ffonau ar y ffordd i Pret a Greggs. Aiff y bws heibio i adeilad mawreddog, brics coch. Ai dyna neuadd y dref, efallai? Neu lys barn? Mae'r adeilad yn gymysgedd o ddarnau brics newydd a hen.

Aiff y bws rownd corneli di-rif ar y fath sbid nes gwneud i 24609 feddwl ei fod wedi cael ei herwgipio a bod ei gipwyr yn ceisio sicrhau nad oes ganddo syniad ymhle y mae.

Degau o feysydd parcio: rhai drud, swyddogol, a rhai anffurfiol, anniogel. Ânt heibio i bont reilffordd, a siopau wedi eu gosod yn y gofod dan y bwâu mawr. Sinemâu. Sainsbury's.

Mae llai o draffig unwaith y maen nhw'n cyrraedd un stryd hir. Cymer 24609 mai dyma Oxford Road. Mae awgrym o garreg felen yn y pellter sy'n awgrymu nad ydynt ymhell o adeiladau'r brifysgol.

Mae teils gwyrdd a lliw hufen y Grosvenor Picture Palace fel darn o oes arall ar ochr y ffordd.

Ânt dan bont draffig. Odani, mae gwersyll o ryw fath, gyda bin yn dal tân, a rhes o bebyll bach fel rhai mewn gŵyl. Mae'n edrych fel gwersyll protest, ond nid yw'n eglur yn erbyn beth y mae'r gwersyllwyr yn protestio. Efallai mai digartref ydyn nhw.

Does fawr ddim ceir ar y stryd nesaf, dim ond bysys, a thyrrau o fyfyrwyr mewn hwdis a chotiau lledr, gyda gwalltiau pinc a glas. Brysiant o gwmpas, yn rhy gydwybodol o ddiwyd i'w hoed, a'u beics yn mrengian dros ei gilydd ar y raciau. Mae carreg felen y brifysgol yn cyferbynnu ag adeiladau cachu o'r 60au a brics coch y ddinas. Mae arfbeisiau ar y giatiau duon y mae'r torfeydd myfyrwyr yn tyrru drwyddynt. O flaen y Gaplanfa Babyddol mae baner ac arni lun mawr o'r Pab Francis. Mae dynes mewn crys-T Banc Bwyd Manceinion yn rhoi treiffl a chig yn y bin ar y stryd. Fferra'r myfyrwyr yn eu teits tyllog a'u Doc Martens.

Myfyrwyr ar gefn beics, yn marchogaeth ag un llaw, gyda llyfrau dan y fraich arall, yn temtio'r bysys i'w chwalu'n sblat ar y tarmac. Red Chilli Buffet. Ambell far shisha a siop gebábs yn torri ar y Tescos a'r Starbucks.

Ysbyty godidog o frics coch a sment llwyd ar y chwith.

Cyhoedda arwyddion fod y bws ar y Curry Mile. Er nad

ydynt wedi troi i stryd wahanol, mae hon yn stryd fawr yn ei hawl ei hun. Mae campfa uwchben tafarn Wetherspoon.

Pam mae arwyddion Saesneg ar fariau shisha? Siawns fod eu holl gwsmeriaid yn fwy cyfforddus mewn iaith wahanol. Beirut Cafe; Al-safa; Alankar; Krunchy Fried Chicken; Pharaoh's Lounge; Camel One Fresh Chicken and Lamb Shawarma.

Doedd 24609 ddim yn ymwybodol fod barbwriaeth yn amrywio yn ôl crefydd, ond ceir siop trin gwallt Gwrdaidd ar y chwith, y drws nesaf i siop All Things Islam, sydd, yn ôl y sticeri Saesneg ar y ffenest, yn gwerthu sgarffiau, gwisgoedd, a llyfrau gweddi.

Daw'r stryd fawr honno i ben, ond mae'r heol yn dal i fynd rhagddi drwy ardal werdd, gyda pharciau cyhoeddus a swyddfeydd cyfreithwyr mewn tai swbwrbaidd. Mae'r arwyddion High School for Girls a Manchester Grammar School yn awgrymu eu bod mewn ardal gefnog.

Yna maen nhw ar stryd fawr arall, ond un lai prysur. Mae eglwys ddinod wedi'i throi'n Beer Studio. Ciosgs yn cynnig llungopïo a chytundebau ffôn rhyngwladol rhad. Wetherspoon; Costa; Sainsbury's; Aldi. Ac maent allan o'r stryd fawr honno eto, mewn ardal lle mae hen dai teuluol smart wedi'u troi'n feddygfeydd a *bedsits*. Gwestai rhad.

Mae'r bws wedi gwagio: llenwodd hyd y fyl am gyfnod, ond dim ond 24609 a fu arno ers dechrau'r daith.

Mae graffiti ar bostyn giât swyddfa cyfrifwyr siartredig.

Stryd fawr arall, sy'n awgrymu bod Manceinion yn glytwaith o hen bentrefi, pob un â'i ganolbwynt, bellach wedi chwyddo'n un ddinas.

Fforch yn y ffordd. Aiff y bws i'r chwith. Edrycha 24609 ar Google Maps ar ei ffôn. Dengys y dotyn bach glas eu bod yn agos at yr ysbyty. Cana'r gloch a mynd i lawr y grisiau, gan straffaglu gyda'i gês.

Daeth oddi ar y bws yn rhy gynnar. Cerdda heibio garej a swyddfa trefnwyr angladdau a thafarn ddinod, cyn dod i olwg y Christie. Pasia ddynes mewn dillad nyrs sy'n sychu deigryn o'i llygad. Ceisia 24609 ddweud wrtho'i hun mai'r gwynt sy'n fain.

Aiff i mewn.

TRINIAETH 1

'Heia, Lucy ydw i,' medd y radiograffydd mewn sbectol sy'n chwarae â'r cyfrifiadur wrth iddo gerdded i mewn.

'Heia, Claire ydw i,' medd y radiograffydd arall, yr un heb sbectol, a golwg gleniach arni, wrth iddi hi ddod i mewn i'r stafell.

Gŵyr yn iawn na fydd yn cofio'u henwau am fwy nag ychydig funudau, wrth iddynt ei osod ar y gwely, ei wthio a'i dynnu â'u dwylo meddygol esmwyth ond anghyffrous.

Stafell debyg i'r un baratoi yw hi, a gwely du yn y canol, ond mae'r sganar yn wahanol y tro hwn. Mae ei len bersbecs ar y gwely, a'r glustog jel arni'n barod i lapio am ei benelin yn y siâp cywir. Mae Richard (ynteu Andrew ddywedodd o?) yn y stafell erbyn hyn hefyd. Efallai mai Richard yw'r un â'r awdurdod yma, ond efallai hefyd mai camargraff yw hynny gan fod hwnnw'n ddyn, yn fwy hyderus, ac yn hŷn na'r merched.

Mae 24609-3740 wedi gosod ei gorff yn berffaith gyda'r amlinell ohono ar y persbecs; deallodd hynny, ond nid yw'n deall llawer mwy o'r hyn a ddywedant uwch ei ben wrth iddynt dylino'i groen i siâp, a symud y persbecs, a chodi a gostwng y gwely'r mymryn lleiaf.

'PLO2; wyt ti'n fodlon?'

'Oes gen ti 84.3 o'r chwith?'

'Ffendiwn ni wrth wneud y driniaeth ydi hwnna'n iawn.'

'P4.2, ia ddim? Am be wyt ti'n malu awyr?'

'Wyt ti isio menthyg pren mesur callach na hwnna?'

'Ydi'r ïodin…? Dim ots.'

'PLO2 yn iawn. Dwn i'm am PLO4… O, wyt ti wedi gwneud hwnnw? Ardderchog.'

Mae yno am ugain munud neu fwy wrth iddynt geisio cael ei siâp yn berffaith ar y gwely. Ac yntau dan orchymyn pendant i aros yn gwbl lonydd, mae'r straen o beidio â symud yn gwneud i'w gyhyrau dynhau nes ei fod yn gorfod ei atgoffa'i hun i anadlu. Teimla'i diwmor yn pinsio wrth gael ei wasgu ar y persbecs oer.

Ac wedyn maen nhw'n barod i ddechrau ar ei driniaeth.

Gosoda Claire (ynteu Lucy? Gan ba un roedd y sbectol?) sticer bach wrth ei ochr cyn ei atgoffa i orwedd yn gwbl lonydd a gadael y stafell.

Pyla'r golau. Does ond laseri gwyrdd i'w gweld ar hyd y to, cyn iddynt roi mymryn yn fwy o olau iddo.

Seinia chwiban o rybudd i bawb gadw'n glir.

Stafell ysmygu

Mae wedi dod oddi ar y bws yn gynnar, ac yn cerdded hanner y ffordd o'r ysbyty, gan fod y bws yn symud mor araf yn nhraffig diwedd y prynhawn. Mae'n mynd ar hyd strydoedd cefn, dan orchymyn Google Maps, a thrwy stad ddiwydiannol: Iesu, dim rhyfedd fod y gwesty'n rhad.

Ai putain ydi honna ar gornel y stryd? Mae hi'n gwisgo legins tyllog, ond mae ei chôt hi'n ddigon diwair. Aiff 24609-3740 heibio iddi. Dydi hi ddim yn cynnig dim byd iddo yntau, nac yn edrych arno chwaith.

Mae'r tiwmor yn boenus erbyn hyn, ac mae o'n lluddedig

a blin. Mae arno eisiau cyrraedd y gwesty, a rhoi ei ben i lawr ar wely. Wrth i'r ddynes yn y dderbynfa estyn ei allwedd a'i dderbynneb iddo, cred 24609 iddi ddweud wrtho am beidio ag ysmygu yn y llofft.

'Ia, iawn,' medd yntau. 'Dim problem.'

'Â chroeso,' dywed hithau. 'Mi gewch chi stafell ysmygu gen i. Rydach chi ar yr ail lawr, stafell 211. Rhowch y cerdyn yn y slot i weithio'r lifft. Mwynhewch eich gwyliau.'

Dydi o ddim yn trafferthu ei chywiro, a dweud mai cytuno i beidio ag ysmygu y bwriadai ei wneud, yn hytrach na dweud yr hoffai gael ysmygu yn ei stafell. Wyddai o ddim, hyd yn oed, fod modd ysmygu mewn gwestai bellach.

Mae'r posibilrwydd o gael smocio yn y stafell wedi deffro chwilfrydedd ac atgofion ynddo. Cafodd ei smôc gyntaf a'i snog gyntaf yn yr un lle, ar yr un pryd, gan yr un hogan. Roedd yr amgylchiadau mor chwerthinllyd nes bod yn anghredadwy, bron. Yng nghefn car rhywun roedden nhw, yn cael lifft adref o'r dafarn ar ôl cyngerdd parti meibion yr oedd o'n aelod ohono bryd hynny. Ac yntau'n bedair ar ddeg oed, roedd yn cael ei flas cyntaf ar gwrw yn sgil ei ymroddiad i'r côr. Roedd ysgafnder hyderus meddwdod yn newydd iddo ar y pryd, yn ei godi ddwy fodfedd oddi ar y llawr, yn gwneud iddo feddwl mai cymdeithas y parti meibion – a'r llanciau a oedd ddegawd yn hŷn nag ef, yn gyrru ceir, yn mynd i dafarndai, ac yn sôn am ffarmio a hwrod a diffygion y cyngor a phynciau aeddfed felly – oedd ei briod le yn y byd.

'Ga i smocio yn car 'ma gen ti, Dew?' holodd y bladras feddw a oedd wedi bachu lifft yn ôl efo nhw, gan y bydden nhw'n pasio'i thŷ hi.

Gan fod y cwrw wedi boddi ei swildod, gofynnodd 24609 a gâi yntau sigarét ganddi. Cytunodd hithau – roedden nhw'n rhatach bryd hynny – ac estyn ei leitar iddo. Gan nad oedd ganddo glem sut i danio'r smôc, bu'n rhaid iddi hi ei rhoi yn ei cheg ei hun i'w thanio.

Roedd yn hapus o feddw, felly thrawodd y mwg mohono'n galed yng nghefn ei wddf fel y dylai. Llifodd, yn ddrwg ac yn chwerw, ond yn felfedaidd o feddal, i lawr i'w ysgyfaint. Wrth chwythu'r mwg allan, gwyddai na fyddai anadlu awyr iach ddi-fwg fyth yn ddigon da iddo bellach: roedd yr aer yn well o'i lygru â'r gwenwyn arian hwn.

Doedd hi'n ddim byd eithriadol i blant a oedd yn 'rysgol bach efo fo ysmygu pan oedden nhw'n wyth a naw oed. Felly yr oedd hi. Cyfarfyddai plant mewn llefydd llechwraidd i gydysmygu sigaréts a smyglwyd o hambags mamau diofal. Ond doedd 24609 ddim yn un o'r plant hynny; am ei fod yn hogyn parchus, diniwed, ufudd, gwrthod ymuno â'r ysmygwyr a wnâi o. Pan holid ef pryd y byddai'n dechrau smocio, maentumiai y byddai'n well ganddo wneud hynny pan fyddai'n hŷn (tua deuddeg oed – ar ôl cyrraedd ohono oed gŵr).

Efallai ei fod ddwy flynedd yn hwyr yn dechrau ond, ar sêt gefn y car gyda'r bladras feddw'n pwyso arno, gwyddai'n iawn pam roedd y plant yn 'rysgol bach mor barod i anufuddhau i bob rhybudd a chyngor a'u gwaharddai rhag ysmygu.

Daeth 'Ceidwad y Goleudy' ar y radio. Rhoddodd y bladras ei braich am ysgwyddau 24609, a dechrau gogwyddo o'r naill ochr i'r llall. Trodd yntau ei wyneb ati, a doedd arni ddim angen mwy o wahoddiad na hynny: roedd eu gwefusau dros ei gilydd, ac yntau – er na wyddai beth yn y byd mawr yr oedd i fod i'w wneud â'i dafod – yn mynd amdani, a meddalwch melys gwaelod ei thafod hithau mor newydd ac amheuthun â'r cwrw a wnaeth y cwbl yn bosib.

Wedi'r noson honno, syrthiodd 24609 mewn cariad ag ysmygu. Hoffai'r ffordd yr oedd ei silwét seithwaith yn fwy cŵl

33

pan oedd smôc rhwng y gwefusau. Hoffai'r sgyrsiau annisgwyl a'r camaraderi a oedd i'w cael yn yr oerfel y tu allan i theatrau a bwytai wrth fachu sigarét sydyn. Hoffai allu rhoi un am ddim i bobl mewn angen.

Hoffai'r arfer, yn styfnig ac afresymol, er bod ei nain a'i daid ar un ochr wedi marw'n ifanc, cyn iddo yntau gael cyfle i'w nabod o gwbl, oherwydd bod ei daid yn ysmygu. Hoffai'r arfer er bod y taid arall, yr un y cafodd 24609 ei adnabod cyn i'r arfer ei ladd yntau, yn chwydu gwaed i'r sinc, prin yn gallu cerdded gan ei fod mor fyr ei wynt, ac yntau wedi dechrau ysmygu'n bymtheg oed. Carai smocio yn wyneb pob rheswm.

Bellach – ar ôl smocio'n ymroddgar a phleserus am ddegawd, drwy ddyddiau'r prynu nerfus dan oed a chega am y gwaharddiad ar ysmygu dan do, ar ôl newid o'r sigaréts paced cemegllyd i'r rôl-ior-ôns mwy cŵl, a defnyddio'r peiriant bach i'w rowlio er mwyn eu cael yn berffaith – mae wedi rhoi'r gorau iddi. Yn un peth, fyddai o ddim am fynd yn agos at y fechan gydag unrhyw wenwyn ar ei ddillad, ei gorff, na'i anadl; yn beth arall, pan nad oedd o'n ysmygu, ffieiddiai at oglau pobl a oedd newydd orffen smôc, a sylweddolodd mai felly'n union yr oedd yntau'n drewi i bawb arall. Byth ers rhoi'r gorau iddi, mae'r syniad o sugno ar sigarét yn codi pwys arno; teimla losgi afiach yng nghefn ei wddf dim ond iddo feddwl am y peth.

Eto i gyd, wrth ymollwng ar wely y mae nicotîn wedi treiddio'n ddwfn i'w ddwfe, ac edrych ar nenfwd sydd wedi ei staenio'n felyn gan nosweithiau o ysmygwyr diamynedd, mae rhywbeth yn ei galon yn erfyn arno i fynd allan o'r stafell, mynd i'r garej gyferbyn, prynu pecyn deg o Lamberts (a leitar), a'u smocio, un ar ôl y llall, gyda photel o lager yn y llaw arall.

Yna, cofia am yr hyn a ddywedodd yr ymgynghorydd wrtho: y gallai'r radiotherapi losgi peth o'i ysgyfaint nes ei fod yn fyr ei wynt; y gallai'r driniaeth beri i ganser arall ymddangos ymhen pymtheg i ugain mlynedd – ac na ellid trin hwnnw, wedyn, â radiotherapi. Deugain mlwydd oed fyddai o bryd hynny, Iesu mawr, a'r fechan prin yn bymtheg...

Mae'n anghofio am y Lamberts; mae'n aros yn y stafell.

DYDD MAWRTH

TRINIAETH 2

Hoffai allu disgrifio'r peiriant yn iawn, ond go brin y gallai estyn ei ffôn o'i boced yn stafell y driniaeth a theipio nodiadau disgrifiadol manwl wrth gerdded o gylch y peiriant, gan geisio dyfalu swyddogaethau ei wahanol rannau.

Ac yntau'n hel meddyliau wrth aros am gael mynd i mewn am ei driniaeth, ni all ond ceisio cofio am yr hyn a welodd ohono pan oedd ar wastad ei gefn ar y gwely'r diwrnod cynt.

Gall y peiriant wneud orbit o gwmpas y gwely, a hynny ar ffrâm ddu. Mae wedi cyfrif o leiaf ddau banel llwyd, sinistr o blaen, tua'r un maint â'i liniadur ond yn dewach. Nid yw'n siŵr beth y mae'r rheiny'n ei wneud, ond gan fod Claire neu Lucy wedi sôn rhywbeth am wneud sgan sydyn, ac yna mynd allan o'r stafell, tra oedd un o'r paneli llwyd uwch ei ben, cred 24609-3740 yn gryf mai creu delwedd o ryw fath yw eu gwaith.

Pan fo'r driniaeth ei hun yn digwydd, rhan arall o'r peiriant sy'n cymryd y rhan flaenaf. Symuda'r darn hwnnw o'i gwmpas hefyd, oherwydd – does dim esboniad arall – o hwnnw y gyrrir y pelydrau ymbelydrol at y targed a ddarperir gan y tatŵs.

Mae llen blastig ar y rhan hon o'r peiriant, sy'n sgwâr, tua'r un maint â phlât cinio – llen yr un fath ag yr oedden nhw'n ei defnyddio er mwyn gosod emynau ar y peiriant taflunio yn y gwasanaeth yn 'rysgol bach. Drwy honno, gwêl amrywiol siapiau. I gychwyn, mae'r siâp sy'n ddu ar gefndir gwyn (ynteu gwyn ar gefndir du ydi o?) yr un siâp â ffeuen bob. Yna mae'r siâp yn newid, fesul sgwaryn bychan, yn siâp H trwchus. Newidia wedyn nes bod yr un fath ag un o'r bwystfilod yn Space Invaders. Aiff yn driongl bychan weithiau. Siâp sir Fôn.

Banana. Does ganddo ddim syniad pam mae'r siâp yn newid. A yw'r pelydryn yn feinach ambell dro, ac weithiau'n taro'r tiwmor yn gyfan? Byddai'n hoffi gofyn hyn i Claire neu Lucy, ond does arno ddim eisiau bod yn drafferth.

Pan fo 24609 yn cerdded i mewn i'r stafell, sylwa nad yw'r peiriant yn edrych ddim byd tebyg i'r hyn a gofiai. Mae'r cydrannau'n fwy o lawer; does dim ffrâm ddu; llwyd yw'r peiriant.

Mynd i'r pyb

Ddylai o ddim yfed a hithau ddim ond yn nos Fawrth – ddim ar ei wythnos gyntaf ym Manceinion, beth bynnag. Gwahodd dibyniaeth yw hynny; dechrau'n rhy fuan ar arfer hoff. Byddai mynd nos Fercher yn fwy gweddus, ac yn llai tebygol o arwain at arferiad beunosol. Mae hi'n noson lawog hefyd, a'i westy, o goelio Google Maps, waith 16 munud o gerdded o'r orsaf a llefydd gwaraidd tebyg. Dyna pam mae'n westy rhad, debyg iawn.

Mae ambell fwyty a bar gyferbyn â'r gwesty, dros y draffordd a'r gamlas. Ond os mynd am beint, mynd am beint yn union fel y mae'n ei ddeisyfu: cwrw crefft mewn bar llawer rhy cŵl iddo yntau fod ynddo, gyda seddi lledr a swed, a lloriau pren, a chasgenni'n gorwedd yn barod ar y bar, a thapiau henffasiwn, a manylion y cwrw ar fyrddau du mawr. Does arno ddim eisiau yfed Carling mewn tafarn a chanddi fwrdd dartiau a jiwcbocs. Gallai wneud hynny yn y dref fach lle mae'n byw. Bu'n chwilio'r we am dafarnau cwrw crefft gorau'r ddinas.

Mae'n cerdded. Tynna'i gôt yn dynn amdano, er bod hynny'n gwneud i'r tiwmor gwyno. Glaw ysgafn, trwchus sy'n lapio amdano: tebycach i niwl nag i gawod. Nid glaw i'w socian mohono, ond glaw i amlygu'r oglau bwyd sy'n gorffwys yn stêl yn ei drowsus, ac i wlychu'i sbectol nes na all weld.

Cerdda, gan ddilyn gorchymyn Google, rhwng warysau coch a llefydd Cash & Carry. Yng nghysgod ffatri Pritchard Diecasting, mae'r golau stryd oren yn feddal yn y glaw, mor feddal â'r cardfwrdd gwlyb sydd ar waelod y grisiau i fyny at y bont uwchben.

Rownd y gornel ag o, ar hyd y stryd, ac i fyny'r ramp concrid enfawr sy'n arwain at yr orsaf. Yno, rhwng siop goffi a siop gardiau, gwêl fwrdd du gwamal yn nodi y bydd trên arall ar gael i'w ddal yn nes ymlaen, ac y byddai'n well i'r tramwywr sy'n darllen yr arwydd yfed cwrw rŵan hyn. Gwena er ei waethaf, a mynd i mewn.

Does ond y barman ac un dyn arall yno – dyn tew a chanddo lond pen o wallt cyrliog a barf. Gwisga fag bychan am ei ganol: *bumbag* fel yr un a gafodd 24609 i fynd i'r Steddfod pan oedd tua deg oed. Ymddengys y barman yn falch o gael rhywun i darfu ar y sgwrs.

Ar ôl mynd i banig bychan nad oes labeli ar y tapiau ar y bar – sut mae o i fod i ddewis? – sylwa ar y bwrdd du gyferbyn ag o, ac archebu hanner o IPA. Mae cwrw fel hyn yn well fesul hanner, a gall brofi mwy o amrywiaeth o yfed mesurau llai.

Ar ôl cael ei ddiod, aiff i eistedd yn y ffenest flaen, er bod stolion lledr steilus ar bwys y bar, er bod soffa felfed gysurus iawn yr olwg wrth fwrdd ychydig ymhellach, ac er bod drafft i'w deimlo mor agos at y drws. Eistedda wrth fwrdd uchel, anghyfforddus, a'i gefn at y bar a'r ddau foi arall. Gwnaiff hynny er ei fod yn mwynhau sgyrsiau tafarn, a datgan barn am gwrw a gwleidyddiaeth a ffilmiau a llenyddiaeth ac am bopeth arall y mae'n darllen amdano yn y *Guardian*. Gwnaiff hynny er bod sgwrs yr Albanwr a'r Americanwr o boptu i'r bar yn swnio'n ddifyr, a bod arni angen un llais arall. Does arno ddim eisiau sgwrsio heno, dim awydd rhannu dim ohono'i hun na'i farn, er mai ffeirio syniadau dros gwrw oer yw un o'i hoff bethau yn y byd.

Mae'r cwrw'n iawn. Mae'r ymdrech i ychwanegu blas sitrws wedi rhoi surni sebonllyd iddo; mae'n rhy oer; mae'r swigod yn brin; ac mae ansawdd braidd yn denau a dyfrllyd iddo. Edrycha 24609 yn ei flaen drwy'r ffenest. Mae'r batri'n brin yn ei ffôn; does ganddo ddim llyfr; does dim papurau newydd ar y byrddau.

Dydi o ddim yn aros yn hwy nag un hanner. Aiff rhagddo, tra pery batri'r ffôn, gyda Google Maps yn ganllaw. Ai i lawr y stryd laith, dywyll acw y mae'r dafarn y darllenodd am ei detholiad difyr o gwrw America? Does bosib – tai ydi'r rheina... Na, aiff rhagddo; mae'r dafarn ar y gornel, a golau'n tarddu'n bŵl drwy'i ffenestri stemiog. Mae chwerthin i'w glywed oddi mewn.

Mae'i gwrw'n oerach y tro hwn – yn debycach i lager. Does dim byrddau gwag i lawr y grisiau, felly aiff i fyny i chwilio am le i eistedd. Mae'r lle'n orlawn, er nad yw ond nos Fawrth: myfyrwyr odiach na'i gilydd sydd yma. Cynlluniwyd y lle ar gyfer hipsters: llanciau â thatŵs a locsys mawr, a bresys yn dal eu llodrau brethyn uwchlaw sanau coch.

Ond rhaid bod gan bobl felly lefydd gwell i fod. Casgliad sydd yma o hogiau mewn cotiau siop elusen, a'r merched sy'n ddigon dihyder i fod yn ffrindiau â nhw. Dyma'r hogiau a gâi eu bwlio yn yr ysgol, ac sy'n awr yn hapus yn eu crwyn gan eu bod wedi cael rhyddid yn y brifysgol i'w hailddyfeisio'u hunain, a phrynu cotiau hirion a thyfu eu gwallt yn hir.

Plygant uwch byrddau gwyddbwyll a Cluedo, a'u gwalltiau'n syrthio'n seimllyd dros eu sbectols bwriadol ddisteil. Chwarddant ar glyfrwch rhegllyd jôcs y mae eu ffrindiau coleg newydd yn eu deall. Mae'r ysgol, a sbeitio'r hogiau cryf a'r bêbs oedd yn brifo o boeth, ymhell o'u cof yng ngwres y dafarn chwyslyd hon.

Daw 24609 o hyd i le i eistedd ar gornel mainc, a chlyw oglau'r tamprwydd sy'n codi o siwmperi di-siâp a hetiau trilbi'r myfyrwyr. Gwêl y lliw gwallt glas yn gadael ei ôl ar wyneb un o'r merched yn y cynhesrwydd tamp.

Mae'n gafael yn un o'r nofelau trosedd sydd ar y silff y tu ôl iddo ac yn bodio'r tudalennau. Ond ni all ymroi i'w darllen heno. Caiff ei lygaid eu tynnu at y myfyrwyr chwithig, eu ffraeo a'u chwerthin, oll yn anghysurus yn y chwys poeth y mae'r glaw wedi ei godi arnynt. Gŵyr y byddan nhw'n edrych yn ôl ar y cyfnod hwn, a meddwl mor hapus oedden nhw, mor wirion oedden nhw, mor salw oedd eu dillad, ac yn teimlo pang o banig mai dyna'r hapusaf iddyn nhw fod erioed. Ond am heno, maen nhw i gyd yn gwbl anymwybodol o drueni eu sefyllfa; gwyn eu byd.

Edrycha ar ei ffôn. Mae'n farw. Ni all decstio adref i ddweud nos da gyda rhes o swsys. Dylai fod wedi aros yn y gwesty yn syllu ar nenfwd y llofft. Defod yw yfed. Rhaid i'r enaid fod yn barod ar ei chyfer. Heno, a'i gôt yn damp a'i ysbryd yn llegach, teimla 24609 mor anghymwys ar gyfer y ddefod hon â hwrgi sydd newydd ddod o wely chwyslyd ei ordderch i'r cymun bendigaid.

Dydd Mercher

Oriel Whitworth

Mae 24609-3740 yn benderfynol y bydd yn mwynhau cymaint o atyniadau diwylliannol ag y gall tra bydd ym Manceinion. Heddiw, mae'n bryd iddo dicio'r atyniad cyntaf oddi ar ei restr.

Mae'r adeilad yn goch, mor goch nes gwneud iddo feddwl bod rhywun wedi ei Instagramio. Eistedda'r adeilad ar ddarn eang, gwag o goncrid. Rhwydd dychmygu'r llwydni hwnnw, yng nghynlluniau'r penseiri neu'r tirlunwyr, yn ofod prysur gyda ffigurau'n brysio yma a thraw, artisaniaid yn sgwrsio'n grwpiau taclus o ddau a thri, a'r coed yn ddeiliog. Fel y mae hi, mae un ferch yn smocio ar y ris o flaen y drws, a'r coed yn noeth am ei bod hi'n hydref. Aiff i mewn.

Mae'r gwirfoddolwr wrth y ddesg flaen yn ddychrynllyd o groesawgar, ac yn wybodus. Cymer 24609 yn ganiataol mai artist yn cyfrannu at ei gymuned yw'r dyn, gyda'i wyneb barfog a'i aeldlws, yn hytrach na throseddwr dan ddedfryd i fod yma er mwyn gwneud iawn i'r gymuned am drosedd.

~

Pan welodd y llun hwn o flodau, cymerodd yn ganiataol mai ffoto du-a-gwyn ydoedd. Ond yna, cymer gip ar y nodyn wrth ochr y llun, a gweld mai llun pensil ar bapur ydyw. Mae'n rhoi ei drwyn ar y gwydr, bron iawn, er mwyn ceisio gweld nam a fydd yn profi bod hynny'n wir. Ond does dim am y blodau sy'n awgrymu nad eu dal yn bicsel-berffaith gan gamera a gawsant.

41

Yr unig beth sy'n bradychu'r artist yw'r llinell fach a wnaeth â'i bensil o gwmpas y darlun.

Cymer 24609 gipolwg ar y daflen. Dywed yno mai dechrau copïo posteri pop a wnaeth Richard Forster, yr arlunydd – ffotograffau o Morrissey, cloriau cylchgronau – ac iddi fynd yn obsesiwn ganddo gael pob manylyn yn berffaith gyda'i bensil a'i bapur. Mae mwy o luniau'r artist hwn yma, cyfresi hir ohonynt ar hyd y waliau. Maent oll yn lluniau pensil, oll yn gyfewin fanwl, mor fanwl nes na fyddai neb yn dyfalu i bensil fod ar eu cyfyl. Mae ganddo olygfeydd diwydiannol fel pe bai wedi eu gweld o ffenest trên, a'r llwch ar y ffenest yn glir, a rhai o'r craeniau wedi mynd yn niwl wrth i'r camera fethu eu dal. A lluniau eraill, o ddynion dociau'n dadlwytho nwyddau, sy'n union fel cipluniau llonydd, graenllyd o ffilm.

Felly, beth yw'r pwynt? Os yw'r artist yn tynnu ffoto o rywbeth, ac yna'n dyblygu hwnnw'n berffaith fanwl ar ei bapur gyda phensil, fel nad oes modd dweud y gwahaniaeth rhwng y ddau, pwy sydd elwach? Pa les sydd i'r gŵr hwn o gael ei bensil i ddynwared mor slafaidd nodweddion y lluniau gwreiddiol?

I fyny'r grisiau mae gwniadwraig o'r enw Elaine Reichek wedi ail-greu lluniau mewn brodwaith – un Titian anferth, a dyfyniad mewn ffont afiach odano; un clawr llyfr coginio; un Regnault; un poster ffilm o'r 80au. Miloedd ar filoedd o bwythi, troedfeddi lawer o ddefnydd, dim ond er mwyn creu rhywbeth sy'n edrych yn debyg iawn, iawn i rywbeth arall. Pa rinwedd sydd yn y rhain ond eu crefft, ac ymdrech rhywun yn trafferthu, yn straffaglu, yn chwysu i greu perffeithrwydd, heb reswm yn y byd dros wneud hynny?

~

'Sbia ar hwn mewn difri,' dywed dyn locsyn yn watwarus wrth ei wraig wrth basio gosodiad arbrofol sy'n cynnwys carreg mewn powlen ffrwythau. 'Mi allwn i fod wedi gwneud hwnna – yn yr ysgol gynradd!'

Ond wnaeth o ddim. A wnaeth o ddim ei alw'n gelf, na chael arian amdano gan oriel, na chael ei ganmol i'r cymylau a'i anrhydeddu amdano.

Ac mae'r dyn locsyn yn meddwl mai'r artist yw'r ffŵl.

~

Mae'r caffi mewn darn o'r adeilad sy'n pwyntio, fel cei, allan dros yr ardd, a'i waliau'n wydr. Mae'n hofran dros y gwyrddni, a'r coed yn tyfu gyfuwch â'i ffenestri. Cerydda 24609 ei hunan am feddwl rhywbeth ystrydebol fel bod mwy o ystyr a phrydferthwch yn yr hyn a wêl drwy'r waliau gwydr nag yn y darnau celf sydd ar waliau gwyn yr oriel. Mae'r bwyty'n llawn cyplau'n mwynhau hamdden dosbarth canol eu canol oed hwyr. Clyw rywun yn trafod y rhaglen honno ar Radio 4 y bu yntau'n ei mwynhau ar ei wely gwesty sigarét-felyn.

Mae'r fwydlen bwyd plant yn cynnwys brechdan ham neu frechdan gaws gyda ffyn moron a hwmws. Meddylia 24609 wrtho'i hun na hoffai i'w ferch fach ef regi, pan fydd hi'n gallu siarad, ond y byddai'n derbyn 'Ffoc off' yn llawen o'i genau pe baen nhw byth yn ceisio rhoi ffyn moron a hwmws yn fwyd iddi. Mae'n prynu potel o ddiod ysgaw er mwyn cael hawlio bwrdd. Mae'n llowcio'r dŵr tap a osodwyd mewn poteli henffasiwn, chwaethus ar y byrddau: rhaid iddo yfed, meddai'r doctor, i garthu'r tocsins drwg o'i system. Mae gwiwer yn prancio yn yr ardd odano. Mae'r tiwmor yn brifo wrth iddo godi ei ddwylo at y bwrdd i deipio. Ond teipio a wnaiff.

TRINIAETH 3

'Mi wna i droi'r miwsig i fyny i ti,' meddai Claire heddiw drachefn, cyn iddi seinio'r chwiban wrth adael y stafell. Dechreua sŵn fel modem, a chanolbwyntia 24609-3740 ar aros yn llonydd wrth i'r peiriant droi o'i gwmpas, wrth i'r sgrin fach newid siâp.

Hyd yn oed pe bai'n cael symud, fyddai 24609 ddim yn dawnsio i'r miwsig hwn. Tybia mai dyma'r math o bop, gyda llais benywaidd gorawyddus a ffidlau ffug, a fydd yn cael ei chwarae dros bob tanoi a radio yn y wlad ar ôl yr apocalyps, am yn ail â llais awdurdodol Saesneg yn gorchymyn i'r sawl sydd ar ôl aros yn eu tai a berwi dŵr cyn ei yfed.

Er ei fod wedi bwriadu defnyddio'r gerddoriaeth i fesur yr amser yng ngolau pŵl y stafell – pedair cân dri munud a hanner, a byddai'n bryd i'r driniaeth ddod i ben – mae'n ei deimlo'i hun yn dal i ddisgwyl i'r gân gyntaf ddod i ben pan fo saith munud, o leiaf, wedi pasio. Dydi o ddim wedi adnabod alaw na deall yr un gair eto.

A'r peiriant wedi troi at yr ongl olaf, i belydru i'w gorff drwy ei ystlys chwith, dechreua'r gân jerian ac ailadrodd. Dydi 24609 ddim yn siŵr ai ailgymysgiad ynteu problem â'r CD sy'n gyfrifol, ond mae'r cymysgwch yn ychwanegu ychydig o ddiddordeb at y gân beth bynnag.

'O, diar mi,' dywed Lucy wrth ddod i ddweud wrtho y caiff godi o'r gwely a gwisgo. 'Mae hwn wedi sticio. Mi fydd yn rhaid i ni gael un newydd.'

Efallai y daw â CD arall i mewn, meddylia 24609, yn rhodd i'r ysbyty: *Goreuon Cerdd Dant, Cyfrol II*, efallai, neu *20 Ucha' Emynau Cymru*, neu *Cerdded Dros y Mynydd* gan Iona ac Andy.

Opus Basic Central Manchester Hotel

Does ganddo mo'r egni i fynd allan o'r gwesty, ac maen nhw'n hysbysebu pitsa poeth pedwar cig am £6.95 yn y cyntedd. Felly, mae'n eistedd yno, yn aros i'r staff dynnu ei bitsa o'r rhewgell a'i gynhesu yn y meicrodon. Mae'r cyntedd yn drewi o bwdin reis, ond ni all weld hysbyseb am y saig honno yn unman.

Rasio ceir sydd ar y teledu. Edrycha 24609-3740 ar y mynd a'r dod. Mae'r bobl sy'n cyrraedd y dderbynfa ac yn gadael y llofftydd yn groestoriad difyr, meddylia, o'r teip o bobl sy'n defnyddio gwesty £30 y noson rhwng camlas a pharc diwydiannol ar gyrion dinas.

Ar y bwrdd gyferbyn â'i un ef eistedda merch ifanc – dwy ar bymtheg neu ddeunaw oed, efallai – mewn penwisg Foslemaidd. Mae'i hambag yn un drud, a'i sodlau'n uchel. Mae hi'n edrych, am yn ail, ar ei horiawr ac ar yr hogyn ifanc, tua'r un oed ac o'r un tras â hi, sydd wrth y ddesg. Mae ganddo bapurau arian blêr yn ei law, ac mae'n eu chwifio ar y dderbynwraig wrth iddi hithau edrych ar ei sgrin. Mae ei ddannedd mor wyn â'r trênars uchel am ei draed, a'i jîns yn dynn am ei groen. Caiff y dderbynwraig ei bodloni o'r diwedd; cymer yr arian, a chaiff yr hogyn dywys yr hogan am y lifft. Does gan yr un o'r ddau siwtces.

Adeiladwyr, neu weithwyr ffordd, mewn dillad oren llachar a stripiau arian arnynt, yn drewi o lwch a chwys a smocio, yn sgwario i mewn fesul dau a thri; acenion yr Alban a Gogledd Iwerddon ac Essex a'r Cymoedd ar eu rhegi.

Ydi hi'n ddichonadwy fod honna, efo sgert mor fyr a cholur mor dew, sy'n brysio ar draws y dderbynfa, a'r staff yn troi eu llygaid y ffordd arall, yn unrhyw beth ond putain?

Dyn mewn siwt, sy'n agor ei lygaid led y pen wrth ddod

i mewn, a'i fwstásh yn dangos ei syndod i'w ysgrifenyddes archebu stafell iddo yn y fath le; ei gwrteisi'n diferu dirmyg dros genod y ddesg.

Mam a'i merch, y ddwy mewn saris, a bagiau Primark a Debenhams a Selfridges a W H Smith yn feichus ar eu breichiau, yn sibrwd ffraeo, yn poeri cyhuddiadau tawel ar y naill a'r llall wrth lusgo'u traed tuag at y lifft.

Daw dynes luddedig, dew i mewn, a'i gŵr bach moel i'w chanlyn. Mae hi'n gwisgo cap o fath na welodd 24609 neb yn ei wisgo o'r blaen, heblaw pobl a gollodd eu gwallt i ganser. Mae hi'n anadlu'n drwm; ei gŵr sy'n cario'r cês. Ceisia 24609 beidio ag edrych ar ei bochau mawr gwridog na'i llygaid melyn. Ceisia beidio â chydymdeimlo â hi, yn ei sgert fawr a'i thrueni, wrth iddi ymostwng i westy fel hwn er mwyn cael cemo na wnaiff ond ei gwneud yn sâl a blinedig, dwyn ei hurddas, a gohirio'r anorfod. Yn un peth, all o ddim hawlio ing fel ei hing hi; yn ail beth, does arno ddim eisiau meddwl bod eu trallod na'u tynged yr un fath.

Dyn efo modrwy briodas; dynes heb.

Mae'r pitsa'n iawn.

DYDD IAU

Dieithryn

Mae'n baglu ar y stryd ger yr orsaf fysys. Ar ôl codi'n ôl ar ei draed, a chodi ei gês, a tharo'i ddwylo'n erbyn ei gilydd er mwyn cael gwared ar faw'r stryd, edrycha'n ôl at y darn o bafin a ddaliodd ei droed fel trap. Sylla ar deils y palmant. Maen nhw'n hollol wastad, hyd y gall weld, ond eto gŵyr yn iawn fod darn caled o garreg wedi ei ddal a'i yrru ar ei hyd.

Ar ôl codi a sadio, daw'r boen. Dydi'r tiwmor ddim yn hoffi cael ei ddychryn. Yn ei feddwl ei hun, mae ganddo esboniad cadarn dros hyn. Tybia mai'r hyn sy'n digwydd yw bod y tiwmor yn gafael fel gelen yn ei gyhyrau – os nad yn dynnach na hynny, yn ei weldio'i hun yn rhan o gyhyrau ei frest, ei fraich, a'i ysgwydd – ac yn ei lapio'i hun am esgyrn ei asennau. Gan nad yw'r tiwmor mor hyblyg â'r cyhyrau y mae'n sownd ynddynt – nid yw'r tiwmor wedi ei greu i symud a chwarae ac addasu, dim ond i fodoli'n boenus – mae unrhyw symudiad, waeth pa mor fychan, yn tynnu ar y cyhyrau, yn gwneud iddynt straenio a brifo, fel pe baent ar fersiwn fechan o'r teclynnau arteithio cyntefig hynny a oedd yn ymestyn y corff nes ei fod yn methu â gwneud cymaint â gwingo dan y boen.

Efallai y byddai meddyg yn esbonio'r peth yn wahanol, ond dyna sut y mae'n teimlo. Gwnaiff croesi ei goesau'n chwithig i'r tiwmor frifo; gwnaiff y naid leiaf ar ôl 'Bw!' iddo frifo; ac ar ôl codwm egr ar y stryd, gŵyr yn iawn y bydd y boen yn brathu ei ochr drwy'r dydd.

Ar ôl y boen, daw'r embaras. Mae'i glustiau'n boeth oherwydd y gwrido; sut gallai o wneud peth mor wirion, a chodi cywilydd arno'i hun o flaen pawb? Byddai pawb ar y stryd wedi'i weld yn disgyn, ac wedi chwerthin – ddim yn uchel, efallai, ond ei wawdio yn eu pen.

Caiff y teimlad hwnnw a gaiff pan fo'n gyrru adref o dafarn neu glwb ar ôl cael peint. Un peint, wrth gwrs; un a hanner ar y mwyaf: dim digon i beryglu neb, ac yn sicr ddigon o fewn terfynau cyfreithlondeb. Serch hynny, bydd yn teimlo wrth yrru fel pe bai popeth a wnaiff yn cael ei wylio gan lygad barcud: bydd y clytsh yn teimlo'n anghyfarwydd dan ei droed, a botymau'r golau a nobyn y weipars fel pe baen nhw'n gweithio'n wahanol i bob adeg arall.

Dyna sut y teimla ar y stryd: fel pe bai'n blentyn, a phobl yn craffu ar bob gweithred o'i eiddo yng ngoleuni ei ffolineb diweddar. Ond wrth i'r gwynt oeri ei glustiau gwridog, wrth iddo ymbwyllo a sadio, ac edrych o'i gwmpas er mwyn ailsefydlu ei le yn y dref, sylwa nad yw'n nabod neb o'r bobl sy'n cerdded o'i gwmpas, y naill ffordd na'r llall. Dydi'r rhain mo'r un bobl â'r rhai a'i gwelodd yn baglu, hyd yn oed – aeth y rheiny ar eu hynt ers tro. Dieithryn ydyw i'r bobl hyn. Dydi o'n neb iddyn nhw.

Cafodd brofiad tebyg o'r blaen.

TRINIAETH 4

'Reit, 19.3 o'r fraich dde; mae hynna'n iawn. Wedyn 8.7 yn fan hyn.'

'Dwi bron gentimetr yn fyr yn fama felly... O, wyt ti'n mesur o'r persbecs ta o'r gwely?'

'O'r persbecs. Ydan ni'n iawn, os felly?'

'Ydan, sbot on.'

'I ffwrdd â ni.'

Does dim cerddoriaeth y tro hwn; dim CD, mae'n rhaid. Bob

dydd, maen nhw'n ei osod yn yr un safle'n union â'r diwrnod blaenorol. Bob dydd, mae'n teimlo'n wahanol; ei ysgwyddau ychydig yn llai cyfforddus, ei fraich yn gorwedd yn fwy esmwyth yn y mowld. Maent yn symud ei gluniau, yn pwyso ar ei ysgwydd, yn rowlio'i groen i'w gael i gwympo i'r lle iawn; ânt yn fwy hyf arno bob dydd, yn llai gofalus ohono. Chwarddant am ben Dan, y radiograffydd newydd, am ymddiheuro bob tro y mae'n cyffwrdd â chroen 24609-3740.

Chlywodd 24609 erioed mohonyn nhw'n trafod dim heblaw safle'i gorff ar y gwydr ac effeithiau'r driniaeth. Wrth ei osod dan y peiriant, maen nhw'n siarad fel pe na bai yno, yn ei anwybyddu'n llwyr heblaw pan fo angen gofyn iddo godi ei ben ôl neu orchymyn iddo beidio â'u helpu wrth iddynt fowldio'i gorff ar y gwely. Maen nhw'n hynaws ac yn ffraeth gyda'i gilydd wrth drafod y mesuriadau, yn gwybod eu gwaith cystal fel nad oes rhaid iddynt atgoffa'i gilydd o'r pethau sylfaenol.

Mae'n dyheu, weithiau, am wybod mwy amdanynt: beth maen nhw'n ei wneud ar benwythnosau, ar ba fiwsig y gwrandawan nhw, ydyn nhw'n canlyn, ydyn nhw'n darllen llyfrau. Dro arall, mae'n credu'n bendant nad ydyn nhw byth yn dianc o'r stafell hon, lle maen nhw'n mowldio cyrff a'u mesur ar y gwydr, yn eu paratoi.

Wyneb newydd

Do, cafodd y profiad o fod yn neb o'r blaen. Nid yw cerdded drwy'r orsaf a phobl yn edrych heibio iddo fel pe na bai'n cyfrif dim yn brofiad newydd iddo.

Bachgen go nobl oedd 24609-3740 pan oedd yn ifanc. Un o'i orchestion mawr yn 'rysgol bach oedd gosod beiro yn un o blygion fflab ei fol, ac yna symud y rholiau o fraster mewn modd a barai i'r feiro saethu fel roced ar draws y bwrdd.

Roedd yn wyth stôn yn wyth oed. Gyda phob blwyddyn wedyn, enillodd stôn: naw stôn yn naw oed, deg yn ddeg, nes ei fod yn un stôn ar bymtheg yn un ar bymtheg mlwydd oed.

Roedd sawl rheswm dros ei ordewdra. Nid chwaraeon oedd ei gryfder mawr, yn un peth. Un o'i atgofion mwyaf erchyll yw rhedeg o gwmpas caeau 'rysgol bach, gyda Mrs Norris yn sefyll mewn sodlau uchel ar ganol y cae yn ymhyfrydu wrth ei watwar. Byddai'n mynd i'r cae swings i chwarae Wembley Singles, ond mynd mewn welingtons y byddai, a goddefid iddo ef sgorio un gôl er mwyn mynd drwodd, fel y genod, er bod gofyn i'r hogiau eraill sgorio dwy. Dechreuodd chwarae rygbi ar ôl mynd i ysgol dre, ond gan i'w gorffolaeth ennill iddo'r llysenw Tanc am ei allu i hyrddio a gwasgu chwaraewyr llai i'r llawr, doedd dim rheswm iddo golli pwysau.

Bwyd oedd y rheswm mawr arall. Gorchest arall ganddo yn 'rysgol bach oedd cael pedair powlaid o semolina a jam i bwdin. Ar ôl yr ysgol, byddai'n mynd i dŷ ei hen fodryb, chwaer ei daid, cyn mynd adref. Wedi iddi golli ei gŵr, bwydo 24609 oedd un o bleserau ei bywyd, gyfuwch â gosod blodau a hel straeon a dweud pethau mawr am bobl. Y fodryb hon oedd hoff berson 24609 yn y byd, mae'n siŵr.

Yn de bach, byddai'n cael paned ganddi (tair llwyaid o siwgwr), a phedwar peth melys: Crunchie, Pink and White, Milky Way, a rhai o'i chreadigaethau bendigedig hi ei hunan, megis jam a sbwnj mewn crwst lard. Âi 24609 yno am ei swper weithiau hefyd. Swper nos Lun oedd orau ganddo: tatws stwnsh cinio Sul wedi eu ffrio mewn padell seimllyd gyda sosej ac wy, a digonedd o sos coch.

Parhaodd i fwyta'n dda yn yr ysgol uwchradd. Cynigid hambyrgyrs a sosej rôls i'r plant yn fyrbryd amser egwyl, a golchai 24609 y rheiny i lawr â photeleidiau o Fanta. Amser cinio, llwyddai i giwio am lai o amser drwy fynd i'r ciw salad, llwytho sosej rôls oer a chaws ar ei blât, ac yna gwibio ar draws i'r ciw bwyd poeth er mwyn cael sglodion a grefi neu fîns ar ben y seigiau brasterog.

Yn un stôn ar bymtheg ac yn hapus, doedd dim rheswm iddo golli pwysau. Cochodd at ei glustiau unwaith pan gafodd ei daflu oddi ar y Mad Max yn Butlins Skegness am fod ei goesau'n rhy dew i'r dyn ffair fedru cau'r harnes drostynt, ond anghofiodd am hynny'n ddigon sydyn. Doedd neb wedi ei sbeitio am ei bwysau er pan oedd yn yr ysgol gynradd; roedd digon o ddillad XL i'w cael; a byddai rhyw ferch neu'i gilydd wastad yn ddigon meddw i'w snogio mewn gìg. Aeth i'r gampfa unwaith neu ddwy pan oedd yn y coleg, i leddfu cydwybod, a phleser mawr wedyn fyddai cael smôc ar y ffordd i'r car, a mynd adref i wneud iddo'i hun fagét boeth yn llawn selsig a madarch a chaws.

Ond y Nadolig cyn iddo raddio, dechreuodd ffieiddio at ei gorff. Edrychai ar luniau o selébs Cymraeg canol oed tew pan oedd y rheiny'n ifanc, a gweld eu bod yn denau bryd hynny; os oedd o'n dew rŵan, yn ei ieuenctid, sut siâp fyddai arno pan fyddai yntau'n hanner cant?

Ymdynghedodd i golli pwysau, a bwrw iddi. Ymaelododd â'r ganolfan hamdden, a mynd yno i nofio bob dydd. Âi weithiau'n hwyr y nos, pan nad oedd ond ef a'r staff yno. Dro arall, âi ar fore Sadwrn pan fyddai plant direol, anystyriol yn rhwystro'i lwybr, gan ei gynddeiriogi. Ymhen ychydig wythnosau, dechreuodd fynd i nofio bob dydd am wyth y bore ar y ffordd i'r coleg, lle canfu griw o hen ddynion a nofiai'n ddefodol feunyddiol, a mwynhau bod yn rhan o'u sgwrs a'u tynnu coes (er bod eu diffyg cywilydd wrth newid yn noethlymun yn ei boeni, braidd).

Cadwai gofnod manwl o'r hyn a fwytai, gan osod uchafswm o fil o galorïau'r dydd iddo'i hun – byddai'r cyfanswm y byddai'n ei fwyta go iawn, fel arfer, gryn dipyn yn is. Weithiau, caniatâi iddo'i hun fynd drosodd – bu ar un sesh yng Nghaerdydd, bu mewn un cynhebrwng (allai o ddim gwrthod bara brith a sosej rôls), ac âi am swper i dŷ ei gariad a'i rhieni'n wythnosol – ond yn gyffredinol, goroesai ar goffi, afalau, Diet Coke, a rhai prydau mwy helaeth fel tomatos heulsych ar hanner darn o dost. Byddai'n mwynhau'r newyn. Teimlai ei ymennydd yn siarpach gan nad oedd yn lluddedig gan orfwyta. Gan ei fod yn dechrau pob diwrnod drwy losgi braster yn y pwll, teimlai fel petai pob cam a gymerai yn ystod y dydd yn llosgi mwy a mwy o'r fflab afiach oddi ar ei gorff.

Daeth, er mor annhebygol y byddai hynny wedi ymddangos ychydig fisoedd ynghynt, i rannu arwyddair Kate Moss: *nothing tastes as good as skinny feels.*

Fe'i pwysai ei hun yn wythnosol, ac roedd y drefn newydd yn llwyddiant mawr. Doedd hi'n ddim byd iddo golli pedwar, pum, chwe phwys yr wythnos. Erbyn diwedd Ebrill, bedwar mis ar ôl dechrau arni, roedd bedair stôn yn ysgafnach, a gallai weld cyhyrau ei goesau a'i ysgwyddau'n glir am y tro cyntaf. Safai o flaen y drych mawr yn llofft ei fam a'i dad yn edrych ar gorff nad oedd yn athletig nac yn lluniaidd iawn, ond nad oedd yn gywilyddus o flonegog chwaith. Teimlai'n hardd, yn hanswm. Gallai wisgo dillad maint S ac, erbyn yr haf, roedd yn closio at ddeg stôn a hanner. Breuddwydiai am fod yn naw-stôn-rhywbeth.

Roedd wedi cael ei drawsnewid yn llwyr. Cafodd weddnewidiad. A dyma sut y gŵyr sut beth yw peidio â chael neb yn ei adnabod. Collodd gymaint o bwysau o'i wyneb – roedd y bochau tew a'r genau lluosog wedi mynd – nes bod cydnabod iddo'n ei basio ar y stryd, gan ei anwybyddu. Daeth wyneb yn wyneb â dyn a fyddai wastad yn ei gyfarch, os nad yn sgwrsio'n fyr ag o; 'Esgusodwch fi,' meddai hwnnw, a mynd heibio iddo. Cyn-gariadon cyfeillion; beirniaid steddfod; merched y siaradodd â nhw mewn tafarnau: roedd fel pe bai wedi colli, mewn ychydig fisoedd, gylch o gydnabod a hanner cyfeillion a adeiladodd dros rai blynyddoedd.

Gallai ddawnsio'n wirion heb wneud gormod o ddifrod i'w enw da. Gallai smocio'n gyhoeddus heb i ffrindiau ei rieni achwyn wrthynt. Gallai anwybyddu hen athrawon a welai ar y bws. Collodd fwy na'i fraster: collodd rannau dibwys o'i hanes ei hunan.

Prif anfantais colli pwysau oedd bod y braster a arferai guddio'r tiwmor bellach wedi llosgi ymaith. O'r herwydd, roedd corff 24609 yn annymunol o afluniaidd. Roedd y lwmp ar ei frest mor fawr nes ei fod yn edrych mor uffernol o annaturiol â'r Eliffantddyn a ffrîcs eraill y gwahoddid pobl oes Fictoria i ffieiddio atynt mewn sioeau. Ni all 24609 ddioddef edrych ar luniau ei fis mêl ef a'i wraig – pythefnos godidog o deithio, *gelato*, eglwysi, haul, trenau, celfyddyd, gwin, pitsa, pensaernïaeth, a gobaith – am fod siâp afrosgo, afiach ei gorff yn difetha pob llun, yn troi'r atgof hyfryd yn bang o gywilydd.

Wnaeth y drefn ddim para. Erbyn hyn, mae'n gogwyddo rhwng deuddeg stôn a deuddeg stôn a hanner, ac mae pawb yn nabod ei wyneb newydd. Ond meddylia weithiau am y cyfnod hwnnw o ryddid, pan allai gerdded yn syth heibio i rywun a fyddai wedi mynnu sgwrs ag o chwe mis ynghynt, heb i'r un ohonynt orfod dweud dim.

Noson farddoniaeth

Gŵyr 24609-3740 yn iawn sut beth yw noson farddoniaeth yng Nghymru. Gan ei fod yn potsian barddoni, bu mewn ambell un dros y blynyddoedd yn datgan ei bill: dychan gwan, marwnad er mwyn tynnu ar dannau'r galon, neu gerdd ddoniol am ryw neu ysgarthu er mwyn plesio'r dorf. Mae'n hen law arni. Ond sut brofiad yw nosweithiau barddoniaeth yn Lloegr?

Mae wedi arfer darllen ei gerddi mewn tafarnau a chlybiau rygbi, o flaen cynulleidfa sy'n cael cystal blas ar y cwrw ag ar y farddoniaeth. A dweud y gwir, y meddwi a'r canu wedyn y mae 24609 yn ei fwynhau fwyaf hefyd, nid y perfformio.

Bu'n chwilio ar y we am nosweithiau barddoniaeth ym Manceinion yn ystod ei gyfnod yno. Roedd ambell un ar nosweithiau Gwener, ond byddai yntau adref erbyn hynny. Chwiliai 24609 yn benodol am nosweithiau meic agored, lle roedd cyfle i rywun hawlio ychydig funudau o flaen y meicroffon i ddweud ei gerdd.

Canfu un. Mewn caffi yn Fallowfield, nid nepell o'r ysbyty, ar ryw nos Iau bob mis, mae'r hyn a elwir yn 'griw agored o bobl sy'n caru'r gair llafar' yn cyfarfod. Gofynnodd a gâi gymryd rhan, ac addawyd lle iddo yn rhaglen y noson.

Cyrhaedda 24609 ryw chwarter awr yn gynnar, gyda'r bwriad o gael ambell sgwrs. Achos, fel y mae pethau, er ei fod mewn dinas sydd i fod yn orlawn o artistiaid a phobl ddiwylliedig ac ysgolheigion, â staff yr ysbyty yn unig y bydd yn sgwrsio. Gydag ambell beint ynddo, gall 24609 fod yn sgwrsiwr difyr. Mae'n foi swil, yn crino'n sgrwtsh o embaras mewn llawer o sefyllfaoedd cymdeithasol, ond dan yr amgylchiadau cywir gall fod yn gwmni diddan. Oni ddylai allu canfod pobl o gyffelyb fryd mewn noson farddoniaeth, o bobman? Siawns y bydd yno gîcs a phobl yr un mor swil ag yntau, oll yn barod i drafod barddoniaeth a diwylliant.

Ar ôl cyrraedd, a dechrau chwysu'n syth wrth fynd i mewn i'r caffi ar ôl cerdded yno drwy'r oerni, dechreua 24609 anobeithio. Daw'r hen atal dweud i blagio'i dafod a'i wneud yn ofnus o siarad â neb. Mae pawb sydd yno wedi eistedd mewn criwiau neu gyplau'n barod, ac i gyd yn ddwfn mewn sgyrsiau. Sylweddola 24609 na allai ddal ei dir mewn sgwrs am farddoniaeth gyfoes Lloegr, hyd yn oed, a byddai'n fodlon betio bod y rhain wrthi'n trafod barddoniaeth Slofenia neu ddwyrain Japan.

Aiff i gefn y caffi, lle mae'r cownter. Yn y cwpwrdd gwydr mae cwrw'n oeri dan berlau o anwedd. O'i flaen yn y ciw mae pobl mewn sbectols mwy trwchus na rhai 24609, hyd yn oed, a chotiau di-siâp. Mae nifer ohonynt yn rhoi eu dwylo mewn rhes o gwpanau te sydd ar y cownter. O edrych yn fanylach, sylwa 24609 mai dail te sych sydd yn y cwpanau, a bod y cyfeillion yn eu byseddu a'u harogli cyn archebu eu paned. Archeba 24609 gwrw, heb ofyn am gael rhoi ei fysedd ymhlith hopys a haidd.

Mae'r noson yn cychwyn. Mae 24609 yn canfod lle i eistedd ar gornel mainc. Nid yw wedi cael swper; llygada'r cwpwrdd cacennau i'r chwith ohono, ond nid yw'n codi i archebu un. Eglura arweinydd y noson, mewn llais Radio 4, fod heno'n noson arbennig yn hanes y cyfarfodydd hyn. Byddent yn clywed barddoniaeth o ddwyrain Ewrop yn yr iaith wreiddiol ac mewn cyfieithiad.

Daw'r beirdd i'r llwyfan. Maent yn bobl dal iawn. Un fenyw o Latfia â gwallt byr a golwg bwdlyd arni; un dyn â gwallt hir o Wlad Pwyl mewn côt frethyn borffor sy'n sganio'r stafell am gnawd wrth gymryd ei sedd ar y llwyfan; dyn arall, o Wcráin, un moel y tro hwn, a golwg *special forces* arno.

Tro'r fenyw sydd gyntaf. Dalia'i chorff i gyd ar sgi-wiff, a'i llyfr yn agos at ei hwyneb. Gyda'i phen yn gam, mae'n darllen y geiriau fel disgybl ysgol yn darllen rwtsh eciwmenaidd yn y gwasanaeth, gyda goslef undonog, gwynfanllyd sy'n awgrymu diflastod enbyd â'i gwaith ei hun. Daw dynes neilltuol o ddel at y meicroffon i ddarllen y cyfieithiad; rhydd hi rywfaint o fynegiant yn y darllen, chwarae teg. Casgla 24609 fod y farddoniaeth yn sôn am farddoniaeth ac atalnodi. Gwneir hyn deirgwaith – yr eildro gyda cherdd am galendrau, a'r trydydd tro gyda phenillion yn ymdrin â choncrid.

Disgwylia 24609 fwy o berfformiad gan y ci yn y siaced frethyn a'r poni-têl, ond mae ei ymarweddiad yn debyg iawn. Mae ei gerddi yntau, dealla 24609 diolch i ddarllenwraig brydferth y cyfieithiadau – sy'n troi ei thrwyn, rywfaint, wrth eu darllen, tybia 24609 – yn trafod rhyw, ei bidlan, a bronnau merched.

Mae darlleniad y bardd moel, bygythiol yr un mor ddiflas, ond mae yntau'n syllu'n syth ar gefn y stafell wrth ddatgan ei gerddi, heb edrych o gwbl ar ei bapur.

Yn ystod yr egwyl, aiff 24609 i biso. Ac yntau newydd agor ei falog a'i hestyn allan, ac yn sefyll uwchlaw'r droethfa, daw'r bardd tal, gwallt hir yn y siaced borffor i mewn a sefyll wrth ei ymyl. Tynna Jakov ei bidlan yntau allan, a chaiff 24609 gip anfwriadol arni. Achosa taldra a meintioli'r dyn i 24609, am ryw reswm, fethu'n lân â phiso. Saif yno'n smalio. Ar ôl cyfnod addas, mae'n ysgwyd ei bidlan a'i rhoi'n ôl yn ei drowsus, yn golchi ei ddwylo, ac yn mynd allan o'r tai bach gan wybod yn iawn fod Jakov yn gwybod yn iawn na phisodd 24609 ddim.

Erbyn iddo nôl ei ail botel o gwrw (er ei fod yn llosgi eisiau piso erbyn hyn) mae'r ail hanner bron ar gychwyn, ac felly does dim rhaid i 24609 fynd drwy'r artaith o fagu hyder i siarad â rhywun.

Tro beirdd y meic agored yw hi bellach.

Mae bardd *avant-garde* â llygaid trwblus a bresys yn tynnu amrywiol eitemau o ddillad unigryw oddi amdano ar bwyntiau allweddol mewn cerdd sy'n sôn, ymhlith pethau eraill, am wancio ond methu dod. Mae dynes yn ei saithdegau'n darllen, mewn llais crynedig, benillion odledig am beiriannau torri gwellt. Mae dyn hoyw'n darllen cerdd am fod yn hoyw. Mae myfyrwraig ifanc yn darllen cerdd dywyll am wneud amdani ei hun, gan wneud i bobl edrych yn bryderus ar ei gilydd. Darllena dyn canol oed mewn trowsus cordyrói, heb sanau, gerdd am gerdded ym Mheriw.

Gelwir enw 24609, gan ei gamynganu'n rhacs, wrth gwrs (gofynna iddo'i hun a oedd yr arweinydd yn camynganu enwau'r beirdd Ewropeaidd hefyd; go brin). Aiff ar y llwyfan, a'i chael yn dywyllach yno nag y disgwyliai. Sylweddola nad yw wedi paratoi unrhyw ragarweiniad; sylweddola, ar yr un gwynt, nad oes ganddo'r fantais arferol fod y gynulleidfa'n Gymry Cymraeg sy'n deall ei sefyllfa i'r dim. Mae'n rhaid iddo esbonio'r pethau mwyaf sylfaenol iddynt.

'Diolch,' dywed. 'Ym... dwi'n fardd Cymraeg, fel arfer. Dwi'n dod o ardal sy'n siarad Cymraeg. Ond mae'r diwylliant Cymraeg yn marw. Mae 'na sawl ffactor sy'n golygu bod y cymunedau sy'n cynnal yr iaith yn gwanhau'n arw. Rydan ni drws nesa i'r diwylliant mwya pwerus yn y byd, ac mae Lloegr hefyd yn llawn pobl sy'n ddigon cyfoethog i brynu tai yn ein pentrefi ni i jolihoetian yn yr haf. A phethau eraill hefyd. Ym. Mae'r gerdd yma'n sôn am hynny.'

Gŵyr yn iawn sut mae'n swnio: fel nashi rhonc, heb ddim ond un tant i'w delyn. Nid yw ei genadwri'n ffitio gyda rhyddfrydiaeth agored y noson. Nid yw'n perthyn i'r un byd o amrywiaeth Saesneg. Teimla'i gyfieithiad yn heglog dan ei dafod. Nid yw'n gyfforddus yn siarad Saesneg beth bynnag, ac mae ceisio darllen barddoniaeth Saesneg yn waeth fyth. Diflannodd yr odlau mewnol a'r cyffyrddiadau cynganeddol; erys y gyfeiriadaeth, ond fydd neb yn y caffi hwn yn ei deall hi.

Aiff i eistedd, yn wridog a chrynedig, gyda'r gymeradwyaeth yn swnio'n llai gwresog na'r rhai blaenorol.

Ar ddiwedd y noson, wrth iddo geisio dianc, daw rhywun

ato a dweud mai ei gerdd o a'i cyffyrddodd hi fwyaf. Roedd yn braf, dywed, clywed darlleniad ystyrlon a rhywun sy'n swnio fel pe bai'n credu yn ei eiriau. Diolcha 24609 iddi. Hola hi am ei farddoniaeth a'i gefndir: gwahoddiad iddo siarad mwy â hi, a'i holi, a chynnig prynu diod iddi, efallai. Gan sibrwd, mae hi'n cymryd y mic o'r beirdd Ewropeaidd, ac yn dweud bod yr un â'r poni-têl yn codi cryd arni. Mae ar 24609 eisiau siarad â'r person prydferth o'i flaen, ond mae'i dafod yn sych a'i ymennydd wedi colli pob syniad o sut i gyfathrebu â pherson arall.

Gwnaiff ei esgusodion, a gadael.

DYDD GWENER

Chwarel

Weithiau, pan fydd 24609-3740 yn cerdded o gwmpas Manceinion, yn enwedig mewn ardaloedd tawelach, teimla gerrig anwastad, pigog dan ei wadnau.

Mae'r pentref lle magwyd 24609 yn cysgodi, dywedir o hyd, rhwng môr a mynydd. Ni all 24609 feddwl am y mynyddoedd hynny fel rhai eiconig; ni all feddwl am gael ei fagu yng ngolwg dim arall ond y triban cadarn, addfwyn, a'r trydydd mynydd yn greithiog a garw, yn garreg i gyd, gan mai dyna lle roedd y chwarel.

Nid chwarel fel y rhai llechi mawr oedd hon; nid o Fethesda na Blaenau Ffestiniog y mae 24609 yn dod. Chwarel ithfaen oedd hi. Er na pherthynai iddi'r un anferthedd â'r chwareli llechi enfawr a gerfiodd swmp sylweddol allan o'r mynydd, roedd hon hefyd yn chwarel ac iddi arwyddocâd. Hon oedd chwarel sets fwyaf y byd yn y cyfnod pan oedd galw mawr am sets – ciwbiau gweddol fychan o ithfaen – er mwyn palmantu strydoedd mewn dinasoedd. Am fod ithfaen y fan hyn yn garreg mor galed, doedd hi ddim yn gwisgo nac yn torri dan bwysau traffig newydd y dydd. O'r fan hyn, hefyd, y daw cerrig cyrlio'r Gemau Olympaidd hyd heddiw.

Doedd dim o'r un chwerwedd a thensiynau diwydiannol yn y chwarel hon ag oedd yn y chwareli llechi mawr. Er mai cyfalafwyr o Saeson oedd y perchnogion a'r rheolwyr, roedden nhw'n gallach pobl na pherchnogion y chwareli llechi, yn fwy rhesymol a llai creulon. Wrth gwrs, roedd annhegwch a dicter yn codi weithiau, ond roedd perthynas fwy esmwyth rhwng llafur a chyfalaf yma – efallai am fod angen set go arbenigol o sgiliau er mwyn trin yr ithfaen.

Llosgodd y Plas, cartref rheolwyr y gwaith, yn ulw ryw ddegawd yn ôl. Roedd cyffro i'w deimlo drwy'r pentref, a'r tŷ moethus i'w weld yn wenfflam ar y llethrau o dan y chwarel – ond doedd dim chwerwedd; dim ysbryd o fuddugoliaeth, cyfiawnder, na dial. Doedd gweld y Plas yn llosgi ddim yn deffro hen atgasedd.

Bu 24609 am dro i'r chwarel dro'n ôl, yng nghwmni criw o Americanwyr canol oed; roedd ffrind i'w dad yn eu tywys ar wyliau cerdded o gwmpas gogledd Cymru. Bore fel heddiw oedd hi, bore a'r haul yn llachar yn yr awyr oer, a'r rhedyn a'r coed yn mwynhau gwyrddni ola'r haf.

Dringo'r heol syth, serth i fyny am y chwarel i gychwyn: dyma lle roedd trac y tryciau bychain a âi â'r cerrig yr holl ffordd at y cei, a'r llongau a ddisgwyliai yno i'w cludo i bedwar ban. Odanynt, lleihâi'r pentre'n barhaus; roedd caiac yn y môr.

O'r chwarel, clywent sŵn peiriannau, a sŵn cerrig yn crafu. Gwelent dractor a threlar mawr yn straffaglu i fyny'r tomennydd, ac ar ôl cyrraedd terfyn y lôn darmac gwelent JCB yn ceisio codi carreg enfawr i'w fwced. Heb roi cildwrn i'r gweithwyr, hyd yn oed, cafodd yr Americanwyr weld y garreg yn cael ei chodi'n araf, araf, cyn cael ei gollwng yn glatsh i'r trelar, a'r tractor yn bownsio ar ei deiars mawr. Clapio mawr wedyn.

Roedd hi'n anodd dweud faint o'r hyn roedden nhw'n cerdded arno oedd yn fynydd go iawn, a faint oedd yn domennydd o wastraff, wedi eu dympio yno a'u gwasgu i ffurfio tir newydd. Cawsant eu hunain mewn amffitheatr o garreg, lle roedd man gwastad wedi ei glirio gan ffrwydradau a pheiriannau i greu hanner cylch cysgodol. Ynddi, roedd pob brawddeg a ddywedid yn atsain. Gofynnodd Wilias, ffrind ei dad, i 24609 a oedd yn cofio clywed atsain mawr o'r cae swings ers talwm. Cofiai 24609 hynny'n dda; esboniodd Wilias mai o'r ceudwll hwn yr atseiniai'r sŵn.

Gwyddai 24609 yn iawn na allai o fod wedi goroesi yn y chwarel fel ei daid – gobeithiai y gallai fod wedi dianc i'r weinidogaeth neu i fod yn athro yn hytrach na gorfod crafangu ar graig oer yn y gwynt a'r glaw am ei gyflog – ond roedd bod yno'n taro'r ffaith honno'n ddyfnach i mewn i'w enaid.

Am flynyddoedd pan oedd yn blentyn, credai 24609 fod eglwys ar fynydd y gwaith – beth arall oedd yr adeilad mawreddog, cadeirlannog a ymwthiai'n llwyd o'r graig? Gŵyr erbyn hyn mai'r cryshar ydyw, lle câi'r cerrig eu malu a'u dosbarthu'n ddarnau o wahanol faint. O weld y cryshar yn agos, gallai weld ei fod yn fwy sylweddol o lawer nag unrhyw eglwys yn y parthau hyn: roedd mor safadwy, bron, â'r mynydd, ei bileri concrid yn drwchus a heriol, a chorff yr adeilad yn un â'r graig. Nid eglwys mohono, efallai, ond deffroai syniadau yng nghrombil 24609 am fawredd a thragwyddoldeb, ac am berthynas dyn â'r byd mawr creulon, caled y mae'n gwneud ei orau i'w reoli. Felly, mewn ffordd, efallai nad oedd camsyniad 24609 mor bell â hynny ohoni.

Gwelodd y cytiau concrid, sy'n sefyll o hyd – y swyddfeydd, a'r gweithdai lle trwsid yr offer metal. Roedd to concrid cadarn ar y gweithdai, er mwyn gwarchod y gweithwyr pan geid ffrwydradau yn y chwarel. Ar waliau'r swyddfeydd torrodd cenedlaethau o blant eu henwau: rhai wedi dod yno'n griwiau i yfed y caniau sy'n dal yn y corneli, rhai wedi dod yno'n gyplau i ddefnyddio'r condoms sy'n gymysg â'r caniau ar lawr. Yn un o'r swyddfeydd roedd lle tân i'w weld o hyd, ond y metal wedi'i werthu'n sgrap.

Edrycha 24609 i lawr a gweld y sets glaslwyd wedi'u pacio'n dynn dan ei draed. Cymer yn ganiataol mai sets o'r chwarel ydynt, a gwnaiff hynny iddo gerdded yn dalog a balch, fel petai'r stryd yn eiddo iddo, nes cyrraedd tarmac eto.

TRINIAETH 5

'A sut wyt ti'n teimlo heddiw?' gofynna Dan wrth iddo fynd i mewn i stafell y driniaeth.

Oeda 24609-3740 cyn ateb. Pwysleisiwyd wrtho cyn y driniaeth gyntaf mor bwysig yw cyfathrebu'n agored ynghylch unrhyw broblemau. Ystyria.

Mae'r tiwmor yn brifo, yn brifo go iawn. Wrth bacio'i gês yn y gwesty'r bore hwnnw, bu bron iddo grio wedi i boen ei drywanu wrth iddo godi'r cês ar y gwely.

Cafodd waedlin bychan ddoe. Chafodd o erioed waedlin o'r blaen.

Yng ngolau gwan y stafell molchi, roedd o'n credu bod cleisiau ar waelod ei goes.

Mae'n deffro bob bore a'i geg yn arteithiol o sych.

Chafodd o ddim cachiad ers tridiau.

Teimla weithiau, wrth gerdded i lawr y stryd, yr hoffai syrthio i'r llawr a chysgu yno nes y bydd yn teimlo'n effro eto.

Mae'r ofn y bydd yn cysgu'n gam ac felly'n gwneud i'r tiwmor frifo yn gwneud iddo fethu â mynd i gysgu yn y nos.

Caiff ysfa gref o dro i dro i grafu'r croen dros y tiwmor nes ei fod yn gwaedu.

Mae'n llwglyd, ond mae'r syniad o fwyta'n troi arno. O glywed oglau brechdan rhywun ar y stryd, mae arno eisiau chwydu'n syth yn erbyn y blwch postio.

Pe bai'n dechrau sôn am ddim o hyn, mae arno ofn y byddai

ei lais yn cracio ac y byddai'n dechrau beichio crio, a'i eiriau'n mynd yn annealladwy yn y rhyferthwy o ddagrau.

'*Champion*, diolch – a chithau i gyd?' dywed.

Ymweld

Am ei fod yn dueddol o wneud bywyd yn anos iddo'i hun nag sydd raid, a mynd ar goll wrth fynd o le i le, caiff 24609-3740 ei hun yn mynd o gwmpas cefnau Arena MEN ar y ffordd i'r dafarn y mae ei lygad arni.

Pan fo'n pasio un fynedfa yng nghefn yr adeilad – un go gudd, a shytars arni wedi eu peintio'n felyn fel gweddill yr adeilad – clyw sŵn peiriannol, a sylwa fod y shytars yn codi. Mae'n ffodus ei fod yn digwydd codi ei ben ac edrych i'r ochr, oherwydd mae andros o gar mawr du'n gwibio o'r lôn ac i mewn drwy'r fynedfa i grombil yr arena, heb boeni dim am ddiogelwch 24609. Does ganddo ddim syniad pwy sydd yn y car, ond mae'n amlwg yn rhywun pwysig.

Daw o hyd i'r dafarn, o'r diwedd, a phrynu, yn ôl ei arfer, hanner o IPA. Aiff i eistedd, ac edrych ar ei ffôn. Aiff i wefan yr arena er mwyn gweld beth sy'n digwydd yno heno.

'Damia!' dywed – yn uchel, er mawr cywilydd iddo.

Mae Bob Dylan yn chwarae ym Manceinion heno. Ynghyd â Leonard Cohen, Bob yw arwr cerddorol mawr 24609 – treuliodd sawl blwyddyn yn ei arddegau'n gwrando'n ddi-baid ar ei gerddoriaeth, ac yn trin a thrafod y geiriau'n drwyadl yn ei ben.

Dywedodd rhywun i Merêd wneud nifer dda o gyfraniadau yn ystod ei oes y byddai sawl person llai yn falch o gyflawni un ohonynt mewn einioes gyfan. Felly y teimla 24609 ynghylch cerddoriaeth Bob. Bu'n llais gwerinol i brotestio'r 60au, yn datgan bod newid yn y gwynt; bu'n faledwr o gowboi; swynodd yn seicadelig wrth sôn am ddianc drwy fodrwyau mwg y meddwl; bu'n efengýl eithafol, gan fygwth y Farn mewn delweddau cynddeiriog; bu'n rocar lledr trydanol; bu'n hen ddyn budr; ef oedd y cyfarwydd a luniai chwedlau'r dynion tywyll a'r genod twyllodrus; bu'n henwr chwerw, a'i ganeuon yn brifo'n bleserus fel finag ar friw. Drwy'r cwbl – drwy'r gybolfa gyfan o einioes gerddorol, gyda'i gymeriad a'i genhadaeth yn fythol gyfnewidiol – dim ond un peth oedd yn gyson: gallu'r dyn i gysylltu geiriau â'i gilydd yn glymau gwythi gan ddrysu, gwefreiddio, a herio dychymyg 24609.

Mae'n rhy hwyr i brynu tocyn erbyn hyn, ac maen nhw'n saith deg punt beth bynnag. Ar ôl i'r siom gychwynnol gilio, dechreua 24609 feddwl am y bywyd sydd gan ei arwr. Mae Bob ar ei Never Ending Tour bondigrybwyll ers blynyddoedd, ac yn chwarae mewn dinasoedd ledled y byd, noson ar ôl noson.

Dychmyga 24609 fod gan Bob filiynau o bunnau yn y banc. Rhaid ei fod yn parhau i ganu am ei fod yn mwynhau'r wefr. Wedi'r cwbl, onid pwrpas llwyddiant a chyfoeth yw prynu rhyddid? Nid yw 24609 yn meddwl fawr o ryddid Bob. Ni all ddychmygu bod ei fywyd yn ddim llawer mwy na chysgu mewn gwestai diarth mewn dinasoedd diarth ar ôl oriau o deithio, ac yna mynd ar lwyfan a chanu o flaen torf sy'n gwireddu breuddwyd wrth ei weld yn perfformio. Ni allai byth ddewis mynd am dro i lawr y stryd yn y ddinas lle mae'n canu; ni all gael awyr iach ond ar falconi; go brin ei fod yn gweld neb ond ei staff a'i fand drwy'r dydd. Pa fath o fodolaeth yw hynny? Beth yw pwynt teithio o ddinas i ddinas heb allu gwerthfawrogi ysbryd ac atyniadau'r dinasoedd hynny?

Nid yw 24609 am i'w ymweliadau yntau â Manceinion fod mor fas â hynny. Nid braidd gyffwrdd â'r ddinas y dymuna'i wneud, ond canfod ei ffordd dan ei chroen. Mae arno eisiau gweld mwy na dim ond yr ysbyty a stafelloedd mewn gwestai. Mae arno, er ei swildod, eisiau siarad â phobl go iawn yma; mae arno eisiau profi'r gorau a'r gwaethaf o'r hyn y gall y dref ei gynnig; mae arno eisiau teimlo – nid am chwe wythnos yn unig, ond am oes – ei fod yn perthyn i'r lle. Mae arno eisiau teimlo bod y ddinas wedi gadael ei hoel ar ei enaid.

Corff

Nid 24609-3740 yw'r cyntaf i feddwl am ddinas fel corff. Trawodd y trosiad sawl person mwy gwreiddiol ei feddwl o'r blaen, ond nid yw hynny'n ei gwneud yn llai newydd i 24609.

Y strydoedd yw'r gwythiennau, ac mae'r strydoedd bychain sy'n tarddu oddi arnynt fel mân gapilarïau.

Y parciau gwyrdd, agored yw'r ysgyfaint, sy'n galluogi'r ddinas i anadlu.

Mae'r ddinas yn llyncu i'w chrombil drwy'r traffyrdd a'r rheilffyrdd.

Y gwifrau telecom yw'r nerfau sy'n cario gwybodaeth o un lle i'r llall.

Pobl yw'r celloedd sy'n crwydro o amgylch y corff, pob un â'i bwrpas.

Bydd tomen byd yn rhywle'n gweithredu fel stumog.

Wrth i'r ddinas dyfu ac ehangu, mae rhai'n dweud ei bod yn mynd yn dew – yn magu gormod o floneg.

Nid yw'r metaffor yn berffaith – mae pob cymhariaeth yn anghyson ag un arall – ond mae 24609 yn rhy flinedig i boeni am hynny heddiw, wrth iddo hel meddyliau cyn i'w drên gychwyn. Os yw'r ddinas fel corff, beth sy'n gyfystyr â'i diwmor yntau yn y ddinas? Byddai'n gorfod bod yn rhywbeth fel gwersyll arteithio ar y cyrion: rhywle atgas sy'n ymestyn y ddinas ymhellach nag y dylai fod, ac yn achosi dim ond poen.

Wrth i'r trên gychwyn o'r orsaf, mae 24609 yn fwy na bodlon i Fanceinion ei ganfod yntau'n annerbyniol, a'i chwydu allan o'i pherfedd.

P E N W Y T H N O S 1

Nain

Beth yw pedwar ugain mlynedd rhwng ffrindiau?

Rhaid i 24609-3740 gyfaddef mai dyletswydd a ddaeth ag ef yma heddiw. O gydwybod y daeth â'r fechan i weld ei hen nain – cywilydd na welson nhw mo'i gilydd ers bron i fis. Mae Nain yn raslon am y peth, wrth gwrs – 'Mae hi'n brysur arnoch chi, tydi,' dywed ar y ffôn – ond mae 24609 yn teimlo'n ddrwg yr un fath.

Ac felly, rhag ofn i'r driniaeth olygu na all symud llawer ar ôl hyn, aiff y tri ohonyn nhw i'w gweld. Bob tro y bydd 24609 yn cnocio'r drws, yn mynd i mewn i dŷ ei nain ac yn gweiddi helô, daw hithau drwodd i'r gegin gyda golwg o sioc ar ei hwyneb. Mewn hanner eiliad, mae'r sioc yn troi'n bleser, bob tro.

O'r blaen, byddai Nain yn gafael am 24609 ac yn edrych yn iawn ar ei wyneb i'w groesawu. Nid felly y mae bellach. Aiff yn syth am y gadair car y mae 24609 yn ei chario – y sêt lle mae'r fechan wedi ei lapio'n glyd. Mae 24609 yn dal i gael ei synnu gan y trawsnewidiad a ddaw i ran ei nain pan fo yng nghwmni ei gor-wyres. Mae hi gyda'r cleniaf o wragedd y byd fel arfer, yn hwrjo panad ac yn gwneud yn siŵr nad yw ei byngalo poeth yn rhy oer i 24609 a'i wraig. Mae ei charedigrwydd a'i chyfeillgarwch yn ddiarhebol.

Ond gyda'r babi, cyrhaedda Nain lefelau o hynawsedd sydd bron â dychryn 24609. Os oedd o'n meddwl bod ei hwyneb yn goleuo wrth ei weld o, ei frawd a'i chwaer, doedd hynny ond megis cuchio yn ymyl ei hymateb pan wêl y babi bach. Mae ei llais yn newid yn llwyr. Mae'n meddalu'n gandi fflos o lais, yn codi tuag octef yn ei draw wrth iddi siarad â'r fechan. A'r fath siarad hefyd! Dim ond 'Helô, wel dyma syrpréis' a gaiff 24609 a'i wraig ganddi cyn iddi ddechrau sgwrsio â'r babi mewn modd sy'n hynod ystyrlon ac ystyried mai dim ond un ohonyn nhw sy'n siarad.

Parabla bymtheg y dwsin wrthi. Mae'n canmol ei dillad pinc a'i sanau amryliw, yn dweud ei bod yn grand o'i cho. Cyfeiria at ei thrwyn bach smwt a'i bochau bach llawn, a thaenu ei llaw dros ei phen a dweud bod yr hen wallt 'na ar ei ffordd, yn siŵr i chi. Mae'n canmol – fel pawb – ddisgleirdeb clên, glas llygaid y fechan, yn dweud bod hon yn siŵr o dorri calonnau. Ydi hi am roi sws i Nain Megan? Wrth gwrs ei bod hi. Hola beth y mae hi wedi bod yn ei wneud heddiw, a beth yw ei phlaniau am weddill y prynhawn; 24609 sy'n ateb, ond mae Nain yn ymateb yn union fel pe bai'r fechan ei hun wedi datgan eu bod wedi bod yn chwarae a chlirio yn y bore, ac am fynd am dro i lan y môr ar ôl ymadael â thŷ Nain. Does dim pall ar y sgwrs. Pan fo'r siarad fel pe bai am ballu, mae Nain yn cychwyn eto: yn canmol y sanau lliwgar ac yn ysgwyd troed y fechan yn smala.

Maen nhw'n bennaf ffrindiau. Gwena'r fechan ei gwên ddireidus, fodlon, hael ar ei hen nain, a gwena hithau'n ôl wrth siarad. Os bydd y fechan yn byw mor hir â'i hen nain, bydd yn gweld yr ail ganrif ar hugain. Ganed Nain cyn yr Ail Ryfel Byd. Rhyngddynt, gwelant gyfnod maith, diddorol, a phwysig yn hanes dynoliaeth: mae byd eleni'n gwbl wahanol i'r un y ganed Nain iddo, a bydd byd y fechan pan fydd hithau dros ei phedwar ugain yn gyfan gwbl wahanol i un heddiw. Ac eto, dyma nhw, mewn byngalo clyd mewn pentref clyd, yn sgwrsio a pharablu a bregliach fel tasen nhw'n deall ei gilydd yn berffaith.

Torrir ar y sgwrs felys yn sydyn wrth i Nain droi at 24609

a'i wraig a gofyn, 'Ydach chi'n ddigon cynnas? Gymerwch chi banad, cym'wch?'

Wedi iddynt sicrhau Nain eu bod yn gyfforddus ac yn ddisyched, try hithau'n ôl at y fechan, a'i pharabl mor newydd a chyffrous ag erioed. Edrycha 24609 arnynt, a'i ddamio'i hun nad ydynt yn dod yma'n amlach. Er na fydd y babi'n cofio hyn, mae 24609 yn hyderus ei fod yn rhoi iddi rodd amhrisiadwy.

Efallai na fydd y babi, pan fydd yn cerdded ac yn siarad ac yn ddigon hen i gael mynd i lefydd ar ei phen ei hun, yn cael treulio cymaint o amser gyda'i hen nain ag a gafodd 24609 a'i frawd a'i chwaer yn eu plentyndod hwythau. A hithau yn ei hwythdegau, ac yn cael rhywfaint o drafferth cerdded a gyrru, go brin yr aiff hi â'r babi i lan môr Nefyn ar brynhawniau hirfelyn o haf, na gwneud brechdan siwgwr iddi. Mae'n debyg na chaiff y fechan fyth fynd yno ar ei gwyliau, na chael stori Rupert o'r llyfr mawr cyn clwydo, na chael potel dŵr poeth i fynd i'r gwely mawr, na chael nyth o obenyddion i swatio yn eu canol yn y gwely cynnes. Fydd Nain ddim yn gwaradwyddo wrth i Taid roi'r fechan hon ar gefn ceffyl gwedd a gadael iddi ddreifio tractor ei hun bach, heb na chyfarwyddyd na goruchwyliaeth.

Ond eto, mae 24609 yn falch o allu rhoi hyn iddynt: orig o gyd-ddealltwriaeth, o gyfeillgarwch pur.

Hyd yn oed os caiff hi gariad sy'n meiddio'i thrin yn wael; hyd yn oed os daw hi i ddeall bod y byd yn llawn pobl hunanol a wnaiff ei charu un diwrnod a'i thaflu o'r neilltu y diwrnod wedyn; hyd yn oed os yw 24609 a'i wraig weithiau'n ei gweld yn waith caled; hyd yn oed os bydd ffraeo mawr rhwng y fechan a'i rhieni yn ei harddegau anodd, a hithau'n meddwl yn siŵr nad ydynt yn meddwl dim ohoni; hyd yn oed os bydd hi'n amau a oes neb yn y byd yn ei charu fel yr hoffai gael ei charu, bydd wedi cael hyn.

Bydd wedi cael adnabod cariad hael, anhunanol; bydd wedi cael ei charu'n llwyr gan rywun nad yw'n gwarafun iddi'r un noson ddi-gwsg, yr un clwt llawn. Bydd rhywun wedi ei charu am ei pherffeithrwydd cynhenid, heb i oed na phrofiad amharu ar y cyswllt godidog rhyngddynt.

Mae'n anodd mynd â'r fechan o 'no.

WYTHNOS 2

Dydd Llun

Y twll

Gan ei fam y clyw gyntaf am y twll.

'Dweud ar y radio bod problemau traffig difrifol ym Manceinion,' dywed y tecst. 'Twll mawr wedi agor yn yr hewl. Cymer ofal xx'

Mae'n sicrhau ei fam y bydd yn gochel rhag cwympo i'r twll, ac yn chwilio ar ei ffôn am fwy o fanylion. Ar Princess Street yng nghanol y ddinas y mae'r twll, felly llwydda i osgoi'r traffig dybryd drwy ddod oddi ar y trên yng ngorsaf Oxford Road; mae'r bysys yn rhedeg yn ddidrafferth oddi yno.

Ar y bws i'r ysbyty, chwilia ar Twitter am yr hyn sydd gan bobl i'w ddweud am y twll hwn a ymddangosodd yn y ffordd yng nghanol y ddinas. Un arall ydyw o'r *sinkholes* bondigrybwyll a fu'n ymddangos mewn strydoedd yn gynyddol aml dros y blynyddoedd diwethaf. Gwelodd 24609 luniau o rai anferth mewn dinasoedd yng Ngholombia a'r Unol Daleithiau: tyllau dychrynllyd o grwn a thaclus, fel pe bai rhywun wedi saethu bwled enfawr i mewn i'r ddaear a honno wedi torri'n lân drwy'r tir. Cydymdeimlodd â'r trueiniaid a gredai eu bod wedi adeiladu eu tŷ mewn lle call, dim ond i ganfod bod ei hanner wedi suddo i'r ddaear dros nos. Does dim llun clir i'w weld ar y we o *sinkhole* Manceinion eto.

Beth yw *sinkhole* yn Gymraeg? meddylia. Mae 'sudd-dwll' yn swnio fel twll y ceir ohono sudd, ac mae i hynny naws anweddus. Mae 'disgyndwll' yn air da, dramatig, sy'n cyfleu sydynrwydd ac arswyd y suddo, ond nid yw'n gwneud cyfiawnder â'r teimlad fod darn crwn o dir yn cael ei sugno i berfeddion y ddaear.

Mae'n chwilfrydig, ac am gael gweld y twll drosto'i hun. Er bod newyddiadurwyr ar Twitter yn ceisio'u gwerthu'u hunain fel arbenigwyr daearegol, nid yw'n eglur, eto, pa fath o dwll yw hwn. Gŵyr 24609 fod dau fath gwahanol o *sinkhole*. Caiff rhai naturiol eu ffurfio pan fo math penodol o garreg o dan wyneb y tir yn cael ei gwanhau gan law asid neu ffactorau eraill. Canlyniad gweithgarwch dynol yw tyllau eraill: pan fo pobl wedi gwneud cymaint o bethau dan y ddaear nes gwanhau'r tir, fel bod popeth yn suddo pan fo rhywbeth yn rhoi.

Mae 24609 yn cael ei gyffroi gan yr ail fath hwn o dwll, oherwydd mae'n amlygu mor brysur yw hi ymhell dan lefel y stryd mewn dinasoedd. Ceir yno ogofâu: rhai naturiol, rhai a wnaed gan ddyn, a rhai naturiol a ymestynnwyd er mwyn cadw nwyddau neu, hyd yn oed, mewn rhyw oes, i fyw ynddynt. Efallai fod yno siambrau claddu, neu feddi, o wahanol gyfnodau: mynwentydd gweddol ddiweddar, beddi torfol trist o gyfnod y pla, neu hyd yn oed gladdfeydd mor hen fel nad oes cofnod hanesyddol ohonynt.

A'r twneli wedyn: twneli trên, twneli'r Post Brenhinol, sy'n mynd o orsaf i orsaf, ffyrdd tanddaearol i gerddwyr, twneli smyglwyr, a thwneli preifat y cwmnïau llongau a'r masnachwyr ar gyfer cludo'u nwyddau'n sydyn a didrafferth. Nid yw'n amhosib fod datblygu wedi digwydd ar dir sydd uwchben hen chwarel neu fwynglawdd, gyda thoreth o fân dwneli a gwythiennau'n wagleoedd yn y tir fel y tyllau mewn caws o'r Swistir. Bydd mewn dinas fel Manceinion bibelli lawer: rhai ar gyfer cludo dŵr a nwy, gwifrau trydan a dŵr glaw; bydd carthffosydd eang yn cludo gwastraff i'w drin; pibellwyd afonydd, hefyd, er mwyn cael adeiladu drostynt. Yn ogystal â hynny, ceir holl selerydd y siopau a'r warysau a'r ffatrïoedd, a'r byncars lle'r âi pobl i guddio rhag bomiau adeg yr Ail Ryfel Byd.

Dyna pam mae'r twll hwn yn Princess Street yn cyffroi cymaint ar 24609. Mae'n agor mwy na rhwyg yn y ddaear: mae'n agor holl hanes y ddinas, yn gwneud sbort am ben y datblygwyr a'r cloddwyr a'r peirianwyr a'r smyglwyr a gredai y gallent dyllu fel y mynnent o dan y ddaear, creu dinas danddaearol bron iawn, gyda haen ar ôl haen o wagleoedd ar gyfer gwahanol bwrpasau. Mae 24609 yn sicr y bydd edrych i mewn i'r twll fel edrych drwy hollt yn hanes ei hun. Daw'r holl haenau, yr holl dyllau, yr holl dwneli a phibelli ac ogofâu, o wahanol amseroedd. Mae'n bosib fod esgyrn pobl o gyfnod rhy bell yn ôl i'w amgyffred – pobl heb fod yn annhebyg i ni, ond yn fwy blewog a drewllyd – yn teimlo aer y ddinas am y tro cyntaf. Ym mhridd y ddinas, gwasgwyd cyfnod ar ôl cyfnod yn haen ar ôl haen, a heddiw, maent i gyd i'w gweld. Mewn rhwyg yn nharmac stryd o siopau sgleiniog a swyddfeydd soffistigedig, bydd 24609 yn gallu gweld dyfnder hanes dynoliaeth.

Penderfyna 24609 y bydd, ar ôl ei driniaeth heddiw, yn mynd i Princess Street i geisio cael golwg iawn ar y twll.

TRINIAETH 6

Yn ysbeidiol, bydd sŵn cloch henffasiwn yn canu deirgwaith drwy'r stafell aros. Ac yn syth wedyn, bydd pawb yn dechrau cymeradwyo. Roedd hyn yn ddirgelwch i 24609-3740 tan i rywun esbonio wrtho fod gofyn i bawb ganu'r gloch wrth adael y ward ar ôl eu triniaeth olaf.

Crinjodd 24609, gan feddwl mai lol wirion oedd y cwbl. Beth oedden nhw – plant, eisiau clap am fod yn ddewr? Tybiodd fod yr arfer yn debyg i gael balŵn a lolipop gan y deintydd: da iawn chdi, 'ngwas i, am ddiodde'r profiad cas ond hanfodol hwn; mae popeth yn iawn rŵan. Ond bob tro y bydd rhywun yn canu'r gloch, bydd 24609 gyda'r cyntaf i ddechrau clapio. Mae'n siŵr fod pawb yn haeddu ei funud o deimlo gwres cariad y rhai sy'n cyd-ddioddef â nhw.

Heddiw, o'r stafell dywyll, ac yntau yno ar ei ben ei hun a'r peiriant yn troi o'i gylch ac yn gwneud ei sŵn peiriannol arferol, clyw 24609 bob hyn a hyn gysgod o sŵn y gloch yn canu, a chymeradwyaeth bŵl wrth i bawb yn y stafell aros guro dwylo yn ôl yr arfer.

Heddiw, bum wythnos cyn y bydd yntau'n darfod ei driniaeth, ni wna sŵn y gloch ond gwneud iddo resynu am yr holl amser sydd ganddo'n weddill cyn y caiff ddianc rhag trefn syrffedus y radiotherapi ac aer stêl yr ysbyty. Pedair triniaeth ar hugain arall: dyna a glyw pan seinia'r gloch.

Nid yw'n sicr a fydd yntau'n canu'r gloch wrth ymadael. Nid plentyn mohono, wedi'r cwbl. Ond wedyn, tybia fod eraill yn clywed y sŵn mewn ffordd wahanol – yn clywed sicrwydd fod pobl, drachefn a thrachefn, yn dod drwy'r drin, yn darfod y driniaeth. Crintachlyd, debyg, fyddai gadael y gloch heb ei chanu, a chadw'r gobaith hwnnw rhagddynt.

Ffensys

Yn anffodus, mae'r ffensys sy'n cau Princess Street wedi eu gosod yn rhy bell i 24609-3740 allu gweld i mewn i'r twll. Ystyria dalu am awr mewn stafell yn un o'r gwestai annymunol ar ochr y stryd, ond dydi o ddim am wastraffu arian – a, beth bynnag, mae'r gwestai'n edrych yn bur dywyll ac anodd eu cyrraedd. Ni thraffertha holi'r plismon, sy'n atal pobl chwilfrydig rhag mentro at y twll, a all gyrraedd un o'r gwestai.

Cwis tafarn

Ac yntau wedi rhoi ei fryd ar fynd i gwis tafarn, mae 24609-3740 braidd yn siomedig. Iddo ef, mae noson cwis yn noson gynnes: tân yng nghornel tafarn lle mae gan bawb ryw glem pwy yw'r naill a'r llall, a thimau o gyfeillion yn cydgrafu pen, yn rhwystredig na wyddant ddigon am y pethau mwyaf diddorol yn y byd.

Noson go wahanol yw hon. Arno yntau y mae peth o'r bai, oherwydd mae'n eistedd ar ei ben ei hun yn y gornel yn syllu ar ei bapur gwag a'i feiro, a'r papur yn glynu'n y bwrdd. Ond wedyn, beth yw'r dewis arall: ceisio siarad â rhai o'r bobl enbyd sydd yma?

Mae pawb yma'n wyn, heblaw un o'r criw ifanc swnllyd mewn siwtiau sy'n meddiannu'r bwrdd hir ger y jiwcbocs. Mae'n debyg fod y cwis yn ddefod wythnosol i aelodau o ryw ffyrm twrneiod neu fasnachwyr yswiriant sydd â'i swyddfa gerllaw. Gwragedd tŷ gwallt melyn, a'u hewinedd yn ddichwaeth o hir. Dynion boliog a chadwynau aur am eu gyddfau. Dim myfyrwyr na dynion tenau â phoni-têls – dim o'r bobl sy'n dueddol o feddu ar y wybodaeth a'r dymer i ragori mewn cwis. Tybia 24609 y byddai mwyafrif clir o'r bobl yn y dafarn yn ystyried bod prynu BMW yn arwydd fod rhywun yn llwyddiant mewn bywyd.

Mae'r cwestiynau, pan fo'r dyn â'r llais Elvis yn dechrau eu gofyn, gan gusanu'r meic, mor syrffedus â'r mynychwyr. Un ar ddigwyddiadau *EastEnders* tua chanol y 90au; un ar chwaraewyr Man City (a chefnogwyr Man U yn udo annhegwch); un ar y teulu brenhinol; beth yw prifddinas Mongolia; pa frand o sgidiau a wisgai Robbie Williams yn Knebworth yn 2003...

Cymer 24609 lowc o'i beint. Nid yw'r cwrw'n dda hyd yn oed: fe'i denwyd i'r dafarn hon gan yr addewid o gwis yn hytrach na safon y cwrw. Er bod patrwm y clustogau'n ddel, mae'n lle tywyll, stici, a'i doiledau'n drewi. Mae posteri ar y waliau'n brolio Sky Sports a chinio rhost am £10.95.

Rownd lluniau. Nid yw 24609 yn adnabod neb ar y papur a ddosbarthwyd (heblaw Shirley Bassey a Bruce Forsyth). Er hynny, gall fod yn hyderus ar sail eu golwg mai cantorion pop, chwaraewyr pêl-droed, ac actorion operâu sebon sydd yn y lluniau. A! Dyna Jimmy Floyd Hasselbaink.

Dechreua dyn siarad â 24609 ar ei ffordd i'r bogs.

'Hei, os wyt ti'n cario ymlaen i greu stŵr a thrwbwl fel'ma, fyddan nhw'n dy daflu di allan.'

Ateba 24609 y dyn â gwên sydd mor wan â'r jôc.

'Sori,' dywed. 'Mi wna i gau fy ngheg o hyn allan.'

'Croeso i ti ymuno â'n bwrdd ni,' dywed y dyn, gan ddal drws y tai bach yn agored fel bod y drewdod yn merwino ffroenau 24609. 'Duw a ŵyr, mae arnon ni angen rhywfaint o frêns. Mae'r wraig 'cw'n thic fel mochyn, heb sôn am edrych fel un.'

O giledrych i gyfeiriad bwrdd y dyn, rhaid i 24609 gydnabod bod ei ddadansoddiad o'i wraig yn bur agos ati.

'Dwn i'm faint medra i ei gyfrannu.'

'Twt lol, rwyt ti'n glyfar, siŵr. Ti'n gwisgo sbectol boi clyfar.'

Gwena 24609. Aiff y dyn i'r tai bach.

Ac yntau wedi colli dau gwestiwn yn ystod y sgwrs, prin yw amynedd 24609 i barhau â'r cwis. Ceisia'i orfodi ei hun i orffen ei gwrw – roedd wedi talu £4.10 amdano wedi'r cwbl – ond mae'n blasu fel oglau'r tai bach. Cwyd ar ei draed a cherdded allan drwy'r dafarn.

Mae criw o sbifs canol oed yn sefyll wrth fwrdd rhwng y bar a'r drws: siwtiau pinstreip, gwallt amheus o ddu wedi ei frylcrîmio'n ôl yn seimllyd. Gwêl 24609 un o'r dynion –

gwerthwyr tai, tybia – yn ceisio rhoi ei waled yn ôl ym mhoced ei siwt. Mae'r dyn hwn yn fwy meddw na'r lleill, ac yn hytrach na gollwng ei waled i'w boced mae'n ei gollwng ar y llawr, ac yn parhau i yfed heb sylwi.

Ar ei ffordd allan, heb oedi na phetruso, rhydd 24609 gic fach i'r waled: digon i'w chael allan i'r lobi. Wrth agor y drws i fynd allan i'r stryd, rhydd gic arall iddi, ac mae ar y palmant. Cic arall, i'r chwith ar hyd y lôn, a chic arall nes bod 24609 yn gwbl hyderus ei fod y tu hwnt i gyrraedd camerâu cylch cyfyng y dafarn. Gyda gwên o syndod at ei ddiawlineb ei hun, plyga 24609 a chodi'r waled oddi ar lawr. Fe'i rhydd yn ei boced, a gwasgu'r lledr meddal wrth gerdded yn ôl am y gwesty.

Yn ei stafell, mae'n agor y waled. Lluniau o blant bach hyll; twr o gardiau; gwerth £200 o bapurau ffres; tuag wythbunt mewn darnau arian.

Cymer awr a mwy i 24609 fynd i gysgu, ac yntau'n drybola o gyffro ac ofn. Does ganddo ddim cof iddo erioed ddwyn o'r blaen, dim ond cap cogydd, am laff, o'r dosbarth coginio yn yr ysgol. O, a'r peth arall hwnnw y mae'n ceisio peidio â meddwl amdano.

DYDD MAWRTH

Cael 'madael

Pan ddaeth i Fanceinion gyntaf, synnodd 24609-3740 yn arw fod seibr-gaffis yn dal i'w cael yn ein dyddiau ni. Ond mae'n ddiolchgar, oherwydd mae arno eisiau mynd ar y we heb i neb allu olrhain hynny. Nid yw'n awyddus i ddefnyddio'i ffôn na'i gyfrifiadur ei hun, nac i ddefnyddio cyfrifiadur mewn llyfrgell (lle byddai'r staff yn barod i gydweithredu â'r heddlu).

Ar ôl canfod caffi o'r fath ar Wilmslow Road, mae'n talu teirpunt am hanner awr o amser ar y cyfrifiadur. Mae'r perchennog yn benderfynol o beidio ag edrych i'w lygaid, ac mae hynny'n gysur.

Aiff i wefan Achub y Plant. Chwilia am ffurflen lle gall gyfrannu arian i helpu ffoaduriaid Syria. Mae'n estyn y waled a ddygodd, ac yn estyn cerdyn debyd allan ohoni. Rhydd fanylion y cerdyn ar y ffurflen, a dewis cyfrannu mil o bunnau. Mae'n cau'r cyfrifiadur, yn diolch i ddyn y siop, ac yn cerdded i lawr y grisiau i'r stryd.

Rhydd y waled, a'r holl gardiau ynddi, mewn bin ar ochr y stryd. Cerdda ymaith, a'r arian parod yn gwneud i'w boced deimlo lawer yn drymach nag arfer.

Angladd

Ynghudd, bron, y tu ôl i siopau di-raen amrywiol y stryd, sylwa 24609-3740 ar adeilad sy'n edrych fel neuadd bentref ddigon cyffredin – waliau brics coch a tho sinc – ond â chroes Gatholig uwchben y drws. Eglwys Babyddol yw hi, a phobl yn eu du yn morgruga o'i chwmpas. Sylwa 24609 ei fod mewn dillad bron yn ddu ei hun, am newid: sgidiau llwyd, *chinos* glas tywyll iawn, a chôt law ddu.

Aiff yn nes. Gwylia wrth i'r dynion orffen llwytho'r arch i gefn yr hers, ac wrth i ferched galarus gael eu llwytho i gefn car hir, du ar gyfer y daith i'r fynwent neu'r amlosgfa. O ymuno â'r dyrfa deilwng sy'n amgylchynu'r ceir ac yn sefyll yn daclus yn edrych arnynt wrth iddynt yrru'n barchus araf i ffwrdd, teimla 24609 ei anadlu'n arafu a'i lygaid, go iawn, yn dyfrio ychydig.

'Gwasanaeth bach da,' medd llais hen ddyn wrth ei ymyl.

Gan nad yw'r hen ŵr yn siarad â neb arall yn benodol, penderfyna 24609 ateb.

'Teilwng iawn,' dywed. 'Roedd o'n ddyn da.'

'Gwir iawn, gwir iawn. Dwi'n ei gofio fo'n hogyn bach, Frank Tŷ Pen, yn chwara'n wirion o gwmpas y stad. Pwy feddylia y basa fo'n tyfu'n ddyn cyn galled, mor llwyddiannus! Ac yn marw mor ifanc,' dywed yr hen ŵr. 'Graham ydw i.'

'Guy,' dywed 24609, mewn mymryn o banig, gan gydio yn llaw Graham.

'Oeddat ti'n ei nabod o'n dda?' hola Graham. 'Gweithio iddo fo oeddat ti?'

'Ia,' dywed 24609.

'Yn y ffatri ta'r busnas tacsi?'

'Y ffatri. Wel, yn y swyddfa yn y ffatri. Cadw trefn – wel, trio, beth bynnag.'

'Biti am y ffatri. Biti mawr. Mi wnaeth o'i orau. Yr economi, was – be fedar rhywun ei wneud?'

'Ddaru o'n trin ni'n deg iawn, mewn amgylchiada anodd,' blyffia 24609.

'Chwara teg iti am ddweud hynny. Roedd llawar o'r hogia'n flin iawn o golli eu gwaith. Dim llawar ohonyn nhw yma heddiw, a dweud y gwir. Rwyt ti'n ddyn da am ddod. Go dda ti.'

'Y peth lleia y medrwn i ei wneud.'

Dywed Graham y bydd yn saff o edrych ar ôl 24609, neu Guy, yn yr wylnos: fyddai dim rhaid iddo dalu am yr un peint – dim llai na'i haeddiant! – am iddo fod yn gymaint o ddyn â dod i angladd Frank. Wrth i'r dyrfa ddechrau cerdded am y dafarn – teulu'n unig yn y crem, yn ôl Graham – sylwa Graham ar John, un arall o weithwyr ffatri Frank.

'Duwcs, mi fyddi di'n nabod John yn iawn. John yn foi iawn,' dywed Graham wrth 24609. 'John! John! Ty'd yma!'

Ond erbyn i John droi a dod at Graham, mae 24609 wedi troi ar ei sawdl, mynd i mewn i gaffi ar ochr y stryd, a diflannu o fywyd Graham am byth. Yn nhoiled y caffi, mae 24609 yn chwerthin. Am chwarter awr, bu'n Guy, y gweithiwr ffatri. Byddai'n aros yn hir yng nghof Graham fel yr hogyn gonest o'r ffatri a ddiflannodd yn ddisymwth ar y ffordd o'r angladd i'r wylnos. Am ran fer o fore, bu 24609 yn rhywun arall. Creodd, drwy ambell air ac awgrym, hanes cyfan ac einioes wahanol iddo'i hun.

Gall wneud hynny yma, os dymuna. Dim ond i'w gelwydd fod yn gelfydd a golau, fyddai neb ddim callach.

TRINIAETH 7

Mae'n bur siŵr nad oedd y glöyn byw acw ar y peiriant ddoe. Heddiw, mae dau ohonynt yno, yn loyw a lliwgar ar blastig llwyd y peiriant, yn y marjin o gwmpas y sgrin ddu sydd, yn nhyb 24609-3740, yn anfon y pelydrau i'w gorff.

Sticeri ydyn nhw, rhai metalig, glitrog. Sylla 24609 arnynt. Mor llawen ydynt, mor annioddefol o liwgar. Blydi gloÿnnod byw, meddylia. Beth sydd i gyfrif am obsesiwn pobl â philipalas? Pam yn y byd maen nhw'n dewis prynu modelau mawr o loÿnnod byw i'w gosod ar waliau eu tai – y tu allan? Pwy yn ei iawn bwyll fyddai'n falch o weld trychfilod mor gawraidd yn cerdded ar hyd y waliau? Pam maen nhw'n mynnu cael tatŵs o loÿnnod byw ar eu hysgwyddau? Yn yr awyr agored y mae lle pilipalas, mewn gwellt tal ac yn swatio mewn blodau gyda'r haul yn gwenu arnynt, nid wedi eu hail-greu'n flêr mewn inc ar groen crychlyd dynes o Scunthorpe.

Yr hyn a aiff dan groen 24609 yw'r ensyniad y dylai gweld dau sticer taci o loÿnnod byw wneud y profiad o fod ar wely radiotherapi'n fwy pleserus. Ydi o i fod i gael ei dwyllo ei fod allan yn yr haul, ar ddôl flodeuog, a'i groen yn iach a chynnes yn yr awel hafaidd? Wedi dweud hynny, gwnaiff y pilipala iddo feddwl am y tro hwnnw i fyny i'r chwarel gyda'r Americanwyr. Diwrnod o haul poeth oedd hwnnw hefyd, ac wrth i'r criw ohonyn nhw gyrraedd y copa, ac eistedd ar y crug o gerrig yno, ymddangosodd pilipala, gan orffwys ar law Barbara.

Glöyn byw digon cyffredin ei faint ydoedd, un oren a du pur hardd. Ond rhyfeddai'r Americanwyr: mor fach ydoedd! Welson nhw ddim un mor fach â hyn erioed. Gwenodd 24609. On'd oedd popeth yn fwy yn America? Os oedd y pilipala hwn yn fychan, rhaid bod y ceir yn fwy nobl, y rhaeadrau'n fwy grymus, yr heolydd yn lletach, y coed yn fwy trwchus, yr adeiladau'n dalach, y caeau'n ehangach na ffermydd cyfan yng Nghymru…

Ac mae'r driniaeth drosodd. Llwyddodd y gloÿnnod byw, er gwaethaf sgeptigiaeth 24609, i fynd ag o i ennyd o ryfeddod ar ben y mynydd.

Haelioni

Mynd am y safle bws agosaf y mae 24609-3740 pan glyw fref lafurus o ddrws siop sydd wedi cau; llef sy'n swnio fel y gyntaf o gannoedd heno.

'Unrhyw newid plis syr diolch beth am drugaredd at gydddyn llai ffodus?'

Er nad yw ond wedi bod yn y ddinas ers wythnos, teimla 24609 ei fod wedi datblygu imiwnedd at lefain begerwyr. Dysgodd beidio ag edrych i lawr, er mwyn osgoi eu llygaid, a chadw'n ddigon clir oddi wrthynt wrth gerdded rhag ofn i un afael am goes ei drowsus. Er hynny, pwylla'r tro hwn, gyda'r arian a ddygodd yn drwm yn ei boced. Estynna'r rholyn tyn o'i gôt – gwerth £180 erbyn hyn, ac yntau wedi rhoi ugain mewn blwch elusen yn yr ysbyty – cyn troi ar ei sawdl, ei luchio i gôl y tramp, a throi ar ei sawdl yr un mor sydyn ac anelu am y safle bws, hanner canllath i lawr y stryd.

'Diolch, sy— Ffwcin hel!' clyw'r tramp yn gweiddi y tu ôl iddo. 'Be ffw—?'

Gwena 24609, gan gyflymu ei gamre er mwyn dal y bws sy'n tynnu i mewn i'r safle. Os yw'r tramp yn un cyfrifol, caiff fwyd a llety am wythnos o leiaf; os ddim, caiff wisgi da, hwran, a stafell mewn gwesty i'w gynhesu heno. A bydd arian y sbif seimllyd yn y siwt wedi ei wario'n dda, a chyfrifoldeb 24609 amdano wedi darfod.

Mae ar fin camu ar y bws pan deimla law fel hual am ei arddwrn. Mae'n troi i wynebu barf anwastad a hanner pen o ddannedd.

'Be ti'n feddwl ti'n ei wneud?' hola'r tramp yn danbaid.

'Dim ond… haelioni,' dywed 24609, wrth i yrrwr y bws ysgwyd ei ben a gyrru i ffwrdd.

'Haelioni!' chwardda'r tramp, gan anadlu oglau diod

dros 24609. 'Dwi wedi bod ar y strydoedd ers digon o amser i wybod nad oes neb yn gwneud dim byd heb fod rhyw les iddyn nhw'u hunain.'

'Ti'n iawn,' dywed 24609, gan benderfynu ceisio hiwmro'r dyn. Dywed fod arno eisiau teimlo'n garedig a hael, fod ganddo rywfaint o bres yn sbâr…

'Rhywfaint? Yn sbâr?' gwatwarodd y tramp. 'Dwyt ti ddim yn edrych fatha tasat ti'n sychu dy drwyn efo ffeifars, 'ngwas i.'

'Gad i mi fynd,' dywed 24609, gan benderfynu troi tu min. 'Neu mi ffonia i'r heddlu.'

'Ffonia di nhw,' poera'r tramp yn syth, 'ac mi ddyweda i wrthyn nhw fod gen ti wad mawr o bres ffres yn sbâr. Dwi'n siŵr y bydd hynny'n ennyn rhywfaint o chwilfrydedd…'

'Iawn, ocê. Mi ffendiais i'r pres mewn walet ar lawr, a phenderfynu ei roi o i ti yn lle i'r cops. Beth am fod yn ddiolchgar?'

Gŵyr 24609 nad yw'r tramp yn ei gredu'n llwyr, ond mae ei gyfaddefiad hanner gwir yn ei fodloni am y tro.

'Mi wnest ti dro da â fi, mêt; digon teg,' medd y tramp, a'i ddwylo budr yn cydio yn llabedi 24609. 'Ond paid â meddwl bod hyn yn dy achub di. Ti'n dal yn rhan o'r system. Mae 'na un wad o bres wedi cyrraedd dwylo gonest. Be 'di un wad yn ymyl y miliynau sy'n cael eu trosglwyddo o un cyfalafwr i'r llall, yn tyfu'n dew yn y bancia a'r folts? Maen nhw'n godro pobl gyffredin fatha chdi a fi'n sych, 'ngwas i. Sgynnyn nhw'm ots. Dim ots o gwbwl amdanaf i'n llwgu a chditha'n straffaglu i dalu dy forgais er mwyn rhoi pres yn eu coffra nhw eto.'

'Iasu mawr, wnes i'm gofyn am ddarlith,' dywed 24609, gan chwilio â'i lygaid am y bws nesaf. 'Be sy a wnelo hyn â fi?'

'Cogsyn bach wyt ti, hogyn. Cogsyn bach yn y peiriant pres. Yn cael dy ddefnyddio ganddyn nhw. Nes i ti a dy ddosbarth, dy gyd-fwrgeiswyr bach parchus, ddeffro, does dim gobaith i'r un ohonon ni.'

Daw bws. Ymddihatra 24609 o grafangau'r tramp; ymddiheuro, addo deffro, a chamu ar y bws a thalu ei bunt i'r gyrrwr. Drwy ffenest gefn y bws, wrth geisio chwilio am sedd, gwêl y tramp yn pwyntio â dau fys at ei ddwy lygad, ac yna'n pwyntio ato yntau: mi fydda i'n dy wylio di, mêt. Chwardda 24609 wrth eistedd, gan addo iddo'i hun na fydd yn rhoi arian i dramp, nac yn siarad ag un, byth eto.

DYDD MERCHER

Oriel Whitworth, eto, am ei bod hi'n bwrw glaw

Ydi o'n byrfyn am edrych arni mor hir? Mae hi i fod mor ddod-yn-drôns o dinboeth â hyn, wrth gwrs: dyna bwynt y ffrog. Mae'r wast mor denau nes y byddai dynes go iawn y siâp hwn yn edrych yn abswrd, ac mae'r bronnau'n wyrthiol o gytbwys ddyrchafedig. Does gan y manecin ddim wyneb: allai o byth fod yn ddigon rhywiol i wneud cyfiawnder â'r ffrog. Mae'r ffrog yn cofleidio'r bronnau a'r morddwydydd yn dynn, ac yn anwesu'r tin mewn ffordd sy'n ei argyhoeddi – pe bai'r manecin claerwyn yn gallu symud – y byddai pennau'n troi wrth sbio arni'n cerdded heibio.

Ond dyma'r tro yn y gynffon. Nid unlliw yw deunydd y ffrog, nid sidan coch na chotwm hafaidd melyn, ond camo: gwnïwyd y ffrog o garpiau o drowsusau a siacedi milwyr. Defnydd ydyw fel trowsusau dynion rhyfedd sy'n cerdded yn farfog ar hyd y stryd gyda throli siopa'n llawn o fagiau siopa llawn bagiau siopa. Defnydd ydyw nad yw'n eu cuddio. Defnydd rhyfel ydyw, er na fyddai camo gwyrdd o ddefnydd i neb mewn anialwch – lle mae rhyfeloedd, bellach, yn cael eu cynnal. Ffrog dawnsio, ffrog serennu, ffrog carped coch, ffrog miliynau o bunnau, ffrog dim dillad isaf a ffrog persawr drud: ond ffrog wedi ei gwneud o ddefnydd methiant, o ddefnydd gwaed a marw ac anhwylder straen ôl-drawmatig.

Gwena wrtho'i hun: oni ddylai yntau fod wedi cael ei wneud o well deunydd – stwff callach na chnawd sy'n magu tiwmor?

Wal o bortreadau. Maen nhw'n amrywiol: rhai lluniau olew

tywyll mewn fframiau aur, rhai'n ddarluniau siarcol elfennol o bobl salw'n eistedd yn noethlymun ar gadair anghyfforddus; rhai'n newid nodweddion yr wyneb yn symbolau, yn fapiau, yn ddelweddau; rhai'n ddilladog, drwsiadus; rhai'n disgyn i dryblith; dim un yn hapus. A dyna un o Dylan Thomas: bardd sy'n perthyn o bell i 24609-3740, mae'n debyg, yn ôl traddodiad teuluol heb dystiolaeth i'w gefnogi.

Sylla ar un o'r portreadau clasurol. Gwêl ddyn o statws – am ba reswm arall fyddai llun olew ohono'n bod? – wrth ei ddesg dderw dywyll. Ond nid awdurdod sy'n tywynnu o'r llun. Mae gwallt y gwron yn disgyn yn flêr a gwyn dros ei dalcen, a'i gorun moel yn y golwg; yn ei law, mae papurau blith draphlith, yn swp o nodiadau blêr; mae ei law'n ansicr ar glob, a'i lygaid yn edrych yn ddihyder, ddrwgdybus ar yr artist. Dyn ar ddiwedd gyrfa yw hwn; dyn a'i ddefnyddioldeb yn pallu. Ceisia 24609 feddwl pam fyddai rhywun yn talu artist i greu llun fel hyn ohono'i hun. Pwy fyddai'n comisiynu llun o'i henaint trist ei hun? Pwy fyddai'n dewis cyflwyno hynny i'r byd? Pam, a chanddo'r gallu i dalu am ba bynnag ddelwedd yr hoffai ei dangos, y dewisodd y dyn gael ei weld yn ei wendid?

Ond wedyn, cofia 24609 am y cofnod hwn.

~

Mewn cas gwydr deuddeg llath o hyd, mae erthygl gyfan o Wikipedia – yr un am Magna Carta – wedi ei hatgynhyrchu mewn brodwaith. Mae pob gair yn union fel yr oedd ar 27 Hydref 2014.

Wikipedia! Caer anwadalwch y dorf! Cofadail hyblygrwydd a'r gallu i newid meddwl, cymoni ffeithiau, amrywio pwyslais. Y wefan lle gall unrhyw un gyfrannu ei geiniogwerth. Onid yw'n hurt rhewi tudalen o'r fan honno ar ryw bwynt mewn amser? Oni fydd yn newid – onid dyna natur y peth?

Ond rydyn ni i gyd yn newid. Mae'r plant yn edrych yn wahanol y diwrnod ar ôl tynnu lluniau ysgol. Mae'r bardd yn newid ei feddwl rai oriau ar ôl cael ei farn i gynganeddu. Mae geiriau poeth y ffrae yn destun difaru eiliadau ar ôl iddynt daro'r llall fel poer. Pe baen ni'n aros nes bod rhywbeth yn ddigyfnewid cyn cofnodi, dim ond y marw a'r diflas a gâi ei gofnodi byth.

Sêt ffrynt

Mae pleser plentynnaidd, anaeddfed, diniwed i'w gael o fynd i lawr uchaf y dybl-decar a cheisio hawlio un o'r seddi blaen. A heddiw, gan ei bod yn fore tawel, mae'n llwyddo. Caiff edrych ar y ddinas o uchder wrth i'r bws fynd rhagddo: astudio'r bobl a'r ceir a'r siopau fel pe bai'n feistr arnynt. Hoffa wneud hyn cyn mynd i'r ysbyty, lle caiff ei gaethiwo ar ei gefn, a'r peiriant radiotherapi o'i gwmpas, lle na all edrych ar ddim ond y to a'r cyfarpar sy'n ei drin.

'Bore braf,' dywed llais yn anghynnes o agos i'w glust.

Neidia 24609-3740. Llenwir ei ffroenau gan oglau diod a chwys a phiso.

'Blydi hel,' dywed.

'Hei, hei, dim isio bod fel'na,' protestia'r tramp, gan chwerthin. Mynna nad oes gan 24609 ddim i'w ofni ganddo. 'Be 'di d'enw di?'

'Guy,' medd 24609; mae hwnnw'n gelwydd hawdd.

'Ac o ble rwyt ti'n dod, Guy?'

'Gogledd Cymru – Bangor,' dywed, yn gelwyddog eto, er cyfleustra.

'Wel, Guy o Fangor, rwyt ti wedi bod ar fy meddwl i. Rwyt ti – er dy fod di'n meddwl mai yn y peiriant y mae dy le di – yn foi efo rhywfaint o egwyddor. Fe allet ti ddeffro ac agor dy lygaid, dim ond i rywun dy arwain di.'

Penderfyna 24609 nad oes arno eisiau cael ei arwain i nunlle, yn enwedig gan y tramp hwn. Dewisa gau ei geg, a chadw'i lygad ar ffenest flaen y bws. Ond nid yw'r tramp yn diffygio.

'Tyrd yn dy flaen. Siarad efo fi.'

Ceidw 24609 ei wyneb yn llonydd. Ceisia'r tramp drafod y tywydd. Dywed ei enw wrth 24609: Ric, am iddo ddioddef gydag osteomalacia am gyfnod. Erys 24609 yn dawel a disymud am bum munud da – nes i Ric ddweud wrtho'i fod yn hoff o'i watsh.

'Wir?' hola 24609.

Prynodd yr oriawr yn rhad ar ôl gwlychu ei hen un yn y Steddfod. Aeth ar y we i weld pa oriorau oedd ar gael, a gweld bod modd cael rhai di-chwaeth o fawr am ddecpunt neu lai. Roedd yno rai a orchuddiai hanner braich dyn, rhai a oleuai, rhai eraill a chanddynt gwmpawd a thermomedr yn ogystal ag wyneb cloc, a hon: un fawr, drwchus, lydan, ac arni dri wyneb cloc – un yn rhifo'r oriau, un y munudau, a'r llall yr eiliadau. Fe'i prynodd am laff, er mwyn gweld faint o bobl a wnâi sylw arni – byddai'n destun sgwrs. Ni fethodd. Bu'n ei gwisgo ers chwe wythnos, a chafodd ryw sylw bob dydd: canmoliaeth sarcastig, beirniadaeth ddigymrodedd, gwên ac ysgwyd pen. Fe'i gwisgai'n ddychanol. Ond mae'n ymddangos bod Ric yn hoffi'r watsh go iawn.

''Swn i wrth fy modd efo watsh fel'na – un fawr, i bawb allu gweld faint o bres sy gen i.'

'Duwcs, diolch,' dywed 24609, ac arno ofn cyfaddef mai ei gwisgo'n eironig, er mwyn sbeit ysgafn, y mae. 'Mae hi'n smart, on'd ydi?'

'Iasu, yndi. Honna ydi'r watsh ora i mi ei gweld erioed,' medd Ric yn frwdfrydig.

Llynca 24609 yr abwyd.

'Dydi watsh fel hyn ddim yn rhy gyfalafol i ti, Ric?'

Ochneidia Ric, ac ysgwyd ei ben. Geilw 24609 yn ffŵl, gan ofyn sut yn y byd y gallai o feddwl ei fod yn hoffi'r fath watsh. Dim ond ynfytyn heb chwaeth a allai feddwl ei bod yn dderbyniol. Gwrida 24609. Nawr fod sylw 24609 ganddo, bwria Ric ati i geisio'i berswadio i ddiosg y blincars sydd ar ei lygaid, i weld twyll y llywodraeth a'r banciau a'r corfforaethau fel y mae mewn difrif – yn treisio'r dyn cyffredin.

Does gan 24609 ddim diddordeb.

'Cadwa allan o 'mywyd i, yr anifail,' dywed, gan geisio swnio fel boi peryg. Aiff i lawr y grisiau, gan faglu ar y ffordd, ac wyneb budr Ric yn gwenu i lawr arno o'r llawr uchaf, ac yntau'n gweiddi:

'Fasat ti ddim wedi rhoi'r pres 'na i mi tasat ti y tu hwnt i obaith. Dwi a'n mêts yn mynd i newid y byd. Dewisa ar ba ochr i hanes rwyt ti isio bod!'

Wrth i'r bws chwyrnellu i ffwrdd a'i adael o flaen yr ysbyty, gwêl 24609 din noeth Ric yn gwenu arno o'r ffenest gefn. Teimla'n fudr. Clyw oglau'r tramp yn ei drwyn, a'i lais garw'n malu awyr am gyfalafiaeth yn ei glustiau. Mae arno eisiau cawod er mwyn gallu dianc rhag y dyn, a'i oglau afiach a'i ewinedd budr yn ei gyffwrdd, a'i areithio tanbaid yn curo, curo, curo y tu mewn i'w ben.

TRINIAETH 8

Sut na sylwodd 24609-3740 ar hyn o'r blaen?

Oes, mae ambell berson Asiaidd neu ddu ei groen yno, ac ambell berson sy'n tynnu at ddiwedd ei saithdegau. Ond yn gyffredinol, mae pawb sy'n cael triniaeth yn yr un lle â 24609 – pawb sydd yn y stafell aros yr un pryd ag o, beth bynnag – yn ffitio'r un proffil demograffig yn union. Maent yn wyn, yn eu canol oed hwyr (55–65), ac i gyd yn y dosbarth canol is neu'r dosbarth canol (neb yn arbennig o dlawd, nac yn arbennig o gyfoethog).

Caiff 24609 ei syfrdanu gan y sylweddoliad hwn. Maen nhw'n gwisgo'r un fath â'i gilydd, hyd yn oed. Mae'r dynion mewn *chinos* llac (lliw hufen neu nefi blw), siwmper daclus, a chôt ananturus ei lliw nad yw'n ffitio'n dda. Mae'r merched mewn sgidiau call, jîns hen ferched, top streipiog, a hambag ymarferol dan eu breichiau.

Myn diawl, ydyn nhw wedi dod yma ar drip Seren Arian? Teimla 24609 fel pe bai'n tresmasu mewn clwb i bobl o fath arbennig. Teimla fel un o'r wynebau ifanc prin hynny mewn côr meibion mawr, henffasiwn, sy'n gwisgo blesars coch.

Am y tro cyntaf, teimla rywfaint bach o embaras am ei driniaeth. O ddadansoddi demograffeg ei gyd-gleifion, sylweddola nad yw hwn yn lle i fachgen ifanc fel fo, a ddylai fod yn ei breim. Peth i orffen canol oed yw tiwmor i fod. I'r rhain, mae fel un o'r camau naturiol hynny tuag at henoed: tanysgrifio i *Gardeners' World*, dechrau mynd yn ddrwgdybus o bobl frown a hoywon, croesawu wyrion, syrthio i gysgu o flaen *Countdown* ar ôl cael mymryn o fin, efallai, wrth sbio ar goesau Rachel Riley (O, fendigaid, fathemategwych Rachel! Pe bai hi flwyddyn neu ddwy'n iau, a 24609 flwyddyn neu ddwy'n hŷn, byddai'r ddau wedi bod yn Rhydychen ar yr un pryd, ac mae'n fwy na thebyg y byddai 24609 yn dad i'w phlant erbyn hyn), prynu yswiriant bywyd, mynd i gynhebrwng cyfaill bob pythefnos, meddwl am ymddeol... I fuchedd fel hyn y dylai radiotherapi berthyn, nid i fywyd hogyn pump ar hugain oed yng nghryfder ffrwythlon ei ieuenctid.

O wel.

Cathod

Mewn arddangosfa yn amgueddfa'r brifysgol ynghylch rhai o drysorau'r Aifft, mae un o'r waliau'n cyfleu hanes digwyddiad eithaf od yn niwedd y bedwaredd ganrif ar bymtheg.

Yn 1896, cafodd 180,000 o gathod a fymieiddiwyd eu cludo o'r Aifft i Lerpwl, a hynny fel balast mewn llongau. Yna, cafodd y mymis cathod hyn – gwerth ugain tunnell ohonynt – eu gwerthu mewn ocsiwn, cyn cael eu malu'n fân a'u defnyddio fel gwrtaith mewn caeau. Dim ond ambell un a achubwyd i'w dangos mewn amgueddfeydd.

Cafodd y cathod eu mymieiddio dros fil o flynyddoedd cyn Crist. Gwahoddir yr ymwelydd i waradwyddo at y fath amarch at wrthrychau mor hynafol. Ond mae mymieiddio cathod, yn nhyb 24609-3740, yn rhywbeth eithaf gwirion i'w wneud. Mae mymieiddio cannoedd o filoedd ohonynt yn ymylu ar ymddygiad gwallgo. Ydi'r ffaith i'r gwallgofrwydd ddigwydd dair mil o flynyddoedd yn ôl yn newid hynny?

Mae gan 24609 bapurau a geriach mewn drôrs adref y dylai fod wedi eu lluchio flynyddoedd yn ôl. Maent yno ers cymaint o amser rŵan nes ei fod yn gyndyn o gael gwared arnynt – rhag ofn.

A ddylid gwarchod pethau diwerth a dwl, dim ond am eu bod nhw'n hen?

DYDD IAU

Tyrd

'Dwi wedi bod yn meddwl amdanat ti.'

Dyna eiriau nad yw 24609-3740 yn dymuno'u clywed wrth gerdded ar hyd y stryd am yr ysbyty, yn enwedig pan gânt eu llefaru yn llais rhwygllyd Ric. Mae ar fin troi ato a gweiddi 'Ffyc sêcs' a'i ddyrnu yn ei fol, ei gwneud yn eglur nad oes arno eisiau Ric yn ei fywyd. Ond ar ôl troi, sylweddola fod ei fraich dde'n rhy wan i wneud unrhyw ddifrod hyd yn oed i rywun fel Ric, sy'n denau a phrin o faeth.

'Be wyt ti isio gen i?' hola'n llipa.

'Tyrd i weld fy mêts i. Maen nhw'n griw da. Dallt y petha. Mae gynnon ni blania, boi. Plania mawr. Rydan ni am ysgwyd y system – hyd at ei seilia.'

'Malu awyr wyt ti,' ysgydwa 24609 ei ben. 'Be wnewch chi – peintio placardiau a drewi o flaen banc neu swyddfa cyngor sir?'

'Ha!' medd Ric. 'Fedri di ddim dychmygu'r llanast rydan ni am ei wneud.'

Eglura 24609 na all ddod i weld mêts Ric oherwydd bod ganddo apwyntiad radiotherapi ymhen pum munud.

'Radiotherapi, ia? Neisiach na cemo, o lawer – est ti am yr opsiwn hawdd, do, fel arfer?'

'Dos i folchi,' medd 24609, a mynd drwy ddrysau awtomatig yr ysbyty.

Stopia Ric yn stond o flaen y drysau, fel pe bai arno ofn camu ar dir swyddogol.

TRINIAETH 9

'Y tu ôl i ti!' medd y nyrs ar ôl galw'i enw. 'Dydan ni ddim yn Swît 1 heddiw; mae'n ddiwrnod serfis i honno.'

Caiff 24609-3740 ei dywys i Swît 10. Mae'r stafell yn debyg, gyda'r un math o wely'n union – a'i bersbecs yntau arno, wrth gwrs – ar ganol y llawr, a pheiriant tebyg yn cylchu'r gwely. Ond mae'r swît hon yn fwy cyfyng, a heb ei gosod cystal â'r llall, ac oherwydd hynny rhaid i 24609 blygu ei ben a gwasgu heibio i'r gwely er mwyn gorwedd arno ar yr ochr gywir.

Wedi i'r peiriant droi cylch o'i gwmpas ar y gwely, fel bod y sgrin uwch ei ben, synnir 24609. Mae sticeri'n gorchuddio'r ymylon yn llwyr: degau ohonynt. Gloÿnnod byw, ie, ond sticeri eraill hefyd, i gyd yn sgleinio. Mae yno gathod a chwningod lu, aliwns a chymeriadau cartŵn, offer tŷ a chyfarpar coginio, ceir a threnau a bysys a beiciau, moron a rwdins a chennin ac afalau a gellyg, llewod a theigrod a sebras ac eliffantod a llygod, ac un sticer Panini o Gary Lineker.

Penderfyna 24609 na all beidio â holi beth yw hanes y sticeri.

'Mae gynnoch chi sticers neis iawn yma…' dechreua wrth i'r merched ei dylino a'i droi a'i fowldio ar y persbecs.

Gwena Mags, y radiograffydd hŷn na'r lleill.

'Gawson ni glaf… Doedd hi ddim, wsti, yno i gyd. Roedd y profiad i gyd yn ddychrynllyd a dryslyd iddi. Ond mi oedd hi'n sgut am ei sticers, felly roedd cael eu gadael nhw'n ei gwneud hi'n hapus. Druan bach â hi.'

'Oedd hi'n ffan o *Match of the Day*?' gofynna 24609.

'*Match of the Day*?'

'Gweld y sticer Gary Lineker,' esbonia.

'O, na. Derek oedd bia hwnnw. O Gaerlŷr. Meddwl y byd o Gary. A chreision. Fuodd o farw.'

Mêts

Pan ddaw 24609-3740 allan o'r ysbyty, awr yn ddiweddarach, defnyddia'r drws yr ochr arall – ar Palatine Road yn hytrach na Wilmslow Road. Ond mae Ric yno, y tu allan i'r drws, a'i wên doredig yn disgwyl amdano.

Ildia 24609, a'i ddilyn. Ânt ar y bws, lle mae'n rhaid iddo dalu dros Ric. Ar y ffordd, esbonia Ric pwy mae'n mynd i'w cyfarfod.

'Dydw i ddim yn byw efo nhw – mae targed mwy yn haws i'r awdurdodau ei daro – ond maen nhw'n griw da. Maen nhw'n gwrthod bod yn unig. Maen nhw'n sefyll efo'i gilydd.

'Keir ydi'r arweinydd, fe allat ti ddweud. Fo sy'n dweud sut mae pethau am fod. Steve ydi'r un gwyllt, ond fo sy'n cyflawni petha. Dydi Eric byth yn dweud dim byd, ond fo sy'n gwneud y tân. Becca ydi'r hogan – maen nhw i gyd yn ei reidio hi, meddan nhw, ond dwi'm yn meddwl bod yr un ohonyn nhw'n dweud y gwir.'

Pan fo Ric yn canu'r gloch i stopio'r bws, gwnaiff y cwbl synnwyr i 24609. Maen nhw yn y safle agosaf at y bont sy'n cludo Mancunian Way dros Oxford Road, rhwng yr orsaf a'r brifysgol. Bu'n chwilfrydig bob tro wrth basio'r fan honno, oherwydd mae gwersyll bychan yno, a nifer o bobl ddi-raen yn eistedd o gwmpas tân mewn bin.

Cyn iddo gael cyfle i holi mwy, maent yno, ac yntau'n sefyll yng nghysgod Ric. Does dim angen i Ric gyflwyno 24609 i'w ffrindiau; yn yr un modd, mae'n ddigon eglur i 24609 pa un yw pa un o'r tramps. Mae'n dychryn mymryn wrth weld Steve: mae fel edrych arno'i hun ar ôl cyfnod go hir o ddeiet gwael, diffyg ymolchi, a gorbryder.

'Wel dyma ni, ein pencadlys ni,' dywed Keir, dyn tal â gwallt hir llwyd, mewn crys-T Che Guevara, a gwên yn ei lygaid, gan fwytho'i farf laes. 'Pencadlys Gwrthsafiad y Bobl.'

'Ydi hynna i fod yn ddoniol?' torra Steve ar draws yn sydyn, wrth weld gwên ar wyneb 24609. 'Pwy wyt ti i chwerthin?'

'Na, na,' mentra 24609. 'Dim ond ei weld o'n lle distadl ar gyfer tasg mor bwysig â dymchwel cyfalafiaeth.'

Gafaela Steve yng ngholeri Ric a 24609 ill dau.

'Dwi'm yn licio'r boi 'ma, Ric. Clefyr dic ydi o. Ddylet ti ddim dŵad â ffocing *bourgeoisie* fel hyn aton ni, y twat dwl.'

'Gwranda, Steve,' medd Ric yn fyr ei wynt, gyda'i grys yn dynn am ei wddf wrth i Steve dynhau ei afael. 'Mae o wedi rhoi pres i ni. Mae o'n foi iawn. Fedar o'n helpu ni. Sbia arno fo, a'i seid-parting a'i batsyn moel – mae o'n foi parchus. Fedar o'n cael ni i mewn i lefydd.'

Gollynga Steve ei afael wrth i Keir roi llaw ar ei fraich.

'Trafod. Rŵan,' poera Steve. 'Heb hwnna'n gwrando.'

Ymneilltua'r tri ohonynt at un o bileri concrid mawr y bont i drafod. Gadewir 24609 gydag Eric, sy'n eistedd ar gadair ganfas ac yn syllu ar ei dân, a Becca, sy'n gwenu'n enigmatig arno cyn cynnig paned.

'Dim diolch,' medd 24609. 'Lle da gynnoch chi yma.'

Ac nid cellwair y mae, er bod y sylw'n ymddangos yn rhyfedd. Nid byw mewn bocsys y mae'r rhain. Mae ganddynt rai o'r pebyll bach *pop-up* a welir mewn gwyliau, tanllwyth o dân mewn bin metal, a chasgliad nid ansylweddol o duniau bwyd yn llechu mewn bocs Tesco mewn cornel. Hongia dillad gwlyb ar ddarn o raff. Mae'n edrych fel pe bai gwareiddiad wedi dod i ben, a'r rhain yn cynnal y fflam drwy ailgychwyn byw fel pobl – ond mae gwareiddiad, mewn gwirionedd, yn dal i fynd o'u cwmpas.

'Mae o'n iawn. Oer yn y nos,' medd Becca, gan wenu'n enigmatig eto, 'ond drwy glybio efo'n gilydd rydan ni'n ei chael hi'n well na'r rhan fwya o bobl fatha ni. Mae'n braf cael cwmni.'

Dychwela'r tri o'u trafodaeth. Mae gan Keir fag Sainsbury's oren yn ei law. Esbonia na all y Gwrthsafiad ymddiried yn 24609 eto – ond eu bod yn fodlon rhoi cyfle iddo.

Rhaid i 24609 ymatal rhag dweud stori pan wêl y bag Sainsbury's. Bob tro y crybwyllir y siop, mae'n arfer ganddo frolio ei fod yn perthyn i'w pherchnogion, John ac Anya. Dyma sut: roedd gan nain 24609 frawd o'r enw Jim; roedd Jim yn briod â Beryl; roedd Beryl (pianydd dawnus a ddysgodd sawl tric i 24609 ar y berdoneg) yn gyfnither i Anya (balerina go adnabyddus); roedd Anya'n briod â John, y Barwn Sainsbury o Preston Candover, a fo a'i wehelyth sydd bia'r siop. Nid yw 24609 erioed wedi siarad â'i ewythr na'i fodryb enwog, a chafodd o erioed ddisgownt yn yr un o siopau Yncl Joni ac Anti Anya, er iddo grybwyll y berthynas wrth y staff sawl tro wrth bicio i Sainsbury's Rhydychen i nôl poteli dŵr ar ei ffordd adref o'r pyb. Beth bynnag am hynny, nid yw 24609 yn tybio y byddai'r Gwrthsafiad yn mwynhau clywed am ei agosrwydd teuluol at rai o enwogion byd masnach, felly ceidw'i geg ynghau a gwrando ar y cyfarwyddiadau.

Ac felly, heb ddeall yn iawn sut y'i cafodd ei hun yn ceisio ennill ymddiriedaeth haid wallgo o dramps nad oes arno eisiau eu nabod, dringa 24609 ar y bws, a'r pecyn yn saff yn ei gês. Cyn mynd i'r gwesty, bydd yn mynd heibio i orsaf yr heddlu ac yn gosod y pecyn yn y bin sy'n union o flaen y drws troi yn y tu blaen. Ac yna, bydd yn cerdded i ffwrdd, ac yn mynd am ei lety.

Ar y bws, mae'n aros ar y llawr gwaelod. Nid oes arno eisiau tynnu sylw. Mae ei stumog yn teimlo pob twll a chnycyn yn y ffordd. Mae ei geg yn sych, ac mae arno eisiau piso. Nid yw ei ddwylo'n crynu, oherwydd maent yn gafael yn dynn yn handlen ei gês. Nid yw'n gwybod beth sydd yn y pecyn: a yw'n wenwyn, yn ffrwydrad, yn wybodaeth gyfrinachol, yn destun blacmel, neu'n daliad am ryw weithred ysgeler? Does arno ddim eisiau gwybod. Teimla'i gês yn boeth yn erbyn ei goes, fel pe bai'r pecyn yn gynnes o gelwyddog. Mae popeth a wna yn teimlo'n chwithig, yn teimlo fel pe bai'n gwneud rhywbeth amheus. Edrycha o'i gwmpas, gan synnu nad oes neb wedi ffonio'r heddlu ar gownt ei ymddygiad.

Daw oddi ar y bws nid nepell o swyddfa'r heddlu. Estynnodd y pecyn o'i gês eisoes. Cerdda'n dalsyth heibio i'r bin, gan daflu'r bag iddo fel pe bai'n taflu gweddillion ei ginio. Yn ei galon, disgwylia i'r bin ffrwydro ar unwaith, neu i fyddin o blismyn ruthro o'r orsaf a'i daclo i'r llawr gyda gwn wrth ei dalcen. Does dim o hynny'n digwydd.

Cerdda rhagddo i gyfeiriad ei westy. Mae'n estyn ei ffôn o'i boced er mwyn tecstio adref i holi sut mae pethau. Ni roddodd ei rif i Ric na'r un o'r lleill, ond wrth iddo roi ei ffôn yn ôl yn ei boced, mae'n derbyn tecst.

'Da, was da a ffyddlon.'

James Bond

Un peth y mae 24609-3740 yn neilltuol o falch ohono ynghylch ei fywyd priodasol yw nad oes yn rhaid iddo fynd drwy'r prosesau cymdeithasol enbyd o geisio ffendio cymar. Nid yw wedi gorfod bod yn rhan o fyd dêts a secs unnos ers blynyddoedd, os o gwbl. Mae'r syniad o gyfarfod merch ddiarth am swper neu ddiod, a cheisio deall dros sŵn y gerddoriaeth beth y mae hi'n ei ddweud, ac ymestyn sgwrs anniddorol y tu hwnt i'w heinioes naturiol, y cwbl gyda'r amcan o'i chael i fod yn gymar iddo, yn llenwi 24609 ag arswyd. Felly hefyd nosweithiau o ddawnsio chwithig mewn clybiau nos gyda'r nod o gael gwahoddiad i wely rhywun nad yw'n ei ffansïo am ryw meddw, siomedig.

Er nad yw, diolch byth, yn gorfod ymgymryd â'r gweithgarwch hwn, mae'n eithaf cyfarwydd â'r drafodaeth gyhoeddus ynghylch dêtio a rhyw oherwydd ei fod yn darllen y papur. Mae'n croesawu'r pwyslais cynyddol ar yr angen i'r ddau barti fod yn siŵr fod y naill a'r llall yn cydsynio cyn gwneud dim.

Mae hyn yn ei feddwl wrth wylio ffilm ddiweddaraf James Bond. (Beth arall sydd i'w wneud ar nos Iau lawog? Mae'r sinema'n iachach na'r dafarn, meddylia, wrth stwffio'i wyneb â phopcorn.) Cyn iddo gael ei ffordd arferol â dynes y mae newydd ei hachub rhag cael ei saethu gan ddau asasin, mae Bond yn ei dal yn gaeth yn erbyn drych ac yn ei chroesholi, mewn llais nwydwyllt, ynghylch gweithgarwch twyllodrus ei diweddar ŵr. Mae hi'n ildio yn y diwedd, ac yn cusanu 007 yn awyddus, ond mae 24609 yn tybio ei bod yn anodd i ddynes sydd newydd ddianc â chroen ei dannedd rhag marwolaeth, ac sydd mewn galar, ac sy'n cael ei dal yn erbyn drych gan ddyn cryf y mae ei wefusau'n cosi ei gwddf, wneud dim heblaw ildio.

Caiff James ei hun yn gwarchod merch arall wedyn, un ysgafn a ffraeth o bryd golau; rhaid iddo'i hamddiffyn oherwydd iddo addo hynny i'w thad. Mae'r sgriptwyr yn ddigon effro i'r drafodaeth gyhoeddus ar drais i wneud i'r ferch hon, a hithau'n feddw ac yn gorfod rhannu llofft â Bond yn Tangiers, ddweud wrtho am beidio â meddwl y bydd yn disgyn i'w freichiau ac, yn wir, y bydd yn ei ladd os bydd yn trio'i lwc gyda hi. Parcha Bond ei diffyg cydsyniad, a gwahoddir y gwylwyr i feddwl ei fod yn foi tu hwnt o anrhydeddus am wneud hynny.

Yn ddiweddarach yn y ffilm, mewn datblygiad sydd mor anochel â bod dydd yn dilyn nos, penderfyna'r angel felynwallt yr hoffai, wedi'r cwbl, adael i Bond gael rhyw â hi. Mae ganddi berffaith hawl i newid ei meddwl, wrth reswm, ac ymddengys mai o'i hewyllys a'i phenderfyniad hi'n unig y mae'r ferch yn sylweddoli bod arni eisiau gwarchodaeth a serch Bond.

Ond wrth gwrs, dynion sy'n ysgrifennu'r sgript.

D Y D D   G W E N E R

Yr ochr iawn

Teimla fel cyd-ddigwyddiad i 24609-3740, ond mae'n ddigon hirben i amau bod Keir wedi cynllunio'r cyfarfyddiad yn ofalus.

Mae'n ei weld yn sefyll yno, ar stryd gefn heb fod yn bell o Canal Street, yn edrych drwy ffens fetal uchel. Mae'n rhy hwyr i 24609 ddewis ffordd arall. Nid yw'n credu bod Keir wedi ei weld, ond nid yw'n ddigon hyderus i'w anwybyddu wrth basio, chwaith.

Mae'n dweud helô. Nid yw Keir yn ateb, ond mae'n troi at 24609 mewn modd sy'n ei gwneud yn amlwg ei fod yn disgwyl i 24609 aros yno gydag ef. Edrycha'r ddau, felly, drwy'r ffens. Y tu hwnt i'r ffens mae ehangder o dir wast. Bu adeiladau yma o'r blaen, yn amlwg, ond maent wedi eu dymchwel gan adael dim ond tir fflat o rwbel a choncrid. Yn y gornel bellaf mae llond llaw o ddynion mewn cotiau llachar yn trafod cynlluniau o gwmpas JCB llonydd.

'Ysgol oedd yn y fan hyn,' dywed Keir. 'Ysgol, a chwe stryd o dai cyngor. Mae'r cwbwl wedi mynd – wedi ei werthu am ychydig ddimeiau i ddatblygwr mawr. A beth wyt ti'n feddwl ddaw yn eu lle nhw?'

Ateba 24609 nad yw'n gwybod. Tŵr, dywed Keir. Tŵr enfawr o wydr a dur, gydag archfarchnad ar y gwaelod, a fflatiau moethus ar weddill y lloriau. Tri llawr ar ddeg ar hugain; naw deg o fflatiau; pump o'r rheiny'n fforddiadwy.

'Meddylia am y peth, Guy,' aiff Keir rhagddo. 'Clirio teuluoedd o'u tai, o gartrefi lle maen nhw wedi byw ers degawdau, rai ohonyn nhw. Symud y plant o ysgol iawn i ryw blydi academi. Dydi pobl gyffredin, y werin, ddim yn broffidiol, yli, i'r corfforaethau mawr. Fedran nhw wneud mwy o bres drwy werthu fflatiau posh i gyfoethogion, felly mae'r werin yn cael yr hwi. Ta-ra.'

Parha Keir i siarad, a 24609 yn fud. Dywed mor rhad y gwerthwyd y tir i'r datblygwr, gan gyfiawnhau'r penderfyniad yn nhermau adfywiad a chynnydd. Honna fod pobl mewn awdurdod wedi derbyn symiau mawr o arian, a rhoddion moethus, am hwyluso'r fargen.

'Rwyt ti'n rhan o'r system, Guy,' dywed Keir wedyn. 'Bob tro rwyt ti'n talu dy forgais, bob tro rwyt ti'n cael dy berswadio gan hysbyseb i brynu rhywbeth, bob tro rwyt ti a dy debyg yn fotio i lywodraeth sy'n cosbi'r tlawd a'r diamddiffyn am bechodau'r bancars, rwyt ti'n cydymffurfio â'r system. Bob tro rwyt ti'n prynu pys o archfarchnad neu drowsus o siop ddillad fawr, mae dy arian di'n llifo i goffrau'r cwmnïau mawr sy'n cicio'r werin dan eu traed.

'Os ydi cyfalafwr yn methu, maen nhw'n chwistrellu llifeiriant o bres iddo fo fel ei fod o'n goroesi. Os ydyn nhw'n gweld pobl gyffredin mewn trafferth, maen nhw'n eu cyhuddo nhw o fod yn faich ar y wlad.'

Teimla 24609 y dylai allu cynnig rhyw fath o ateb i Keir. Mae'n darllen y papur newydd yn ddyddiol, wedi'r cwbl. Siawns na allai ddweud bod llai o dlodi heddiw nag erioed, a safonau byw pobl wedi gwella'n anhraethol: efallai fod cyfoethogion ar eu hennill, ond onid ydi pawb yn rhannu manteision cynnydd i ryw raddau? Ond yn wyneb argyhoeddiad rhugl Keir, a'i sicrwydd diwyro yn ei bregeth, mae dadleuon rhesymol 24609 yn teimlo'n wantan a sych. Gwnaiff synau nad ydynt yn gadarnhaol nac yn negyddol.

'Torra dy hun allan o'r system,' ymbilia Keir cyn troi ar ei sawdl a mynd. 'Helpa ni i chwalu'r system. Ymuna efo ni ar yr ochr iawn i hanes.'

TRINIAETH 10

'Sori, fe gymerodd hi'n hir heddiw am ryw reswm,' ymddiheura Lucy wrth ostwng y gwely i 24609-3740 gael dod oddi arno.

'Rydach chi wastad yn cymryd yn hir pan mae gen i drên i'w ddal,' gwamala 24609 wrth wisgo amdano.

Oeda Lucy, gan ddweud efallai mai dyna pam y cymerodd yn hwy nag arfer iddynt ei gael i'w le heddiw – am fod 24609 ar binnau eisiau dal ei drên, a bod ei gorff yn tynhau oherwydd hynny. Gwnaiff hynny synnwyr i 24609.

Heddiw, yn fwy nag ar ddiwrnodau eraill, roedden nhw'n methu â chael ei gorff i orwedd yn iawn. Os oedd un ochr yn iawn, roedd y llall yn rhy uchel. Fe wnaethon nhw iddo godi ar ei eistedd unwaith neu ddwy, a gorwedd yn ôl i lawr er mwyn dechrau o'r dechrau. Fe wnaethon nhw dylino rhannau o'i groen nad oedden nhw wedi cyffwrdd ynddynt o'r blaen, a symud ei din a'i gorff a'i ysgwyddau'n aml, ond doedd dim yn tycio. Teimlai 24609 ei ysgwyddau'n codi ac yn tynhau, ac ni allai wneud dim i'w rhwystro. Pan fyddai'n cofio anadlu, byddai ei ysgwyddau'n gostwng, ond buan y byddai ei gorff yn cloi unwaith eto.

Cymerodd yr holl beth yn agos at dri chwarter awr. Does gan 24609 ddim gobaith o gyrraedd y trên cynnar. Mwya'r brys, mwya'r rhwystr, meddylia.

Carafannau

Mae bron hanner ffordd drwy'r siwrnai drên bellach, ac wedi diflasu ar ei lyfr. Edrycha allan drwy'r ffenest. Mae'r trên yng nghyffiniau'r Rhyl neu Brestatyn, ac felly does fawr i'w weld drwy'r ffenestri heblaw'r môr ar un ochr a charafannau ar yr ochr arall.

Mae cannoedd o garafannau i'w gweld. Does dim arall yn llenwi'r caeau am filltiroedd. Maen nhw i gyd yn edrych yr un fath: yr un lliwiau gwyrdd a hufen; yr un ffensys diffaith; yr un olwg ddigalon ar y cwbl. Mae digon o le yma i filoedd o bobl, ond a hithau'n hydref ac yn ddiflas does fawr neb i'w weld ac mae golwg segur ar yr holl garafannau.

Pwy sy'n defnyddio carafannau yn y Rhyl? Pa mor wael y mae'n rhaid i fywyd rhywun fod cyn i wyliau mewn carafán statig ym Mhrestatyn, mewn cae rhwng heol brysur a'r rheilffordd, deimlo fel rhyddhad? Nid yw'n falch o hynny, ond atgoffir 24609-3740 o'r gerdd honno ynghylch ffoaduriaid, a rennir yn aml ar y cyfryngau cymdeithasol, sy'n datgan nad oes neb yn dewis gadael cartref heblaw bod eu cartref yng ngheg siarc... Faint o gysur y mae modd ei gael mewn bocs bregus o blastig sâl? Ar y llaw arall, er nad oes ganddo lawer i'w ddweud wrth garafannau statig, yn enwedig o'u gweld o'r trên yn rhesi cyfyng, digysur, gall 24609 ei weld ei hun yn datblygu'n garafaniwr teithiol go ymroddedig gyda'r blynyddoedd.

Gorfodwyd 24609 a'i wraig i brynu carafán ar gyfer y Steddfod eleni. Pabell oedd eu llety tan y llynedd, ond roedd gofalu am fabi heb do solet na thrydan yn amhosib. Felly prynwyd carafán a oedd bron mor hen â 24609 a'i wraig eu hunain.

Doedd popeth ddim yn gweithio'n berffaith yn y giari, a fedyddiwyd yn Carafann Griffiths er parch i ardal y Steddfod. Dim ond rhai o'r switsys trydan oedd yn gweithio, ond roedd y rheiny ar gyfer y ffrij a'r tegell ymysg y rhai a oedd yn gweithio, diolch byth. Roedd y pwmp dŵr, ysywaeth, yn ddibynnol ar y trydan, ac felly doedd y tapiau dŵr ddim yn gweithio. Cafodd y toiled ddechrau da i'r wythnos, a 24609 yn gofalu ei fod yn gwagio'r gwastraff o'r Thetford Cassette yn ddefodol, gydwybodol; tan tua dydd Mercher y gweithiodd y fflysh, gan olygu ei bod yn rhaid iddyn nhw olchi eu piso ymaith â dŵr o boteli mawr, a chachu yn nhoiledau swyddogol y maes carafannau. Dim ond unwaith y ceision nhw roi bàth i'r fechan yn sinc y garafán; yr un tro hwnnw, gweddnewidiwyd eu hepil hawddgar, tangnefeddus yn un o ellyllon y fall, ac felly fe'i glanhawyd â weips am weddill yr wythnos. Roedd yn rhaid codi canfas to'r adlen yn aml pan fyddai'n bwrw er mwyn cael gwared ar y pyllau dŵr a ffurfiai yno gan fygwth dymchwel y cwbl, ond dim ond i'r adlen yr oedd dŵr yn llifo – roedd tu mewn y garafán ei hun yn sych a chlyd.

Er hyn oll, wrth ddeffro'n gynnes yn y bore, a theimlo haul Maldwyn yn ceisio sleifio dan y cyrtans, neu deimlo'n saff a sych wrth i ddiferion glaw Meifod guro'n gysurlon ar do'r giari, teimlai 24609 ei hun yn syrthio mewn cariad â charafanio. Hoffai mor fach oedd eu stafell ar olwynion, gyda chot y babi'n swatio'n ddestlus rhwng y ddwy soffa lle cysgai yntau a'i wraig. Roedd lle i bopeth yma, er ei fod yn rhegi wrth geisio cael lle i bentyrru poteli'r fechan ar ôl eu golchi gan fod tegell a steryllydd wedi eu gosod yn bowld dros y bwrdd dripian. Roedd teneurwydd y waliau'n rhinwedd, yn enwedig pan sychodd y tywydd, ac yntau'n teimlo bod bywyd yn fwy o antur wrth fyw heb holl gysuron tŷ brics a mortar.

Teimla 24609 weithiau, ar adegau afresymol, yn falch fod y tiwmor ganddo. Mae'n hoffi byw mewn corff amherffaith, ac yn gwerthfawrogi cael ei atgoffa mai brau ac annibynadwy yw ei gnawd. Pe bai'n holliach, a'i gorff yn gweithio'n ddirwystr, ni fyddai'n gwerthfawrogi'r hyn y gall ei wneud yn dda – yn union fel yr oedd bron â chanu emyn o ddiolchgarwch pan fyddai'r tegell yn gwneud rhywbeth mor sylfaenol â berwi i wneud potel i'r babi heb ffiwsio'r holl garafán.

PENWYTHNOS 2

Mynydda

Y funud hon, dymuna fod ar y mynydd.

Mae o'n mynd, weithiau, efo'r hogiau. Maen nhw'n cwrdd yn fore mewn cilfannau wrth ochr y ffordd, ac yn cyfarch ei gilydd gan ysgwyd dwylo'n gadarn er mwyn profi nerth ei gilydd: bydd arnynt angen cryfder heddiw. Mae eu cyhyrau'n gyforiog o egni, yn barod am y dringo.

Mae eu dillad yn gymysgedd: y dringwr mwyaf ymroddgar (os araf) yn eu mysg mewn North Face a Berghaus o'i ben i'w draed, ac yn chwifio ffon delesgopig a photel ddŵr fetal er mwyn dangos ei fod yn barod. Ond y ddau arall mewn sgidiau cerdded go lew, trowsusau gweddol gall, crysau-T yr Urdd a Primark, a chotiau glaw nad ydynt wedi dal dŵr ers tro.

Mae'r ddringfa gynta'n her bob tro. Dim ots pa mor ffit yw rhywun, mae'r mynydd yn mynnu dangos ei oruchafiaeth. Dyma ddringfa anodda'r diwrnod, o'r gilfan ar y gwaelod hyd at gopa mynydd cynta'r daith. Drwy dir amaethyddol yr ânt i ddechrau, gan socian eu traed mewn slwj o dir o boptu i afon. Ceisiant ddyfalu'r ffordd gyflymaf i fyny drwy ddilyn naill ai'r nant neu lwybrau'r defaid; yn ddi-ffael, ânt y ffordd anghywir gan eu gorfodi eu hunain i wlychu eu traed unwaith eto wrth groesi'r dŵr. Buan y byddant ar allt serth, a'u coesau'n gorfod pwmpio'n galed i'w codi i fyny grisiau anghyson yn y tir. Mae eu hysgyfaint yn gwichian, a'u cyrn gyddfau'n llosgi.

Dim ots: a hithau mor gynnar yn y dydd, mae eu brwdfrydedd yn eu cynnal. Cymharant eu gwybodaeth o'r mynyddoedd y maent am eu dringo: cyfnewid enw hudolus am stori ddifyr; cribo'u meddyliau am chwedlau sy'n gysylltiedig ag un o'r mynyddoedd; cynllunio'u llwybr a dewis pa gopaon i'w concro.

Daw'n law – maen nhw'n rhai sobor am ddewis diwrnod braf – a chânt eu gwlychu at eu siwmperi a'u crysau-T. Edrychant yn ôl am y ceir, sy'n fychan erbyn hyn, wrth i'r glaw a'r niwl gau am y mynydd, a'i gwneud yn anos gweld. Ymlaen yr ân nhw, er gwaetha'r tywydd. A hwythau'n byw ar wasgar, anaml y daw cyfle i gydfentro fel hyn; ni all gwlybaniaeth eu rhwystro.

Pan fo'r glaw'n gostegu, maen nhw'n cyrraedd copa: y cyntaf o nifer. Mae'n bryd estyn am y botel ddŵr a'r ffôn: tynnu lluniau ohonynt eu hunain yn ffresni'r goncwest gyntaf. Os ydyn nhw'n lwcus, mae'r cymylau wedi clirio a chânt eu gwobr a gweld, yng nglendid yr haul, am filltiroedd – Ardudwy am y de, efallai, neu'r Eifl a Llŷn i'r gorllewin, neu, os ydyn nhw yng nghanol Eryri, rai o'r mynyddoedd enwog yn gadarn a bygythiol o'u cylch neu, os ydyn nhw ar fynyddoedd gogleddol, Eryri'n gostwng am y Fenai, a Môn yn gylch cyflawn odanynt.

Heb ddili-dalian, rhaid mynd am yr ail gopa. Dim ond croesi'r grib sy'n rhaid, ac mae'r llwybr yn glir ac yn codi'n addfwyn: cyfle iddynt gael eu gwynt atynt, a dechrau sgwrsio o ddifrif. Cânt drafod y Steddfod neu'r Dolig sydd newydd fod, holi beth a ŵyr y naill a'r llall am ba bynnag sgandal sy'n mynnu trafodaeth yng Nghymru ar y pryd, a holi ynghylch cymar a chyfaill, teulu a gelyn.

Ar yr ail gopa, byrbryd: fflapjac neu borc pei, neu far iach o gnau a ffrwythau gan y sawl sy'n fwy cydwybodol. Rhaid iddynt gael egni, rŵan. O'r fan hyn, gallant weld na fydd y trydydd copa mor rhwydd â'r ail. Does dim llwybr o gwbl i'w weld, a dweud y gwir, dim ond wyneb craig yn codi'n fwgan o'r tir hyd at bigau'r brig. Dydyn nhw ddim yn brysio; gadawant i'r haul a'r awel oer sychu rhywfaint ar eu dillad, ac ymwrthod â'r demtasiwn i ruthro at y sgrambl a'i chyrraedd yn fyr eu gwynt.

Ar odre'r ddringfa galed hon mae pethau'n edrych yn fwy gobeithiol. Gall y mwyaf hyderus yn eu plith weld lle i roi troed a llaw, a mentra wneud hynny. Yn bwyllog, dilyna'r ddau arall. Oerwyd eu dwylo'n barod gan y gwynt a'r glaw, ond mae'r graig yn oerach eto, yn llosgi'r croen. Ni theimlant yr un crafiad wrth i ymylon miniog dynnu gwaed. Rhaid eu tynnu eu hunain gerfydd cryfder eu breichiau i fyny drwy'r hafn. Hyd yn oed wrth esgyn troedfedd arall, nid ydynt yn hyderus y bydd troedle'n uwch. Rhaid iddynt lygadu'r graig yn graff, ac ymddiried yn eu cyrff eu hunain i'w cario.

Nid yw 24609-3740 yn crybwyll y tiwmor, ond mae'n ofid sy'n ei feddiannu bob tro. Beth petai'r unig le i afael ynddo'n digwydd bod y tu hwnt i gyrraedd ei fraich dde? Dim ond at ei ysgwydd y gall ei chodi, a byddai gorfod ei godi ei hun gan ddefnyddio'r fraich honno'n unig yn bownd o wneud i'r tiwmor sgrechian am weddill y diwrnod. Drwy ras, gall osgoi hynny.

Dônt, y tri ohonynt, yn iach drwy'r hafn, ac maent o fewn pellter poeri i'r trydydd copa. Edrychant yn ôl drwy'r hafn gan fethu â chredu iddynt allu dringo drwy'r fath le serth; ni allant weld lle i afael ynddo. Diolchant nad oes yn rhaid iddynt fynd i lawr drwy'r un hafn. Ond gwyddant, ar ôl dod i fyny, y gallent fynd i lawr hefyd. Mae fel petai'r mynydd yn garedig wrth y rhai sy'n mynnu ei ddringo, yn darparu troedleoedd cyfleus i'r sawl sydd â'r crebwyll i'w canfod.

Nid oes neb arall ar y mynyddoedd hyn heddiw. A'u cyhyrau wedi eu hymestyn gan y dringo, a'u boliau'n llawn o'r maeth a lowciwyd hwnt ac yma, a'u hyder yn uchel wedi concro'r sgrambl, teimlant fel cewri. Yn y tir uchel hwn, gallant ymdynghedu i wneud pethau sy'n teimlo'n anodd ac annhebygol ar y gwaelod.

Oedant ar y grib uchel, ac edrych o'u cwmpas. Ymgynghorant â'r map OS. Troant gylch cyflawn, gan ddyfalu lle sydd i'r gogledd a'r gorllewin a'r de a'r dwyrain ohonynt. Gwelant gymaint o'r wlad nes mentro datgan bod Cymru'n un ynddynt, yma, heddiw.

Mae copaon eto i'w concro – dau ohonynt, neu dri os byddant yn teimlo'n hyderus a'r glaw yn cadw ymaith. Oedant ar y copa olaf ond un i ddarllen marwnad fawr o'r *Oxford Book*, cyn cadw hwnnw yn y bag rhewgell sy'n ei warchod rhag y glaw sy'n treiddio i'r rycsac.

Concrant y copaon sy'n weddill yn rhwydd – onid yw popeth yn rhwydd ar ôl cychwyn? Rhaid iddynt grafangu am eu bywydau ar wyneb craig er mwyn croesi dros un silff; y bore hwnnw, byddai'r dasg honno wedi eu dychryn. Erbyn y pnawn, diolch i'r adrenalin a'r gwaed sy'n pwmpio drwy'r gwythiennau, bron nad ydynt yn rhedeg ar draws. Cânt edrych drwy fylchau yn y graig fel dynion yn edrych drwy wall yng ngwneuthuriad y byd, a gweld marwolaeth yn y cwymp arswydus i lawr y creigiau duon at wyrddni'r dolydd ymhell odanynt.

Ar ôl darfod concro'r copaon, rhaid disgyn eto, i lawr drachefn at y defaid a'r geifr a'r nentydd a'r baw anifeiliaid a'r tir corsiog. Mae eu sgwrs yn rhydd, a phob ffurfioldeb wedi ei chwythu ymaith gan erwinder gwynt y copaon. Cyrhaeddant at y ceir, gan sylweddoli eu bod yn feidrol eto.

Wedyn, cânt blateidiau da o gig a phys a sglodion, a chwrw haeddiannol a aiff yn syth i'w pennau, mewn tafarn sy'n gwneud tân. Cânt ddyrchafu'r dro'n antur arwrol: troi'r baglu a'r crafangu'n beryg bywyd; troi'r saith milltir yn ddeg a mwy; troi'r sgwrsio'n ymddiddan chwedlonol; troi Eryri'n Everest a'u troi eu hunain yn ddelfrydau.

Ond yn lle hynny, mae 24609 ar ei hyd ar y soffa, a thwrw'r teledu'n ddiystyr yn ei glustiau. Mae'n gorwedd, a'i fraich mewn poen, a'i lygaid yn cau. Mae'n dyheu am y mynydd.

WYTHNOS 3

D Y D D L L U N

Rhydychen

Dim ond unwaith y bu 24609-3740 yn byw mewn dinas. Dim ond unwaith, a dweud y gwir, y bu'n byw ymhellach na naw milltir o'r pentref lle cafodd ei fagu. A dim ond am naw wythnos y bu'n byw yn y ddinas honno.

Ar y daith bws o'r orsaf drenau i'r ysbyty, ni all beidio â meddwl am y cyfnod hwnnw. Ar hyd Oxford Road y mae'n teithio, ac yn Rhydychen y bu. Ar Oxford Road y mae prif adeiladau Prifysgol Manceinion, ac mae'r rheiny'n amcanu at fawredd Rhydychenaidd: tywodfaen golau, tyrau main, uchel ac addurniadau celfydd yn y garreg; porth mawr i fynd drwyddo i gwad o wellt gwaharddedig gwyrddach na gwyrdd. Mae'r adeiladau'n codi'n uchel, yn amlwg wedi'u hysbrydoli gan y *dreaming spires* bondigrybwyll, ac am rai cannoedd o fetrau mae'r ochr hon o'r ffordd yn gartref i bensaernïaeth ddyrchafol.

A dyna'r myfyrwyr, wedyn. Fe'u gwêl o ffenest uchel ei fws, a chael ei atgoffa ohono'i hun yn mynd i ffwrdd i'r coleg, a'i freuddwydion oll yn ei afael, a'r byd yn addo llwyddiant iddo. Fe'u gwêl yn mwynhau eu hannibyniaeth newydd, ac ar yr un pryd yn trampian i oddef darlithoedd gan sbio'n chwilfrydig ar ei gilydd. Ond a dweud y gwir, mae'n anodd i Fanceinion gystadlu â Rhydychen.

Eithriadau yw'r adeiladau cain hyn ar ochr y ffordd ym Manceinion; mae'r cwbl o ganol Rhydychen wedi ei feddiannu gan greadigaethau tywodfaen o'r fath. Darllenodd 24609 yn rhywle nad dinas yw Rhydychen ond darlun o wareiddiad cyfan; ac mae'r darlun hwnnw'n plesio. Pwy na allai gael ei ysbrydoli wrth gerdded i lawr y Broad, heibio i'r Radcliffe Camera, a dan Bont yr Ocheneidiau i fynd i diwtorial? Pwy na allai gerdded yn dalsyth wrth sylweddoli y byddai'n cysgu mewn palas a godwyd i ddyrchafu dysg?

Mae myfyrwyr Manceinion, o'u cymharu â rhai Rhydychen, yn hapusach o lawer. Does mo'r un pwysau arnynt. Mae myfyrwyr Rhydychen oll yn cael eu gwasgu o un o ddau du: maent naill ai'n credu bod eu lle yn y brifysgol yn haeddiant naturiol iddynt, yn fraint na ellid ei gwrthod iddynt ac yn gam anochel ar daith at fawredd, neu'n methu â chredu bod rhywun mor ddistadl â nhw wedi cael dod i'r fath le.

Cyfuniad o'r ddau oedd 24609. Ers blynyddoedd, cymerodd yn ei ben yr hoffai gael brolio – brolio'n wylaidd, wrth gwrs, ond brolio yr un fath – iddo fynd i Rydychen. Roedd yn teimlo fel y lle addas iddo; byddai mynd yno'n fyfyriwr yn bodloni ei hyder hunandybus ynghylch ei allu a'i glyfrwch ei hun, ac yn agor drysau iddo am weddill ei oes. Aeth yno am gyfweliadau a chael ei dderbyn yn ddigon didrafferth ac, er ei ddiogi naturiol, llwyddodd i sicrhau'r graddau angenrheidiol yn arholiadau'r haf. Ond ar y llaw arall, yn yr wythnosau cyn cychwyn am Rydychen, câi ei blagio gan hunllefau: breuddwydiai fod pobl, ei fam yn un, yn dweud wrtho nad oedd yn ddigon da i fynd i Rydychen; breuddwydiai am fod ar goll yno, yn ymdroi mewn drysfa o garreg felen; breuddwydiai am gael ei aberthu mewn defod Bullingdonaidd.

Gan ei fod yn efengýl pybyr pan oedd yn amser gwneud ei gais UCAS, ac yn ystyried mynd i'r weinidogaeth, Diwinyddiaeth oedd pwnc 24609: fe'i dewisodd am ei fod yn amau y byddai gormod o bobl glyfar ac arbenigol yn cystadlu yn ei erbyn am le i astudio rhywbeth fel Saesneg, Hanes, neu Wleidyddiaeth – pethau, fel y sylweddolai wedyn, a fyddai lawer yn fwy addas iddo. Doedd dim yn well ganddo na dadlau diwinyddol gydag anffyddwyr ar ddiwedd noson feddw allan, a thybiai y byddai'r cwrs yr un fath â dadl ddiwinyddol feddw am dair blynedd, ond yn sobor, a gyda mwy o ffeithiau a theorïau cydnabyddedig.

Siom a gafodd.

Drwy wythnos y glas, roedd ganddo wersi Groeg y Testament Newydd bob dydd, a pharhâi'r rheiny drwy'r tymor. Heblaw am ei allu i ynganu 'x' Groeg (sydd fel 'ch' Gymraeg), doedd ganddo ddim dawn na diddordeb yn y pwnc. Roedd yn y dosbarth, gan mwyaf, lanciau a lodesi a gafodd wersi Groeg a Lladin yn eu hysgolion bonedd; roedd gan yr un neu ddau arall a aeth i ysgolion cyffredin grap ar ieithoedd modern. Felly roedd 24609 yn crino mewn cywilydd ym mhob gwers, yn methu pob prawf, ac yn bur brin o awydd i wneud dim am y mater.

Aeth i un neu ddwy o'r darlithoedd ar gyfer y cyrsiau a ddilynai. Roedd y rheiny'n ddiflas; gallai ddysgu'r un peth drwy ddarllen erthyglau Wikipedia. Roedden nhw hefyd am naw o'r gloch y bore – a doedden nhw ddim yn orfodol. Felly rhoddodd y gorau i'w mynychu.

Un traethawd bob pythefnos oedd ganddo i'w ysgrifennu, a'r rheiny ar Efengyl Marc. Digon diddorol, a mwynhâi'r trafodaethau yn y tiwtorials, ond golygai'r diffyg gwaith fod ganddo ormodedd o amser rhydd. Yn ei stafell fach ar y coridor uchaf un, ar ben pum set serth o risiau, chwaraeai Tetris ar y laptop, a gwyliai areithiau ymgyrch arlywyddol y Seneddwr Obama ar YouTube. Aeth i un neu ddwy o ddarlithoedd cyhoeddus, ac i ddrama unwaith. Darllenai'r *Guardian* ar-lein. Cysgai. Ac ni wnâi fawr ddim arall, heblaw mynd i'r dafarn pan gâi wadd.

Cafodd siom yn ei gyd-fyfyrwyr. Dim ond dynion oedd yn yr un coleg â 24609 – neuadd a redid gan fynachod, ac iddi ethos Pabyddol cryf. Ar wahân i un hogyn annwyl a smala o Leeds, a ddilynai'r un cwrs â 24609, toffs twatlyd oedden nhw i gyd. Lled-orweddent ar soffas mewn slipars ymhonnus a throwsusau pinc yn slyrio'u barn ar y byd, a'r mynachod yn dandwn eu barn. Collfarnent y cogyddion a'r staff gweini bwyd yn hallt. Doedden nhw ddim yn hogiau dwl, ond doedd dim sbarc o ddeallusrwydd yn eu llygaid. Roeddent wedi cyrraedd y coleg heb sylwi, bron, ac yn gwneud yr ymdrech leiaf bosib er mwyn eu cael eu hunain i'r seremoni raddio a swydd saff yn Llundain. Cynhelid partïon *croquet* a siampên ar y lawnt yn y cefn, a byddai'r hogiau i gyd yn llwyddo i wahodd merched amhosib o brydferth o golegau eraill yn gwmni iddynt.

Roedd 24609 wedi diflasu'n llwyr yno. Ac felly, ar ddiwedd ei dymor cyntaf, daeth adref. Cofrestrodd ym Mangor i wneud Cymraeg. Golygai hynny gydnabod bod ei hunan-dyb, ei hunanddelwedd, a'i hunan-werth, i gyd yn gyfeiliornus. Teimlai ei fod yn bradychu'r athrawon a'i helpodd i gyrraedd Rhydychen, a'i rieni, a dalodd o'u pot pensiwn am ei lety. Teimlai ei fod yn bradychu ei gyndeidiau: un genhedlaeth oedd rhwng 24609 a'r chwarel. Beth ddywedai'r tyddynwyr a'r chwarelwyr, ei hynafiaid, pe gwyddent i'w gor-ŵyr ei gael ei hun i Rydychen ac yna droi cefn ar y cyfle? Roedd yn benderfyniad gwallgo. Ond i beth yr âi 24609 i dreulio tair blynedd yn anhapus, dim ond er mwyn ei falchder?

TRINIAETH 11

Maen nhw wedi ei osod yn daclus yn ei le ar y bwrdd, wedi rholio'i gorff a thylino'i groen fel bod popeth yn gorwedd yn ei briod le.

Mae'r golau wedi ei ddiffodd, a'r llinellau laser gwyrdd a choch yn croesi'r stafell gan oedi ar ei groen.

115

Mae'r sgan wedi bod – y peiriannau wedi troi tri chylch cyflawn o'i amgylch.

Mae'r golau uwchben y drws wedi newid o felyn i oren, a'r peiriant wedi troi'n barod i anfon yr ymbelydredd i'r tiwmor.

Yr eiliad hon, teimla 24609-3740 gosi yn ei drwyn. Yn rhy fuan iddo allu meddwl am stopio, mae'r cosi'n troi'n disian – tisiad fawr, un uchel, ac un sy'n gwneud i hanner ucha'i gorff godi.

Daw rhai o'r staff yn ôl i mewn. Mae 24609 yn barod i chwerthin ac ymddiheuro a chael tynnu'i goes am yr anffawd.

'Llonydd, plis,' yw'r cwbl a ddywed Dan, cyn mynd ati, heb ffws na seremoni, i wneud yn siŵr nad yw lleoliad corff 24609 wedi newid gormod. 'Sgan eto.'

Dim jôc na chwerthin.

Ffafr

Aeth mor bell â chau ei lygaid wrth fynd dan bont Mancunian Way ar Oxford Road ar y ffordd i'r ysbyty, er mwyn ceisio gwadu pob cysylltiad â Ric a'r Gwrthsafiad. Blociodd y rhif a'i tecstiodd ddiwedd yr wythnos diwethaf, fel na allen nhw gysylltu ag ef. Serch hynny, ni chaiff 24609-3740 ei synnu wrth iddo weld Ric yn eistedd ar fainc gyferbyn â drws yr ysbyty ar Wilmslow Road pan ddaw allan. Croesa ato; does dim pwynt ceisio dianc, tybia.

'Rwyt ti wedi newid dy westy yr wythnos yma,' yw unig gyfarchiad Ric.

Ac mae Ric yn llygad ei le – mae 24609 wedi laru ar symlder carcharaidd yr Opus Basic ac wedi penderfynu cael noson yn y Gardens Guest House am newid. Mae ar ei ffordd yno rŵan.

'Sut ddiawl wyt ti'n gwybod hynny?' gofynna 24609, gan ei

ddamio'i hun am ddatgelu ei gynlluniau mor rhwydd – mae Ric a'i fêts yn gwybod llawer gormod yn barod.

Eglura Ric fod un o staff y dderbynfa yn yr Opus Basic yn fêt da i'r Gwrthsafiad ac wedi treulio cyfnod go galed ar y stryd yn dilyn gwasgfa gredyd 2008. Ef a ddigwyddodd sôn wrth Ric nad oedd 24609 wedi cadw stafell yn y gwesty ar gyfer heno. Daw ton o fod eisiau chwydu dros 24609; oes ganddo ffordd o ddianc rhag y rhain o gwbl?

Mae Ric mewn hwyliau da, a gofynna 24609 iddo, wrth iddynt gerdded i gyfeiriad canol y ddinas, a yw wedi cael cawod, oherwydd nid yw'n drewi cynddrwg ag arfer.

'Ges i fynd i un o'r llofftydd yn yr Opus Basic i gael cawod. Ac mae Becca'n mynnu golchi'n dillad ni. Beth bynnag, mae isio i ni siarad.'

'Oes, Ric. Sgen i ddim isio bod yn rhan o'ch grŵp bach chi ddim mwy. Sgen i ddim isio dim byd i'w wneud efo chdi. Mae gen i ddigon yn digwydd yn fy mywyd ar hyn o bryd, digon i boeni amdano – triniaeth; dwi'n ŵr ac yn dad, er mwyn y nefoedd! – felly fedra i ddim treulio amser efo criw o bobl sy'n byw ar y stryd ac yn ceisio dymchwel cyfalafiaeth. Dwi'n siŵr dy fod di'n berffaith iawn fod y system angen ei chwalu, ond nid y fi ydi'r boi i'ch helpu chi, Ric.'

Gwrandawodd Ric arno am sbel hir o'r pafin, ond nawr mae'n stopio'n stond ac yn edrych i fyw llygaid 24609.

'Ro'n i'n arfer bod fel ti,' dywed. 'Mae gen i 2:1 o Loughborough mewn Astudiaethau Busnes, coelia neu beidio. Ro'n i'n arweinydd tîm mewn canolfan alwadau, ac ar fy ffordd i fyny. Roedd gen i wraig dwt mewn tŷ twt ar stad dwt yn Altrincham. Ro'n i wedi safio 'mhres i gyd i brynu Golf GTI, un gwyn, ac roedd o'n mynd fel bwlat. Roedd pob cloc yn y tŷ a'r car wedi eu gosod ddeng munud yn gynnar fel 'mod i'n brydlon i bob man.

'Ac wedyn ddaru'r cen ddisgyn oddi ar fy llgada i. Wnaeth neb farw na dim byd felly – wnes i ddechrau gweld y byd mewn ffordd wahanol, dyna i gyd. Mae fy ngwraig i'n dal i alw'r peth yn chwalfa nerfol, ond bolycs ydi hynna. Ddeffris i un bore dydd Llun a meddwl: stwffio hyn, dwi'n mynd i'r pyb yn lle i 'ngwaith. Dyna wnes i, a chael diwrnod ardderchog. Y bore wedyn, mi wnes i benderfynu mynd i gerdded mynyddoedd yn lle mynd i 'ngwaith, a chael modd i fyw.

'Roedd pobl yn dweud: os nad wyt ti'n mynd i dy waith, chei di ddim pres na thŷ na char. Ond wyddost ti be dwi wedi ei ffendio? Dwi ddim angen pres na thŷ na char.

'Myth ydi pres. Mae'r cyfalafwyr yn gwneud iti feddwl ei fod o'n hanfodol er mwyn i ti weithio fel mul iddyn nhw, a gwario dy bres ar eu cynnyrch nhw… Bolycs ydi o i gyd, Guy.'

Tynna 24609 ddwylo Ric oddi ar ei freichiau yntau.

'Dwi'n parchu dy ddewis di, Ric. Ond nid hwnna ydi'r bywyd i mi,' dywed yn dawel ond yn gadarn, gan deimlo'n gynnes i gyd wrth feddwl am ei gartref a'i gar.

'Iawn, iawn. Dwi'n deall. Dydi dy galon di ddim yn y chwyldro. Mae'n well gen ti iro'r peiriant pres efo dy waed na chyfrannu bôn braich at y frwydr. Digon teg. Hwyl fawr i ti, ffrind. Gei di brynu peint i mi yn y weriniaeth, yli.'

Teimla 24609 yn union fel y teimlai'n blentyn, ac yntau yn ei wely yn gwybod yn iawn bod y plant eraill yn cael bod allan yn chwarae noc-dôrs, yn smocio, ac yn gwneud drygau. Doedd arno ddim math o awydd bod allan yno gyda nhw, ond roedd o'n teimlo'i fod yn colli rhywbeth, er hynny.

'Hwyl fawr,' dywed.

Wrth gerdded rhagddo i gyfeiriad y dref, a Ric yn cerdded y ffordd arall, dyry 24609 ochenaid o ryddhad, cyn iddo glywed llais Ric yn galw arno eto:

'Beth am un ffafr fach arall cyn darfod, Guy?'

Mae 24609 yn troi'n syth, ac yn gofyn:
'Be?'

Band

Digwyddodd edrych yn y papur lleol a oedd ar y bwrdd bychan yn lobi Gardens Guest House. Rhwng y dêtio a'r marwolaethau, gwelodd hysbyseb fechan gan Fand Pres Didsbury, band a oedd wedi ei atgyfodi'n ddiweddar, yn croesawu pobl i ddod i'w hymarferion – naill ai i chwarae neu i wrando.

Dydi o ddim wedi chwythu corn ers blynyddoedd, ond prin yw'r synau sy'n cyffwrdd ynddo fel band pres. Felly, gan ei bod yn noson braf ac yntau heb ddim byd gwell i'w wneud, mae ar ei ffordd i'r ymarfer ar hyd strydoedd tawel, yn cicio dail oren y palmentydd wrth fynd.

Fe'i harweinir gan ei ffôn at neuadd fach brics coch, ac wrth ddynesu clyw synau cyfarwydd cyrn yn cynhesu: *arpeggios* gorchestol y cornets, *glissando* trombôn, rhuo dwfn y cyrn bas blith draphlith drwy'i gilydd. Maen nhw fel bocsars yn dawnsio o gwmpas y cylch cyn dechrau cwffio, yn ystwytho'r cyhyrau, yn dangos eu dawn.

Ar y trwmped y cychwynnodd 24609-3740 ei yrfa fer fel chwaraewr corn wrth gael gwersi yn yr ysgol. Buan y ffeiriodd y trwmped am gorned bach arian ar ôl canfod nad oedd lle i drwmped mewn band pres. Cafodd ymuno â band ei bentref fel yr ail o'r *third cornets*. Yn dair ar ddeg oed, daeth yn un o'r ugain a mwy o chwaraewyr a gyfarfyddai bob nos Fawrth a nos Wener i ymarfer mewn hen gapel. Âi yno'n syth o'i ymarfer rygbi bob nos Fawrth, a byddai yno awr yn gynnar bob nos Wener ar gyfer y Band Bach.

Gwendid mawr 24609 fel aelod o fand oedd y ffaith nad

oedd yn dda iawn am chwarae'r corn. Doedd ei fysedd ddim yn ddigon medrus i neidio o nodyn i nodyn yn sydyn, ac ni lwyddodd i feistroli'r technegau tafodi mwy cymhleth. Câi wersi yn yr ysgol, ond trin a thrafod hynt a helynt byd y bandiau a'r cystadlu oedd ei bleser mawr yn y fan honno, nid chwarae'r corn.

Ac felly gadawodd y band, a theimlo fel pe bai weiran bigog yn cael ei thynnu oddi ar ei groen. Fu'r band ddim yn mynd am gyfnod hir iawn wedyn (nid bod a wnelo marwolaeth y band ddim ag ymadawiad 24609. Yr hyn ddigwydd— Na, saffach peidio â dweud y stori honno…).

Er nad oes arno hiraeth am y ddwy noswaith wythnosol o gamgymeriadau a thensiwn, hiraetha am fod yn rhan o'r sŵn cryf, cyfoethog, esmwyth a grëir gan fand pres.

Eistedda ar y wal y tu allan i'r cwt wrth i'r ymarfer gychwyn. Fel yn ymarferion band ei bentref yntau, emynau a chwaraeir ar y dechrau: harmonïau rhwydd a melodïau esmwyth er mwyn cynhesu'r gwefusau a'r cyrn. Dydi hwn ddim yn fand mawr, tybia – rhyw bymtheg o aelodau, efallai, o gyfri'r ddau sydd newydd gyrraedd yn hwyr. Ond maen nhw'n chwarae'n dynn, yn gwrando ar ei gilydd, yn chwyddo ac yn gostwng y sain yn reddfol. Dydi 24609 ddim am i'r emyn ddod i ben, oherwydd mae hi'n oeri erbyn hyn, ac mae'r sŵn yn ei gynhesu fel wisgi.

Ymdeithgan sydd nesaf, ac o glywed y nodyn cyntaf gŵyr 24609 yn iawn pa un: 'Slaidburn'. Dau nodyn hir, cadarn, ac yna'r alaw'n esgyn a disgyn fel pe bai ar risiau, cyn i'r offerynnau isa'u traw ddarparu'r sylfaen *staccato* ar gyfer y brif alaw. Darn sy'n ysbrydoli gorymdaith yw hwn, a'i guriadau cyson yn berffaith ar gyfer martsh hyderus drwy dref, a'i adeiladwaith yn codi ysbryd dyn.

Mae'n ddarn sy'n gwneud iddo feddwl am y pnawn, ychydig fisoedd cyn iddo ymuno â'r band, pan aethon nhw fel teulu i

Gaernarfon i gefnogi streicwyr Ferodo, a'r band yn arwain y llif hir o bobl drwy'r dref i'r maes, lle cynhaliwyd protest. Gwnaiff i 24609 feddwl am faneri coch henffasiwn yr undebau, y pleidiau, a'r canghennau o gymdeithasau gweithwyr. Gwnaiff iddo feddwl am gadernid a dicter tawel y gweithwyr ffatri a'u teuluoedd yn wyneb gormes eu meistr o gyfalafwr.

Gwnaiff 'Slaidburn' iddo feddwl am y chwarelwyr, ganrif a hanner yn ôl, a ddôi at ei gilydd ar ôl diwrnod amhosib o galed yng ngerwinder y mynydd i chwarae darnau cywrain ar offerynnau cain, drud. Mewn tlodi a chaledi, mewn dynion a oedd yn byw ar wyneb craig ac yn ennill eu cyflog drwy beryglu eu bywydau yn sŵn ffrwydradau a cherrig yn syrthio, roedd y dyhead i gyd-greu, yr awydd i'w mynegi eu hunain drwy felodïau cyfoethog a seiniau hyfryd y cyrn.

Oeda 24609. Beth wnaiff o – mynd i mewn? Na. Digon ganddo wrando o'r tu allan, heb weld yr aelodau, heb glywed cerydd na chanmol yr arweinydd, heb adael i'w atgofion ei hun ymyrryd â'r gerddoriaeth.

DYDD MAWRTH

Gadael siwtces

Sylwodd 24609-3740 o'r blaen ar y tebygrwydd rhyngddo'i hun a Steve, y tramp byrbwyll. Ond gan ei fod yntau wedi gadael i'w flewiach-barf dyfu ers cychwyn ar y driniaeth, ac oherwydd bod Steve wedi ymolchi a gwisgo dillad glân, bron nad ydynt fel efeilliaid erbyn hyn.

Felly mae 24609 yn bur hyderus y gall y cynllun weithio. Ar ôl cael ei gawod y bore 'ma, aeth i lawr i dderbynfa'r gwesty i ddychwelyd ei allwedd. Gofynnodd a gâi adael ei siwtces yno, a'i nôl yn nes ymlaen. Purion, meddai'r ddynes wrth y ddesg, a chymryd y cês i'w gadw mewn stafell bwrpasol, gan roi tag arno.

Ac yn awr, mae 24609 ar ei ffordd i'r ysbyty. Daw oddi ar y bws ger pont Mancunian Way, a phicio i wersyll y Gwrthsafiad i fynd â'i ID i Steve. Dim ond Steve ac Eric sydd yno. Saif Steve yn dal i'w gyfarch, gan ddal ei law allan am drwydded yrru 24609.

'Dwi'n dal ddim yn dy drystio di, washi,' medd yn sych.

'Poeni dim arna i, mêt,' ateba 24609 yn onest.

Mae'r ddau'n trafod ambell fanylyn ymarferol – pwy oedd wrth dderbynfa'r gwesty, pryd ac yn y blaen – ac yna aiff 24609 i ddal y bws nesaf am yr ysbyty.

TRINIAETH 12

Dydi enw 24609-3740 ddim yn hawdd iawn i Saeson ei ddweud. Caiff llafariaid eu llurgunio a'u hymestyn, a chytseiniaid eu meddalu a'u hepgor, nes bod ei enw'n troi'n ddim ond nonsens o sŵn y mae'n rhaid i 24609 ateb iddo. Ond heddiw, mae'r sawl sy'n dod i'w nôl yn ynganu ei enw'n berffaith. Cwyd 24609 ei ben mewn syndod. Nyrs ifanc sydd yno – un a fu'n bresennol yn stafell y driniaeth o'r blaen, ond na chlywodd 24609 erioed mohoni'n siarad.

'Wnes i ei ddweud o'n iawn?' hola gyda gwên.

'Do!' ebychodd 24609.

'Dwi wedi bod yn trio dysgu'r lleill i'w ynganu fo'n well hefyd, ond heb gael fawr o lwc hyd yma.'

'Gen ti dipyn o waith ar dy ddwylo yn fan'na!'

O Landeilo y mae hi'n dod, er nad ydi hi'n siarad Cymraeg.

Aiff y driniaeth yn esmwyth heddiw, fel pe bai clywed ei enw'i hun, yn hytrach na llurguniad ohono, wedi gwneud i 24609 ymlacio'n llwyr.

Nôl siwtces

Mae wyneb y dderbynwraig yn y Gardens Guest House yn bictiwr pan aiff yno a gofyn am ei siwtces.

'Chi ydi Mr... Ond...'

'Oes 'na broblem?' hola 24609-3740 yn siriol.

'Ai cês bach du oedd o? Rycsac efo olwynion?'

'Y feri un. Falch o glywed ei fod o'n saff gynnoch chi.'

Mae'r munudau nesa'n balafa llwyr, wrth i'r dderbynwraig alw ar y rheolwraig, ac i'r ddwy fynd i ffrwcs wrth i 24609 fihafio fel cwsmer blin.

'Ydach chi'n dweud wrtha i fod rhywun arall wedi cerdded i mewn i'r gwesty 'ma efo'n ID fi?' gofynna. 'Am nonsens. Y gwir ydi'ch bod chi wedi rhoi fy nghês i i rywun arall heb jecio. Dwi wedi colli gwerth cannoedd o bunnau o stwff – roedd 'na MacBook gwerth naw cant yno i gychwyn.'

Ymddiheura'r rheolwraig yn daer am y camgymeriad.

'Sori?' dywed 24609 yn anghrediniol. 'Dyna'r cwbwl sydd gynnoch chi i'w ddweud? O ddifri? Dwi'n disgwyl cael fy nigolledu'n syth bin, y munud 'ma.'

'Fedrwn ni ddim…' medd y rheolwraig. 'Mae 'na brotocol, trefn i'w dilyn…'

'Waeth gen i am eich trefn chi!' ffrwydra 24609. 'Rydach chi wedi rhoi fy eiddo fi i leidar comon oddi ar y stryd! Galw'ch hunain yn westy?'

'Syr, ymdawelwch, os gwelwch yn dda…'

'Trystiwch fi, mi ddaw hyn i lawr ar eich pen chi fel dwn i'm be. Fydd o dros y we fel rash – mi a' i ar TripAdvisor, Booking.com, Facebook, Twitter a dweud be ddigwyddodd. Mi gysyllta i efo'r *MEN*, y *Metro*, y *Daily Mail*, a dweud sut dwi wedi cael fy nhrin. Fe allai hyn roi'r farwol i'ch gwesty chi…'

A'r ofn yn cronni yn ei llygaid, awgryma'r rheolwraig y dylen nhw ffonio'r heddlu er mwyn riportio'r drosedd, fel y gallai 24609 hawlio'r golled yn ôl drwy ei yswiriant.

'Heddlu? Ha!' chwardda 24609. 'Y peth dwytha mae ar fan hyn ei angen ydi car heddlu y tu allan. Mae o'n edrych fel gwesty lle mae pobl yn cael eu rheibio a'u lladd beth bynnag, a dydi gweld plismyn dros y lle ddim yn mynd i wneud i bobl deimlo'n arbennig o saff, yn nac ydi?'

Diwedd yr olygfa yw bod 24609 yn cael mil o bunnau mewn arian sychion o'r sêff. Wrth iddo gerdded am y bont, aiff ias oer drwyddo. Does ganddo mo'r gyts i gwyno am dywelion budr yn ei stafell fel arfer. Beth sy'n digwydd iddo?

Cocên

Ni ddisgwyliai 24609-3740 groeso tywysogaidd na ffarwelio cynnes wrth iddo fynd at y bont i drosglwyddo'r arian i'r Gwrthsafiad ac i gael ei siwtces yn ôl, ond disgwyliai gael ei drin yn well na hyn.

Ar ôl iddo roi £950 i Keir, gan gadw hanner canpunt iddo'i hun am ei drafferth, caiff ei sodro mewn cadair ganfas gyferbyn ag Eric. Mae'r pedwar tramp yn syllu arno, fel pe baen nhw'n ei gyfweld am swydd. Mae Steve yn sodro'i siwtces ar y llawr o'i flaen.

'Dyma dy gês di'n ôl,' dywed. 'Mae 'na ddeg bag bach o gocên ynddo fo; gwertha nhw.'

'Weli di,' medd Keir, a'i dôn yn llai bygythiol na Steve, 'fe elli di fynd i lefydd na allwn ni ddim – y teip o fariau lle mae pobl â digonedd o bres yn mynd. Fe ddylet ti gael pymtheg punt y bag, o leiaf. Mi fyddwn ni'n disgwyl cant a hanner o bunnau yn ôl gen ti, ac fe gei di gadw unrhyw elw y tu hwnt i hynny.'

'Na,' dywed 24609, gan agor sip ar ei gês a dechrau tyrchu am y cyffuriau. 'Dim diddordeb.'

'Dim gwahaniaeth, sori,' medd Steve, gan gamu ato. Plyga Steve at ei glust, a dweud y caiff 24609 ei ganfod yn farw mewn camlas, gyda bwlb cennin Pedr i fyny ei din, os yw'n gwrthod y dasg.

'Tyrd, Guy,' dywed Becca, gan bwyso ymlaen fel bod 24609 yn gallu gweld i lawr ei chrys. 'Mi fasan ni'n ofnadwy o ddiolchgar. Rydan ni angen pres, a llawer ohono fo, ar gyfer yr hyn rydan ni'n ei gynllunio. Fedri di ddim prynu'r hyn rydan ni ei angen ar chwarae bach. Fyddwn ni – a'r byd – yn fythol ddiolchgar i ti.'

'Be ddiawl ydach chi'n bwriadu ei wneud, beth bynnag?'

hola 24609, gan wingo yn ei gadair a cheisio peidio â sbio ar fronnau bach Becca'n bownsio'n erbyn defnydd ei thop.

''Swn i'n hoffi gallu dweud wrthot ti,' chwardda Steve. 'Achos wedyn, fe fyddai'n rhaid i mi dy ladd di.'

'Mi allwn i sboelio pethau i chi,' mentra 24609. 'Mi allwn i fynd at yr heddlu, dweud y cwbwl wrthyn nhw. Mi fasach chi'n colli'ch rhyddid.'

'Dyna lle rwyt ti'n anghywir, yli,' medd Keir. 'Fasan nhw ddim yn mentro'n carcharu ni achos maen nhw'n gwybod y basa hi'n reiat yn y jêl cyn pen pythefnos.'

'Er mwyn y nefoedd, Keir. Be taswn i'n dweud ei bod hi'n egwyddor gen i beidio â gwerthu stwff sy'n lladd pobl a sboelio'u bywydau nhw?'

'Cyffur y dyn cyfoethog ydi cocên, Guy,' dywed Ric, gan godi ei ysgwyddau. 'Dim ots gynnon ni beth maen nhw'n ei roi i fyny eu trwynau: moch ydyn nhw, moch a'u ffroenau yn y cafn.'

Wrth i Steve ddechrau taro sbaner yn erbyn ei law, penderfyna 24609 mai gadael sydd orau.

DYDD MERCHER

Darnau o aur

Pan oedd yn blentyn, a hwythau fel teulu'n gyrru adref o Steddfod yn y de yn nhywyllwch y nos, ac yntau wedi blino'n lân ac yn cael trafferth cadw'i lygaid yn agored, sylwodd 24609-3740 fod darnau o aur yn hedfan yn yr awyr o flaen y car.

Gofynnodd i'w rieni a welson nhw'r darnau godidog hyn o aur yn gwibio ar draws ffenest flaen y car ac yna'n dianc i'r nos.

Na, welson nhw ddim byd.

'Dim byd? Ond…'

Na, dim.

Erbyn hyn, mae 24609 yn gwybod yn iawn beth oedd y darnau hedegog o aur: pryfed oedden nhw, yn sgleinio'n felyn yng ngolau'r car. Fe'u gwêl yn aml wrth yrru yn y nos.

Felly nid aur hedegog oedd yno.

Ond roedd rhywbeth yno.

TRINIAETH 13

Nid yw 24609-3740 yn siŵr a ddylai wenu arni. Onid tosturi nawddoglyd yw gwenu ar rywun diarth sydd mewn gwendid?

Mae'n bendant y dylai beidio ag edrych i ffwrdd; ni ddylai edrych ar y llawr nac ar y wal wrth gerdded heibio iddi.

Does ganddi hi ddim cywilydd. Mae ei hwyneb yn dlws, er ei fod yn flinedig, a'i chefn yn syth. Does arno ddim eisiau defnyddio'r gair 'urddas' wrth ei disgrifio, oherwydd mae hynny'n awgrymu y dylai hi fod yn ymdrybaeddu mewn cywilydd.

All hi ddim bod yn hŷn na deg oed. Mae ei dillad yn binc a merchetaidd.

A does ganddi ddim gwallt.

Heblaw am hynny, mae hi'n edrych yn union yr un fath ag unrhyw ferch hapus, brydferth arall.

Yr eiliad hon, melltithia 24609 ei hun am bob tro y cwynodd am ei driniaeth. Mae o'n hogyn mawr – ac eto mae yntau'n fwy cwynfanllyd na'r ferch fach hon, sy'n cellwair â'r teulu sy'n eistedd o boptu iddi, yn chwarae'n wirion, ac yn mwynhau'r sylw.

Gwena arni – nid am ei fod yn tosturio wrthi, ond am ei fod yn genfigennus o'i hapusrwydd graslon hi.

Gorfoledd

Fu 24609-3740 erioed mor ochelgar o gŵn. Gyda'r cocên yn ei gês, mae'n argyhoeddedig fod pob anifail pedeircoes a all gyfarth yn un o ffroenwyr cyffuriau'r heddlu – hyd yn oed y creaduriaid smala hynny sy'n ffitio mewn bagiau Prada.

Un o'r pethau sy'n gwneud i 24609 deimlo fwyaf chwilfrydig a hiraethus yw na fu iddo ymgymryd â chyffuriau yn ei ieuenctid. Doedd hynny ddim yn ddewis ymwybodol ar ei ran: doedd o jyst ddim yn cadw cwmni cweit digon cŵl, mae'n rhaid. Tra rhoddai rhaglenni teledu a phenawdau'r papurau'r argraff fod holl ieuenctid Prydain yn bownsio gan ecstasi, a chocên yn dod allan o'u clustiau, ni ddaeth 24609 erioed i gyswllt â'r fath sylweddau dosbarth A cyffrous. A dweud y gwir, teimla'n naïf ac anghysurus ym mhresenoldeb cymerwyr cyffuriau, yn union fel y teimlai yng nghwmni ysmygwyr herfeiddiol yr ysgol gynradd.

Datganodd un o'i ffrindiau, un noson ddiflas yn y dref,

ei fod am ffonio cyswllt cyffuriol gyda golwg ar gaffael rhyw bils neu'i gilydd er mwyn cyffroi pethau. Ond roedd 24609 yn reit siŵr na wnaeth o ffonio neb cyn dal ei ffôn wrth ei glust a smalio trafod ei anghenion â chymeriad dirgel a oedd, ysywaeth, wedi gwerthu ei holl gyflenwad a heb gael cyfle i fynd i nôl mwy o'r porthladd.

Er hynny, ni chaiff 24609 mo'i demtio i agor un o'r bagiau a sniffian lein neu ddwy er mwyn canfod beth y mae'n ei golli. Yn un peth, byddai'n siŵr o disian, ac mae'n cael hen ddigon o drafferth cysgu heb i'r powdwr wneud i'w ymennydd ffrwtian gan serotonin, norepineffrin, a dopamin. Ond yn fwy na hynny, nid yw'n siŵr beth yw'r buddion. Casgla mai diben y sylweddau yw altro profiad rhywun o'i amgylchiadau mewn modd sy'n dyfnhau dealltwriaeth a llawenydd. Rhaid bod y gorfoledd a'r wefr a achosant yn amheuthun i gyfiawnhau'r risg o'u cymryd.

Pam, felly, nad yw pobl sydd ar gyffuriau byth yn edrych yn hapus?

Ofn

Dim ond bob deuddeg munud y mae'r tramiau'n rhedeg. Mae hynny'n swnio'n aml, ond mae 24609-3740 newydd golli tram yn yr orsaf ger ei westy diweddaraf (un yn Salford y tro hwn), ac mae un funud ar ddeg o aros yn yr orsaf, heb fawr o gysur rhag y gwynt, yn amser hir. Felly penderfyna 24609 gerdded o'r orsaf i'r bar yr oedd wedi bwriadu dal y tram iddo.

Mae'n difaru hynny, braidd. Er bod y dociau a'r adeiladau mawr yn olau a smart yn eu ffordd wydr, dros dro, ac Old Trafford i'w weld ar draws y dŵr, nid yw'n teimlo'n saff. Mae'n ymwybodol iawn o'r ffôn gwerth pum can punt, y papur ugain punt, y cerdyn banc, a'r cerdyn gwesty yn ei bocedi. Mae'n dywyll ac yn dawel, a fawr neb o gwmpas: pe bai rhywun yn dymuno mygio 24609, ni fyddai ganddo fawr ddim amddiffyn.

Nid yw erioed wedi cael ei fygio, a does neb erioed wedi dwyn dim byd o'i boced, hyd yn oed. Bachodd rhywun hambag ei wraig o Wetherspoon Llandudno, unwaith, a chafodd ffrind iddo ei fygwth â chyllell yn Rio de Janeiro rai blynyddoedd yn ôl. Ond y tu hwnt i hynny does ganddo ddim tystiolaeth fod lladrata ar y stryd yn broblem gyffredin. Er hynny, mae'n nerfus heno.

Mae'n ddrwgdybus o'r ddau hogyn sy'n chwarae â'u BMXs ar y gornel. Aiff i banig llwyr wrth weld boi'n sefyll wrth fainc gyda photel, gan dybio ei bod yn botel wedi ei thorri'n barod i'w fygwth, ond wrth ddod yn nes gwêl mai potel lawn o win sydd gan y dyn, yn barod i alw yn fflat rhywun, mae'n siŵr. Ond wrth basio, clyw 24609 y dyn yn siarad ar ei ffôn – mae wrthi'n dweud wrth yr heddlu am ryw drosedd a wnaed yn ei erbyn gan ryw gymeriad annymunol, a gwnaiff hynny i 24609 deimlo'n fwy ofnus byth. Beth yw'r ffigwr sy'n dod ato yn y pellter? Mae'n iawn, meddylia wrth fynd yn nes: hogan ydi hi.

Ceisia 24609 ddweud wrtho'i hun am gallio. Pa reswm sydd ganddo i ofni? Nid yw'n edrych yn arbennig o gyfoethog, ac mae'n edrych yn weddol ffit a chryf (ni ŵyr lladron, wrth gwrs, fod ei fraich dde'n wan ac yn boenus i'w symud). Mae'n ifanc ac yn heini; byddai lleidr yn edrych arno ac yn penderfynu bod y risg o gael ei ddal neu o gael slap yn ormod.

Beth petai'n ferch, ac yn gorfod ofni trais a geiriau afiach gan grîps ar y ffordd o un lle i'r llall yn y nos? Beth petai'n hen, ac yn gorfod cerdded yn araf, gan wybod y gallai rhywun ei drechu'n hawdd pe mynnai?

Gwnaiff hynny i 24609 feddwl mor ffodus ydyw yn

gyffredinol. Ydi, mae'r driniaeth yn sgeg, ac yn niwsans, ac yn brofiad annymunol, ond mae mewn gwell lle na'r mwyafrif i ddod drwyddi'n iawn. Heblaw am y tiwmor, mae'n iach ac yn gryf. Beth petai canser yn ei wanhau a'i wneud yn fregus? Byddai'r blinder a'r cerdded a'r teithio ganwaith gwaeth wedyn.

Mae ar gyflog parchus, a does dim rhaid iddo ef a'i wraig grafu am arian i dalu'r biliau bob mis. Mae'n gostus teithio i Fanceinion, ac aros mewn gwesty, a bwyta a'i gadw'i hun yn ddiddig yma, ond beth petai'n ddi-waith? Beth petai ar gyflog isel? Beth petai ar gontract ansefydlog? Beth petai'n hunangyflogedig? Gallai'r driniaeth olygu ei fod o a'i deulu'n mynd i dlodi. Mae ganddo rieni a chyfeillion a theulu a all ei gludo i'r orsaf, a chynnig anogaeth, a holi amdano, a'i godi o'i ddigalondid. Gallai fod heb neb, yn straffaglu ar ei ben ei hun.

Atgoffir 24609 o rybudd rhyw wleidydd cyn rhyw etholiad, ynghylch y posibilrwydd y gallai ei wrthwynebydd ennill: 'Rwy'n eich rhybuddio i beidio â bod yn gyffredin. Rwy'n eich rhybuddio i beidio â mynd yn sâl. Rwy'n eich rhybuddio i beidio â mynd yn hen.'

Ac er bod ei galon yn dal i guro'n sydyn, a chwys oer yn troi'n boeth dan ei goler mewn ofn, wrth gerdded am y golau mae 24609 yn teimlo'n rhyfedd o ddiolchgar.

DYDD IAU

Rodney

Yng nghysgod trymllyd y Moelwynion, ym mherfedd tywyll, llaith y wlad, dan domennydd llechi sy'n las gan ofn ac yn bygwth chwalu'r lle'n drychineb unrhyw funud, mae tref. Tref yw hi a adeiladwyd gan y llechi, a godwyd oherwydd bod dynion yn disgyn gerllaw i grombil y mynydd i gloddio'r garreg. Hyd heddiw, hyd yn oed ar ôl i bres grant sgubo'r palmentydd yn lân, mae'n dal yn dref chwarel: tref sy'n ofni clywed sôn am lif direol dan y ddaear, yn gwarafun i'r meistri eu helw ar gorn cyflogau pitw'r gweithwyr. Mae'r dynion yn dal i arddel solidariti dynion sy'n rhannu'r un llafur, yr un perygl, yr un gorthrwm dan y ddaear, er mai prin yw'r sgidiau hoelion mawr ar y palmentydd glân.

Yn y dref hon mae tai teras: tai gweithwyr, a godwyd yn llety rhad iddynt gan y perchnogion. Mae'r rhain yn gartrefi ers canrif i deuluoedd y dref, ac wedi eu patsio a'u trwsio'n falch er mwyn atal tamprwydd a drafft. Ac yn un o'r tai teras hyn, gwêl 24609-3740 (yn y fideo ar Facebook ar ei ffôn) lolfa wag, a chanddi lawr pren smalio gwael. Does fawr ddim yn y stafell, dim argoel o nosweithiau clyd o flaen y tân. Ond mae ynddi allweddellau. Ac wrth yr allweddellau, saif Rodney.

Rodney! Boi efo'r enw hwnnw yn y Blaenau o bobman. Pam na fasa'i rieni wedi ei alw'n Rhodri? Neu'n Robat?

Rodney yw meistr yr allweddellau. Mae'n erchi ohonynt guriadau rhyfedd ac ofnadwy drwy bwyso botymau penodol. Mae'n troi nobyn, weithiau, er mwyn plygu'r miwsig blin. Faint ydi oed y dyn? Gallai fod rywle rhwng chwarter a hanner canrif oed. Caiff 24609 y teimlad ei fod wedi gwisgo'i ddillad gorau ar gyfer y perfformiad hwn: jîns glas golau, siaced ledr ddu dri maint yn rhy fawr, sgidiau cynhebrwng sgleiniog du; cafodd dorri ei wallt yn ddiweddar.

Canu, wedyn. Dau air, fel siant doredig. 'Talu bils.' Yr orchwyl gas sy'n ein codi ni oll o'n gwlâu. 'Talu bils.' Y ffarwél stöig rhwng dau gyd-weithiwr a fu'n cwyno am eu gwaith wrth wneud paned. 'Talu bils.' Yr orfodaeth i ddilyn rheolau cyfalafiaeth. 'Talu bils.' Y ffws Sisyphysaidd sy'n ein tynnu oddi wrth yr hyn yr hoffem ei wneud.

Ar y teledu wrth ei ymyl mae fideos rapio gangster.

Ar y mur o'i flaen, drych Jack Daniel's.

Ac yna'r naratif. Rodney yw'r cyfarwydd sy'n ein tywys ar hyd ei daith ei hun, drwy niwl rheolau'r system sydd ohoni, drwy ddrysfa gyfalafol gwaith, at y nod o gael llafur.

O'n i'n mynd i Chechwadd, ti 'bo?
Chwilio am job.
'Helô, Rodney 'di enw fi. Gen ti job i fi?'
'Gen ti CV, Rodney?'
'Oes, CV fan hyn.'
'O, Rodney Evans, mae hwn yn ddim yn digon da.
Rodney, mae hwn yn crap.'
O, 'aru fi trio, do.
Trio ca'l job.

Mae rhwyddineb y sgwrs yn bradychu'r ffaith iddo'i chael sawl gwaith, ei fod yn disgwyl yr ymateb. Mor ddiymadferth yw ei adwaith i'r sarhad ar ei CV nes gwneud i rywun feddwl nad yw'n disgwyl ateb gwahanol. Chwarae'r gêm y mae, efallai: a fydd yn dadlau yn y ganolfan waith maes o law nad ei fai o, siawns, yw cael ei wrthod?

Mae'r pennill nesa'n union yr un fath, dim ond newid Llechwedd am Bortmeirion: dau le twrist, dau atyniad i bobl o ffwrdd. Mae'r geiriau'n union yr un fath, y tempo yr un fath, sydynrwydd ei ddiystyru a'i galondid yr un fath: dyna ddangos eto mai'r un fath y'i trinnir ym mhobman. Caiff ei farnu ar sail y CV – darn o bapur na ddangosodd neb iddo, mae'n siŵr, sut i'w greu. Mae ei ddyfodol a'i urddas yn ddibynnol ar ddogfen: mae swydd i'w chael i'r neb a all groniclo'i yrfa'n daclus mewn du a gwyn, dogfen na fydd byth yn dangos faint o chwys a dorrodd neb, na faint o feiros a ddygodd o'r cwpwrdd.

Wedi sefydlu'r patrwm, ni ddisgwylir newid wrth iddo fynd i Greenacres – lle arall lle gallai gael gwaith yn twtio er budd twristiaid. Ond y tro hwn, chwelir y patrwm. Agorir drws Rodney ar Aberhenfelen: daw ei orffennol i chwyrlïo'n fwg sylffwrig o'i gylch.

> O'n i'n mynd i Greenacres, ti 'bo?
> Chwilio am job.
> 'Helô, Rodney 'di enw fi. Gen ti job i fi?'
> 'O dwi'n nabod chdi eniwe, Rodney, ti'n niwsans.
> Ti 'di bod yn carchar, gen ti ddim *qualifications*…
> O gwbwl.'

Ond rhwng y penillion, mae'r ateb, mae'r achubiaeth: 'Ond mae'n iawn – dwi'n cael Jobseeker's Allowance.' Y wladwriaeth, y march gwyn a lusg Rodney o'i drybini, a rhoi'r pres iddo dalu'r bils! Llyncodd eu terminoleg, hyd yn oed: nid 'dôl' na 'jeiro', ond 'Jobseeker's Allowance' – eu jargon nhw. Ai dyna'i bwrpas yn y byd: profi i swyddog iddo drio, on'd do? Trio cael job. Er mwyn iddi fod yn iawn; er mwyn iddo gael ei Jobseeker's Allowance.

Beth sy'n gosod Rodney ar wahân i'r miloedd eraill sy'n chwilio'n hanner difrif am swydd er mwyn cael eu pecyn pitw wythnosol o bres i dalu'r biliau? Beth sy'n dyrchafu Rodney uwchlaw'r terasau a'u mitars trydan a'u caniau lager pnawn?

Canodd Rodney. Canodd ei stori a'i ing. Canodd, a bydd pobl yn cofio'i gân. Dyna'r gwahaniaeth.

TRINIAETH 14

Mae'r staff i gyd yn wahanol heddiw, am ryw reswm: dynes hŷn a chanddi wallt du potel, a hogyn pen melyn a wnaiff i 24609-3740 deimlo'n hen.

Gan nad ydyn nhw'n gyfarwydd â'i gorff na'i safle ar y gwely, maen nhw'n cymryd gofal ac yn mesur popeth ddwywaith. Maen nhw'n cwyno, ac yn gofyn sut yn y byd maen nhw i fod i wybod lle i osod 24609, a hwythau heb gael unrhyw arweiniad heblaw'r nodiadau ar y system. Maen nhw'n ffidlan am oes, cyn penderfynu galw ar Jon o fyny grisiau, sydd wedi bod ynghlwm â'r driniaeth o'r blaen. Mae Jon, pan fo'n cyrraedd, yn fodlon.

Yn wahanol i'r arfer, nid yw'r golau'n cael ei droi i lawr. Gadewir 24609 ar y gwely ar gyfer y sgan a'r driniaeth, a hithau'n hollol olau yno. Ac yntau mewn hanner tywyllwch fel arfer, mae 24609 yn anghyfforddus. Ceisia gau ei lygaid, ond mae'n dal yn anesmwyth. Nid yw'n siŵr pam mae'n anghysurus yn y golau. Mae wedi hen arfer â chael pobl yn edrych ar ei gorff hanner noeth, yn ei brocio a'i dylino a phwyntio ato. Does ganddo ddim problem ynghylch tynnu ei ddillad ar gyfer y driniaeth. Ond ac yntau ar ei ben ei hun, yn hanner noeth ar y gwely yn y goleuni, caiff groen gŵydd drosto ac mae arno eisiau ei gofleidio'i hun yn belen fach a swatio dan flanced.

Mae'n ystyried dweud jôc fach pan ddônt i'w ryddhau – rhywbeth i'r perwyl ei bod yn well ganddo'i wneud gyda'r golau i ffwrdd. Penderfyna beidio.

Anwahanadwy

Oherwydd bod ei far arferol yn llawn, mae 24609-3740 yn y dafarn hon: lle sydd fel petai'n dymuno rhoi'r argraff ei fod yn dafarn Wetherspoon, ond yn methu â chyrraedd lefel Wetherspoon o foethusrwydd ac urddas. Er bod bwrdd du o flaen y dafarn yn datgan bod deuddeg cwrw casgen i'w cael yno, mae pob un a flasodd 24609 hyd yn hyn – tri hanner – yn blasu fel dŵr budr.

Rhaid iddo fynd i biso. Mae waliau'r ciwbicl yn drybola o negeseuon blêr mewn inc: rhai ynghylch goruchafiaeth Lerpwl dros Fanceinion ac fel arall, rhai'n brolio a bygwth gweithredoedd anllad, rhai'n datgan bod Mwslemiaid yn foch, a rhai'n galw am ryddid i Balesteina.

Aiff 24609 yn ôl i fyny i'r bar a chanfod bod ei fwrdd wedi ei gymryd tra bu i lawr y grisiau'n darllen y graffiti. Gofynna am gael ei esgusodi, cyn plygu rhwng y cyfeillion sydd o gwmpas y bwrdd er mwyn nôl ei gylchgrawn oddi arno cyn mynd i chwilio am dafarn arall. Wrth gydio yn y cylchgrawn, oeda. Blincia. Mae hi'n rhy hwyr iddo anghofio am ei gylchgrawn a cherdded yn syth allan o'r dafarn.

O gwmpas y bwrdd mae wynebau cyfarwydd yn edrych arno: mae'r bwrdd fel bwrdd cinio 'rysgol bach, a phawb o'i gylch yn gydnabod bore oes iddo.

Wrth edrych arnynt rŵan, gallai 24609 wadu iddynt newid o gwbl er pan oedd yn yr ysgol gyda nhw ugain mlynedd yn ôl. Byddai'n taeru eu bod yn edrych yn union yr un fath, er bod y blynyddoedd wedi effeithio arnynt i gyd. Mae fel petai ei ymennydd wedi darogan datblygiad yr wynebau hyn ers iddo'u gweld gyntaf. Pe bai'n gweld hen luniau ohonynt – lluniau ysgol, efallai, gyda phob un yn gwenu'n chwithig ac yn gafael yn eu brodyr a'u chwiorydd o flaen cefndir o gymylau glas di-chwaeth – byddai'n gweld y gwahaniaeth rhwng yr wynebau heddiw a'r wynebau bron ugain mlynedd yn ôl. Ond fel y mae pethau, mae eu gwedd yn ddigyfnewid iddo.

Ac mae'r teimlad sy'n cloi am ei esgyrn yr un fath â'r un a brofai yn yr ysgol. Teimlad o berthyn, ie – yn anwadadwy, yn anwahanadwy, hogyn o'u pentref nhw ydi o – ond ofn hefyd: amheuaeth nad yw wedi ei greu i dreulio'i oes yng nghysgod y chwarel, yn y strydoedd o ithfaen hardd.

Mae'n rhaid iddo ddweud rhywbeth.

'Helô,' dywed.

Mae'r wynebau'n edrych yn ddall arno, am eiliad, cyn i rywun ei nabod.

Ar wal neuadd 'rysgol bach roedd print llym, plaen mewn ffrâm, yn dwyn y geiriau 'Cas gŵr na châr y wlad a'i macco'.

Dyna'r condemniad sy'n atsain ym mhen 24609 bob tro y teimla bang o gywilydd nad yw'n byw yn ei bentref genedigol. Ond y peth yw, 'cas gŵr' neu beidio, mae yn caru'r lle. Mae'n caru glesni'r tai ithfaen o boptu i'r afon. Mae'n caru'r cei sy'n araf ddatgymalu i'r môr, yn drychineb o urddas. Mae'n caru mynd am dro dros y Clogwyn i draeth caregog y gorllewin, heibio'r ynysoedd bach gerwin o garreg arw sy'n drybola o gachu adar, gan sbecian i lawr am yr ogofâu. Mae'n caru anferthedd diwydiannol y chwarel a'r gwaith brics. Mae'n caru ffraethineb garw'r bobl, a'u teyrngarwch diwyro i'r pentref ac i'w gilydd. Nid oherwydd diffyg cariad y teimla nad yw'n perthyn.

A heno'n fwy nag erioed, nid yw'n deall pam nad yw'n perthyn. Ar ôl methu â'i esgusodi ei hun, a chochi wrth dynnu stôl ychwanegol at y bwrdd, ac eistedd yn anghysurus arni, caiff ei hunan mewn sgwrs fywiog, gyfeillgar o ymosodol. Synna 24609 ei fod yn dal ei dir yng nghanol y cellwair a'r herio, ac yn mwynhau'r ymgiprys geiriol. Newidia'i acen a'i oslef yn reddfol, a phupro'i frawddegau â mwy o regi nag arfer.

Disgwyliodd orfod profi o'r newydd atgofion gwaetha'i blentyndod – y daith ar y bws i 'rysgol dre, er enghraifft, pan gâi ei watwar am dyfu ei wallt fymryn yn hir (O, am allu tyfu ei wallt yn hir rŵan!), am gael perthynas rywiol ag un o'i athrawon (yn amlwg, doedd hynny ddim yn wir ac, er bod yr athrawes dan sylw'n ifanc a phur ddeniadol, doedd gan 24609 ddim teimladau cryfion yn ei chylch), ac yn gyffredinol am fod fymryn yn wahanol.

'Be wyt ti'n ei wneud efo chdi dy hun rŵan?' hola 24609 un o'r criw.

'Chwarae,' ateba yntau.

Disgwyliai y byddai rhywun yn cyfeirio'n ddichellgar at y tro hwnnw, yn ymyl y goeden yng nghae chwarae 'rysgol bach, pan ddigwyddodd 24609 daro rhech. Gwnaeth oglau'r rhech i un o'r genod chwydu mymryn (doedd deiet 24609 mo'r iachaf). Cymhellodd hynny gryn nifer o'r plant eraill i godi cyfog arnynt eu hunain er mwyn creu hysteria pandemonig o chwd a ffieiddio.

Ond yn hytrach na hynny, gall ymuno â chellwair hwyliog am bob math o bethau: athrawon hurt, trigolion eu pentref, eu hanturiaethau yn hafau eu plentyndod – dringo llwybrau'r mynydd a neidio'n ddibryder oddi ar y cei pren i'r oerni llwyd, hallt.

Does neb yn gwneud cymaint â chrybwyll y tro hwnnw pan griodd 24609 mewn prawf gwyddoniaeth ym Mlwyddyn 7 ar ôl i'r athrawes ddweud wrtho am roi ei bapur yn y bin am fod rhywun wedi ceisio siarad ag o.

Eto i gyd, er bod ei gyfoedion yn garedig o anghofus, ac mewn hwyliau da, mae 24609 yn gwingo. Felly, dywed ei fod yn mynd i'r tŷ bach; aiff at y bar, ac archebu wyth jwg o goctels lliwgar amrywiol, gan ofyn iddynt gael eu danfon i'r bwrdd. Aiff allan i frath y gwynt.

Dydd Gwener

Gwerthu

Gwerthodd y bagiau, ar golled, i ddeliwr ar ochr stryd. Hap a damwain oedd iddo weld y boi'n dod allan o Merc mawr ac yn cyfnewid pecyn bychan am arian gan ddyn canol oed a oedd yn edrych yn ddigon parchus, ond braidd yn chwyslyd. Rhedodd at y car wedi i'r dyn canol oed fynd yn ôl am ei swyddfa, ac esbonio'n garbwl beth oedd y fargen y dymunai ei tharo. Edrychai'r dyn yn amheus; nid oedd 24609-3740 yn ei feio am hynny. Cafodd olwg ar y pecynnau, ac agorodd un er mwyn sicrhau bod ansawdd y cyffur yn dderbyniol. Fe'i bodlonwyd, a thalodd seithbunt y bag i 24609. Tynnodd yntau arian o dwll yn y wal er mwyn cael swm a fyddai'n bodloni Keir; roedd pedwar ugain punt yn ymddangos fel pris teg i'w dalu am gael gwared ar y cyfrifoldeb.

Aiff â'r arian i wersyll y Gwrthsafiad.

Nid oes gan Steve ddim i'w ddweud wrtho pan fo'n cyrraedd yno. Cuchia arno, ac yna'i anwybyddu, gan fynd rhagddo â murlun ar bileri'r bont gyda'i gan chwistrellu paent.

Edrycha 24609 ar y murlun. Mae'n dda, chwarae teg: mae'r llythrennau'n steilus a'r lliwiau'n llachar ac atyniadol, a'r grefft a'r gofal a ddengys Steve gyda'i gan yn dwyn ffrwyth. Nid yw 24609 yn deall pam mae'r awdurdodau'n mynd ati i beintio dros graffiti ar ffensys diflas o gwmpas safleoedd adeiladu neu linell y tram. A yw'r patsyn du mawr i fod yn harddach na'r llythrennau a'r lluniau llachar a lliwgar y peintir drostynt?

Nid yw'n eglur eto beth fydd y llun gorffenedig, ond

gall 24609 weld tyrfa enfawr o bobl a'u dwylo yn yr awyr, a rhyw fath o symbol sy'n gyfuniad o forthwyl a chryman Comiwnyddiaeth ac 'A' fawr anarchiaeth. Wrth i Steve weithio ar y slogan – y gair 'RHYDDID' yn anferth – sylwa 24609 fod y llawysgrifen yn debyg i graffiti a wêl bob tro y bydd yn cyrraedd y ddinas. Ar floc swyddfeydd sy'n dadfeilio, ac a welir o'r trên wrth ddynesu at orsaf Oxford Road, ceir y geiriau 'RHYDDHA DY FEDDWL' mewn llythrennau anferth pinc a gwyrdd. Mentra 24609 holi Steve ai ei waith ef yw hynny. Nodia Steve. Roedd 24609 wedi bwriadu dweud bod y neges yn galondid iddo bob tro y bydd yn cyrraedd y ddinas, ond nid yw'n credu bod ceisio sgwrsio â Steve yn werth y drafferth.

Gydag Eric a Steve yn fud, a Keir a Ric yn absennol, aiff i siarad â Becca. Mae hi wrthi'n golchi dillad yn y twba metal, ac yn eu sgrwbio wedyn ar fwrdd golchi henffasiwn.

'Set-yp da gen ti yma,' dywed 24609, gan obeithio nad yw'n swnio'n goeglyd.

'Diolch,' gwena Becca, gan orffwys ei bysedd pinc. Dywed ei bod yn hoffi gwneud pethau'n drylwyr, a golchi'r dillad ei hunan a'u sgrwbio'n iawn; mae'n dangos y mangl a'r lein ddillad i 24609. Dywed yntau fod hyn oll yn creu argraff arno.

'Digartref ydan ni, nid diurddas,' dywed Becca. 'Mae gan Keir ben pres da. Rydan ni'n reit dda am hel pres, ac yn lle'i wario fo i gyd yn syth, rydan ni'n ei hel o at ei gilydd ac yn gwario'n gall: prynu pebyll ac ati, wneith ein cadw ni'n gnesach am fisoedd.'

Mae'n codi oddi ar ei stôl, ac yn dangos ei stofs bach nwy a'i chyfarpar coginio. Dengys y twll yn y ddaear lle cedwir yn oer y nwyddau yr anfonir Steve i'w dwyn o finiau archfarchnadoedd – ham a letus a brechdanau sy'n berffaith fwytadwy, ond a'u dyddiad wedi pasio. Mewn hen sêff, ceir pecynnau pasta sych a Pot Noodle.

'Y broblem efo hyn i gyd ydi bod pob Tom, Dic, a Harri isio dod yma aton ni i fyw: pobl sydd isio pabell a rhywun i gwcio a gwneud bwyd iddyn nhw, ond sydd ddim yn fodlon rhannu'r pres maen nhw'n ei hel, na bihafio a chadw'u dwylo iddyn nhw'u hunain. Roedd 'na'n agos at ddeg yn byw yma ar un cyfnod, ond roedd pethau'n anodd iawn bryd hynny: ffraeo a chega a chwffio, a'r heddlu'n cael eu tynnu yma'n barhaus. Ddaru Keir benderfynu chwynnu pawb oedd ddim yn cytuno efo amcanion y Gwrthsafiad, felly pedwar ohonon ni sydd yma erbyn hyn – a Ric, wrth gwrs, ond dydi o ddim yn licio cysgu yma.'

Wrth siarad â Becca, sy'n rhugl a hawddgar ac yn hawdd sgwrsio â hi, pendrona 24609 beth mae hi'n ei wneud ar y stryd. Siawns y gallai hi gael swydd ddigon parchus, a'i fflat fach ei hun, a ffendio gŵr, a chreu bywyd bach iawn iddi ei hun...

'Ac wyt ti?' hola hi.

'Be?'

'Yn cydymdeimlo efo amcanion y Gwrthsafiad?'

'Yndw,' dywed Becca, cyn oedi. 'Dwi'n meddwl bod y system yn bwdwr. Dwi ddim yn gallu esbonio'r rhesymau a'r hyn sydd angen newid cystal â Keir, ond mae o'n llygad ei le. Fedar petha ddim para fel hyn. Ond dwi yma achos bod yr hogiau'n gwmni, ac mae'n braf cael rhywbeth i'w wneud – bod yn gyfrifol am y dillad a'r bwyd a chadw'r lle'n daclus.'

Ystyria 24609 holi sut mae cadw howscipar fel hyn – dynes yn gwneud gwaith traddodiadol dynes, a'r dynion yn ymhél â'r chwyldro – yn cyd-fynd ag egwyddorion chwyldroadol Keir a'r Gwrthsafiad. Mae'n taro 24609 fel trefniant patriarchaidd ar y naw. Ond penderfyna beidio â holi.

TRINIAETH 15

Hola 24609-3740, gan ei bod yn ddydd Gwener, a oes ganddyn nhw gynlluniau ar gyfer y penwythnos.

'Dwi'n mynd i barti Calan Gaeaf nos fory,' ateba Shireen, hogan ddu, glên, sy'n gallu dweud 'Shwmai'. 'Wyt ti?'

'Iasu, nac'dw,' dywed 24609. 'Gas gen i Galan Gaeaf.'

'O ia? Pam, 'lly?'

Dechreua 24609 feddwl.

Doedd o ddim yn cael mynd o gwmpas y pentref gyda'r plant eraill yn chwarae tric ôr trît. Fel Cristnogion, doedd ei rieni ddim yn cytuno â'r holl fusnes. Felly noson o aros yn y tŷ yn crio a chuddio oedd Calan Gaeaf, yn disgwyl i'r plant eraill ddod i guro ar y drws yn eu masgiau a'u gwisgoedd dychrynllyd. Byddai 24609 yn mynd i'r gwely'n gynnar er mwyn osgoi clywed y cnocio ar y drws a gweld ei ffrindiau ysgol yno'n mwynhau ac yn cambihafio hebddo. Ond fyddai o byth yn gallu cysgu, a byddai'n edrych drwy'r ffenest ar y plant eraill yn rhedeg o gwmpas yn eu mentyll a'u hetiau, yn wirion bost oherwydd holl siwgwr y fferins.

Ei rieni oedd yn iawn, wrth gwrs. Wrth fynd yn hŷn, a chyrraedd yr ysgol uwchradd, esgus yn unig oedd Calan Gaeaf i'r plant fihafio mewn ffordd greulonach nag y byddent yn meiddio gwneud fel arfer. Clywodd 24609, sawl tro, ei gyd-ddisgyblion ar y bws ysgol yn ffantaseiddio am wasgu sigaréts yn llygad rhywun, neu eu leinio nhw'n iawn, am ei bod yn Galan Gaeaf. Ddigwyddai pethau mor erchyll â hynny ddim, ond roedd yr unfed ar ddeg ar hugain o Hydref yn cael ei gyfri'n drwydded i grybwyll cyflawni'r erchyllterau na fyddai neb yn cyfaddef eu dychmygu fel arfer.

Prif weithgarwch y noson, casglai 24609 wrth wrando ar sgyrsiau yn y dyddiau dilynol, oedd pledu tai pobl ag wyau, a rhoi tân gwyllt drwy eu blwch llythyrau. Prif darged y gweithgarwch hwn oedd hen ddynes glên ond braidd yn ddrewllyd y penderfynodd rhywun, rywdro, ei bod yn anghymeradwy ac yn haeddu ei haslo a'i chosbi ar bob cyfle posib. Gwnaed eithriad un flwyddyn, oherwydd roedd dau ddyn wedi symud i'r pentref ac yn byw yn yr un tŷ â'i gilydd; doedd hi ond yn briodol ac yn naturiol, wedyn, mai 'tŷ gês' oedd targed yr wyau a'r tân gwyllt.

Teimla 24609 fod hyn oll ychydig yn gymhleth i'w esbonio, felly dywed ei fod yn gweld y cwbl yn nonsens Americanaidd masnachol. Cytuna Lucy, ac aiff hithau a Shireen rhagddynt i'w osod ar y gwely.

Yr Amgueddfa Gwyddoniaeth a Diwydiant

Mae gan 24609-3740 ddwyawr dda i'w gwastraffu cyn dal ei drên, ac felly mae'n penderfynu mynd i weld rhywbeth. Yr Amgueddfa Gwyddoniaeth a Diwydiant yw'r atyniad nesaf ar ei restr, ac mae'r amgueddfa honno o fewn pellter cerdded cyfleus i ganol y ddinas.

Ar ei ffordd yno, gwêl fod ganddo gyd-gerddwr: neb, wrth gwrs, ond Ric.

'Ddrwg gen i dy golli di yn y gwersyll y bore 'ma,' dywed hwnnw. 'Roedd gen i fusnes yn rhywle arall. Ond mi wnest ti'n ardderchog. Keir yn canu dy glodydd di.'

'Gwranda, Ric. Sgen i ddim isio gwneud dim byd fel'na eto – ti'n dallt?'

'Ia, ia. Pob ceiniog yn help, cofia – mae angen tipyn o bres os ydi'n plania ni am ddwyn ffrwyth. Pob math o bobl i'w talu…' dechreua Ric, cyn cofio na ddylai ddweud gormod. 'Mynd i MOSI wyt ti?'

Honna 24609 nad i'r fan honno y mae'n mynd, ond mae Ric yn ddigon hyderus yn ei adnabyddiaeth o'r ddinas i ddweud wrtho ei fod yn dweud celwydd. Dywed ei fod yn hoff iawn o'r amgueddfa, ac y byddai'n falch iawn o allu arwain 24609 o gwmpas. Pledia yntau nad oes arno angen neb i afael yn ei law, ond nid oes dim yn tycio. Daw Ric i mewn i'r amgueddfa wrth ei gwt.

Ni chaiff 24609 amser i werthfawrogi'r arddangosfeydd wrth ei bwysau. Mae Ric yn pregethu yn ei glust lle bynnag yr aiff. Ni all edrych ar beiriannau melin heb i Ric sôn wrtho am Cottonopolis, a'r modd y gwnaeth cotwm Fanceinion yn ddinas ddiwydiannol gynta'r byd. Yn anterth y fasnach, mewnforiwyd biliwn o dunelli o gotwm i'r lle mewn blwyddyn! Hon, dywed Ric, oedd y ddinas gyntaf i ymfalchïo bod simneau ei ffatrïoedd yn uwch na thyrau ei heglwysi a'i phalasau.

Ceisia 24609 gau llais graeanllyd Ric o'i ben, a darllen yr hyn sydd ar y byrddau gwybodaeth, ond waeth iddo heb. A dweud y gwir, mae'r hyn sydd gan Ric i'w ddweud yn fwy diddorol na sbîl swyddogol yr amgueddfa. Wrth iddyn nhw edrych ar injans stêm, rhestra Ric yr holl bethau y bu Manceinion ar flaen y gad wrth eu creu: y theori atomig, bwyleri, deddfau thermodynameg, trawstiau dur siâp H, peirianneg fanwl, morthwyl stêm, y cyfrifiadur – a Manceinion oedd yn gyfrifol am y gamlas ddiwydiannol hollol artiffisial gyntaf, a'r rheilffordd nwyddau effeithlon gyntaf hefyd pe bai'n dod i hynny.

Trewir 24609 fod brwdfrydedd a rhuglder Ric braidd yn od.

'Pam mae Comi fel chdi'n rhestru llwyddiannau masnach?' gofynna iddo. Wedi'r cwbl, y Free Trade Hall oedd un o adeiladau mawr y cyfnod – go brin fod egwyddor masnach rydd wrth fodd Ric.

'Achos mae Manceinion wastad ar flaen y gad. Ni wnaeth greu'r hen drefn,' dywed Ric, 'a ni fydd yn ei dymchwel hi. A ni wnaiff sefydlu'r system newydd hefyd. Fan hyn ydi crud y chwyldro, boi, heddiw fel erioed.'

Cyn i 24609 gael cyfle i agor ei geg, aiff Ric rhagddo i bwysleisio bod gan Fanceinion hanes anrhydeddus o feithrin mudiadau blaengar. Onid ydi 24609 yn gwybod am gyflafan Peterloo, pan garlamodd y moch ar gefn ceffylau (gogleisir 24609 gan y ddelwedd honno, ond nid yw'n dweud dim) i ganol torf enfawr o bobl a oedd yn mynnu eu hawl i gynrychiolaeth? Onid yw'n gwybod mai yma y bu'r ddeiseb gyntaf yn erbyn caethwasiaeth, mai fan hyn oedd cartref y mudiad llysieuol a'r mudiad hawliau hoywon, mai yma roedd Emmeline Pankhurst yn byw – ac mai ym Manceinion, hyd yn oed, yr oedd pencadlys y *Guardian* yn y cyfnod cyn iddo fynd yn uchelseinydd y cyfalafwyr?

'Blydi hel, hogyn, yn fan hyn roedd Marx ac Engels yn gweithio ar y Maniffesto Comiwnyddol – ac roedd gan Engels dipyn i'w ddweud am sut roedd y ddinas yn cadw'r proletariaid a'r bwrgeiswyr ar wahân. Asu, oedd.'

Maen nhw i lawr mewn hen garthffosydd rŵan – rhai wedi eu sychu, diolch byth, ond mae Ric yn ymddangos yn gartrefol iawn yno serch hynny. Mae fel petai ei lais yn gweddu i'r acwsteg a grëir gan y twnnel o frics coch, a gariai wastraff y ddinas ymaith ers talwm. Yn y cysgodion hyn, lle mae'n rhaid i 24609 blygu ei ben, y mae cynefin Ric. Mae ei gorff fel petai'n gwyro i gyd-fynd â gogwydd y wal.

Mae 24609 yn ddiolchgar am gael bod allan yn yr awyr iach. Ond a bod yn deg, nid yw rhannu carthffos â Ric cynddrwg ag y byddai 24609 yn ei ddisgwyl. Diolcha eto am Becca a'i mangl; gan ei bod hi'n mynnu golchi dillad Ric yn wythnosol, ni chaiff yr oglau chwd, piso, a chwys gymaint o amser i gymysgu a ffrwtian ag ar dramps eraill. Mae Ric yn drewi, wrth gwrs, a'i anadl fel awel o uffern, ond gallai fod yn waeth.

Penderfyna 24609 beidio â mynd dros y ffordd i weld y casgliad o awyrennau rhyfel a gaiff eu harddangos yno; gall ddychmygu beth fyddai pregeth Ric.

Carreg mewn cae

Pan oedd 24609-3740 yn loncian – ac roedd yn cael pyliau o loncian yn aml cyn i'r fechan gael ei geni – roedd ganddo nifer o lwybrau o gwmpas y dref. Âi'r un arferol ag o drwy'r stryd at ei hoff dafarn, i fyny lôn serth allan o'r dref, i lawr grisiau, ar hyd stryd o dai posh, yna dros bont garreg at lwybr gydag ymyl y cwrs golff, yna'n ôl adref drwy ganol y dref.

Ar ddyddiau Sadwrn, pan fyddai ganddo fwy o amser, âi ar lwybrau hwy. Roedd un o'r rheiny'n mynd ag o ar allt fwy serth allan o'r dref, yna ar lôn wledig ar hyd y topiau rhwng caeau, i fyny allt arall yn uwch fyth allan o'r dref, ac yna i lawr lonydd cul i'r pentref agosaf, cyn dilyn y briffordd yn ôl i'r tŷ am rai milltiroedd gwastad.

Gwelai 24609 fwy wrth loncian nag a welai mewn car. Ac mewn cae, dros y clawdd o'r palmant ar ran ola'i lonc bore Sadwrn, sylwai 24609 ar garreg mewn cae. Carreg fain, syth oedd hi – un debyg i un o gerrig yr Orsedd. Doedd hi ddim yn dal iawn o gwbl: pe bai'n sefyll wrth ei hymyl, dyfalai 24609 y byddai hi'n cyrraedd gwaelod y tiwmor. Safai heb fod ymhell o gornel y cae, ar ei phen ei hun.

Mae 24609 yn chwilfrydig i wybod beth yw'r garreg hon. Rhaid ei bod yn arwyddocaol mewn rhyw ffordd, oherwydd byddai'n llawer mwy cyfleus i'r ffarmwr gael gwared ohoni yn hytrach na gorfod gyrru ei dractor o'i chwmpas bob tro y bydd arno eisiau llyfnu neu aredig. Wedi dweud hynny, nid yw 24609 wedi gallu ei chanfod ar fap OS. Mae wedi dod i'r casgliad ei bod yn rhan o ryw drefniant claddu cyntefig. Mae'n argyhoeddedig y byddai archaeolegwyr yn canfod ambell beth difyr pe baent yn cloddio o'i chwmpas.

Ond fydden nhw ddim yn canfod dim byd arbennig o ddiddorol. Mae gan 24609 theori am olion archaeolegol fel y garreg hon: pe baen nhw'n wironeddol bwysig, fydden nhw ddim yn y golwg heddiw. Tybia 24609 fod olion yn llai tebygol o gael eu canfod mewn canolfannau pwysig – lle roedd nifer fawr o bobl yn cwrdd neu'n byw – oherwydd bod y lleoliadau hynny'n fwy tebygol o gael eu hailddatblygu cyn i ba bynnag strwythurau sydd yno fagu arwyddocâd hanesyddol a sentimental.

Mae eithriadau sy'n profi'r rheol, wrth gwrs. Ar y mynydd uwchlaw'r pentref lle magwyd 24609, ceir olion bryngaer Geltaidd. Mae degau ar ddegau o olion tai crynion yno: waliau carreg trwchus mewn siâp cylch. Mae cerdded yno fel camu i fyd cyntefig, ac mae'n rhyfeddol fod yr holl waliau wedi goroesi mewn modd sy'n ei gwneud yn hawdd dychmygu cymuned yn byw yno.

Ond y rheswm, ym marn 24609, fod tai crynion y fryngaer wedi goroesi mewn cystal cyflwr yw ei fod yn lle anghyfleus iawn i bobl fyw. Atebai byw ar gopa mynydd ddiben ar y pryd – roedd yn safle hawdd ei amddiffyn rhag ymosodiadau, a gellid gweld ymhell oddi yno – ond wrth i gymdeithas newid, mae'n anochel y byddai pobl wedi sylweddoli ei fod yn lle braidd yn wirion i fyw, ac wedi symud i'r dyffrynnoedd cyfagos. Pe bai'n lle da i fyw, byddai'r tai crynion wedi cael eu clirio ers canrifoedd, a'r cerrig wedi eu defnyddio i greu tai gwell. Byddai cenedlaethau o adeiladau wedi eu codi ar y safle, heb i neb hidio am haneswyr y dyfodol, ac olion cyfnod penodol ddau fileniwm yn ôl wedi eu colli am byth.

Dyna pam mae 24609 yn synnu wrth edrych drwy'r ffenest pan fo'i drên newydd adael gorsaf Oxford Road. Gall weld safle go eang gyda gweddillion caer o ryw fath – un Rufeinig, mae'n meddwl – gyda bonion waliau a oedd gynt yn sail i adeiladau cadarn, sgwâr, a thyrau gwylio o'r un garreg gochlyd â nifer o adeiladau eraill y ddinas, a dwy ffos ddofn o flaen y cwbl. Mor agos â hyn at ganol y ddinas, disgwyliai 24609 y byddai'r waliau wedi eu dymchwel ers tro i wneud lle i adeiladau mwy defnyddiol. Wedi'r cwbl, meddylia wrth edrych ar Google Maps ar ei ffôn, daw camlas Bridgewater i galon yr ardal lle mae'r olion, ardal Castlefield, ac yn ei sgil roedd yno brysurdeb diwydiannol. Siawns na ddylai'r olion fod wedi cael y farwol ganrifoedd yn ôl.

Fe'u cadwyd am ryw reswm.

Darllena 24609 rywfaint am hanes y gaer Rufeinig hon. Dyma Mamucium: caer a oedd mewn lle cyfleus rhwng ceiri Caer ac Efrog, gyda rhai haneswyr yn credu (ar sail un estyniad a wnaed i'r gaer, a allai fod ar gyfer ysguboriau) mai ei phrif bwrpas oedd cadw hanfodion megis bwyd. Gwena 24609, gan feddwl am enwau rhai o'r strydoedd gerllaw'r olion: Rice Street, Potato Wharf. Dros fileniwm a hanner, o gyfnod y Rhufeiniaid hyd at y cyfnod diwydiannol, bu'r ardal hon o'r ddinas yn gwneud yr un gwaith.

PENWYTHNOS 3

Saeson

'Typical Sais,' dywed dan ei wynt.

Dim ond yn achlysurol y mae'r cwpwl sy'n berchen ar y tŷ drws nesaf i 24609-3740 yn defnyddio'r tŷ hwnnw; yn Burton upon Trent y maent yn byw fel arfer. Rhegi yw ymateb naturiol cyntaf 24609 a'i wraig wrth sylwi bod eu BMW wedi'i barcio y tu allan i'w tŷ. Gwyddant fod penwythnos, neu wythnos, neu bythefnos hyd yn oed, o rwystredigaeth o'u blaenau.

Mae trosedd y cymdogion mor bitw a thila, mae'n chwerthinllyd. Mae 24609 a'i wraig yn byw mewn tŷ ar ochr y ffordd, a gall pawb barcio lle bynnag y myn ar ochr y ffordd honno. Mae gan 24609 a'i wraig ddau gar rhyngddynt: un mawr, i dynnu Carafann Griffiths, ac un bychan hylaw.

Mae'r cymydog tŷ haf yn mynnu parcio slap bang o flaen ffenest ffrynt ei dŷ ei hun, mewn modd sy'n ei gwneud yn amhosib parcio dau gar o flaen tŷ 24609. Pe bai'n parcio'i BMW ddwy droedfedd ymhellach yn ôl (ac mae digon o le i wneud hynny), byddai popeth yn iawn. Byddai lle i'r tri char o flaen y ddau dŷ. Ond mae'r Sais, mae'n rhaid, yn teimlo mai ei hawl a'i fraint yw parcio'i BMW yn union o flaen ffenest ei dŷ. Dim ots fod hynny'n gorfodi 24609 a'i wraig i chwilio am rywle arall i barcio – a'u gorfodi i gario'r babi, a'r goets, a'u siopa neu eu siwtcesys, gryn bellter.

Heddiw, mae'r peth bron â thynnu dagrau o lygaid 24609. Mae blinder a straen y driniaeth yn chwyddo'i deimladau, yn gwneud problem fach yn her anorchfygol.

Doedd y BMW ddim yno pan biciodd 24609 i'r domen byd yn y car. Mynnodd wneud hynny er ei fod yn gwybod y byddai lluchio'r bocsys i'r sgip yn bownd o wneud i'w diwmor frifo, ond roedd yn awyddus i ddangos ei fod yn dal yn ddefnyddiol o gwmpas y tŷ. Pan ddaeth yn ôl, roedd y BMW wedi parcio yn ei sanctaidd, ddeisyfedig safle. Ac felly does dim lle i 24609 barcio o flaen y tŷ. Er mwyn ei atal ei hun rhag crio, ebycha 24609 dan ei wynt.

'Typical Sais.'

Ond hyd yn oed yn ei gyflwr bregus, oeda 24609 i ystyried a yw ei ebychiad yn deg. 'Typical Sais'? A yw'n gwneud cam â Saeson? A yw'n gywir i gymryd ymddygiad ei gymydog sarrug, hunanol, truenus o drahaus, a datgan ar sail hynny fod Saeson i gyd yr un peth?

Mae'n debyg fod dadl dros hynny.

Cartref Sais yw ei gastell, yn ôl y dywediad, ac mae Russ (cans dyna enw'r cymydog) yn bendant yn rhoi gwerth mawr ar ei frics a'i fortar, ac yn gweld y darn tarmac y tu allan iddo'n estyniad o'i deyrnas. Byddai rhai o gydnabod 24609 yn maentumio bod ymddygiad Russ yn gydnaws ag ymddygiad yr Ymerodraeth Brydeinig dros ddegawdau lawer: canfod darn o dir, ei hawlio'n eiddo iddo'i hun, a'i lordio hi dros y tir hwnnw mewn modd hunanol a thrahaus heb hidio dim am y bobl a oedd yno i gychwyn.

Rhwydd y gall 24609 ddychmygu Russ ar ei liniau ar y palmant ar ôl canfod bod 24609 wedi picio i rywle yn y car yn gorfoleddu'n ddiolchgar a llawen, yn gweddïo megis Kipling gynt ar y Duw a roddodd iddo'r hawl i barcio, i'r filimetr, yn y fan lle mae'n parcio:

> God of our fathers, known of old,
> Lord of our far-flung battle line,
> Beneath whose awful hand we hold
> Dominion over palm and pine –

Lord God of Hosts, be with us yet,
Lest we forget – lest we forget!

Mae ymddygiad Russ, ymhellach, byddai rhai o gyfeillion 24609 yn dadlau, yn nodweddiadol o genedl sy'n dyrchafu unigolyddiaeth a llwyddiant economaidd. Os yw Russ wedi gweithio'n galed dros y blynyddoedd, a chynilo digon o arian i brynu BMW mawr posh iddo'i hun, onid oes ganddo hawl i'w barcio yn union lle y myn? Onid yw'r BMW'n fwy haeddiannol o le ar y stryd na cheir mwy di-raen 24609 a'i wraig? Onid yw'n hanfodol fod Russ yn gallu cadw golwg ar y trysor o gar drwy ffenest y gegin, rhag ofn i un o'r bobl leol ei amharchu neu ei ddifrodi mewn rhyw ffordd? Onid yw'n hyfryd iddo gael prynu tŷ mewn tref fach ddymunol yng ngogledd-orllewin Cymru, a sicrhau iddo'i hun, mewn modd manwl gywir, y darn o darmac o flaen y tŷ hwnnw?

Ond pan fo 24609 ar fin ei argyhoeddi ei hun fod parcio anystyriol Russ yn cadarnhau tybiaethau am holl Saeson y byd, mae'n meddwl eto.

Mae nifer o wahanol fathau o Saeson. Dinas yn Lloegr yw Manceinion. Daw ar draws cannoedd o Saeson yno, a'u hoffi bron i gyd. Saeson sy'n gweini yn y cantîn. Saeson sy'n ei osod ar fwrdd y driniaeth, yn gydwybodol a chlên. Saeson, gan mwyaf, sy'n ei groesawu i'r gwestai lle mae'n aros. Sais yw Alan, y dyn rhesymol a hyblyg sy'n gofalu am amseroedd ei apwyntiadau. Saesnes yw'r ddynes glên wrth y dderbynfa yn Adran 34, sy'n holi amdano bob dydd, er nad oes a wnelo triniaeth 24609 ddim oll â'r adran honno.

Mae'r Saeson hyn oll yn gwrtais a chlên. Maent yn hynaws ac ystyriol, ac yn barod i sgwrsio. Mae 24609 yn hyderus nad yw odid yr un ohonynt yn gyrru BMW trahaus, nac yn parcio mewn ffordd sydd mor anghyfleus i'w cymdogion.

Mae'n bur sicr fod eu gwleidyddiaeth yn eithaf canol-y-ffordd: eisiau chwarae teg, a chadw cymaint o'u harian â phosib, ond yn awyddus hefyd i ofalu am eraill ac yn oddefgar o bobl wahanol iddynt eu hunain. All cymdeithas weithredu heb i ni allu credu bod y mwyafrif o'n cyd-wladwyr yn bobl sylfaenol anrhydeddus, garedig, dda?

Na, meddylia 24609, nid 'typical Sais' mo'i gymydog. Wancar ydyw: wancar sy'n digwydd bod yn wancar mewn ffordd y mae sawl un o'i gyd-Saeson yn digwydd bod yn wancar, ond nid mewn ffordd sy'n profi bod pob Sais yn wancar. Gresyna 24609 fod ymddygiad Russ, a wancars tebyg iddo, yn gwneud iddo gyffredinoli ynghylch eu cydgenedl mewn ffordd sy'n gwbl annheg.

'Typical wancar,' dywed 24609, gan ei gywiro'i hun.

Does arno ddim eisiau crio ddim mwy.

WYTHNOS 4

DYDD LLUN

Dail

Am fod yr ysbyty mewn ardal y byddai gwerthwyr tai, yn gwbl eirwir, yn ei galw'n 'ddeiliog', gwêl 24609-3740 lawer ar ddail yr hydref eleni. Mae eu coch a'u melyn yn gynhesach ac yn brydferthach nag y cofia 24609 ei weld erioed o'r blaen. Darllenodd yn rhywle fod yr hydref mwyn, heulog, sych yn creu amodau ffafriol iawn ar gyfer sioe odidog o ddail yn crino.

Mae'r cymylau'n cilio o'i enaid wrth iddo gerdded o orsaf y tram i'r ysbyty ar ddiwrnod claear, un a'i awel yn brathu a'i haul yn foethus o gynnes. Mae'r stryd yn danllwyth o felyn. Mae'n cicio'r pentyrrau oren, crimp o ddail sydd wedi hel ar y stryd. Nid yw'n hidio am y risg o gicio baw ci sy'n cuddio yng nghanol y tomennydd dail, a chael y cachu'n stremps dros ei sgidiau.

Chwardda wrth feddwl am y creaduriaid trist hynny sy'n gweld tomennydd o ddail hyfryd fel hyn ar y stryd yn llanast neu'n beryglus. Gwelodd, ddim ond munudau'n ôl, ryw gynghorydd ar Twitter yn dannod wrth ei gyngor sir y pentyrrau o ddail oren a oedd wedi hel ar gornel un o strydoedd ei ward, ac yn erchi gweithwyr i ddod i'w clirio rhag blaen.

Ac wrth fwrw'i feddwl yn ôl, cofia 24609 am sefydliad rhyfedd o'r enw Clwb Bore Sadwrn. Crëwyd y clwb hwn gan rai o aelodau iau y Clwb Blodau ym mhentref 24609, gydag amcanion a oedd yn cynnwys creu gwaith celf a thacluso strydoedd a phlannu blodau. Roedd 24609 yn aelod gyda'r mwyaf cyfrifol ac ymroddgar o'r cyfryw glwb.

Cofia un cyfarfod o'r clwb un hydref (ar nos Fercher, fel

y mae'n digwydd) lle cafodd yr aelodau ddiawch o row am fod un o arweinyddion y clwb wedi eu gweld yn chwarae â thwmpathau o ddail ar dir yr ysgol – fe'u gwelwyd yn cicio'r dail, ac yn eu lluchio ar ei gilydd, gan olygu bod y dail wedi eu gwasgaru dros y palmant a'r ffordd. Roedd hyn, yn amlwg, yn llanast annerbyniol. Roedd dail yr hydref, yn gymaint â chaniau diod a phapurau siocled, yn sbwriel o'r math y sefydlwyd Clwb Bore Sadwrn i'w waredu oddi ar y strydoedd.

Tosturia 24609 wrth y sawl a all gredu bod y darnau euraid hyn o natur, y dail hyfryd, crin, crimp, melyn ac oren a choch, yn llanast. Yn nhyb 24609, gwnânt y strydoedd yn odidog o hardd a chynnes a hydrefol.

TRINIAETH 16

Nid yw'r peiriant yn swnio fel y dylai. Cafodd 24609-3740 ei osod yn ddigon didrafferth heddiw, ac mae'r sgan wedi cychwyn, ond hanner ffordd drwy'r troad cyntaf mae'r peiriant yn stopio ac yn gwneud sŵn fel llarpiwr papur, neu fel rhu rhwystredig rhywun yn ceisio gwneud pw.

'Bolycs,' dywed Lucy wrth ddod i mewn. 'Ro'n i'n amau nad oedd y golau acw i fod i fflachio fel'na. Aros di'n berffaith llonydd, plis.'

Daw amryw bobl i mewn ac edrych ar y peiriant o wahanol onglau. Rhydd Jon ergyd fach iddo â'i law. Does dim yn tycio.

Gadewir 24609 yno yn yr hanner tywyllwch.

Daw technegydd i mewn. Ni all 24609 ei weld yn iawn am fod yn rhaid iddo gadw'i ben yn syth, ond drwy gornel ei lygad gall weld bod tafod hwnnw allan, a phensil y tu ôl i'w glust. Rhydd y technegydd ergyd galetach na Jon i'r peiriant, pwyso ambell fotwm, diffodd y peiriant gyda grŵn siomedig, a'i gychwyn eto.

Erys 24609 yn llonydd. Ymhen rhai munudau, dechreua'r peiriant droi eto. Nid yw'n swnio'n gwbl iach, ond mae'n gweithio.

Slwj

Bu'n bwrw glaw tra oedd 24609-3740 yn cael ei driniaeth. Pan ddaw allan o'r ysbyty, mae'r dail i gyd wedi troi'n slwj ar y stryd. Rhaid iddo gario'i gês, yn hytrach na'i lusgo, rhag i'w olwynion gael eu cloi a'u baeddu gan y trybola tamp. Rhaid iddo wylio'i gam rhag i wadnau ei sgidiau lithro ar y slwj.

Yn barod, mae pyllau mawr o ddŵr yn ymddangos wrth i'r dail dagu gwteri.

Pam, wir, nad yw'r cyngor lleol neu awdurdod cyffelyb wedi clirio'r annibendod peryglus hwn?

Truth Hope Church

Er bod 24609-3740 wedi bwriadu gwrthod gwneud dim gyda Ric na'i griw yr wythnos hon, profodd y gwahoddiad i fynd i'r capel yn ormod i'w chwilfrydedd. Ac felly, mae gyda'r tramp ar stad ddiwydiannol yn ne-ddwyrain y ddinas – mewn darn o dir neb rywle rhwng stadiwm Man City a'r ysbyty – yn edrych ar hen warws sydd â logo mawr gwyrdd a phinc ar ei ochr. Ar y logo, ceir nifer o ffigurau'n plygu gerbron croes gyfeillgar, a'r geiriau 'Truth Hope Church'.

Wrth gerdded at yr eglwys, sylwa 24609 nad yw oglau Ric yr un fath heddiw. Gofynna iddo beth ddigwyddodd; esbonia yntau nad yw wedi cael diod heddiw – a dengys gryndod ei law er mwyn profi hynny. Fyddai hi ddim yn iawn mynd yn feddw i addoldy, esbonia.

Er nad yw ond nos Lun, mae'r maes parcio'n bur lawn, a phobl amrywiol yn cerdded am y drysau. Nid yw 24609 yn trafferthu gofyn beth yw pwrpas yr ymweliad hwn â thŷ Dduw; mae'n fwy o sbort felly.

'Gwna wyneb sy'n awgrymu dy fod di'n ddiniwed, braidd yn ddwl, ac yn poeni am dy bechodau,' dywed Ric wrtho wrth iddynt gerdded am y drysau.

Beth bynnag yw'r olwg sydd ar wyneb 24609, mae'r croesawyr yn y cyntedd yn ymddangos yn falch iawn o'u gweld, ac yn eu cofleidio'n llawen a'u harwain i'r brif neuadd gan gyffwrdd â'u breichiau. Synnir 24609 gan ehangder y lle. Trawsffurfiwyd y gofod diwydiannol yn neuadd olau, gyda dodrefn porffor a melyn ac adnodau cysurlon wedi eu peintio'n fawr ar y waliau, ynghyd â lluniau heddychlon o foroedd a choed a cherrig.

Mae digwyddiadau'r noson wedi dechrau'n barod, a band llednais yn chwarae cân bop ar gitârs, allweddellau, a drymiau gofalus. Gwrandawa 24609 ar y geiriau: maent yr un fath yn union â chân bop arferol, dim ond bod pob 'baby' wedi ei gyfnewid am 'Jesus'.

Pery'r gerddoriaeth wedi i'r gân orffen, a daw'r arweinydd i'r llwyfan i gymeradwyaeth gwrtais, gynnes.

'Arweinia ni, David!' daw llais o'r llawr.

'Yr Ysbryd fydd yn ein harwain heno,' dywed David, heb i'r sylw swnio fel cerydd. Aiff rhagddo i ddiolch i'r Arglwydd am y band, i'r Iôr am ddod â phobl i'r cwrdd sy'n eiddgar i brofi ei ras a'i gariad, ac i'r Tad am y doethineb i arwain. Gyda'r gitârs meddal yn gyfeiliant hudolus, crwydra David y llwyfan gan fynd rhagddo â rhywbeth sy'n gymysgedd o araith a gweddi.

Pe na bai'n gwybod yn wahanol, byddai 24609 yn taeru bod y gweinidog, neu'r 'bugail' fel y mae'n ei alw'i hun, yn dwyllwr cwbl fwriadus. Mae pob cam o'i eiddo, pob un o ystumiau ei gorff a'i wyneb, yn ymddangos fel rhai wedi eu cynllunio'n ofalus i gymell addoliad ei braidd. Mae'r meicroffon yn ei law yn offeryn mor bwerus â'r ffon a ddefnyddiodd Moses i agor y Môr Coch. Ymddengys ei druth mor lân a deheuig nes y byddai'n hawdd tybio mai actor gwael yw'r gŵr, yn ei jîns taclus a'i grys glas golau disylw ond drud. Mae'r dagrau sydd yn ei lygaid yn goleuo mor bur â phe baent wedi eu gosod yno gan golurwraig. Mae ei weddi ymbilgar, rugl dros sain feddal y gitâr a'r piano'n atgoffa 24609 fwy o hypnotyddion teledu nag o weinidogion capel.

'Sbia'u twyllo nhw mae o,' sibryda Ric yn ei glust. 'Mae o'n eu dal nhw yng nghledr ei law.'

Nid yw 24609 cweit mor siŵr, ond ni all esbonio'r peth yn iawn i Ric. Bu mewn lle fel hyn o'r blaen. Wrth gwrs, mae'r bugail yn twyllo'r praidd – ond mae 24609 yn bur sicr fod y bugail yn ei dwyllo'i hunan hefyd. Er mor ffals yr ymddengys ei ymarweddiad a'i lafarganu o'r tu allan, mae'r dyn yn credu'n ddidwyll yn y ffantasi y mae'n ei phedlera. Am rai blynyddoedd yn ei arddegau, credodd 24609 yn yr un celwydd: gadawodd i'r un ffantasi lywodraethu ei fywyd. Fe'i denwyd gan abwyd blasus i drap cred – cynigiai Cristnogaeth wirionedd, cyfeillgarwch, sicrwydd, pwrpas, achubiaeth, hyder, hunangyfiawnder, a gyrfa, hyd yn oed. Ac fe'i denwyd yno gan bobl gwbl ddiffuant ac anrhydeddus, a oedd eu hunain yn yr un trap.

Felly, gall weld ar David, er mor ffiaidd o gyflawn yw ei reolaeth arno'i hun ac ar ei gynulleidfa, nod dyn nad yw'n gwybod mai twyllwr ydyw. Mae'n gelwyddgi gonest. Allai actor ddim sôn mor faith am fanylion diwinyddol heb iddynt fod wedi eu hysgrifennu ar ei galon gan brofiad gwirioneddol. Fyddai twyllwr byth yn gwthio'i lwc mor bell â gwarantu iacháu anabledd neu salwch unrhyw un a ddaw i'r llwyfan a datgan edifeirwch am ei bechodau.

Ceisia 24609 gael golwg ar y praidd. Mae eu hamrywiaeth yn syfrdanol: hen wragedd yn chwifio ffyn; hogiau du ac Asiaidd a gwyn mewn tracwisgoedd yn gymysg drwy'i gilydd; slags mewn dillad parchus; gweithwyr swyddfa distadl yn eu canol oed; dyn â mwstásh sy'n ymddangos yn bur gefnog. Caiff y band ei arwain gan ddyn yn ei ugeiniau hwyr sy'n edrych fel y dylai fod yn *coke-head*. O boptu i David ar y llwyfan, yn dal ei Feibl a'i dywel, mae dwy ferch ifanc. Mae ar y rheiny olwg robotaidd o hunangyfiawn a diwair pobl sydd wedi eu hargyhoeddi eu hunain y byddai Duw'n siomedig iawn â nhw pe caent shag cyn priodi.

Mae'n amser codi i ganu. Er ei fod yn gwybod y gân – yn Gymraeg, beth bynnag – o'i ddyddiau fel efengýl, nid yw 24609 yn canu rhag gorfod esbonio i Ric ei fod yn gyfarwydd â'r byd hwn. Nid yw Ric mor ymataliol: teifl ei freichiau i'r awyr a brefu canu am ogoniant yr achubiaeth yng Nghrist Iesu ei Iôr. Caiff 24609 waith ymatal rhag chwerthin, ond gwnaiff mosiwns Ric y tric. Denir llygad David gan ei symudiadau gorawyddus, a daw allan i'r gynulleidfa, gyda'r praidd yn estyn allan fel pe baent yn dymuno'i gyffwrdd wrth iddo weithio'i ffordd draw at Ric.

Synnir 24609 gan ruglder tystiolaeth Ric ar y llwyfan. Er ei fod yn gwybod yn wahanol, mae bron â chael ei argyhoeddi gan stori Ric ynghylch y modd y mae'r Arglwydd yn ei gynnal drwy dreialon ei fywyd, yn ganllaw cadarn iddo ar y stryd – a sut mae Ric yn gwneud ei orau i dystiolaethu ymysg begerwyr a merched pechod. Daw ei sbîl i ben drwy gwyno bod diffyg arian yn ei rwystro rhag cenhadu'n fwy effeithiol yn isfyd y ddinas.

Ymateb David i hynny yw troi at y gynulleidfa, a gofyn: allwn ni adael i waith yr Arglwydd gael ei atal fel hyn? Onid pechod fyddai gadael i ddiffyg cyllid rwystro'r gŵr da hwn rhag cymell rhagor o bobl debyg iddo'i hun drwy fwlch yr argyhoeddiad? Oni ddylem ni ei helpu? Yna mae'n ateb ei gwestiynau ei hun, ac yn ymbil ar y dorf i gyfrannu at yr achos, i roi'n hael i helpu Ric.

Rhuthra'r praidd ymlaen gyda'u harian. Tynna 24609 bumpunt o'i boced ei hun a mynd yn nes er mwyn gallu gweld yn well. Mae'r tlotaf o'r gynulleidfa – y rhai yn eu harddegau, mewn tracwisgoedd – yn rhoi o leiaf bumpunt yr un, a'r mwyafrif yn rhoi deg neu ugain punt. Mae Ric ar ei liniau'n diolch i'r Arglwydd am ei haelioni, a David fel ocsiwnïar yn annog mwy a mwy o roddion.

Er bod y merched diwair y tu ôl i David yn eu helpu eu hunain i hanner yr arian, dônt allan o'r eglwys – wedi i Ric ei rwygo'i hun yn rhydd o ddwylo canmoliaethus y praidd – gyda dros ddau gan punt, ac mae Ric yn wên i gyd.

'Gofynnwch a chwi a gewch,' dywed. 'Chwi o ychydig ffydd.'

DYDD MAWRTH

Manchester Art Gallery

All strydoedd cefn Chinatown, hyd yn oed, ddim dianc: ar gornel stryd, nid nepell o'r bwa croesawus enwog, saif rhai o'r dwsinau o Dystion Jehofa sy'n cadw stondinau yma a thraw yn y ddinas. Mae eu taflenni mewn Mandarin.

Gyferbyn â'r ddau Dyst yn eu dillad od, tybia 24609-3740 ei fod yn gweld mynedfa'r oriel. Nid yw'n siŵr, chwaith, oherwydd o flaen y grisiau a'r drws mae sied gardd flêr a di-raen, wedi ei hadeiladu o ddarnau amrywiol o bren. Gwêl, o blac ar y wal, mai darn o gelf yw'r sied. Cymer gip i mewn i'r sied. Mae'r tu mewn yn edrych fel sied.

Yn y gornel, mae dau bentwr o fagiau tywod atal llifogydd. Am funud, caiff 24609 ei gyffwrdd, gan feddwl am geidwad dychmygol y sied yn gosod y bagiau yno'n ofalus i warchod ei greadigaeth rhag yr elfennau. Yna, mae'n ailystyried; o edrych yn iawn ar y bagiau tywod, mae'n tueddu i gredu mai cyfarpar yr oriel ar gyfer atal llifogydd ydynt.

Aiff i fyny'r grisiau at y drysau. Ond er gwthio'r drysau, nid ydynt yn agor. Sylweddola, gan deimlo fel ynfytyn, mai allanfa dân yn unig yw'r drysau hyn. Gwêl fod rhai o'r bobl sy'n crwydro y tu mewn i'r oriel yn edrych braidd yn ddrwgdybus ar y llanc sy'n gwthio'n erbyn yr allanfa dân.

Aiff yn ôl i'r stryd, heibio i'r sied, a cherdded rownd y gornel. Aiff i fyny'r ramp at y colofnau Dorig lle mae mynedfa'r oriel; o boptu i'r ramp, am ryw reswm, mae bocsys mawr lle mae planhigion a pherlysiau'n tyfu – saej, rhedyn, rhosmari, bysedd y cŵn, teim. O'i gwmpas, clyw drydar artiffisial yn cael ei chwarae ar uchelseinyddion. Nid yw'n siŵr a yw hyn yn gysylltiedig â'r sied a welod ddau funud yn ôl ai peidio.

Yn yr oriel hon, mae'r loceri'n hen ddigon mawr i ddal ei gês – mae'n newid ei lety eto heno – ond nid ydynt yn gweithio heddiw. Felly rhaid iddo lusgo'r siwtces y tu ôl iddo drwy gydol yr ymweliad.

Weithiau, pan aiff 24609 i oriel, bydd ei ddychymyg yn tanio. Bydd yn gweld ystyr ac arwyddocâd na freuddwydiodd yr artist amdanynt yn wreiddiol, yn gweld cyfeiriadaeth at bethau a welodd oes yn ôl, a bydd weiars ei ymennydd yn cynhesu wrth iddo fwynhau damcaniaethu am y gweithiau.

Heddiw, does dim o hynny'n digwydd.

Mae mewn oriel o ffotograffau mawr gan foi o'r enw Pat Flynn, gyda'u lliwiau'n gryf a thrawiadol. Dyna un o awyr goch enfawr uwchlaw silwét o barc siopa ar gyrion tref. Ar ddiwrnod arall, byddai'r llun wedi ei ysbrydoli i gymharu marsiandïaeth bitw'r parc siopa, gyda'i gytiau pitsa a'i warysau carpedi, ag ehangder tragwyddol yr awyr. Edrycha ar gyfres o dri llun o gerrig beddi, heb ysgrifen arnynt eto, wedi eu gosod yn erbyn cefndir o waliau wedi eu peintio'n lliwiau pastel plentynnaidd a llachar. Ydw i i fod i feddwl am farwoldeb? gofynna iddo'i hun, gan feddwl bod gwaith y Pat Flynn hwn, pwy bynnag ydi o, yn wastraff waliau.

Mewn cyfres arall, mae ffotos o uchelseinydd du'n pwyntio at y wal, a llun o weiren wedi torri wrth ei ymyl. Edrycha ar y nodiadau gerllaw. Esbonia'r rheiny fod y lluniau'n cynrychioli rhywun yn cyfathrebu mewn ffordd fewnblyg, a cholli cysylltiad. Ffieiddia 24609: ydi'r dehongliad mor boenus o amlwg â hynny?

Mae'n cuchio a chwerthin wrth weld ymdrechion pathetig i fod yn arwyddocaol: tair ffrâm wag ar wal; lwmpyn o Blu Tack wedi ei wasgu ar y pared. Does ganddo ddim amynedd heddiw. Dydi'r ffrwydradau o ddychymyg yn ei feddwl ddim yn digwydd fel y dylent.

Aiff yn ei flaen at ffoto arall. Ymhlith cadeiriau plastig glas ar lawr neuadd, gwelir ffon wedi disgyn ar lawr. Does neb yn y llun. Tybia 24609 ei bod yn stori elfennol am rywun yn marw mewn cyngerdd neu rywbeth felly. Ond sylwa ar deitl y llun: 'Healer'. Nid marw a wnaeth perchennog y ffon, ond gwella. Ac wedi i'w ddisgwyliadau gael cnoc, mae'r lluniau fel pe baent yn magu mwy o ystyr, yn deffro pethau yn ei feddwl.

Edrycha ar lun o ddynes o'r seithfed ganrif, sydd â'i dwyfron allan yn goman i gyd, a'i llygaid yn erfyn am shag gan bob dyn sy'n pasio'r llun. Gwêl yn y nodiadau mai bardd yw hon, Saphos, a'i bod yn cael ei pheintio fel hyn oherwydd bod ei barddoniaeth yn sôn am ryw. Mae'r peth yn taro 24609 yn neilltuol o annheg. Pe bai 24609 yn ysgrifennu cerdd serch ychydig yn *risqué*, a fyddai hynny'n rhoi hawl i artist ei beintio yntau gyda'i bidlan allan, neu a'i fŵbs yn y golwg? Mae rhywiaetholdeb y darlun yn ei wylltio, braidd. A sylweddola, hefyd, na fyddai neb am ei beintio fo â'i fronnau allan – mae'r tiwmor yn anffurfio'i gorff mewn ffordd ry afiach.

Saif 24609 wedyn o flaen llun arall. Llun ydyw o ddynion Fictoraidd, mewn siwtiau ffurfiol, o gwmpas bwrdd brecwast mewn stafell grand. Mae un yn darllen papur, un yn yfed paned, rhai'n dadlau: mae'r rhain yn ddynion o bwys, sy'n gwneud penderfyniadau mawr. Yng nghornel y llun, yn uchel ar wal y stafell, gwelir llun o ddynes ddel. 'Homage to Manet' yw teitl y darlun, sylwa 24609; darlun gan yr artist hwnnw, debyg iawn, yw'r un yn y gornel. Daw dyn byr i sefyll rhwng 24609 a'r llun. Rhydd 24609 gip dros ei ysgwydd, a gweld ei fod yntau'n rhwystro dynes y tu ôl iddo rhag gweld y llun yn iawn. A dyna bwynt y llun ar y wal, meddylia: does neb byth yn gweld gwaith celf yn bur, yn union fel y dymuna'r artist. Os nad oes neb yn sefyll rhwng rhywun a'r gwaith, bydd rhywbeth arall yn saff o dynnu sylw: y bin yn y gornel, efallai, a'i sticer yn plicio, neu bang o boen o diwmor, neu ennyd o ddifaru siarad gyda thramp ar y stryd.

Yn y stafell nesaf mae lluniau o olygfeydd hyfryd enwog, ond gyda rhywbeth yn y blaendir sy'n cael mwy o sylw: dyna Mont St Michel, ond gyda physgotwr yn straffaglu â'i rwyd o'i flaen; dyna byramidiau'r Aifft, a'r machlud yn binc arnynt, ond yn y blaen dyna ferched yn cario jariau o ddŵr ar eu pennau, ac yn golchi eu traed yn yr afon fudr. Teimla 24609 na all yntau weld ei fywyd ei hun yn iawn, erbyn hyn, gan fod cymaint o bethau'n cystadlu am ei sylw.

Ar y ffordd allan, digwydda 24609 roi ei ben i mewn i stafell lle mae rhywbeth rhyfedd iawn yn digwydd. Mae cerddoriaeth od ac ofnadwy'n llenwi'r lle: darn cerddorfaol aflonyddus. Ar ganol y llawr, yn ei lenwi bron iawn, mae darn mawr o bapur. O gwmpas y darn papur, mae rhyw ddeunaw o bobl ifanc, i gyd mewn dillad ffurfiol duon, yn eistedd naill ai fel teiliwr neu ar eu pengliniau. Mae llygaid y bobl ifanc i gyd wedi cau. Mae rhai ohonynt yn eistedd yno'n llonydd, fel pe baent mewn perlewyg. Mae eraill yn taenu creons ar hyd y papur, blith draphlith, fel pe bai rhyw ddiafol yn arwain eu dwylo. Maen nhw'n edrych fel aelodau o gwlt yn ymgymryd â defod sinistr.

Daw dynes at 24609, a'i wahodd i ymuno â'r bobl dillad duon. Esbonia mai'r hyn y maen nhw'n ei wneud yw gwrando ar y gerddoriaeth, a cheisio cynrychioli'r gerddoriaeth ar y papur gyda'r creons. Ymddiheura 24609 nad oes ganddo ddigon o amser i ymuno, a gofynna pwy yw'r rhain sydd wrthi. Myfyrwyr, dywed y fenyw, o'r Coleg Cerdd cyfagos.

Cysurir 24609 pan fo'n clywed, yn y toiledau ar y ffordd

allan, rai o'r myfyrwyr yn rhegi a chwerthin am y profiad dwl ac annefnyddiol yr oedden nhw newydd orfod mynd drwyddo fel rhan o'u cwrs.

TRINIAETH 17

Cymer y driniaeth lai o amser nag arfer heddiw, ac mae ar 24609-3740 ffansi dathlu ei ryddid cyflym drwy fynd am beint. Ond mae Shireen yn ei rwystro rhag gadael, ac yn mynd ag o at ffisiotherapydd.

Gwnaiff honno iddo orwedd ar wely a symud ei fraich i fyny ac i lawr, i'r ochr ac o gwmpas. Mae ganddi onglydd arbennig sy'n mesur faint y gall symud ei fraich: 80 gradd un ffordd, a 110 gradd y ffordd arall. Bron nad yw'r ffisiotherapydd yn cydymdeimlo ag o. Gofynna iddo a yw wedi bod yn gwneud stretsys. Chwardda 24609, ac ymddiheuro: does neb wedi sôn wrtho am unrhyw ymarferiadau corfforol.

'Fel ioga, 'lly?' gofynna.

Nage, dywed y ffisio. Dywed wrtho am roi ei ddwy law ar ei war, fel roedden nhw'n gorfod gwneud yn yr ysgol i ddangos eu bod wedi gorffen eu cinio ac yn barod i fynd allan i chwarae, ac ymestyn ei benelinoedd yn ôl mor bell ag y gall.

'Ddim mor bell â hynna!' dywed pan fo 24609 yn gwichian mewn poen.

Dengys iddo hefyd sut i ddal ei ddwylo fel mewn gweddi, a chodi'i ddwylo wedyn yn uchel y tu ôl i'w ben. Er bod ymestyn fel hyn yn gwneud i'r tiwmor frifo, teimla ysgwydd 24609 yn fwy rhydd o lawer ar ôl gwneud. Mae'n addo gwneud ei ymarferion ymestyn yn ddyddiol o hyn allan.

Aiff o'r stafell, a theimlo dagrau'n pigo'i lygaid, a thon o dristwch yn dod drosto. Nid yn aml y bydd yn teimlo fel hen groc anabl. Llwydda i ddefnyddio'i fraich chwith i wneud y rhan fwyaf o dasgau sy'n gofyn am godi braich yn uchel, felly mae'n ei dwyllo'i hun nad yw ei gorff mor crap â hynny. Ond ni all anghytuno ag onglydd arbennig y ffisio.

Tŵr

Ac yntau dros hanner ffordd drwy'i driniaeth, mae 24609-3740 erbyn hyn yn teimlo'n fwy hyderus yn y ddinas. Anaml y bydd yn rhaid iddo ddibynnu ar fap ei ffôn i'w dywys o un lle i'r llall; mae darlun o strydoedd y ddinas yn saff yn ei ben. Gall weld y diwedd: llai na thair wythnos eto, a bydd y driniaeth drosodd, a gall gredu rŵan y daw drwyddi heb ormod o ddifrod. Yng nghyffiniau'r orsaf fysys, gwêl bobl sy'n llusgo'u cesys yn ansicr o un lle i'r llall, heb syniad i ble y dylen nhw fynd; anodd ganddo gredu ei fod ef ei hun fel nhw, gwta dair wythnos yn ôl. Bellach, mae ganddo'r hyder i garlamu i bobman.

Bu'n eithaf cynnil gyda'i arian hyd yn hyn; mae o natur ddarbodus, yn enwedig wrth wario arno'i hun, felly bwyta yng nghantîn yr ysbyty a swpera naill ai ar ambell hanner o gwrw neu ar frechdan archfarchnad y bu. Bodlonodd ar westai go sylfaenol ac aros yn llofftydd sbâr pobl drwy Airbnb.

Ond heno, mae arno awydd gwario. Mae arno awydd dathlu ei feistrolaeth ar y ddinas: mynd allan heb gyfri'r ceiniogau, a gwario'n ffri ar beth bynnag sy'n mynd â'i ffansi.

Uwchlaw'r rhan fwyaf o olygfeydd o Fanceinion, mae tŵr i'w weld: tŵr gloyw, tal, petryal – y talaf o'i fath yn Ewrop, medden nhw. Cwyd y tŵr yn bowld o unionsyth o blith y blociau stwclyd sydd o'i gwmpas; ar ôl codi'n denau i gychwyn, aiff yn lletach yn sydyn tua thraean o'r ffordd i fyny. Mae ar 24609 eisiau gwybod beth yw'r tŵr, felly mae'n anelu i'w gyfeiriad. Mae'r holl strydoedd y cerdda ar eu hyd yn gyfarwydd iddo, yn arwain yn rhesymegol o un i'r llall yn ei ben.

Daw at y tŵr, a phlygu ei wddf reit yn ôl er mwyn ceisio gweld y brig. Ni all weld mor uchel â hynny. Gwesty yw lloriau isaf y tŵr, hyd at lawr 22, ac uwchlaw hynny mae'r ugain llawr arall yn fflatiau. Ar lawr 22, gwêl arwydd yn datgan, mae bar a lle tapas. Perffaith. Aiff i fyny yn y lifft.

Mae'r coctels yn ddeuddeg punt, ond dim ots. Archeba *mojito*, gan adael ei gerdyn y tu ôl i'r bar. Aiff i eistedd, gan gymryd y daw'r barman â'i goctel ato wedi iddo ei gymysgu. Ymesmwytha i gadair ger y ffenest, ac edrych allan.

Dydi hi ddim yn ddinas brydferth. Mae iddi ei llefydd nodedig ac ambell nodwedd ddeniadol, ond o edrych drosti fel hyn, ni all ddweud bod y clytwaith o hen adeiladau coch, a rhai newydd gwydr a choncrid, yn hardd mewn unrhyw ffordd. Ond mae'n ei gyffroi. Gŵyr faint o gyfrinachau a thrafferthion sy'n cuddio y tu ôl i'r toeau hyn.

Mae ei ddiod yn chwerwfelys, yn union fel y dylai fod; mae'n blasu fel dagrau genod del a pheryg. Dechreua 24609 feddwl am fwyd. Gwêl fwrdd llawn o seigiau gerbron y criw o bedwar bancar ar y bwrdd nesaf ato. Edrycha ar y fwydlen, gan regi. Prin y gall fforddio mwy na dau o'r rhain heb i'r swper fynd yn afresymol o ddrud i un. Golyga hynny na all gael yr amrywiaeth sy'n allweddol i dapas, na chynllunio pryd ac iddo ddechrau, canol a diwedd synhwyrol.

Archeba, beth bynnag: wy sgotyn – wy hwyaden, gyda phwdin gwaed yn lle sosej o'i gwmpas, a chatwad wisgi – yn un saig, a *foie gras* gyda chrymbl riwbob a *chorizo* hefyd. Caiff goctel arall i basio'r amser wrth iddynt goginio'r bwyd. Mae'r bwyd, pan ddaw, yn dda. Ond mae angen hwmws ac olifs i gychwyn, a *patatas bravas* poeth yn sylfaen i'r pryd. Hebddynt, mae'r seigiau – a fyddai'n hyfryd pe bai yntau mewn cwmni, ac yn eu cyfuno â seigiau eraill – yn od ar ei dafod.

Archeba goctel siocled a Baileys o ryw fath yn lle pwdin, ond blas unigrwydd sydd ar bopeth. Er bod y golau oren sy'n tywynnu o strydoedd y ddinas yn ymestyn yn gynnes ato yn ei sedd uchel, fel pelydrau poeth o letric-ffeiar, teimla'n oer.

DYDD MERCHER

Snwcer

Mae'n cofio'r cyffro a'r cynllunio'n dda: ymledodd y teimlad fel oglau coffi drwy'r bws ysgol. Roedd yntau, fel arfer, gyda'r olaf i gael gwybod a chael cynnig, ond wnaeth o ddim petruso cyn datgan yr hoffai fod yn rhan o'r fenter.

Roedd Wil, gofalwr y ganolfan, wedi siarad â thadau rhai o'r hogiau hŷn er mwyn holi a hoffai'r ieuenctid ddechrau defnyddio'r stafell snwcer yng nghefn y neuadd eto. Bu'r byrddau'n segur ers rhai blynyddoedd. Ymatebodd yr hogiau'n frwd i'r syniad, a bwrw ati i hel aelodau ar y bws ysgol.

Aeth ei fam â 24609-3740 i Llŷn Sports i brynu ciw. Cafodd un smart, un tywyll ei goedyn ac esmwyth yn ei law.

Ni chaniateid i ferched ddod ar gyfyl y clwb snwcer. Ar y pryd, derbynnid y rheol honno'n ddiamod gan fechgyn a merched fel ei gilydd, fel petai'n synnwyr cyffredin: dim ond sgrechian, giglan ac ymddygiad afreolus a ddilynai ferched i'r clwb. Yr unig ferch y caniateid iddi ddod i'r stafell oedd mam Cai, achos doedd gan Cai ddim tad. Ac amod bendant ar aelodaeth o'r clwb (aelodaeth a gostiai naill ai punt neu bumpunt y tymor – nid yw 24609 yn cofio) oedd bod tad pob aelod yn ymuno â rota. Bob nos, dyletswydd tad gwahanol oedd agor y clwb ac eistedd yno'n darllen papur, gyda'i bresenoldeb ynddo'i hun yn rhwystro unrhyw gamymddwyn.

Dau fwrdd oedd yn y stafell snwcer, gyda bwrdd dartiau a lle i aros tro mewn stafell gyfagos. Y drefn oedd diffodd y golau mawr, ac yna 'talu am olau' er mwyn chwarae'r gêm. Rhoddid darn deg ceiniog mewn mîtar er mwyn cael golau, a fyddai'n para deng munud, ac ni chaniateid i unrhyw gêm gymryd mwy na thri golau.

Hawliai'r hogiau mawr y bwrdd ar gychwyn pob noson; doedd 24609 ddim yn hŷn na thair ar ddeg oed bryd hynny. Roedd gwylio'r hogiau mawr yn chwarae yn brofiad cystal, bron, â gwylio Jimmy White a Ronnie O'Sullivan ar y teledu. Y fath reolaeth ar giw a phêl! Roedd y ciw'n ffitio'u corffolaeth nhw, a'r bêl wen yn troelli'n ôl i'w phenodedig safle yn syth ar ôl plannu'r goch yn nwfn y boced.

Roedd gwylio'r gemau hyn gam yn well na'r pnawniau Sadwrn cynnes hynny, ychydig flynyddoedd ynghynt, o wylio'r snwcer ar y teledu yn nhŷ Yncl Bob ac Anti Olga, ei fol yn llawn o datws a menyn a bêcyn a sos coch a phwdin reis, a meistri'r defnydd gwyrdd yn ergydio'r peli mor gywrain â duwiau'n rhoi trefn ar y bydysawdau.

Wrth wylio'r hogiau hŷn yn sgorio'n hyderus – ac yn adio'u sgôrs yn sydyn ar y bwrdd pren ar y wal er mai yn Set 3 Maths roedden nhw yn 'rysgol – anwesai 24609 ei giw, a rwbio'r tip â sialc, a dyheu am ei gyfle yntau i daro'r peli. Ysywaeth, oherwydd trefn naturiol pethau, dim ond ar ddiwedd y noson, pan fyddai'r hogiau mawr wedi diflasu, y câi'r hogiau iau eu cyfle i chwarae. Yn aml iawn, byddai'n rhaid iddyn nhw chwarae dybls hefyd er mwyn i bawb gael gêm cyn i'r goruchwyliwr diamynedd gau'r clwb am naw o'r gloch yn brydlon.

Golygai hyn oll na châi 24609 fawr o amser wrth y bwrdd: un siot o bob pedair, os oedd yn lwcus. Oherwydd hynny, doedd o ddim yn cael amser i ymarfer a gwella, ac felly digon carbwl oedd ei ergydion. Yn amlach na heb, byddai wedi cael ei snwcro beth bynnag, ac nid oedd ganddo ddim i'w wneud ond ceisio bownsio'r wen oddi ar y glustog i'w chael i daro rhyw goch neu'i gilydd, heb ddechrau meddwl hyd yn oed am osod y wen mewn safle amddiffynnol cadarn. Pan fyddai'n cael torri, byddai'n saff o gael y bêl wen i mewn i un o bocedi'r gwaelod; fedrai o ddim, yn ei fyw, gael y wen i ddychwelyd i gysgod y felen, y frown, a'r werdd fel y gwnâi'r hogiau mawr a Jimmy White a Ronnie O'Sullivan.

Yn sgil ei ddiffyg medrusrwydd, a'r ffaith fod gorfod aros awr a hanner am gêm yng nghwmni hogiau yr un mor rhwystredig ag yntau, am wahanol resymau, yn bownd o arwain at ffraeo pitw a chwarae cas, rhoddodd 24609 y gorau i fynd i'r clwb.

Er hynny, roedd yn rhaid i'w dad barhau i anrhydeddu ei aelodaeth drwy gadw'i le ar y rota am weddill y flwyddyn. Roedd yn gas gan 24609 feddwl amdano'n gorfod mynd, yn glên ac yn anrhydeddus, i ganol hogiau nad oedden nhw mo'r mwyaf cyfeillgar a chydwybodol, a hynny heb ei gwmni yntau hyd yn oed.

Ond oherwydd bod gwylio'r snwcer ar y teledu yn dal i wneud iddo deimlo'n llawn o datws a menyn, oherwydd ei fod yn dal i ryfeddu at ffiseg a geometreg feistrolgar y gêm, mae 24609 yng nghyntedd clwb snwcer Fallowfield, yn dal handlen y drws yn betrus cyn mentro i mewn.

Mentro a wnaiff, a chaiff ei lygaid eu tynnu'n syth at wyrddni cryf y byrddau dan y golau (nid talu mîtar yw'r drefn yn y clwb hwn). Tri o hogiau ifanc Asiaidd sydd yn y stafell: dau'n chwarae, ac un yn eu gwylio. Mae'r tri yn ei lygadu, ac yntau'n eu llygadu hwythau. Mae arno ofn drwy'i din ac allan, oherwydd mae arno ofn pobl ddiarth yn gyffredinol, ac mae wedi clywed bod llanciau mewn dinasoedd yn cario cyllyll. Ond pwylla. Anadla, a mentro'u cyfarch.

'Siawns am gêm?'

Mae'r llanc nad yw'n chwarae yn ddigon parod i gymryd yr her. O edrych ar 24609, a sylwi ar y ffaith nad yw'n cario ciw, mae'r llanc (Krish; geilw 24609 ei hun yn Guy unwaith eto) yn ddigon hyderus i gynnig rhoi arian arni. Rhydd 24609 ugain punt ar y bwrdd. Gwena Krish a gwneud yr un fath, a chynnig i 24609 dorri.

Dewisa 24609 ei giw. Rwbia'r tip yn drwyadl â'r sialc. Mae'n gosod y bêl wen yn ofalus rhwng y felen a'r frown, ac yn ei tharo at y triongl o beli coch. Aiff y wen i'r boced, bron iawn, ond bownsia allan ar y funud olaf. Gwena Krish; mae ganddo ddewis da o beli coch i'w potio tua gwaelod y bwrdd, ac mae'r ddu'n potio'n hawdd. Mae dros ddeg ar hugain o bwyntiau ar y bwrdd cyn i 24609 gael llygedyn o obaith.

Caiff yntau ei gyfle i gau'r bwlch pan fo Krish yn potio'r wen ond, o'r D, ni all weld llwybr at goch a aiff i boced. A'r ciw'n anghysurus yn ei law, a'r tiwmor wedi tyfu ers iddo chwarae pŵl (heb sôn am snwcer) ddiwethaf, ac yn ei rwystro rhag codi ei fraich dde'n iawn, gan amharu ar ei giwio, digon carbwl yw ei ergyd amddiffynnol nesaf, a chaiff Krish botio tair pêl goch arall, gyda dwy binc ac un ddu i'w canlyn.

Ar y pwynt yma, wrth chwarae dybls yn erbyn yr hogiau hŷn yn yr ysgol, y byddai 24609 yn dweud wrth ei fêt ei bod yn fathemategol bosib iddyn nhw ennill, dim ond iddynt botio'r peli i gyd gyda'r rhediad nesaf. Doedd hynny byth yn digwydd, ac nid yw'n digwydd y tro hwn chwaith. Llwydda 24609 i botio un goch ac un las, cyn i'r goch nesaf neidio allan o'r boced a hithau bron â chyrraedd y nod.

Mae 24609 yn gadael y clwb ugain punt yn dlotach.

TRINIAETH 18

Wrth orwedd yn gwbl lonydd ar y persbecs oer, teimla 24609-3740 fel corff mewn marwdy. Pan fo'n stond ar y gwydr, a'i ben yn llonydd a'i lygaid ynghau, mae'n cymryd mai'r cam nesaf yw i rywun naill ai agor ei berfedd â sgalpel, er mwyn ceisio dweud ym mha fodd y bu farw ar sail stad ei ymysgaroedd a chynnwys ei stumog, neu ei lithro i mewn i dywyllwch ffrij.

Gwnaiff hyn i 24609 feddwl am farwolaeth. Yn benodol, mae'n ddigon rhyfygus i feddwl am ei farwolaeth ei hun. Mae ganddo frith gof o ryw adnod sy'n ein hatgoffa mai Duw yn unig a ŵyr amser a modd ein marwolaeth ni i gyd, ond dydi hynny ddim yn atal neb rhag pendroni am y peth – a dydi Duw ddim yn bodoli beth bynnag.

Mae ar 24609 eisiau byw'n hen. Mae'n mwynhau bywyd ormod i ddeisyfu'r math o farwolaeth ifanc sy'n gwneud i bobl deimlo bod y golled yn fwy trasig. Er mor braf fyddai i'w farwolaeth annhymig, drasig o ifanc wneud i bobl deimlo sioc am ei bod mor ddisymwth, a siom am fod ganddo gymaint i'w gyfrannu eto, mae'n fodlon cyfnewid hynny am flynyddoedd hir o gwmni teulu a ffrindiau a bwyd a barddoniaeth a chwrw a thraethau a gwin.

Ond nid oes arno eisiau bod mor hen nes bod rhywun yn gorfod ei helpu i sychu ei ben ôl. Ac, yn sicr, does ganddo ddim diddordeb mewn byw os yw ei feddwl yn pallu. Felly mae'r union oed yn dibynnu ar ei gyflwr. Mae 76 yn swnio fel oedran delfrydol i farw, ond gallai fod yn hwyrach os yw ei gorff a'i feddwl yn dal i weithio'n iawn, neu'n gynharach os ddim.

O ran y dull a'r modd, mae tri phrif opsiwn yn eu cynnig eu hunain. Y cyntaf yw marwolaeth gyflym: harten neu godwm hegar. Manteision y dull hwn yw na fyddai'n colli urddas. Yn ail, gallai gael ei ladd gan glefyd a fyddai'n ei wanhau dros amser, megis canser. Mantais hyn fyddai gallu llunio'i angladd ei hun, a gallu ffarwelio'n iawn, a derbyn tosturi a charedigrwydd pobl tra'i fod yn dal yn fyw. Ac yn drydydd, mae'r syniad o roi terfyn ar ei fywyd ei hun, gyda philsen neu fwled, y funud y bydd yn ei weld ei hun yn dirywio y tu hwnt i urddas, yn apelio, ond tybia y bydd yn rhy lwfr i wneud hynny pan fydd yn bryd ymwroli.

Ond mae'n rhy gynnar i feddwl am hyn ar hyn o bryd, gobeithio.

Car

Ar y ffordd i mewn i'r ddinas mewn car, mae garej ceir i'w gweld yn sgleinio uwchlaw'r draffordd. Garej ydyw sy'n gwerthu Range Rovers a BMWs.

Mae perthynas ryfedd rhwng 24609-3740 a Range Rovers. Wrth gwrs, mae'n casáu'r ceir. Ei ymateb cyntaf wrth weld un wedi'i barcio ar y stryd yw crychu ei drwyn a chuchio; wrth gael ei basio gan un ar y lôn mae bron yn naturiol iddo godi dau fys ar ei ôl. Mae'n cysylltu'r pethau â wancars breintiedig a datblygwyr eiddo o gyffiniau Caer – er mai merched anhapus sydd i'w gweld yn eu gyrru gan mwyaf. Pan fo'n gweld Cymry Cymraeg yn gyrru Range Rovers (rhai â rhifau personol yn sillafu Llio Mai neu Ifan Rhys, neu â sticer Cyw yn y ffenest) mae'n gogwyddo rhwng edmygedd ar un llaw, a gofyn yn genfigennus, ar y llall, pwy ddiawl mae'r rhain yn meddwl ydyn nhw.

Ond eto. Ond eto. Pe bai ganddo'r modd – pe bai, dyweder, yn ennill y loteri, neu'n ysgrifennu llyfr y byddai miliynau o bobl yn ei brynu (ha! ha! ha!) – oni fyddai 24609 yntau'n prynu Range Rover? Pe bai'n penderfynu gwario hanner can mil o bunnau ar gar, a fyddai'n prynu salŵn teuluol, neu estêt? Neu a fyddai'n penderfynu bod arno angen car helaeth, uchel, ac awdurdod a statws yn perthyn iddo? Ac o benderfynu cael SUV, oni fyddai'n prawf-yrru amrywiaeth o rai gan gwmnïau gwahanol cyn penderfynu nad oes, mewn difrif, guro ar foethusrwydd a phŵer y Range Rover mawr, cyhyrog?

A'r dref y mae'n byw ynddi'n cael ei goresgyn bob haf gan draha ymwelwyr mewn Range Rovers, oni fyddai'n felys cael gyrru un o'r cerbydau hynny o gwmpas y lle er mwyn dangos nad oes gan dwristiaid fonopoli ar fawredd? Caiff ei demtio i brynu un dengmlwydd oed, a thros gan mil o filltiroedd ar ei gloc – mae'r rheiny i'w cael am bris go debyg i bris car cyffredin newydd. Nid mater o 'isio bod yn Sais' yw hyn, ond mater o ddymuno dangos nad yw gyrru car mawr yn orchest sydd y tu hwnt i afael brodorion distadl.

Er mwyn ceisio setlo'r mater unwaith ac am byth, penderfyna 24609 y dylai fynd i brawf-yrru un. Pam lai? Gwisga'i siwmper Ralph Lauren (a gafodd o siop elusen) a'i drowsus coch, er mwyn awgrymu ei fod yn uchelwr, a mynd am y garej.

Pan gyrhaedda'r garej, teimla fod yn rhaid iddo esbonio pam mae wedi cerdded yno. Gofynna'r gwerthwr iddo a all ei helpu, ac mae 24609 yn ymollwng i sbîl ynghylch annigonolrwydd ei Fercedes – mae yn y garej eto, am y trydydd tro eleni, ac mae wedi cael llond bol ar yr injan wan: tair litr yn unig! Pathetig!

Gwena'r gwerthwr, a dechrau canmol y BMWs, cyn i 24609 dorri ar ei draws a dweud yr hoffai ystyried Range Rover y tro hwn. Gwena'r gwerthwr yn lletach, a gofyn beth yw cyllideb 24609; dywed 24609 wrtho nad yw'n hidio fawr am y pris.

Ar ôl trin a thrafod opsiynau model a thrim am gryn bum munud, closia 24609 at un o'r cerbydau, a gofyn a gaiff ei brawf-yrru. Cytuna'r gwerthwr ac, wedi iddo roi ei drwydded yrru a'i gerdyn banc i'r gwerthwr, gosodir 24609 yng nghyfrwy'r Range Rover. Dangosir iddo ble mae'r amryfal fotymau rheoli, ac i ffwrdd ag o.

Tybia 24609 fod ganddo ryw hanner awr cyn i'r gwerthwr

ffonio'r heddlu: digon o amser i fynd i godi Ric a mynd ag o am sbin. Penderfyna 24609 roi tro ar ddefnyddio'r sat-naf, ac ymuna â'r draffordd a gwibio am y rowndabowt agosaf.

Cymer beth amser iddo ddod i arfer â maintioli'r cerbyd: mae'n teimlo fel gyrru bws. Mae ei gar ei hun, y towcar steddfodol, erbyn hyn, yn estyniad o'i gorff ei hun: gŵyr ei hyd a'i led, a faint i droi'r llyw, a faint i bwyso ar y sbardun. Mae cyneddfau'r bwystfil dwy dunnell, pedair litr hwn yn gwbl wahanol. Teimla 24609 mai prin yw ei ddylanwad dros y cerbyd y mae'n ei lywio. Ond mae'n daith esmwyth, yr injan yn crynu'n synhwyrus odano, a'r lledr gwyn meddal yn gwneud popeth yn iawn.

Cyrhaedda Wilmslow Road yn ddigon didrafferth – mae'r traffig yn ysgafn, a'r myfyrwyr heb godi – a throi i'r stryd fechan, goblog lle mae nyth Ric, mewn adwy nas defnyddir ar gyfer bar coffi sydd wedi cau. Yn ffodus, mae yno, yn anwesu potel wisgi ar ei flanced fudr. Cana 24609 ei gorn. Heb edrych i fyny, coda Ric ddau fys. Cana 24609 gorn y cerbyd eto – ac mae'n gorn grymus, mawr, fel gweddill y car.

Coda Ric, a dod at ddrws y car.

'Be ddiawl ydi'r car coc oen 'ma ti'n ddreifio, y twat?' hola'n ffyrnig.

'Stopia gega os wyt ti isio sbin yng nghar y bastad cyfalafwyr,' rhybuddia 24609.

Dringa Ric i'r car, a thaenu ei ddwylo dros y lledr a'r paneli pren. Agora 24609 y ffenest gan ei fod yn drewi'n waeth o biso nag y bu ers tro. Nid yw mor herfeiddiol a hapus ag y bydd fel arfer, chwaith. Ceisia 24609 gychwyn sgwrs, a gofyn i Ric pam mae'n dal i gysgu yn ei gilfach oddi ar Wilmslow Road, yn hytrach na byw yn y gwersyll gyda gweddill y Gwrthsafiad – lle mae ganddynt gyfleusterau coginio, pebyll, a modd o olchi dillad.

'Mae targed mwy yn haws iddyn nhw'i daro. A beth bynnag, sgen i ddim isio sôn am y ffacing Gwrthsafiad.'

'Pam? Dydach chi ddim yn fêts ddim mwy?' hola 24609.

Poera Ric. Mae'n dawel am yn hir wedyn, wrth i 24609 yrru'n ddigyfeiriad a sydyn o gwmpas y strydoedd cefn. Nid yw'n ymateb pan fo 24609 yn cyfeirio at y datblygiad mawr o dai ger yr heol, nac wrth iddo holi a glywodd Ric am y sgandal fancio ddiweddaraf.

Gan fod Ric mor ddrwg ei hwyl, nid yw'r daith yn gymaint o sbort ag y rhagwelodd 24609. Mae ei dymer, fel ei oglau, yn llethu'r car. Gan fod yr amser yn brin, anela 24609 yn ôl am y garej. Yn sydyn, cydia Ric yn ei fraich.

'Guy, mêt, mae'n ddrwg gen i dy dynnu di i mewn i'r busnes yma. Mae ofn arna i. Mae wedi gwawrio arna i o'r diwedd nad malu awyr rydan ni wedi bod yn ei wneud. Mae Steve a Keir o ddifrif calon am yr hyn maen nhw'n ei gynllunio. Mae o'n erchyll, Guy. Fydd 'na ddim gwahaniaeth rhwng y meistri a'r llafur, rhwng y cyfalafwr a'r glanhawr... Pawb ar chwâl. Pawb yn diodda.

'Pan oedden nhw'n cychwyn sôn am wneud hyn, ro'n i'n meddwl na fydden nhw byth yn cyflawni'r peth go iawn. Roedd sôn am wneud yn hwyl – yn ffordd o basio'r amser, ffantaseiddio am newid y byd... Ond pan ti'n sylweddoli nad jocian, nad chwarae, maen nhw... Dwi wedi dweud nad oes gen i ddim isio dim byd i'w wneud â'u plania nhw. Dwi'n gwrthod gweithio dim mwy efo nhw. Gân nhw greu'r uffern yna ar eu pennau eu hunain.'

Oeda 24609 cyn ateb. Beth all o ei ddweud?

'Be maen nhw'n bwriadu ei wneud, Ric? Alli di fynd at yr heddlu?'

'Fedra i ddim dweud wrthat ti, mêt, neu mi fyddi di ynghlwm â'r holl beth. A'r heddlu? Wel... mi ddwedais i wrth Steve a Keir y baswn i'n achwyn, ond... dwn i'm...'

Maen nhw'n ôl yn y garej.

Mae cryn syndod i'w weld ar wyneb y gwerthwr pan wêl Ric yn dringo o sedd y teithiwr.

'Da i ddim i mi, sori mêt,' dywed 24609 wrth y gwerthwr, cyn mynd heibio iddo i'r swyddfa i gipio'i gerdyn banc a'i drwydded yrru oddi ar y ddesg, a'i heglu oddi yno gyda Ric.

Hamlet

Wrth sipian peint rhy oer yn y Wetherspoon gyferbyn â'r sinema, ceisia 24609-3740 feddwl beth mae'n ei wybod am *Hamlet*. Mae arno gywilydd cyn lleied a ŵyr.

Denmarc. Ewythr. Penglog. 'To be or not to be'. A dyna ni.

Nid yw'n gwbl anhyddysg yn ei Shakespeare: gwnaeth Oberon canmoladwy yng nghynhyrchiad Blwyddyn 8 o *Midsummer Night's Dream*, ac mae ganddo grap go lew ar *Romeo and Juliet* a *Macbeth*. Astudiodd *Measure for Measure* hefyd, un tro, ond nid yw'n cofio dim am honno.

Nid i'r theatr y mae'n mynd heno, ond i'r sinema: bydd perfformiad yn y Barbican yn cael ei ddarlledu'n fyw i'r pictiwrs yn y Parrs Wood Entertainment Centre, lle sy'n gartref i gasino, lle bowlio deg, Nando's a Bella Italia a TGI, a Brewers Fayre gyda lle chwarae mawr ar gyfer y plant o'r enw'r Wacky Warehouse.

Am un noson, mae cyntedd y sinema fel bar Theatr Gwynedd gynt, gyda phobl ganol oed yn eu siwtiau a'u tiwnigau, eu locsys a'u deallusrwydd dosbarth canol, yn cymdeithasu'n awyddus. Ni welodd 24609 Cineworld fel hyn erioed o'r blaen. Fel arfer, does yn y cyntedd ond ambell goth trist a theulu blin, a staff sy'n edrych fel sombis. Heno, mae'r lle'n atseinio â sgwrs gyffrous, ddiwylliedig theatrgarwyr. Gwêl ddynion mewn cotiau brethyn, a chanddynt boni-têls, yn oedi wrth edrych ar yr hysbysebion ar gyfer popcorn a Coke mawr am £6.50, cyn gofyn am botel o ddŵr.

Sylweddola 24609 y bydd mwyafrif y gynulleidfa hon wedi gweld y ddrama o'r blaen. Byddant wedi gweld amryfal ddeongliadau ohoni – rhai ffeministaidd, rhai heddychol, rhai Freudaidd – ac mor gyfarwydd â'r testun nes y bydd eu clustiau'n cosi gydag unrhyw newid trefn neu gambwyslais. Ond bydd yn brofiad hollol newydd i 24609: caiff fwynhau'r ddrama'n ffres, heb ddealltwriaeth na disgwyliadau.

Pania'r camera dros y gynulleidfa yn y Barbican. Maen nhw'n iau o lawer, ac yn llai ffurfiol eu gwisg na'r rhai yn y sinema; mae dyn yn ei dridegau mewn tei yn edrych yn hen ac yn rhyfedd o'i gymharu â'r mynychwyr eraill o'i gwmpas. Tywylla'r golau yn y theatr, ac yn y sinema hefyd.

Wrth i'r ddrama gael ei thraed dani, mae'r fformat yn anesmwytho 24609. Mae wedi arfer â'r theatr ac â'r sinema fel ei gilydd, ond gwylio theatr fel petai'n ffilm? Mae hynny'n od. Mae pethau a faddeuai'n rhwydd yn y theatr – pobl yn rhedeg ar y llwyfan i rowlio bwrdd ymaith, er enghraifft – yn ei daro'n od wrth wylio mewn sinema. Fyddai hynna byth yn digwydd mewn ffilm! Beth am y colur a'r effeithiau, wedyn? Mae craith a fyddai'n argyhoeddi o sedd bell mewn theatr yn edrych yn amaturaidd diolch i agosrwydd y camera, a chroen clwyfedig, gwyrdd ysbryd tad Hamlet ychydig yn chwerthinllyd.

Mae'n gyfarwydd â rhai o'r actorion yn y cynhyrchiad hwn fel actorion teledu. Mae Hamlet ei hun yn actio ditectif nid anenwog, ac yn wyneb esgyrn-bochau-uchel a welir yn aml yn y papurau am ryw reswm neu'i gilydd. O graffu ar Claudius yn ei siwt a'i farf, sylweddola 24609 ymhen hir grafu pen iddo weld yr actor o'r blaen, fel arweinydd llwyth anystywallt, cyntefig mewn cyfres ffantasi-hanesyddol.

Ond er ei fod wedi eu gweld o'r blaen ar y sgrin fach, mae eu hymarweddiad yn gwbl wahanol ar y sgrin hon heno. Mae eu symudiadau'n fwy, ac yn fwy eglur, a'u lleisiau hefyd yr un fath: rhaid i'r cwbl a wnânt fod yn amlwg o gyrrau pellaf y theatr, ac felly wrth i'r camera glosio at eu hwynebau mae pob ystum yn ymddangos yn ormodol. Mae'r areithiau'n fawreddog, a'r ynganu'n oreglur.

Cyfarwyddwr yn y theatr sy'n dewis pa siots y caiff cynulleidfa'r sinema eu gweld: ni chânt weld y set enfawr yn ei chyfanrwydd a'i dyfnder – fe'u gorfodir i edrych lle bynnag mae'r gweithgarwch amlycaf ar y llwyfan.

Mae pethau eraill yn tarfu ar y profiad, pethau na fyddai'n eu gweld yn rhyfedd pe bai yn y theatr ei hun. Mae Laertes yn mynnu taro ei feicroffon gan wneud i glec ddod drwy'r system sain. Mae ymyrraeth signalau ffonau symudol yn tarfu ar y sŵn o'r uchelseinyddion. Clywir pobl yn pesychu yn y Barbican. Pan fo pobl yn chwerthin yn y Barbican, ambell waith, nid yw'r bobl yn y sinema'n gweld y jôc cweit mor ddoniol.

Ond buan y mae'n dechrau anwybyddu hyn i gyd. Ar ôl yr anesmwythdra cychwynnol, mae'r ddrama'n gafael ynddo. Er mor hynafol yw'r ieithwedd, mae goslef ac ystum yn llwyddo i gyfleu doniolwch pob jôc. Er bod Shakespeare yn dueddol o ddisgrifio pethau mewn modd sy'n mynd drwy Dudweiliog i fynd o Lanaelhaearn i Glynnog, mae'r cwbl yn glir. Sboncia dywediadau cyfarwydd o'r ddeialog. Clyw 24609 gyfuniadau o eiriau fel pe baent yn newydd sbon, am y tro cyntaf un, er eu bod nhw wedi eu bachu a'u defnyddio fel ystrydebau ers canrifoedd: 'more in sorrow than in anger'; 'the lady doth protest too much'; 'to thine own self be true'; 'reserve judgement'; 'a piece of work'. Cenfigenna at athrylith Shakespeare yn gallu crisialu cysyniadau mor enfawr mewn dau neu dri gair bachog.

Yr eiliad y mae'n clywed y llinell, 'Aye, 'tis madness, but there is method in't' mae 24609 yn ôl ar ben grisiau cul ym myngalo ei daid a'i nain, gryn bymtheng mlynedd yn ôl. Mae i fod i helpu ei dad i symud cwpwrdd trwm i lawr y grisiau ond does ganddo ddim syniad beth i'w wneud. Mae'r cwpwrdd yn hir, a'r gornel ar dop y grisiau'n rhy gyfyng i ffitio'r cwpwrdd drwyddo, nes i Dad gael syniad, a throi'r cwpwrdd ryw ffordd wahanol, a hwnnw'n ffitio drwy'r drws a chyrraedd pen y grisiau, a 24609 yn ei ddal. 'Aha! *Method* yn y *madness*, yli,' dywedodd ei dad yn fuddugoliaethus. Am bymtheng mlynedd, bu 24609 yn pendroni o ble y daeth y ddau air Saesneg hynny.

Mae 24609 yn teimlo iddo ganfod cyfaill oes yn Hamlet. Dyma'r sgolor ifanc nad oes arno eisiau gwneud dim byd ond mynd yn ôl i'r coleg, a byw fel myfyriwr bohemaidd. Yn hytrach na hynny, caiff ei dynnu o bob cyfeiriad. Mae ei ewythr am iddo aros lle gall gadw llygad arno; mae ysbryd ei dad am iddo ddial ar ei ewythr; yn y diwedd, caiff ei hun mewn sefyllfa lle mae einioes ugain mil o ddynion yn dibynnu ar ei orchymyn. Dyma'r dyn sy'n dweud na all weithredu heb iddo dynnu ei deimladau'n eiriol oddi amdano fel hwran yn tynnu ei dillad. Dyma'r dyn sy'n teimlo'i wlad yn garchar, weithiau – ond yn gwybod y byddai gadael yn ddigon amdano.

Yn ystod yr egwyl, clyw 24609 un o'i gyd-fynychwyr – dyn tew mewn twid, sydd o'i flaen yn y ciw am y bar – yn cwyno bod yr Hamlet hwn yn ymddangos yn rhy gall o lawer.

'Dadansoddi pethau'n rhesymol mae hwn, fatha'r blydi ditectif 'na,' maentumia. 'Mae pawb yn gwybod bod Hamlet yn dwlali, o'i go'n llwyr, wedi colli'r plot.'

Tybia 24609 fod gan y dyn hwn fwy o brofiad nag yntau o Hamlet, ac nid yw'n awyddus i fynd i ddadlau, ond nid yw'n cytuno. Oni chlywodd pawb Hamlet yn datgan ei fod am gymryd arno 'antic disposition', a'i weld yn chwilota drwy focs gwisgoedd er mwyn argyhoeddi pawb o hyn? Cymerodd 24609 mai chwarae bod yn ddiffygiol ei feddwl y mae Hamlet, er mwyn twyllo pobl o'i gwmpas. Chwarae'n wirion yr oedd cyn gofyn 'To be or not to be', nid ystyried hunanladdiad go iawn. 'Mad in craft' ydyw, mynna. Wrth gwrs, mae Hamlet yn gweld ysbryd ei dad, ac mae hwnnw'n siarad ag o; onid yw hynny'n dystiolaeth o wallgofrwydd? Ond mae'r gwylwyr ar y tŵr yn gweld yr un ysbryd, ac mae'r ysbryd yn dweud y gwir iddo gael ei ladd...

Dyweder bod y dyn yn y twid yn iawn, meddylia 24609. Dyweder bod Hamlet i fod yn wallgo. Pam yn y byd y dylai hynny ei rwystro rhag meddwl yn rhesymegol? Efallai fod realiti ar sgi-wiff i'r boi, ond sut mae o i fod i wybod hynny?

Nid oes i'r ddrama fawr o stori, hyd y gall 24609 weld. Mae'n rhyfeddol, a dweud y gwir, fod Shakespeare wedi gallu ymestyn plot mor denau am dros deirawr. Ond nid y stori sy'n bwysig, wrth gwrs, ond y ffordd y caiff ei dweud. Gall y manylyn lleiaf droi'n arwyddocaol dim ond i'r dramodydd ganfod geiriau sy'n amgyffred dyfnder ystyr mewn pethau cyffredin. Caiff Hamlet ofod i ystyried pob argyfwng sy'n ei daro, a mynegi'r hyn a aiff drwy ei feddwl. Braidd yn flinderus y gwêl 24609 yr holl fusnes drama-o-fewn-drama, cofnod-o-fewn-cofnod, darlun-o-fewn-darlun sy'n codi ei ben yn fynych yn y cynhyrchiad. Mae gan Ophelia gamera y mae'n ei wisgo am ei gwddf byth a hefyd; ar ôl iddi hi farw, deuir o hyd i siwtces mawr du sy'n cynnwys ei ffotograffau i gyd. Mae gan Polonius lyfr bach pwysig, pedantig a ddefnyddia i ddarllen cyngor ohono. Er mwyn ceisio gwneud i Claudius anesmwytho, ceisia Hamlet ddefnyddio perfformwyr drama teithiol, gan greu deialog newydd ar eu cyfer, ac mae pawb yn gorfod mynd i'r perfformiad. Mae'r cyfeirio hwn o fewn y ddrama at ffurfiau eraill o lenyddiaeth neu artistri braidd yn meta, braidd yn amlwg, tybia.

Gwnaiff 24609 nodyn o hyn oll yn ei lyfr nodiadau, er mwyn gallu ysgrifennu'r hyn rydych yn ei ddarllen yr eiliad hon.

DYDD IAU

Oasis

Casgla 24609-3740, o edrych ar Facebook, fod hwn yn ddiwrnod mawr – yn ddydd gŵyl yn ei hawl ei hun, i bob pwrpas. Heddiw, bydd siop John Lewis yn rhyddhau ei hysbyseb Nadolig flynyddol. Gan lwyr gydymffurfio â dehongliad Ric ohono fel cogsyn ffyddlon yn y peiriant pres, edrycha 24609 ar y fideo.

Mae'r ffilm yn dangos stori deimladwy sy'n gofyn am gryn *suspension of disbelief*, ac sy'n codi nifer o gwestiynau: pam mae'r hen ddyn acw'n byw mewn cwt ar y lleuad? Ydi o'n rhyw fath o droseddwr a alltudiwyd yno? Sut mae'r hen ddyn yn goroesi heb danc ocsigen? Sut mae o a'i sied yn dal ar wyneb y lleuad yn wyneb y ffaith nad yw disgyrchiant mor gryf yno ag ar y ddaear? Sut mae'r ferch fach yn gallu ei weld mor glir drwy sbienddrych mor fychan? Os yw'r ferch yn gallu gwneud i falŵns lliwgar gyrraedd y lleuad mor ddidrafferth a chywir, oni ddylai hi fod yn gweithio i NASA? Nid bod ots: byrdwn y ffilm yw y dylid bod yn neis efo pobl y Nadolig hwn, ac mai'r dull gorau o wneud hynny yw prynu pethau iddynt o siop John Lewis.

Yr hyn y mae gan 24609 ddiddordeb ynddo yn y fideo yw'r gân sy'n cyd-fynd â'r lluniau. Fel bob blwyddyn, ceir llais merch yn canu'n araf, pruddglwyfus, a phert i gyfeiliant cordiau cynnes, teimladwy ar y piano. Er nad oes dim llawer o felodi yn y datganiad hwn, mae 24609 yn siŵr ei fod yn adnabod y gân. Ar ôl gwglo rhai o'r geiriau a ddeallodd, cenfydd mai un o ganeuon Oasis, band o Fanceinion, ydyw.

Ysgydwa'i ben. Mae'r gantores yn yr hysbyseb wedi newid

y gân y tu hwnt i bob adnabyddiaeth. Mae 24609 yn rhy ifanc i gofio Cool Britannia a rhyfeloedd Britpop yn iawn – Dafydd Iwan oedd ei hoff artist yng nghanol y 90au. Ond gwelodd y fideos: Noel yn troi i fyny'n hwyr i barti yn 10 Downing Street, yn feddw a chwyldroadol a hyf; fo a Liam yn rhacs mewn sbectols haul.

Mae'n gwrando'n aml ar ganeuon Oasis, yn enwedig wrth loncian: gan nad yw'n lonciwr sionc iawn, mae tempo solet caneuon Oasis yn gweddu ac yn gwneud iddo deimlo'n epig ar ei daith.

Ond ers dod i'r ddinas, daeth y caneuon yn ddrych o Fanceinion, ym meddwl 24609. Mae eu caneuon yn cynrychioli swildod herfeiddiol y ddinas i'r dim – wrth wrando arnynt, caiff ei atgoffa o'r ddinas yn ei phrydferthwch garw, ei hieuenctid parhaus, ei hansicrwydd hyderus.

Does dim rhyfedd na wnaeth adnabod y gân yn yr hysbyseb: mae'n fwy cyfarwydd â'i chlywed yn cael ei chanu'n amhersain i gyfeiliant sŵn gitâr mawr – sŵn addas ar gyfer gwneud i lond stadiwm o bobl feddw, hapus weiddi a dawnsio a phiso i wydrau peint plastig cyn lluchio'r cyfryw lestri'n ddoniol o ddrewllyd ac afiach dros ben y dorf o'u blaenau.

Mae clywed y llais benywaidd diniwed a'r piano cysurlon yn canu'r gân yn teimlo'n droëdig. Llurguniwyd y geiriau hefyd drwy eu gosod yng nghyd-destun y ffilm ddiddrwg-ddidda, emosiynol-fasnachol, sentimental. Mae'r gân yn sôn am Fanceinion – hen dref ddiflas, ddrewllyd sy'n gyrru'r canwr o'i go, ac yn gwneud iddo ddyheu am gael dianc o'r ddinas ac o'r wlad, yn gwneud iddo deimlo fel pe bai ganddo hen feddwl mewn corff ifanc, yn gwneud iddo warafun ei fod yn dal i grafu'i ffordd o gwmpas yr un hen dwll. Mae'n cyfarch rhywun sydd hanner y byd i ffwrdd, ac yn gwrthod yr hawl iddynt roi breuddwydion iddo – ei freuddwydion o ydyn nhw'n barod. Yn y fideo, dadystyrir y geiriau nes eu bod nhw'n swnio fel dymuniad ystrydebol i fod gyda rhywun sydd ymhell i ffwrdd.

Dydi geiriau'r band byth yn gwneud llawer o synnwyr, ond maen nhw'n llwyddo i gyfleu teimlad yn berffaith: o wrando arnynt, ni all 24609 ond disgyn i'r un pwll o anniddigrwydd â'r canwr. Mae'r anniddigrwydd hwnnw'n gymysgedd herfeiddiol o anfodlonrwydd â'r byd a hyder peidio becso dam: dicter tuag at ddiflastod saff y system, ond sicrwydd y bydd ei gymeriad styfnig yn cario'r dydd.

Wrth wylio'r hysbyseb eto, a gwrando ar y modd y mae'r gantores a'i phiano'n dileu ysbryd Oasis wrth wneud ystrydeb ddiflas o'r gân, caiff 24609 weledigaeth am Fanceinion. Dychmyga'r ddinas yn dilyn yr un llwybr â'r gân: yn cael ei glanhau a'i datblygu i'r fath raddau nes bod ei chymeriad yn diflannu. Bydd yn neis a bonheddig, gyda thyrau gloywon a bariau bach sidêt a chaffis yn porthi proffesiynolion â hwmws. Bydd yn edrych yr un fath yn union â phob dinas arall o faint cyffelyb.

Os bydd arno byth angen mynd i siop adrannol ddosbarth canol eto, penderfyna y bydd yn cadw at Marks a Debenhams o hyn allan.

TRINIAETH 19

Mae'n cau ei lygaid wrth i'r peiriant ddechrau troi a grwnian. Mae'n gynnes yma heddiw, a blinder yn gymylau o gwmpas 24609-3740. Ac yntau rhwng cwsg ac effro, a'i amrannau'n drwm fel pe bai hud arnynt, meddylia 24609 yr hoffai fod yn yr haul.

Dim ond gorwedd ar lownjar am wythnos gron. Dim byd

ar ei feddwl heblaw'r nofel dditectif rwydd a gafaelgar sy'n gwarchod ei lygaid rhag yr haul. Dim codi heblaw er mwyn mynd i'r bwyty i nôl prydau ffiaidd o fawr – cymysgedd o holl ddanteithion y bwffe, yn bitsas a *koftas* a chyrris a byrgyrs a sglodion a reis, a phwdinau anghyfarwydd, melys – neu jin a tonics hael o'r bar. Dim gofid heblaw ei atal ei hun rhag syrthio i gysgu yn y gwres a deffro i ganfod bod ei fol yn gimychaidd o binc. Ystyried mynd i'r dŵr i oeri; penderfynu bod hynny'n ormod o drafferth.

Ond wrth ffantasïo am drefnu gwyliau iddyn nhw'r haf nesaf, pan fydd y fechan, siawns, yn ddigon hen i fwynhau padlo yn y pwll, ac yn ddigon aeddfed i ddiodde'r daith glawstroffobig, cofia 24609 am un o'r rhestr faith o sgil-effeithiau'r driniaeth.

Oherwydd bod ei groen ar hyn o bryd yn derbyn dogn uchel iawn o belydrau difaol, bydd hynny'n gwneud ei groen yn sensitif i'r haul am byth, ac yn cynyddu'r risg o ganser y croen yn sylweddol. Felly byddai'n rhaid iddo gadw'i frest yn y cysgod – naill ai gydag ymbarél, neu mewn fest – drwy gydol y gwyliau.

Fyddai hynny ddim yn llawer o sbort.

Paradwys

Yn nhu blaen nofel, un tro, darllenodd 24609-3740 ddyfyniad gan Kahlil Gibran i'r perwyl mai dyheu am baradwys yw paradwys ei hun. Gwnaeth y syniad hwn gryn argraff ar 24609. Ac yntau yn ei arddegau, roedd y dyfyniad yn crisialu ei agwedd at ferched a charwriaethau. Credai fod deisyfu perthynas, a gweithio at y nod hwnnw, lawer yn fwy pleserus na realiti bod mewn perthynas.

Y dyheu oedd y sbort: gadael i'w ddychymyg wneud duwiesau o'r genod yr oedd yn eu ffansïo, a chonsurio delfryd o fywyd iddynt gyda'i gilydd, yn gybolfa o chwerthin a charu. Yr helfa oedd yr hwyl: ar MSN Messenger neu ar fainc tafarn, fo a'r ferch yn dawnsio o gwmpas ei gilydd fel cleddyfwyr, yn pryfocio'i gilydd â chellwair a chyffesion, rhannu hoff ganeuon a rhwystredigaethau, gyda'r nod o dynnu gwên neu lawenydd o galon y naill a'r llall – adeiladu dealltwriaeth o jôcs na fyddai neb arall yn eu deall a hanner addewidion. Roedd hynny'n well o lawer na'r gwaith caled o fod yn gariad i rywun o ddifrif: gorfod molchi'n iawn, trefnu dêts ymdrechgar mewn sinemâu a bwytai lle byddai'r sgwrs yn pallu heb gwmni ffrindiau, ymarweddu'n barchus i swpera gyda rhieni yng nghyfraith, datgelu bloneg, ofni brodyr hŷn...

Y dyheu am baradwys oedd paradwys ei hun. Ac felly y mae hi rŵan. Bob hyn a hyn, yn annisgwyl, daw pang o hiraeth i losgi y tu ôl i lygaid 24609: dymuna fod adref, yng nghwmni'i wraig a'r fechan. Dymuna fod yn ymhyfrydu yn eu cofleidiau, yn gynnes yn eu gwenau, yn saff mewn cartref o deganau a chariad.

Nid yw'r sgyrsiau Facetime nosweithiol yn lliniaru dim ar yr hiraeth. Mae'n braf gweld wynebau'r ddwy, er bod y blinder ar wyneb ei wraig yn gwneud iddo deimlo'n euog am ei gadael adref gyda'r babi. Bydd y ferch wedi altro'n arw o un pen wythnos i'r llall – heb gael ei gweld bob nos ar ei laptop, byddai 24609 yn teimlo'i fod yn colli nabod arni. Gall gymryd rhan yn y sgwrs, a gall y fechan bwyntio ato, a cheisio'i lyfu drwy'r sgrin, ond yn y diwedd ni all honni ei fod yn fwy nag wyneb ar sgrin yn y tŷ. Er hyfryted yw'r atgynhyrchiad rhithiol hwn o gwmni'r fechan a'i mam, ni all fyth gymharu â bod yno, a'i chorff bychan cynnes hi'n cropian drosto, a bod o fewn cyrraedd 'mestyn llaw at ei wraig.

Dyna pam y dylai groesawu awgrym ei wraig yn llawen.

'Roeddan ni'n meddwl dod i fyny i Fanceinion fory i dy weld di. Allwn ni fynd â modlan i weld...'

'Na,' dywed 24609, heb ddisgwyl iddi orffen y frawddeg hyd yn oed.

Aiff hithau'n dawel, yn methu deall. Ceisia 24609 wneud esgusodion. Ceisia esbonio pam na fyddai'n syniad da iddynt ddod draw. Teifl ddwsin o hanner rhesymau'n garbwl at ei gilydd, a mwmial hynny. Nodia hithau fod hynny'n iawn.

Byr yw'r sgwrs heno. Er ei bod yn mynnu bod popeth yn iawn, a'i bod yn deall yn burion, gŵyr 24609 ei fod wedi brifo'i wraig. Ac wrth edrych ar sgrin ei laptop yn tywyllu, ni all 24609 esbonio wrtho'i hun pam y gwrthododd y cynnig o gwmni'r ddwy y bu'n deisyfu cymaint am gael treulio amser gyda nhw.

Y dyhead am baradwys yw paradwys ei hun. Wrth ddyheu am gwmni ei wraig a'i ferch, nid yw 24609 yn dyheu amdanynt ym Manceinion: nid yn y lle hwn, gyda'i law a'i boen a'i dramps a'i gynllwyniau a'i syched a'i anhunedd a'i argollrwydd a'i gur pen, y mae lle dwy fel nhw. Ac nid yn ei gyflwr presennol y mae 24609 yn dymuno bod yn eu cwmni, ond yn iach: a'i ddwy fraich yn gryf, yn codi'r fechan fry uwch ei ben, i hedfan yn llawn chwerthin at sws fawr, heb boen yn agos at yr un o'r tri.

Cebáb

Mae archwaeth 24609-3740 ar chwâl. Fel arfer, bydd yn llwglyd erbyn amser cinio, ac felly aiff i fwyty'r ysbyty. Bydd rhywbeth yno'n siŵr o gymryd ei ffansi: sgiwars cyw iâr, efallai, neu bysgodyn mewn cytew. Bydd yn eu bwyta'n awchus, gyda thatws stwnsh neu jips.

Yna, amser swper, bydd y syniad o fwyta'n troi arno, yn codi surni i'w geg. Ac wrth orwedd yn ei wely yn y nos, pan fo'n cau ei lygaid bydd ei ymennydd yn ei orfodi i ddychmygu'r bwyd yn cael ei gnoi a'i droi a'i falu a'i sugno i lawr ei lwnc, yn gwneud iddo weld y tatws a'r cig yn stwnsh asidig yn ei stumog.

Ond heno, caiff flys cebáb.

Ni chafodd gebáb ers blynyddoedd. Daeth yn agos at gael un ar ddiwedd noson flêr efo'r hogiau y Nadolig cyn yr un diwethaf, ond roedd Pekish wedi cau erbyn iddo gael Mark i stopio snogio rhywun na ddylai mo'i snogio. Cyn hynny, ar noson gynnes o Orffennaf ac yntau ar sesh drwy'r dydd yng Nghaernarfon, aeth i'r siop gebábs ond dewisodd bitsa am nad oedd y darnau cig yn y cwpwrdd gwydr o'i flaen yn edrych yn arbennig o ffres.

Ond heno, wedi naw, pan ddylai fod yn hwylio am ei wely er mwyn ceisio lladd y blinder sy'n ei gofleidio, mae arno eisiau lapio'i geg am fara *pitta* sy'n cynnwys cig hallt, seimllyd, pechadurus, gyda *mayo* garlleg a letus prin.

Byddai'n bwyta cebábs yn aml yn Rhydychen. Roedd tair fan ar gornel y stryd gyferbyn â'r Randolph, ger yr Ashmolean: un fan byrgyrs posh, un fan byrgyrs rhatach, ac un fan cebábs. Roedd y faniau ar ei ffordd yn ôl i'r coleg o'r dref, ac felly roedd yn naturiol oedi yno ar y ffordd adref. Dim ots am y tywydd na'u cyflwr, ymddangosai cebáb fel yr ateb delfrydol ar yr amser penodol hwnnw o'r nos: achubiaeth rhag newyn, cysur cyn cwsg.

Gyda chebáb o'r fan y gwelodd 24609 Obama'n cael ei ethol yn Arlywydd UDA. Mae ganddo fawd sy'n bur boenus o hyd am iddo gerdded yn syth i mewn i bolyn arwydd ar y stryd ac yntau'n dal cebáb.

Byddai ei anadl y bore wedyn, yn sgil sbeis y cig heb sôn am y garlleg, yn ddigon i ladd ambell greadur bychan. Roedd sgarmesi ffyrnig yn ei stumog. Ond gwyddai, yn ei ddioddefaint, y byddai'r fan cebáb yn ymddangos fel cyrchfan berffaith ar nosweithiau eraill niferus.

Does dim prinder dewis heno chwaith, wedi i 24609 wisgo amdano a mynd i'r Curry Mile i chwilio am rywle a fyddai'n grilio cig sbeislyd, seimllyd ar ei gyfer. Gŵyr yn iawn na ddylai fynd am y lle rhataf – byddai ei stumog yn dannod iddo'r ffolineb hwnnw am ddyddiau – ond ni all ei rwystro'i hun rhag ceisio darogan yn lle y caiff y swm mwyaf o gig am ei arian, a hwnnw'n gig da.

Yr Istanbul Star yw ei ddewis, a hynny am ei fod yn edrych yn lân ac yn llawn o hogiau ifanc o dras Twrcaidd, am fod Saesneg y fwydlen yn safonol, ac am fod y sgiwars yn y cwpwrdd oer yn ymddangos yn drymlwythog o gig. Archeba wrth y cowntar. Gwylia'r cogyddion yn taro'r cig ar y gwres, a chadarnha (er y gŵyr sut y bydd ei anadl yn y bore) wrth yr un a gymerodd ei archeb mai *mayo* garlleg a hoffai'n saws.

Wrth iddo gerdded allan o'r siop, ac yntau ar fin agor bocs ei gebáb, daw coes o'r cysgodion a'i faglu. Syrthia'n galed ar ei benelin chwith – nid ar yr ochr dde, lle mae'r tiwmor, diolch byth – ac aiff y cebáb allan o'i afael, ac allan o'r bocs, yn stremps ar hyd y llawr. Cyn iddo gael cyfle i alaru am y cebáb, caiff ei droi ar ei gefn yn galed, ac mae rhywun yn eistedd ar ei ben, yn ei atal rhag symud. Agora 24609 ei lygaid a gweld mai Steve sydd yno. Cyn gallu ei gyfarch, caiff 24609 slap yn ei wyneb: un i'r ochr chwith, ac yna un galetach ar ei foch dde.

'Be ffwc wyt ti wedi bod yn ddweud wrth Ric, y bastad?' poera Steve arno. 'Ti wedi ei wenwyno fo, wedi ei droi o'n fodlon efo'r drefn, yn amharod i weithredu. Be wyt ti – ffacing twrch MI5? Ia?'

Gwada 24609 y cwbl, ond does dim perswadio ar Steve. Mae'n fygythiol ac ymosodol fel arfer, ond mae'n waeth heno: allan ohoni'n llwyr, a'i lygaid yn sgleinio ag argyhoeddiad gwallgo.

'Roedd y twat sofft am roi'r cibótsh ar yr holl beth, am achwyn amdanon ni wrth y cops, am sboelio'n cynllunia ni, misoedd o waith. Allwn i'm gadael iddo fo ddifetha popeth. Wedi'i wenwyno roedd o. Wedi colli arno fo'i hun. Wedi troi'n gachwr.'

Dechreua Steve sôn am y diwrnod mawr sy'n dod – Dydd y Farn i gyfalafwyr a bwrgeiswyr y ddinas, i'r rhai sy'n gwerthu shait materol a'r rhai sy'n ei brynu. Bydden nhw'n dangos nad yw'r drefn sydd ohoni'n amhosib ei gwyrdroi. Bydden nhw'n profi i'r byd fod gwrthsafiad yn magu hyder, yn magu grym.

'Gwylia di, y pwfftar bach â chdi,' sibryda Steve yn fygythiol yn ei glust. 'Fydd eu holl sioe nhw, eu teml nhw, eu Jeriwsalem nhw, y behemoth mawr afiach, yn fflam, yn dipiau o lwch. Mae cyfalafiaeth yn mynd BANG, mêt; yn ffrwydro'n jibidêrs.'

Ar hynny, caiff Steve ei lusgo oddi ar stumog 24609 gan ddau blismon sy'n digwydd pasio. Gan gicio a sgrechian, caiff Steve ei dynnu i ffwrdd.

'Meiddia di ddweud rhywbeth wrthyn nhw ac mi fyddan nhw'n dy ddefnyddio di i wneud cig cebáb,' yw'r geiriau olaf a glyw 24609 cyn iddo sgidadlo'n ôl am ei westy.

DYDD GWENER

Coffi

Dirgelwch mawr i 24609-3740 yw pam nad yw pawb yn y ddinas, a phawb arall sydd o fewn cyrraedd cyfleus i siop Waitrose, yn cael cerdyn teyrngarwch, ac felly'n cael hawlio paned dda o de neu goffi am ddim bob dydd. Mae am ddim! Ym mhob un o'r siopau! Dim ond dangos y cerdyn i'r ferch a gofyn am *cappuccino*, a bydd hithau'n estyn cwpan yn rhadlon. Ni all 24609 ddeall sut nad yw pob Starbucks a Costa wedi cau yn wyneb y fath haelioni hyfryd gan Waitrose.

Tuedda 24609 i wneud ei holl siwrneiau drwy orsaf Piccadilly yn hytrach nag Oxford Road, er bod yr ail yn fwy cyfleus, oherwydd bod Little Waitrose gerllaw Piccadilly. Heddiw, hawlia'i baned ei hun am ddim, a phrynu un ychwanegol hefyd. Yna aiff am y bws. Mae ganddo ddwyawr tan ei driniaeth, ac mae arno eisiau gweld Ric. Yn sgil ymddygiad gofidus a rhyfedd Ric yn y Range Rover, a'r ymosodiad gan Steve neithiwr, teimla 24609 ei bod yn rhaid iddo gael siarad yn agored a chall â Ric, er mwyn cael rhyw glem beth sy'n digwydd.

Mae'n sigledig ei gam y bore 'ma. Wnaeth ergydion Steve fawr o ddifrod, diolch byth. Mae ei fochau'n teimlo'r gwynt yn siarpach nag arfer, ac ni fu'r tiwmor yn gyfforddus drwy'r nos, ond doedd dim gwaed, does dim olion. Er hynny, mae'r hyder a gyfeiriai ei gam ddechrau'r wythnos, a'r holl sicrwydd a ddaliai ei gorff yn dal a phendant wedi eu taro ohono.

Daw oddi ar y bws yn y safle lle cyfarfu â Ric gyntaf. Aiff rownd y gornel, heibio i'r stondin ffrwythau, ac i lawr y stryd goblog at yr adwy lle mae Ric yn cysgu. Mae'n dal yn fore, felly dylai fod yno o hyd. Ond nid yw yno. Mae ei flancedi a'i focsys a'i fagiau plastig yno, ond nid Ric. Mae hynny'n od. Beth bynnag yw Ric, nid yw'n foregodwr. Sylwa 24609 fod potel rad o wisgi heb ei hagor rhwng y blanced ac un o'r bocsys. Gwnaiff hynny i 24609 boeni: os cysgodd Ric yma neithiwr, oni fyddai wedi yfed rhywfaint o'r wisgi? Mae digon o esboniadau posib dros absenoldeb Ric, ond nid y rheiny sy'n eu hamlygu eu hunain i 24609.

Estynna'i ffôn, agor Uber, a gofyn i'r ap anfon car ato. Cyrhaedda'r car o fewn ychydig funudau. Gofynna i'r gyrrwr yrru o gwmpas. I ddechrau, gofynna iddo fynd o amgylch y strydoedd cyfagos, rhag ofn fod Ric wedi mynd am dro, neu wedi mynd i chwilio yn un o'r biniau am damaid i'w fwyta. Gofynna i'r gyrrwr wedyn fynd heibio'r bont ar Oxford Road. Plyga 24609 yn y sedd gefn a chuddio o'r golwg wrth edrych drwy'r ffenest. Mae pawb yn y gwersyll yn cysgu, heblaw Eric, sy'n eistedd yn ei gadair ganfas. Crafa 24609 ei ben. Gofynna i'r gyrrwr fynd i Sandileigh Avenue, lle cofia i Ric sôn bod ei frawd yn byw. Does dim golwg ohono yno. Aiff yr Uber ag o i fyny ac i lawr Oxford Road, drwy Rusholme, Withington, ac ardal y brifysgol. Dyw Ric ddim i'w weld yn unlle.

Kamran yw enw'r gyrrwr, ac mae'n barod iawn ei sgwrs. Sonia am ei gysylltiadau â pherchnogion y busnesau ar Curry Mile, gan addo i 24609 y câi groeso mewn sawl un ohonynt dim ond iddo grybwyll enw Kamran. Esbonia i 24609 y fath bleser yw mynd i ymlacio mewn bar shisha ar ddiwedd prynhawn, ac eglura fod y gymuned Foslemaidd yn gwirioni ar fwydydd llawn siwgwr: am nad ydyn nhw'n cael yfed alcohol mewn bariau, ânt i gaffis lliwgar i fwyta cacennau, hufen iâ, a fferins am y gorau. Cenfydd 24609 hyn yn arbennig o ddiddorol, a byddai'n dda ganddo drafod â'r gyrrwr mewn mwy o fanylder, ond mae'n rhy bryderus ynghylch Ric.

Aiff allan o'r tacsi. Ddylai o ddim poeni. Tramp ydi Ric;

dydi o ddim yn mynd i fod yn ddibynadwy, yn nac ydi?

Mae coffi Ric yn oer erbyn hyn, felly mae 24609 yn ei daflu i'r bin ac yn mynd am yr ysbyty.

TRINIAETH 20

Yn nhywyllwch y swît, teimla 24609-3740 ddagrau anghyfleus, miniog yn ceisio gwasgu eu ffordd o dan ei amrannau.

Mae 24609 yn reit siŵr nad yw erioed wedi dioddef o iselder go iawn, y byddai meddygon yn ei gymryd o ddifrif. Mae wedi teimlo'n isel, ac yn ddigalon, ac yn ofnus, ond nid yw'r teimladau hynny erioed wedi'i feddiannu i'r fath raddau nes bod pobl yn sylwi – nid yn ystod y dydd, beth bynnag.

Mae 24609 wedi hen arfer â'r digalondid arferol sy'n galw heibio iddo o dro i dro: yr iselder cymedrol sy'n gwneud iddo deimlo fel petai bywyd yn ormod o drafferth ac y byddai'n braf petai'r cwbl yn dod i ben. Hwn yw'r teimlad sy'n gwneud iddo fod eisiau crio ar adegau anghyfleus, ac yn ei gymell i drefnu ei angladd ei hun yn ei ben. Dyma'r iselder y gellid ei gamgymryd am hangofyr.

(Er gwybodaeth, dyma drefniadau'r cynhebrwng fel y mae 24609 yn gweld pethau ar hyn o bryd. Yn y capel: bydd Iwan Huws yn canu 'Tyrd Olau Gwyn'; bydd y galarwyr niferus yn cydadrodd 'Dychwelyd'; bydd Gwenan Gibbard yn canu 'Gweddi'r Terfyn' Saunders ar gerdd dant; ceir darlith fer am waith 24609 gan Derec Llwyd Morgan; cenir 'Mi wn fod fy Mhrynwr yn fyw', 'Ceidwad y Goleudy' ac 'O fryniau Caersalem' ag arddeliad gan bawb, i gyfeiliant band pres, gan dreblu'r cwpledi olaf bob tro. Yna eir i Benlan Fawr, lle bydd Bob Delyn a'r Ebillion yn canu am oriau ac y gweinir gwydreidiau o IPA gan *dancing girls* hynaws heb fawr ddim amdanynt ond tei-bo a sgert, ac yna aiff y dethol rai i'r Whitehall i yfed wisgi o flaen y tân, a thrafod llên a hel atgofion am 24609 a chanu 'Fflat Huw Puw' mewn harmoni pedwar llais o leiaf.)

Yr ail fath o ddigalondid yw'r un a eilw 24609 yn iselder Aberhenfelen, ar ôl y darn o gainc Branwen yn y Mabinogi pan fo Heilyn yn agor y drws y gwaharddwyd iddynt ei agor. Ar ben dod â'u cyfnod o hapusrwydd diofid ar ynys Gwales i ben, mae agor y drws yn gwneud i Heilyn a'i gyd-deithwyr sylweddoli popeth drwg sydd wedi digwydd iddynt – yr holl golledion a gawsant yn Iwerddon, yr holl alar, yr holl brofedigaeth, yr holl ladd: 'yd oed yn gyn hyspysset ganthunt y gyniuer collet a gollyssynt eiryoet, a'r gyniuer car a chedymdeith a gollyssynt, a'r gyniuer drwc a dothoed udunt, a chyt bei yno y kyuarffei ac wynt', mewn gair.

Yn hwyr y nos y bydd yr iselder hwn yn taro 24609, pan fydd wedi cael gormod o gaffîn neu siwgwr cyn clwydo, ac yn methu â chysgu. Ni all feddwl am ddim byd ond y pethau hurt a wnaeth, y pethau a frifodd bobl. Meddylia'n llawn euogrwydd am y noson, pan oedd tua 17, pan gollod beint o Guinness yn ddamweiniol dros ffrind, a'i gwlychu hi'n sopen o embaras yn y cwrw du. Meddylia am y noson wirion yn Steddfod Bala pan ddygodd chwarter potel o wisgi o adlen pobl yr oedd yn hanner eu hadnabod, dim ond o ran myrrath, mewn gweithred o ffolineb sy'n gwneud i 24609 gywilyddio a'i gasáu ei hun. Yn arswyd y nos, mae'r mân bechodau hyn yn troi'n anfaddeuol, a'r difaru a'r cywilydd yn gwneud i 24609 feddwl na all byth adael y gwely i ddangos ei wep yn unman eto. Daw'n argyhoeddedig na all dim a wnaiff byth wneud iawn am ei ffolineb.

Heb fod eiliad yn rhy gynnar, mae'r nyrs yn cynnau'r golau ac yn dweud bod y driniaeth drosodd.

Merched

Llwydda 24609-3740 i gael sedd ar ei drên am adref; mae'n cyfrif hyn yn un o lwyddiannau sylweddol ei fywyd. Llwydda hefyd i osgoi eistedd yn ymyl neb tew na drewllyd; mae hynny'n fonws aruthrol.

Yn y tair sedd arall o gwmpas y bwrdd, eistedda tair merch ifanc – tair myfyrwraig, tybia 24609. Nodiodd arnynt pan eisteddon nhw i lawr, ond ar wahân i hynny ni fu cyswllt rhyngddynt.

Ni wnaeth neb i 24609 deimlo mor ddigalon amdano'i hun â'r tair hyn ers tro. Yn eu presenoldeb, teimla'n hen. Mae'n boenus o ymwybodol mor denau yw'r gwallt ar ei ben, ac o'r mymryn yn ormod o floneg sy'n gorffwys dros ei felt. Bron na all deimlo'r rhychau henaint ar ei dalcen. Daw'n argyhoeddedig fod ei drowsus yn drewi am iddo wlychu yn y glaw. Gŵyr yn iawn, pe bai'n dweud rhywbeth, y byddai'n swnio fel hen begor, a'i acen Wyneddig yn heglog a blêr, yn baglu ei dafod. A beth bynnag, mae'n poeni cymaint fod ei ddannedd yn felyn nes na fyddai arno eisiau agor ei geg ym mhresenoldeb y rhain. Yn fwy nag erioed o'r blaen, mae'r boen affwysol dan ei gesail yn gwneud iddo deimlo na allai byth ymddangos yn ddigon hyderus na hapus i unrhyw un ei hoffi.

'Roedd mynydde'r blynydde rhyngom,' dywedodd Llywelyn wrth Siwan, ac er nad ydyw ond tua phum mlynedd yn hŷn na'r merched hyn, teimla 24609 yr un fath.

Ni all ddweud yn union pam mae'n teimlo fel hyn. Nid yw'n eu ffansïo, hyd yn oed: mae'n ddigon ymwybodol ohono'i hun i wybod bod hynny mor annichonadwy nes bod yn gwbl ofer, felly nid dyna sy'n gwneud iddo deimlo'n annifyr. Ceisia beidio ag edrych arnynt mewn modd rhy amlwg, ond mae'n taro'i lygaid drostynt wrth edrych o'i gwmpas. Nid ansawdd eu gwallt na gwynder eu dannedd nac esmwythder eu croen yn unig sy'n brydferth ac ifanc amdanynt.

Nid ydynt wedi gwisgo i blesio dynion: does ganddynt ddim o'r rhychau dwfn sy'n nodweddiadol o fenywod sy'n ceisio denu sylw dynion mewn tafarndai. Yr hyn sy'n eu gwneud yn odidog yw eu hyder a'u hapusrwydd. Mae sgwrs ei gilydd yn ddigon iddynt; does arnynt ddim eisiau sêl bendith yr un dyn i wneud iddynt deimlo'n dda amdanynt eu hunain. Gwyddant eu bod yn brydferth; ymhyfrydant yn y bendithion a dywalltodd ieuenctid drostynt.

Sylweddola 24609 nad dim ond fo'i hun sy'n annigonol mewn cymhariaeth â'r merched hyn; mae dynion i gyd yn annigonol ar eu cyfer.

PENWYTHNOS 4

Pwerdy

Flwyddyn yn ôl cafodd benwythnos bythgofiadwy, caiff 24609 ei atgoffa gan ap Timehop ar ei ffôn.

Roedd o a'i wraig, a chyfeillion eraill, yn aros yn nhŷ ffrind a oedd yn lansio cyfrol yn nhafarn ei bentref genedigol. Noson dwym a diwylliedig oedd hi, noson berffaith o feddwi a siarad yn wirion â phobl y Pethe ym Mhenllyn a beirdd barfog o'r de. Aeth y malu awyr rhagddo'n hwyr, gan symud i'r tŷ wedi i'r dafarn gau.

Wedi iddyn nhw gyrraedd y tŷ, digwyddodd rhywun sôn, yng nghanol gwres y sgwrs, fod y Tywysog Philip wedi ei gymryd yn wael gyda haint ar y bledren y prynhawn hwnnw, ac wedi marw tra oedden nhw yn y lansiad. Doedd dim rheswm i amau'r newyddion, a thrafodwyd cryn dipyn ar y Tywysog, a'r epil a gynhyrchodd ym Meirionnydd yn ei ddyddiau yn y Llu Awyr. Daroganwyd dyddiau o alar gormodieithol, a chofiwyd rhai o'r pethau annymunol (ond pur smala, yn eu ffordd drahaus eu hunain) a ddywedodd y diweddar Ddug wrth amrywiol bobl.

Galwodd taid a nain ei ffrind yn y tŷ ar yr awr hwyr honno, yn eu welingtons, gan honni iddynt fod yn clirio dail o'r afon. Ni chymerodd 24609 y stori honno o ddifrif. Am hanner nos, cafodd 24609 un o'r syrpreisys gorau a gafodd erioed. Daeth gwraig y tŷ (mam ei ffrind) o'r gegin a chyhoeddi bod bwyd yn barod. Bwyd! Ar ôl hanner nos. A'r fath fwyd! Bola porc a goginiwyd am oriau maith, nes ei fod yn dyner a melys, a chig selsig, a stwffin, a bara ffres a salad tatws a chreision.

Y bore wedyn, uwchlaw'r powlenni brecwast, digwyddodd

24609 wneud rhyw sylw gwamal ynghylch moderneiddiwch, neu ddiffyg moderneiddiwch, y pentref lle roedden nhw'n aros – dweud ei fod yn synnu bod modd cael trydan mor ddwfn â hyn ym mherfeddion Penllyn, neu rywbeth felly. Ffrwydrodd ei ffrind a'i rieni mewn protest, gan atgoffa 24609 (fel pe dylai wybod yn barod) fod y pentref hwn yn un o'r rhai cyntaf yng ngogledd Cymru i gael cyflenwad trydan – diolch i'w teulu nhw. Ac er mwyn profi'r peth, gorchmynnwyd i bawb, ar ôl gorffen brecwast, wisgo'u sgidiau cerdded. Anelwyd am y mynydd.

Ar y ffordd allan o'r pentref, ar ôl mynd drwy giât i dir gwelltog, pwyntiodd ei ffrind at gwt brics digon disylw.

'Hwnna ydi'r Pwerdy Bach,' datganodd yn falch.

'Sgersli bilîf,' meddai 24609. 'Dydi o ddim yn Atomfa Traws, yn nac'di?'

Ond wedi iddynt fynd dros gamfa a dringo darn go serth o gae, dechreuodd 24609 gredu'r stori. Pan ddaethant at gae go wastad, dangoswyd iddynt afon fechan – nant os rhywbeth – oddeutu chwe throedfedd o led. Doedd dim yn anghyffredin am y nant, tybiodd 24609, nes iddo edrych yn fanylach. Roedd y dŵr yn arbennig o ddwfn, ac yn llifo'n gynt o lawer na nentydd cyffredin. Eglurodd ei ffrind mai dyma'r llif dŵr oedd yn gweithio'r Pwerdy – ac mai dyma ble roedd ei daid a'i nain neithiwr, yn clirio'r dail fel bod y dŵr yn llifo'n ddigon cyflym. Honnodd, hyd yn oed, iddynt orfod treulio ambell fore Nadolig yn torri'r rhew er mwyn cael yr afon i lifo eto i gael trydan i goginio'r twrci. Rhyfeddodd 24609 a gweddill y criw.

Fe aethon nhw'n uwch eto, wedyn, a dringo ar hyd llwybrau cul a llithrig, dros ddarnau bach o bren a oedd i fod i weithredu fel pontydd, yr holl ffordd at bwll dwfn a rhaeadr fechan, ymhell i fyny'r afon. Edrychai fel pwll naturiol ar yr olwg gyntaf, ond sylwodd 24609 wedyn mai strwythur concrid a'i ffurfiai – gwnaed cored yn yr afon, y cwbl gyda'r bwriad o gymell llif digonol ar gyfer y Pwerdy.

Aethant yn uwch eto, i Gwm Cywarch – lle na chlywodd 24609 amdano erioed o'r blaen; lle diarffordd, heb lonydd tarmac call. Gwelsant yno sied wartheg lle'r arferai plas sefyll, plas a noddai feirdd. Daethant i lawr yn ôl i'r pentref drwy gaeau lle mae'r gog i'w chlywed yn fynych. Chlywodd 24609 erioed mo'r gog.

Ond ni allai hynny, hyd yn oed, gymharu â rhyfeddod y Pwerdy a'r afon a'i gwasanaethai. Rhyfeddai 24609 – rhegai mewn anghredinedd – fod hen daid ei ffrind wedi penderfynu ymgymryd â'r fath brosiect peirianyddol uchelgeisiol, a llwyddo cystal nes bod y teulu'n dal i ddefnyddio'r trydan hwnnw yn hytrach na thrydan y Grid Cenedlaethol, ac yn gwerthu trydan dros ben yn ôl i'r Grid.

Gwirionodd 24609 ar y lle. Roedd y bobl hyn mor hunangynhaliol nes eu bod yn gwneud eu trydan eu hunain o lif afon ar y mynydd. Roedd yr un annibyniaeth i'w gweld yn eu hiwmor (sylweddolodd pawb ymhen hir a hwyr fod y Tywysog Philip yn dal yn fyw), yn eu gwleidyddiaeth, yn eu hiaith, yn eu mwynhad o'r Pethe, ac yn eu hyder a'u hynawsedd. Byddai'n cofio am amser maith y penwythnos o hydref llaith y cafodd ef a'i gyfeillion ei dreulio yn y pentref ym Meirionnydd.

Flwyddyn yn ddiweddarach, mae 24609 yn gorwedd ar y soffa yn ei dŷ, yn oer, a'r babi'n cwyno arno. Coda drachefn i roi dymi yng ngheg y babi, gan deimlo'r tiwmor yn straenio, ond nid oes ganddo'r egni i fynd i nôl blanced iddo'i hun.

Creulon, ym marn 24609, yw bod ei ffôn yn ei atgoffa o'r fath benwythnos. Ni welodd gyfaill ers wythnosau; ni all fynd i nunlle oherwydd y driniaeth a'r blinder a'r boen – ac ni fyddai'n fawr o sbort i neb hyd yn oed pe bai'n ymuno â'u cwmni. Mae'n syrffedu ar y soffa, ac yn hiraethu am yr awyr iach a sgyrsiau poeth y dafarn. Hiraetha fwy – ac yntau'n llegach ac yn da i ddim i neb ar y soffa – am yr ysbryd hwnnw o annibyniaeth, hyder, a pharodrwydd i weithredu.

WYTHNOS 5

Dydd Llun

Methu

Mae gan 24609-3740 awr i'w sbario cyn y mae'n rhaid iddo fod yn yr ysbyty, felly penderfyna fynd i chwilio am Ric eto. Gwnaiff yr un fath ag o'r blaen: galw Uber, a gofyn iddo yrru hwnt ac yma o gwmpas yr holl fannau lle gŵyr i Ric dreulio unrhyw amser. Stopia ger yr adwy lle cysgai Ric. Does dim byd yno. Mae'r bocsys a'r sach gysgu a'r bagiau i gyd wedi mynd. Heb fynd i sniffian yn ormodol, ni synnai 24609 pe bai'r lle wedi cael ei lanhau'n drylwyr. Gofynna i'r tacsi fynd i gyfeiriad y Truth Hope Church, hyd yn oed, ac at yr Amgueddfa Gwyddoniaeth a Diwydiant. Nid yw'r tramp i'w weld yn unlle. Yn olaf, gofynna i'r tacsi fynd ag o'n ôl i Oxford Road, ac at y gwersyll dan bileri'r bont.

Daw allan o'r car. Does dim cymaint â phabell yno. Mae'r lle wedi ei glirio'n llwyr. Does dim golwg o offer Becca, y mangl na'r twba golchi, nac o'r sêff cadw bwyd na'r lein ddillad. Mae graffiti lliwgar Steve wedi mynd. Peintiwyd pileri'r bont yn ddu. Ar y cefndir du bitsh hwnnw, mewn llythrennau plaen, gwyn, ceir y geiriau hyn:

'Ymogelwch, gwyliwch a gweddïwch, canys ni wyddoch pa bryd y bydd yr amser.'

TRINIAETH 21

Wrth aros i gael mynd i mewn i'r stafell am ei driniaeth, caiff 24609-3740 hysbysiad ar ei ffôn yn dweud bod rhywun wedi rhoi fideo ohono i fyny ar Facebook. Ei wraig sydd wedi ei dagio yn y fideo, erbyn gweld, a daw gwên i wyneb 24609 wrth wylio'r recordiad.

Dacw fo, yn ei byjamas fore Sul, wedi mynd i nôl y fechan o'i chot ac yn sgwrsio efo hi: siarad nonsens, wrth gwrs, gan wenu arni a chwerthin, a chael gwenu a giglan mawr yn ôl gan ei ferch.

Dyna fo'n ei chodi hi i'r awyr – mor bell ag y mae'r tiwmor yn caniatáu iddo godi ei fraich – ac yn ei gostwng wedyn am ei wyneb nes bod eu trwynau nhw'n cyffwrdd. Mae diléit y fechan i'w deimlo hyd yn oed yn y fideo crynedig, tywyll hwn: mae ei hwyneb yn olau, a'i chwerthin gyddfol yn sŵn na chlywodd 24609 ei hapusach erioed. Ni all ond gwenu wrth wylio'i ferch yn gwenu ar ei thad fel pe bai'n feistr corn ar ei byd.

Wedi'r wên, daw'r pryder. Beth fydd pobl yn ei feddwl wrth ei weld yn chwarae mor hapus â'i ferch, a'r ddau ohonyn nhw'n gwenu a chwerthin fel pe na bai dim yn bod? Onid ydi o i fod yn glaf, yn dioddef triniaeth enbyd am fod ganddo diwmor? Oni fydd ei gyd-weithwyr, a'r trefnwyr digwyddiadau y torrodd gyhoeddiadau â hwy, yn gweld y fideo hwn ac yn credu iddynt gael eu twyllo?

Ond wedyn, go brin y byddai neb yn diolch iddo am bostio fideos o'r adegau pan fo'n cofleidio'r cwrlid yn ei wely, bron â chrio oherwydd y boen a'r blinder, ac yn methu canfod yr ewyllys i godi ar ei eistedd ac yfed diod o ddŵr.

Lowry

Mae'r haul yn sgleinio ar ddociau Salford pan fo'n cyrraedd yno ar y tram araf. Dros y dŵr, mae'r amgueddfa'n edrych yn union fel y mae yn y taflenni. Mae gorsaf y tram yn newydd, a'i cherrig llwyd yn olau a glân. Mae'r tyrau fflatiau a'r blociau swyddfeydd oll yn disgleirio'n newydd ac yn edrych fel dinas ffantasi: fel yr awyrluniau amhosib o ddyfodolaidd mewn erthyglau cylchgrawn o'r 60au. Mae'r rampiau a'r grisiau a'r palmentydd yn edrych yn glyfar a rhwydd nes iddo sylweddoli eu bod nhw bob amser yn gwneud i rywun gerdded yn bellach i fynd i lawr y ramp. Er mwyn gwarchod ei ochr rhag poen, cerdda am y rampiau.

Bu Lowry ar ei feddwl ers blynyddoedd – ers iddo weld poster rhad o un o'i luniau mewn siop pethau i'r tŷ. Ond wnaeth o erioed drafferthu ei astudio'n iawn, na dysgu dim amdano.

Y llun cyntaf a wêl yw'r un a oedd ar y poster a welodd yn y siop: awyr wen, awgrym o amlinell adeiladau diwydiannol – melin a ffatri a swyddfa – yna gofod eang ac ynddo bobl. Mae'n eu galw'n bobl ond, a dweud y gwir, dydyn nhw fawr mwy na chrafiadau o olew ar ganfas. Does gan yr un ohonyn nhw wyneb. Maen nhw oll yn cerdded fel pe bai'r gwynt yn chwipio'u cefnau, yn eu cwman, a'u llygaid at y llawr. O edrych ar hanner gwaelod y llun, nid yw'n ymddangos bod y bobl hyn yn mynd i nunlle: tyrfa o grwydrwyr diamcan ydyn nhw – pob un yn unig yn y dyrfa, yn ddinod ac unigryw yr un pryd. Ond wrth edrych tua chanol y llun, gwêl 24609-3740 fod pwrpas i'r ymlwybro hwn. Gwêl giât y felin, ac ar ôl ei gweld sylwa fod atyniad bron yn fagnetig ynddi: mae'n sugno'r gweithwyr at eu diwrnod o waith. Pyla'r ffigurau ar ôl mynd drwy'r giât; troant yn llai o gymeriadau nag o'r blaen, yn llanast o liwiau aneglur.

Teimla 24609 atgasedd at y darlun. Pwy oedd Lowry i ddileu cymeriad a hunaniaeth y gweithwyr? Pa hawl oedd ganddo i'w darlunio'n ddim ond crafiadau o baent du yn ymlwybro at ddiwrnod arall o lafur? Pa oruchafiaeth, pa snobyddiaeth a'i galluogai i wneud diddymdra o fywydau'r bobl hyn, gwneud pypedau o'u cnawd?

Blasa 24609 fwy fyth o surni wrth symud at yr ail ddarlun: gofod tebyg, mewn tref ddiwydiannol, ond yn hytrach na bod yn neb, mae'r cymeriadau yn y darlun hwn yn erchyll a dychrynllyd. Y canolbwynt yw dyn ar faglau rhy fawr iddo, a'i wyneb fel masg Calan Gaeaf, yn welw a grotésg. Wrth ei ochr, mae hanner dyn ar droli, ac wyneb hwnnw fel clown troëdig; mae pob trwyn yn y llun yn goch. Mae'r bobl i gyd yn gam, yr ugeiniau ohonyn nhw sy'n llenwi'r sgwâr, yn sefyll yn chwithig yma a thraw. Acw, gwelir bachyn lle disgwylid llaw. Mae'r plant sy'n chwarae yn y blaen yn athrist a di-siâp. Ymhell yng nghefn y darlun, mae dynes nobl, grand mewn dillad duon o'i phen i'w thraed. Mae hi'n rhy bell i 24609 allu gweld ei diffyg neu ei hanffurfiad hi. Ond mae ar 24609 ofn gweld beth ydyw: wynebau o hunllefau yw'r cwbl yn y fan hyn. Anodd gan 24609 ddychmygu y gallai neb fod wedi creu'r darlun hwn heb gasáu pobl, heb fod yn barotach i weld eu diffygion na'u rhagoriaethau, heb chwilio am yr hylltra cyn y prydferthwch.

Mae'r trydydd darlun yn wag – ac, yn hwnnw, mae heddwch. Does ynddo ddim ond melyn pŵl, cynnes y traeth ac anobaith yr awyr wen, eang; mae corneli ucha'r ffurfafen yn fygythiol ddu.

Gwêl bortread Lowry o'i fam, dynes egr yr olwg. Mae hi'n edrych i'r ochr, a'i llygaid ynghau. Yn y llun hwn, o leiaf, gall Lowry osgoi golwg ei fam. Dechreua dyn siarad â 24609. Dywed wrtho iddi hi fynd i'w gwely pan fu farw'i gŵr, ac aros yno am wyth mlynedd. Lowry oedd yn tendio arni: yn darllen iddi, yn rhoi bàth iddi yn y gwely, yn ymgeleddu ei briwiau, cyn mynd i'r atig i beintio pan âi hi i gysgu. Chafodd o ddim diolch, yn ôl y dyn sy'n siarad ag o, gan giledrych ar ei wraig: dim ond dirmyg, dim ond siom – wnaeth ei mab ddim bodloni ei gobeithion.

Try 24609 ei olygon at lun o lofft: gwely gwag, gwely ei fam flwyddyn ar ôl ei marwolaeth. Mae'r lle mor wag ag un o'i draethau, neu ag un o'i luniau di-bobl o warysau a thyrau.

Gwêl hunanbortread: Lowry cyn siafio, ei drwyn a'i lygaid yn ddieflig o goch a gofidus.

Ar y wal mae darn o ffilm: ysgolhaig yn datgan i Lowry ddewis bod yn gasglwr rhenti er mwyn iddo gael dod i gyswllt â phobl, a sylwi arnynt. Roedd y rhent yn beth mawr yn nhref ddiwydiannol Pendlebury: wrth gwffio ar nos Sadwrn, chwifiai dynion lyfrau rhent glân ar eu gwrthwynebwyr pe gwyddent fod y rheiny mewn dyled.

Cyhuddwyd Lowry o fod yn bropagandydd am iddo ddewis peintio trefi, ffatrïoedd, a gweithwyr yn hytrach na chaeau, coed, a blodau. Atebodd yntau nad cenhadaeth gymdeithasol oedd ganddo, dim ond atyniad esthetig at fath penodol o dirlun. Nid casáu pobl yr oedd Lowry, meddylia 24609: ei gasáu ei hun yr oedd. Darluniai'r gwaethaf mewn pobl am mai dyna a welai ynddo'i hun. Nid dirmyg oedd ganddo at y claf a'r llafurwr, y cripl a'r dyn cyffredin, ond cydymdeimlad.

Warws

Pan fo 24609-3740 yn meddwl am warws, meddylia am siediau metal mawr, o liwiau hufen neu wyrdd neu las annymunol, ar stadau diwydiannol anghyfannedd: adeiladau oer, pwrpasol, digysur a godwyd yn yr 80au neu'n ddiweddarach er mwyn cadw rhyw nwyddau diflas neu'i gilydd.

Ym Manceinion, rhaid iddo feddwl am warysau mewn modd gwahanol. Pan oedd angen adeiladau helaeth, enfawr i gadw cotwm yn anterth y cyfnod o gynhyrchu hwnnw yn y ddinas, wnaeth neb feddwl bod angen i'r adeiladau fod yn hyll. Ac felly maent yn adeiladau tal, o frics coch, sy'n smart ac yn meddu ar nodweddion atyniadol. Wrth gwrs, nid yw'r warysau mor addurnedig â'r gwestai a'r neuaddau o'r un cyfnod, ond maent yn adeiladau hardd yr un fath. Yn ogystal, er bod llawer o warysau yn ardaloedd mwy diwydiannol y ddinas, codwyd nifer helaeth slap bang yng nghanol y ddinas, ar y prif strydoedd masnachu – yn agos at lle câi'r cynnyrch ei werthu.

Erbyn hyn, mae'r warysau naill ai wedi eu dymchwel neu eu haddasu'n fflatiau a gwestai ffasiynol. O'u cymharu â blociau swyddfeydd a fflatiau modern, maent yn urddasol a hardd.

Mewn warws y mae 24609 yn aros heno. Dyma'r lle agosaf at ganol y ddinas y medrodd fforddio aros ynddo hyd yn hyn, ond er bod y gwesty'n agos at y brifysgol a chanol y dref, rhaid iddo fynd i lawr strydoedd cul a diarffordd, gyda meysydd parcio answyddogol a chyn-siopau a'u shytars yn graffiti i gyd, er mwyn ei gyrraedd. Synna 24609 sut y gall ardal mor ddiraen oroesi mor agos at ganol y dref; mae'n amau y bydd yr adeiladau hyn i gyd yn diflannu cyn hir.

Gwêl y warws o'i flaen, a'r geiriau 'Liverpool Victoria Warehouses 1927' yn dal yn falch dan y bondo. Roedd gwefan y gwesty (neu'r 'stafelloedd | bwyta | gofod' fel y'i geilw'i hun) yn awgrymu *chic* ôl-ddiwydiannol eironig. O'r tu allan, o weld y sgipiau a'r drysau digroeso a'r to haearn anghynnes dros y fynedfa, mae'r *chic* yn ymddangos yn brin, a'r naws yn llwyr ddiwydiannol. Mae'r lloriau pren, a'r seddi swed, a'r golau isel, cynnes yn y bar yn awgrymu bod y drysau metal a'r decor anorffenedig i fod i gyfrannu'n fwriadol at ymdeimlad cŵl, ffasiynol. Mae'r grisiau dur, gyda'r weiars trydan yn y golwg, yn awgrymu nad bwriadol ydyw.

Does dim ffenest yn ei stafell. Mae TripAdvisor yn llawn adolygiadau gan bobl a synnwyd, ac a ddigiwyd, gan y diffyg hwn. Mae 24609 yn gweld y peth braidd yn rhyfedd, ond nid yw'n synnu. Er mwyn llenwi adeilad enfawr, gwag â dwsinau o stafelloedd gwely, byddai'n bensaernïol amhosib lleoli'r cwbl o'r stafelloedd ger waliau allanol yr adeilad; byddai canol y warws yn gwbl wag, wedyn.

Yn y nos, deffra 24609. Byddai'n taeru iddo glywed sŵn dynion yn gweiddi, a chlywed oglau chwys a llosgi: clywed sŵn llusgo paledi ac olwynion tryciau'n prysuro o un lle i'r llall, a llwythi'n cael eu codi a'u dadlwytho. Ond fyddai o ddim yn sôn wrth neb.

D Y D D   M A W R T H

Chwalu

Ar ôl cael cawod a gwisgo yn ei stafell ddiffenest, mae'n bryd i 24609-3740 adael. Wrth ddod allan o'i stafell, aiff yn syth am y ffenest fawr sydd ar waelod y coridor; nid yw'n ddiwrnod heulog, ond mae 24609 yn falch o gael gweld rhywfaint o olau dydd. Edrycha allan drwy'r ffenest. Am y stryd â'r warws mae safle eang sydd wrthi'n cael ei baratoi ar gyfer datblygiad.

Sylweddola 24609 mai'r safle adeiladu odano yw'r un lle bu'n siarad â Keir (neu, a bod yn fanwl, lle bu Keir yn siarad ag o). Chwardda'n chwerw wrth gofio am hynny: honnodd Keir fod y datblygwyr wedi cael chwalu ysgol a thai cymdeithasol er mwyn codi eu behemoth cyfalafol. Ond digwyddodd 24609 fynd ar Google Street View, a gweld mai maes parcio NCP hen a hyll oedd yno cynt, a rhes o siopau cadwyn blêr.

Mae'r gwaith wedi mynd rhagddo'n gyflym ers i 24609 edrych ar y safle ddiwethaf. Mae mwy o'r ffurfiau concrid wedi eu clirio, a chryn dyllu wedi digwydd: ceir tomennydd mawr o rwbel a sbwriel a phridd hwnt ac yma. Ymddengys mai'r prif waith ar hyn o bryd yw defnyddio JCBs i godi'r rwbel i lorïau mawr er mwyn ei gludo ymaith.

Ond mae'r gwaith ar stop. Mae'r dynion yn sefyll wrth y ffens, gryn bellter o'u peiriannau. Mae dau gar plismon, ambiwlans, ac injan dân ar y safle, yn amgylchynu tomen o rwbel, lorri felen, a JCB sydd â llwyth o rwbel yn ei fwced. Ceisia 24609 graffu drwy'r ffenest fudr. Gwêl ffotograffydd yr heddlu'n tynnu lluniau o'r domen, ac yna o fwced y JCB. Craffa drwy'r ffenest drachefn. Gwêl, ymhlith y rwbel llwyd a brown yn y fwced, fflach o goch. Dealla beth sydd wedi digwydd.

Claddwyd corff ar y safle. Wrth gloddio'r rwbel, fe'i datguddiwyd.

Rhwng dau anadliad, ar hanner llyncu ei boer, sylweddola 24609 pwy yw'r corff a rwygwyd yn ei hanner gan fwced y digar. Does arno ddim angen prawf. Mae fel petai'n gwybod erioed bod hyn am ddigwydd ac mai dim ond cadarnhau tynged anochel Ric a wnaiff yr hyn a wêl.

Rhuthra 24609 i lawr y grisiau, ac allan o'r gwesty. Rhed ar draws y lôn at y ffens a gafael ynddi. Ni all weld dim bellach: mae'r heddlu wedi codi pabell wen er mwyn rhwystro neb rhag edrych arnynt yn astudio'r lleoliad ac yn adfer y corff. Mae 24609 ar fin rhedeg rownd y gornel, drwy'r adwy ac i mewn at Ric, ond mae'n pwyllo mewn pryd: sut gallai o esbonio'i bresenoldeb yno? Sadia. Anadla. Try ar ei sawdl a cherdded i'r cyfeiriad arall.

Ni all beidio â gofyn iddo'i hun beth yw cynllun Keir, Steve, a'r gweddill. Pa gynllun a all fod yn ddigon pwysig i gyfiawnhau llofruddio cyfaill a'i gladdu'n ddiofal ar safle adeiladu?

TRINIAETH 22

Mae bron yn gwbl foel dan ei gesail dde erbyn hyn. Nid yw'n gallu codi'r fraich dde'n uchel er mwyn gallu gwirio'n iawn, ond o'r hyn y gall ei weld, mae'r blew gryn dipyn yn deneuach nag ar yr ochr chwith. Mae'r croen yn goch yno hefyd, ac mae bellach yn defnyddio stwff atal drewdod ar gyfer croen tra sensitif.

'Dim byd i boeni amdano,' dywed Dan ar ôl cyfeirio at y moelni newydd dan ei gesail. 'Hollol arferol, ac fe ddylai dyfu'n ôl cyn hir.'

Nid dyma'r tro cyntaf i 24609-3740 fod yn foel dan y gesail

hon (yn y cyfnod ers i flew ddechrau tyfu yno i gychwyn, gan ddod â rhyddhad a hyder yn ei sgil). Cyn mynd ar wyliau teuluol i Berlin rai blynyddoedd yn ôl, bu 24609 yn busnesa ar un o silffoedd y stafell molchi. Canfu yno sylwedd ar gyfer gwaredu blew. Rhesymodd y byddai'n dda cael gwared ar flew ei geseiliau cyn mynd ar y gwyliau, er mwyn ceisio'i rwystro'i hun rhag drewi'n ormodol yn y ddinas boeth, chwyslyd, lle byddai'n cerdded llawer.

Rhoddodd y sylwedd dan ei geseiliau gan ddilyn, yn fras, y cyfarwyddiadau ar y botel. Gweithiodd y sylwedd yn iawn yn yr ystyr fod y blew wedi mynd. Yn anffodus, adweithiodd y stwff yn wael â'i groen, gan greu blotsys mawr coch, sensitif a oedd yn llosgi bob tro y byddai'n eu cyffwrdd. Roedd cawodydd yn arteithiol, gyda chyffyrddiad cynta'r dŵr ar ei groen yn teimlo fel pe bai rhywun yn cynnau offer weldio dan ei gesail.

Ond wnaeth y llosgi dan ei geseiliau ddim amharu gormod ar yr amser yn Berlin. Erys y gwyliau hwnnw yn ei gof fel un pan deimlai ei fod ar y blaen yn y ras yn erbyn bywyd.

Felly, er bod y moelni newydd hwn yn gwneud iddo deimlo ychydig yn llai o ddyn, mae hefyd yn ei atgoffa am wythnos o *sauerkraut*, sigaréts, a lager sur mewn dinas hyderus, rywiol a oedd yn dal yn densiwn a pherygl drwyddi ar ôl bod yn ganolbwynt hanes epig Ewrop yn yr ugeinfed ganrif.

Ac mae'n siŵr ei fod yn drewi llai dan y gesail foel.

Y llew

Os oes ar 24609-3740 byth eisiau teimlo'n gynnes a bodlon, bydd yn meddwl am y prynhawn hwnnw, pan oedd tua wyth oed, pan aeth chwaer ei daid a'i gŵr, Yncl Charles ac Anti Amy, ag o i Borthmadog. Dydi o ddim yn cofio pwrpas yr ymweliad, na dim am Borthmadog ei hun y diwrnod hwnnw, heblaw iddyn nhw fynd i'r National Milk Bar am ginio. Dydi o'n cofio dim byd am y cinio, chwaith, dim ond y pwdin. Doedd ganddo ddim digon o Saesneg i ddarllen y fwydlen, felly gofynnwyd iddo a hoffai gacen sbwnj efo cwstard yn bwdin. Hoffai, yn wir.

Cyrhaeddodd y pwdin. Dechreuodd 24609 ei fwyta. Roedd yn hyfryd. Roedd yn anghyffredin o hyfryd. Roedd yn annisgwyl o anghyffredin o hyfryd. Roedd yn boeth a melys a blasus mewn ffordd na ddisgwyliodd 24609 o gwbl. Pam? Oherwydd nad sbwnj plaen oedd y gacen, ond sbwnj surap. Roedd y surap yn cymysgu â'r cwstard ac yn gwneud y pwdin oll yn gwbl fendigedig drwy broses nad oedd yn ddim llai nag alcemig. Wrth feddwl am y pwdin hwnnw rŵan hyn, mae ei dafod yn dyfrio a'i geg bron yn blasu'r melysrwydd annisgwyl.

Cofia am y pwdin hwnnw bob tro yr aiff drwy Gricieth, oherwydd ar y ffordd i Borthmadog cyfeiriodd Yncl Charles at fynydd sydd i'w weld o'r heol. O edrych ar fap yn ddiweddar, canfu 24609 mai dyma Foel y Gest. Ond dywedodd Yncl Charles wrtho fod y mynydd yn edrych yn union fel llew. Cytunai 24609. Bob tro yr edrychai 24609 ar y mynydd wedi hynny, gwelai ei siâp yn gynyddol debycach i lew sy'n gorwedd yno'n edrych yn fodlon-fygythiol i gyfeiriad Meirionnydd. Mae'r tebygrwydd yn dal i'w synnu.

Gofynnodd i'w wraig, ychydig flynyddoedd yn ôl, a welai hi'r tebygrwydd – ac, yn wir, a oedd hithau fel yntau'n cyfeirio at y mynydd fel Mynydd Llew? Nac oedd. Doedd hi ddim yn ei weld yn debyg iawn i lew, er nad oedd y gymhariaeth yn gwbl hurt. Holodd ei fam, wedyn, a'i dad, a ffrind iddo o Gricieth. Doedd yr un ohonynt yn gweld y mynydd yn arbennig o debyg i lew. Nid yw 24609 yn siŵr a yw'n falch fod ganddo'i ddehongliad personol ei hun o ffurf y mynydd, ynteu'n bryderus ei fod yn gweld pethau.

Mae arno angen teimlo'n gynnes a bodlon rŵan. Ers sylweddoli bod Ric wedi marw, mae fel petai ei ymysgaroedd wedi troi'n rhew. Meddylia am y sbwnj surap a'r mynydd sy'n union fel llew. Ond ni all flasu dim heblaw surni, ac ni all weld yn ei feddwl ond ffurf o garreg nad yw'n edrych ddim byd tebyg i lew; nid yw'n teimlo dim ond rhuo dwfn, bygythiol y tu mewn iddo.

Bowie yn y niwl

Mae'n noson niwlog. Bu'r papurau ers rhai dyddiau'n amlhau penawdau am y 'llofrudd o niwl' bondigrybwyll yr honnir iddo fod wedi peri nifer o ddamweiniau ffordd, ac sydd wedi rhwystro sawl hediad o feysydd awyr. Nid yw'r niwl yn poeni fawr ar 24609-3740. Er bod yr awyr yn llaith, mae'n gynnes, ac mae cerdded drwyddo'n gwneud i 24609 deimlo fel petai'n ymlwybro drwy gwmwl.

Daw'r niwl fel mwg o gwmpas corneli, ac mae golau oren y stryd yn gorffwys arno, heb i'r naill drechu'r llall. Ymddengys tarmac yr heol yn dduach oherwydd y niwl, ac mae ei bresenoldeb meddal fel petai'n gwneud i bethau cyffredin edrych yn anghyffredin: mae'r pentwr acw o fagiau sbwriel yn edrych fel rhai ar set drama, a phostyn telegraff sy'n codi o'r stryd yn magu arwyddocâd o gael ei lapio yng ngwlân cotwm y gwlybaniaeth.

Cerdded drwy strydoedd cefn y Northern Quarter y mae 24609, ond teimla fel pe bai mewn ffilm: mae'r lle'n teimlo'n artiffisial. Does dim yn hardd am y strydoedd lle mae'n cerdded – cefnau cyn-ffatrïoedd di-raen sydd yma, yn disgwyl am gael eu datblygu – ond mae'n teimlo fel petai'r lliwiau'n gryfach, a'r ffurfiau wedi eu cynllunio.

Rheswm arall y mae 24609 yn teimlo fel pe bai mewn ffilm yw ei fod yn gwrando ar ei iPod. Mae'r caneuon fel trac sain. Ar David Bowie y mae'n gwrando, ac mae'r traciau'n ei ddyrchafu, yn gwneud i bob cam deimlo fel act ac yn awgrymu bod rhywbeth dramatig ar fin digwydd bob tro y mae'n troi cornel.

Aiff 24609 drwy sawl cân, oherwydd mae'n crwydro'n ymddangosiadol ddiamcan i fyny ac i lawr Thomas Street. Bu mewn bar ardderchog yma rai misoedd yn ôl – stafell go fach, a phedair casgen ar ben y bar, ac un bwrdd mawr hir yn ymestyn o un pen i'r lle i'r llall, lle roedd pawb i fod i gydeistedd. Ond mae'n methu â ffendio'r lle. Mae'n argyhoeddedig ei fod yn y lle iawn, ond wrth iddo grwydro yn ôl ac ymlaen, ni all weld y bar.

Golyga hynny ei fod yn cael amrywiaeth o ganeuon. Mae'n mwynhau'r cwbl, ac yn dotio at y tiwns a'r perfformiad sy'n canu yn ei glustiau. Mae'n ymwybodol ei fod yn clywed nifer o wahanol arddulliau, ond mae'r cwbl yn dda ganddo, a'r amrywiaeth wrth ei fodd. Gallai arbenigwyr, o wrando ar yr un caneuon, ddweud yn union o ba gyfnod ac albwm yng ngyrfa Bowie y dôi unrhyw gân. Gallent gyfeirio at gyfnod y gofod, at gyfnodau Ziggy Stardust a'r Thin White Duke, at gyfnod Berlin, neu at y New Wave neu'r cyfnodau trydanol a neoglasurol.

Nid all 24609 rannu Bowie'n gyfnodau. Nid yw'n siŵr, hyd yn oed, a yw Bowie'n dal yn fyw ai peidio. Byddai'n siŵr o fod wedi clywed rhywbeth pe bai wedi marw'n ddiweddar, ond gallai'n hawdd fod wedi gadael y fuchedd hon flynyddoedd cyn i 24609 ddechrau ymddiddori mewn cerddoriaeth Saesneg.

Ni phrynodd ei ganeuon fesul albwm: dwyn y cwbl a wnaeth,

drwy wasanaeth doji ar y we o'r enw LimeWire. O gael LimeWire, gallai rhywun chwilio drwy gasgliad enfawr o gerddoriaeth, a'i lawrlwytho i'w gyfrifiadur ei hun. Treuliodd laptop 24609 nosweithiau lu o'i arddegau'n gorboethi ac yn llyncu cyflenwad gwe ei rieni wrth sugno pob math o gerddoriaeth o'r cwmwl. Y risg fawr gyda LimeWire oedd bod rhai o'r ffeiliau'n cynnwys feirws, a fyddai wedyn yn gwneud llanast o'r cyfrifiadur. Roedd 24609 yn ffodus fod y gerddoriaeth yr oedd ganddo ef ddiddordeb ynddi yn llawer rhy *niche* i rywun ei defnyddio i ymosod ar gyfrifiaduron pobl.

Felly mewn un gybolfa fawr y cafodd ganeuon Bowie i'w iPod. Ni all ddisgrifio hanes Bowie'n llinol a thaclus drwy ei ganeuon. Ac mae'n hoffi hynny. Fel ei atgofion ei hun, does dim dal sut y dônt yn ôl i'w feddwl i'w blagio. Mae pob Steddfod, er enghraifft, yn gymysgedd yn ei ben: prin y gall wahanu ei atgofion o wahanol feysydd, gwahanol gigs, gwahanol genod, yn gategorïau blynyddol taclus.

Rhaid iddo dderbyn pa bynnag felodi sy'n dod i'w glustiau, a'i derbyn ar ei thelerau ei hun, heb gyd-destun, a'i mwynhau. Gall ddweud bod rhai caneuon yn perthyn i un o'r amryfal gymeriadau a chwaraeodd Bowie – yn fwyaf amlwg, caneuon Ziggy Stardust, hwnnw a'r fellten goch glitrog ar ei wep. Ymddiddora 24609 yn arw yn y syniad hwn o gymeriadau. Hoffai allu dweud, bob hyn a hyn: dyma pwy ydw i rŵan, ac yna byw fel y cymeriad hwnnw am dipyn. Gallai'r cymeriad ddweud a gwneud pethau mentrus na feiddiai 24609 eu gwneud dan ei enw'i hun. (Wedi'r cwbl, gall aliwn sydd wedi ei ymgnawdoli fel seren roc sy'n gwirioni ar secs a drygs, ac sy'n trosglwyddo negeseuon o obaith i ddynolryw, a hithau bum mlynedd cyn diwedd y byd – oblegid dyna pwy yw Ziggy – fentro cambihafio tipyn yn fwy na seren roc gyffredin.) Byddai gan gymeriad dragwyddol heol i ddweud a gwneud yr hyn a fynnai.

219

Yna, ar ôl i'r cymeriad hwnnw fynd yn flinderus, dôi i ben. Câi 24609 fod yn gymeriad arall, a phe bai ebychiadau neu weithredoedd y cymeriad blaenorol yn ymddangos yn wirion neu'n ffôl gyda'r blynyddoedd… wel, ar y cymeriad fyddai'r bai, nid ar 24609. Ni fyddai'n rhaid i 24609 ochel rhag pechu o hyd, a thrwy hynny fod yn foi diflas.

Ond hyd yn oed a derbyn na all 24609 actio cymeriad heblaw fo'i hun, mae geiriau Bowie'n gysur iddo. Teimla fel petai amser yn cynnau sigarét ac yn ei gosod rhwng ei wefusau. Teimla'n rhy hen i golli ei fywyd ond yn rhy ifanc i ddewis byw. Y funud hon, mae'n pasio caffi – un lle gallai gael powlaid boeth o *rice 'n' three* – ond mae wedi byw gormod i fwyta.

DYDD MERCHER

Imperial War Museum North

'Ar y bwrdd; dim ond y boced fwyaf; diolch,' dywed gwirfoddolwr â mwstásh *porn star* wrth y fynedfa.

Mae tôn orchmynllyd y dyn yn awgrymu iddo fod yn filwr pan oedd yn ddyn ifanc, neu efallai y byddai wedi hoffi bod yn un, ond iddo orfod mynd yn ddyn llefrith am fod ei olwg yn wael. Nid yw 24609-3740 yn siŵr beth y mae i fod i'w wneud, felly gofynna i'r dyn. Anadla hwnnw'n drwm drwy'i fwstásh mewn modd sy'n awgrymu y byddai 24609 yn cael ei anfon yn syth i'r ffrynt-lein pe bai'r gwirfoddolwr yn sarjant-mejor arno, a phwyntio at y poster ar y wal sy'n nodi bod bagiau'n cael eu harchwilio heddiw.

Cwyd 24609 ei gês ar y bwrdd ac agor y boced fawr i ddangos ei drôns budr a'i boteli dŵr. Mae'r gwirfoddolwr yn fodlon, felly caiff fynd i mewn.

Cynlluniwyd yr adeilad, yn ôl nodyn ar y wal, drwy ddadelfennu sffêr a'i osod yn ôl at ei gilydd yn flêr. Mae hyn i fod i gynrychioli sut mae rhyfel yn chwalu'r byd. Clyfar iawn, meddylia 24609, gan glapio'n araf ac eironig yn ei ben. Yn stafell y brif arddangosfa, mae'r llawr ar oleddf. Mae hyn i fod i wneud y profiad o grwydro'r amgueddfa yn ansad a styrbiol – yn union fel y mae rhyfel i fod yn brofiad ansad a styrbiol. Caiff bwl o chwerthin wrth feddwl am ryddhau brêc y gadair olwyn acw a gadael i ddisgyrchiant wneud a fyn. Tybia 24609 fod byw mewn tyllau budr yn y ddaear, gan wybod bod pobl nid nepell oddi yno'n ceisio'ch ffrwydro'n rhacs jibidêrs, yn brofiad cryn dipyn yn fwy ansad a styrbiol na cherdded ar y llawr hwn, ond dyna ni.

Meddylia 24609 am enw'r amgueddfa. Beth ydi hi: Amgueddfa Ymerodrol Rhyfel, yn fawredd i gyd, ynteu amgueddfa ynghylch rhyfeloedd ymerodrol? Ai dim ond ein hymerodraeth ni, yr un Fawr Brydeinig, a gynhwysir, ynteu a yw ymerodraethau Rhufain a Maya ac Ottoman a Mongolia'n cyfrif hefyd? Ydi'r Undeb Sofietaidd a'r Unol Daleithiau'n cyfrif fel ymerodraethau?

Roedd 24609 wedi disgwyl arddangosfa a fyddai'n gwneud iddo ffieiddio at erchylltra a gwastraff rhyfel. Disgwyliai ddod oddi yno a bod eisiau chwydu, wedi cael ei ddychryn a'i sobreiddio gan waed a mwd a chyrff a phydru a chwys.

Gwêl ambell beth sy'n ei brocio'n addfwyn. Mae yma borth tal, uchel wedi ei greu o fagiau a chesys, i gynrychioli'r bobl a orfodwyd i adael eu cynefin. Caiff godi fflap a rhoi ei drwyn wrth diwb er mwyn cael clywed oglau rhyfel: powdwr gwn (sy'n felys a chynnes fel fferins), traed drewllyd, nwy mwstard (sy'n codi awydd arno am datws stwnsh a sosej). Mae yma stafell eang a'i waliau i gyd yn ddrôrs cabinets ffeilio; ar bob un, mae wyneb milwr marw, ac o agor ambell ddrôr gwelir eiddo'r ymadawedig – teipiadur, cerddi, llythyrau, ffurflen consgriptio, sanau tyllog, pistol. Gwêl fisged galed a rhywun wedi dechrau ei bwyta, ac arni'r cwpled chwerw 'Your King and country need you, and this is how they feed you'. Gwêl ddarn mawr o waith celf gwyn sy'n edrych weithiau fel croes, weithiau fel *aircraft carrier*, yn weiran bigog a phigau a thyrau ysbïo drosto. Mae'n darllen 'Anthem for Doomed Youth' ar sticeri ar y wal.

Ond dydi'r bobl sydd yma ddim yn edrych ar y pethau hyn. Cânt eu tynnu at y pethau cŵl a secsi. Dyna'r awyren ryfel fawr sydd fel pe bai ar fin glanio ar lawr yr arddangosfa – AV-8A Harrier a allai hedfan dros fil o gilometrau'r awr. Dyna'r tanc Sofietaidd mawr, a'r hogiau bach ar binnau i gael eistedd ynddo. Injan dân goch llachar. Ceir a gynlluniwyd i wrthsefyll bomiau tir yn Rhodesia. Y rhain sy'n plesio'r plant: chwyrnellant o gwmpas y llawr a'u breichiau ar led fel awyren. Eistedda hen ferched yn gwylio ffilm ac ynddi ferched hŷn na nhw yn dweud cymaint o hwyl oedd y rhyfel, pan oeddent yn y gegin a'r ffatrïoedd, ac yn cael mynd i'r sinema gyda milwyr ar *leave*.

Diflesir 24609 gan gynnwys arferol y cabinets gwydr: medalau, siacedi, helmedi, pistolau, cyfarpar coginio, toriadau papur newydd, cap rygbi rhyw arwr a laddwyd, menyg bocsio.

Wrth weld poster ac arno'r geiriau 'FUCK W*R', gwaradwydda rhieni wrth ei gilydd y gallai eu plantos druan weld y fath iaith erchyll.

Mae 24609 mewn cymaint o boen erbyn hyn nes ei bod yn rhaid iddo fynd i'r caffi i gael paned a gorffwys a phils. Wrth iddo sglaffio *pain au chocolat* er mwyn ceisio cael egni, edrycha ar ei gyd-gwsmeriaid. Mae hogyn bach yn lliwio'n brysur gyda'i deulu ar y bwrdd agosaf ato, a'i chwaer yn datgan ei bod hi am fynd yn filwr ar ôl gorffen yn yr ysgol. Crwydra dyn tew, moel i mewn. Mae'n edrych braidd yn simpil, ac mae'i groen yn flotsys gwridog. Mae ganddo gamera anferth yn gorffwys ar ben bag ysgwydd camo brown a gwyrdd a'r gair 'HEROES' wedi ei ysgrifennu arno.

Digwyddodd rhywbeth rhyfedd wrth deipio'r frawddeg uchod. Wrth geisio teipio 'heroes', teipiwyd 'hiraeth'. Sylweddola 24609 mai hiraeth yw apêl y lle hwn. Mae'r *weirdo* pathetig hwn gyda'r bag camo'n hiraethu am gyfnod pan fyddai ef wedi cael ei gonsgriptio: mae'n credu y byddai hynny wedi gwneud dyn ohono, a'i wneud yn ddyn go iawn – yn lle'i fod yn ddim byd ond bol mawr ofnus sy'n byw efo'i fam ac yn wancio o flaen *World of Warfare* ar y teli mawr yn ei lofft.

Dyna'r hen fenyw a oedd yn y ciw o flaen 24609, un o griw

araf o hen ieir cysetlyd, a waeddai'n nawddoglyd ar y gweinydd o ddwyrain Ewrop i adael iddi roi ei bag te ei hun yn y dŵr, fel ei bod yn cael paned ddigon gwan. Hiraethu y mae hi am ddyddiau'r rasiwn, lle nad oedd blas ar ddim byd.

Codi hiraeth y mae'r lle hwn am gyfnod pan oedd pethau'n ddu a gwyn, Almaenwyr yn ddrwg, Prydain yn dda, Winston Churchill yn arwr meseianig a'n cludai o'n profedigaeth (ac yn sicr ddim yn ddyn hoyw, fel y dadlennodd haneswyr yn ddiweddar), dynion yn ddynion go iawn yn lladd ei gilydd, a'r merched yn cael gwneud eu gorau yn y gegin a mwynhau trwsio hen ddillad efo nodwydd ac edau.

Ar y ffordd allan, rhaid i 24609 gerdded drwy'r siop. Mae honno'n gwerthu, er cof am amodau'r ffosydd, mae'n debyg, bob math o fodelau o lygod mawr – rhai plastig bach, rhai meddal mawr – a bagiau o siocled sy'n cymryd arno fod yn gachu llygod mawr. Mae yno hetiau ARP plastig am deirpunt. Gwerthir *skyline propeller planes* a *fighter jet with sounds*. Ceir tanciau bychain y gellir eu weindio a gwneud iddynt fynd; pâr o *walkie-talkies* lliw camo. Ceir peli straen siâp wyau wedi eu gosod mewn bocs Ministry of Food, melysion henffasiwn, a ffedog ac arni'r geiriau 'VICTORY IN THE KITCHEN'. Ceir yno ddigonedd o nwyddau i wneud rhyfel yn sbort; does dim erchyllltra'n rhy fawr i'w droi'n drincets nostaljig.

Wrth y cownter, gwerthir pabis cochion. Aiff pobl i'w pyrsiau'n eiddgar er mwyn prynu'r rhain. Teimlant, tybia 24609, fod ganddynt fwy o hawl i wisgo pabi coch eleni am eu bod wedi crwydro'r amgueddfa hon. Byddant yn ei wisgo'n wybodus a balch.

TRINIAETH 23

Daeth o'r amgueddfa heb deimlo sioc na galar na dychryn, dim ond teimlad diflas o ofn. Ac ystyried mor erchyll oedd y rhyfeloedd a gyflwynid yno, mae hynny'n dychryn 24609-3740. Ydi amgueddfeydd yn gwneud popeth yn ddiflas? Ydyn nhw, o ran eu natur, wrth ddistyllu hanes i baneli goreiriog ac eitemau taclus, pob un â'i rhif catalog, yn hidlo'r holl emosiwn ac arswyd nes nad oes dim ar ôl ond diflastod?

Neu ai 24609 ei hun sy'n caledu? Ai fo sy'n colli'r gallu i deimlo? Ni fyddai'n galw Ric yn ffrind iddo; cydnabod, os hynny, oedd y tramp, neu efallai y byddai harasiwr cyfeillgar yn well term. Eto, treuliodd ddigon o amser gydag o'n ddiweddar. Gwrandawodd ar ei rantiau a chael ei ddifyrru, os nad ei argyhoeddi'n llwyr. Ond ni chollodd ddeigryn ar ei ôl. Ni theimlodd dristwch, dim ond panig. Ni fu'n galaru, dim ond yn meddwl beth oedd oblygiadau'r farwolaeth iddo'i hun. Oni ddylai fod wedi crio, o leiaf, am farwolaeth y dyn?

Mae fel pe na bai'n teimlo dwylo'r radiograffyddion sy'n ei droi a'i drosi, yn ei rowlio a'i symud ar y gwely. Sylwa unwaith eto nad oes oglau ar anadl yr un ohonynt – dim cymaint ag awgrym eu bod yn yfed coffi neu'n bwyta rhywbeth diddorol i ginio.

Teimlo

Mae synhwyrau 24609-3740 i gyd yn fwll. Ceisia Gwyddel mewn crys siec – doctor, yn ôl ei olwg – godi sgwrs ag o wrth y bar. Mae gormod o sŵn yma i 24609 allu deall yr hyn mae o'n trio'i ddweud, felly aiff y sgwrs yn drychinebus.

'Ydi'r 8 Ball IPA'n da i rwbath, mêt?'

'Na, croeso i chdi gymryd y bwrdd, dwi am ista ar y stôl acw.'

'Bwrdd?'

'Fe ofynnaist ti…'

'Gofyn am yr 8 Ball ro'n i. Dy gwrw di.'

'O. Mi feddyliais i mai holi am y bwrdd acw roeddet ti.'

Mae ar 24609 wir eisiau ymhelaethu am rinweddau'r 8 Ball – mae i'r cwrw flas ffrwythau cyfoethog heb fod yn ormesol na sur, a rhydd y rhyg dang cynhesol i'r cyfanwaith – ond all o ddim ymddiried yn ei fynegiant ei hun.

'Na. Yr 8 Ball. Nid y bwrdd,' medd y Gwyddel.

'O. Ha ha! Bwrdd… 8 Ball. Tebyg, dydi. Sori.'

'Paid â bod.'

Yna tawelwch. Archeba'r Gwyddel beint o 8 Ball, a mynd i eistedd wrth y bwrdd. Saif 24609 wrth y bar, a'i lygaid yn dyfrio gan ei fod yn teimlo bod ei glyw, hyd yn oed, wedi caledu a mynd yn ddideimlad.

Yn sydyn, ffurfia bwriad yn ei ben. Aiff allan, gan adael ei gwrw ar ei hanner. Mae arno eisiau teimlo ewinedd a chynhesrwydd a chwys. Mae arno eisiau ymddinoethi heb deimlo fel corff ar lechen y marwdy: eisiau cael ei ddeisyfu, eisiau teimlo chwant anifeilaidd, eisiau cofleidio'n ddiamod, eisiau rhyw heb gyfrifoldeb na chanlyniad.

Does ganddo ddim digon o ffordd i'w cherdded i finiogrwydd y gwynt wneud iddo gallio. Dim ond wrth ddringo'r grisiau at ddrws y parlwr tylino y dechreua simsanu, a dechrau meddwl am adref a moesoldeb.

'Helô, 'nghariad i,' medd y ddynes wythiennog sydd y tu ôl i'r gwydr. 'Sut alla i dy helpu di?'

Mae'n rhy hwyr i droi'n ôl. Ond nid yw'n rhy ddiweddar iddo geisio lliniaru rhywfaint ar y sefyllfa.

'Ydach chi'n gwneud masâjys?' hola'n garcus.

'Siŵr Dduw ein bod ni. *Massage parlour* ydi o.'

'Go iawn, 'lly?' hola ymhellach, gan ddifaru'n syth.

'Rwyt ti'n talu am fasâj. Mae unrhyw beth arall sy'n digwydd rhwng oedolion cydsyniol yn y stafell dylino'n fusnes iddyn nhw a neb arall,' dywed y ddynes yn bwyllog.

'Reit-o. Masâj ta, plis,' dywed. 'Un i 'nghefn a 'ngwar, os ydi hynny'n bosib.'

'Ail ddrws ar y dde,' dywed hithau ar ôl cymryd ei arian.

Mae'n bendant yn difaru erbyn hyn, wrth iddo eistedd ar y gwely yn aros am y dylinwraig. Nid yw'r lle'n edrych fel parlwr; stafell yn nhŷ pobl hŷn ydi parlwr, lle mae'r llestri gorau'n cael eu cadw a neb byth yn cael eistedd.

'Dim ond masâj, plis,' dywed pan ddaw'r ferch i mewn, cyn iddi hi gael cyfle i'w gyfarch.

'Reit,' dywed hithau.

Caiff 24609 yr argraff nad oes fawr o ots ganddi beth y mae'n ei wneud. Caiff yr argraff hefyd nad yw hi'n fasîws achrededig o unrhyw fath. Fasa hi ddim, yn na fasa, mewn difrif, a hithau'n gweithio mewn *massage parlour*? Ond mae hi'n wirioneddol ymdrechgar, chwarae teg. Ni chymer arni chwaith ei bod yn ffieiddio at y croen dryllïedig, drewllyd dan gesail 24609 – ond gan fod 24609 a'i wyneb i lawr, yn sbio ar deils y llawr drwy dwll yn y gwely, ni all weld wyneb y ferch, dim ond bysedd ei thraed mewn ffishnets yn ymwthio'n awgrymog drwy'r twll yn nhu blaen ei sgidiau sodlau du.

Mae ei dwylo'n wahanol i rai Lucy a Dan a Shireen a Jon. O'r braidd-gyffyrddiad cyntaf, maen nhw'n ei gyffroi: caiff groen gŵydd wrth i bennau ei bysedd lanio'n ymataliol ar ei gefn. Dydi'r ymatal ddim yn para'n hir. Gyda phob tyliniad, mae ei dwylo'n gwasgu'n galetach ar ei war, a'i bysedd yn dal yn dynnach yn ei groen. Gall deimlo esgyrn a chyhyrau na wyddai am eu bodolaeth; ar yr un pryd, teimla fel pe bai ei gorff yn un uned, un peiriant. Rhaid iddo ddal ei wynt yn hytrach na sgrechian pan fo ochrau'i dyrnau'n bwrw ergydion glân ar draws ei gefn. Weithiau, wrth iddi dynnu ei dwylo i lawr ei gefn, mae ei hewinedd siarp yn bachu yn ei groen. Lleda poen y sgriffiad yn donnau poeth drwy ei gorff. Ni all beidio â chredu y bydd ei groen yn gleisiau ac yn grafiadau byw ar ôl hyn. Dim ots.

'Mwy,' mae'n griddfan. 'Ia. Hynna.'

Dydi hi ddim yn dweud dim byd. Mae 24609 yn ofni y bydd hi'n dechrau gofyn pethau fel 'W, wyt ti'n licio hynna, hogyn mawr?' Ond mae hi'n fodlon gadael i'w gweithredoedd siarad drosti. Mae blynyddoedd o wargrymu ac ista'n flêr yn cael eu tylino i ffwrdd. Gwthia'n galetach fyth, i lawr at waelod un ei gefn. A hithau'n gwaredu'r tyndra o'i gyhyrau, mae 24609 yn teimlo fel dyn y bwriwyd ohono gythreuliaid.

Teimla rywbeth.

D Y D D   I A U

TRINIAETH 24

Mae diwedd y triniaethau yn y golwg bellach. Nid yw 24609-3740 wedi meddwl llawer am hynny o'r blaen. Bu'n mynd drwyddynt yn ddygn, heb gyfrif, a'i lygaid at y llawr. Bron na chymerodd y byddent yn para am byth ac mai dyma'i dynged dragwyddol.

Caiff 24609 sioc, felly, pan ddywed Alan wrtho ei fod yn tynnu at y terfyn. Alan yw'r dyn wrth y dderbynfa sy'n ei groesawu bob dydd ac yn trefnu amseroedd ei driniaeth; mae'n foi clên.

'Wel ydw, ydw am wn i,' dywed.

'Ti ddim wedi bod yn edrych ymlaen at orffen?' hola Alan.

'Ydw, am wn i,' dywed 24609. Ond mae gorffen yn codi ofn arno hefyd. Mae arno ofn fod ei gyfnod ym Manceinion wedi ei newid, a'r driniaeth wedi ei ddiffygio, i'r fath raddau fel na fydd yn gallu setlo'n ôl yn ei hen fywyd. Pan fydd blinder y driniaeth wedi mynd, a'i ddefodau dyddiol arferol yn ôl yn eu lle, a fydd o'n dal yn ŵr ac yn dad mor gariadus, yn weithiwr mor gydwybodol a thrylwyr, yn gyfaill mor ffraeth?

Mae rhan ohono sy'n dyheu am gael dod i'r stafell hon bob dydd am weddill ei oes, i dderbyn y pelydrau nes bod yr ymbelydredd wedi darnio'i asennau a chreithio'i ysgyfaint yn rhacs.

Credu

Hiraeth a'i tynnodd yma. Mae'n ôl yn y Truth Hope Church, yn eistedd yn y cefn eto, yn yr un sedd yn union â'r wythnos o'r blaen, am ei fod yn gweld eisiau'r hyn a oedd ganddo ym mlynyddoedd ei argyhoeddiad.

Gwêl eisiau teimlo ei fod ar ochr cyfiawnder: y sicrwydd bod y fath beth yn bodoli â chyfiawn ac anghyfiawn, a gwybod ei fod ar yr ochr iawn. Gwêl eisiau'r sicrwydd bod ei bechodau wedi eu dileu hyd dragwyddoldeb, yn cyfrif dim, dim ots beth a wnaiff, dim ots pa mor isel y syrthia, dim ots faint o hwyl a gaiff. Gwêl eisiau'r dagrau o lawenydd wrth gydganu â chyfeillion sydd i gyd wedi eu puro gan waed Iesu Grist. Gwêl eisiau'r teimlad o fod ymhlith yr etholedig rai.

All o byth fynd yn ôl, gŵyr hynny. Siwrnai seithug a gaiff i'r sied hon o eglwys mewn maes parcio. Roedd ei ffydd yn teimlo mor gadarn, unwaith, ond roedd hi ar seiliau mor simsan nes bod yr holl adeilad wedi syrthio'n siwrwd i'r llawr ac yn amhosib ei godi eto.

Hyd yn oed pan oedd yn efengýl, dewisai beidio â chredu'r pethau anghyfleus, y pethau boncyrs. Diystyrodd y pethau nad oedd tystiolaeth na rheswm dros eu credu. Serch hynny, nid oedd yn gwbl hyblyg, nac yn dehongli'r Beibl yn y modd mwyaf cyfleus iddo'i hun bob tro. Cafodd gynnig secs ar blât sawl tro, a gwrthod, gan fod cael rhyw cyn priodi yn mynd yn groes i'r hyn yr oedd y grŵp (ni all eu galw'n rhywbeth mor greulon â sect) yr oedd yn ymhél â nhw yn ei gredu. Ond yn gyffredinol, gadawai i'w ymennydd hepgor y credoau mwyaf gwallgo a welai o'i gylch.

Codai ei aeliau wrth glywed pobl yn datgan bod esblygiad yn gelwydd, a'r Beibl yn ffaith. Teimlai'n gysurus â'i ddehongliad ei hun – bod Genesis yn gywir i'r graddau mai Duw a greodd y byd, ond mai portread barddonol yw disgrifiad Genesis o'r cread, nid cofnod gwyddonol gywir.

Gwelai bobl a oedd yn rhesymol a dymunol ym mhob agwedd arall ar fywyd yn defnyddio'u cred i gyfiawnhau eu homoffobia (ac, mewn rhai achosion, i guddio'u homorywioldeb). Does gan weddill y boblogaeth ddim esgus dros beidio â chredu bod pobl hoyw'n gyfartal â phawb arall, ac yn haeddu'r un parch a'r un hawliau: mwynheai'r rhain y rhyddid a roddai eu ffydd iddynt i gondemnio pob gê fel pechadur rhonc. Teimlai 24609-3740 yn bur gyfforddus yn gwrthod y rhannau hynny o'r Beibl a oedd yn gynnyrch rhagfarnau ac arferion cymdeithas gyntefig.

Hyd yn oed mewn galar, wrth wylo'n hidl am golled ddiystyr, ni siglwyd ei ffydd. Nonsens, tybiai, oedd y syniad fod Duw'n rheoli popeth yn y byd fel plentyn yn chwarae efo Lego, ac yn gwarchod ei etholedig rai rhag poen.

Llwyddodd i anwybyddu cwestiynau diwinyddol pigog fel pam roedd cymaint o efengýls ifanc yn blant i efengýls; oedd etholedigaeth yn rhedeg yn y teulu, yn cael ei throsglwyddo o'r naill genhedlaeth i'r llall fel dreselau a lliw gwallt? Dibynnai 24609 yn llwyr ar ei gyswllt personol â Duw: y teimlad fod Duw'n byw o'i fewn, yn llefaru wrtho (mewn ffordd ffigurol, nid fel sgitso), ac yn gwrando ar ei weddïau.

Yr hyn a roddodd y farwol i'w ffydd oedd gofyn iddo'i hun a welodd neu a deimlodd unrhyw dystiolaeth o hyn. A oedd unrhyw brofiad a gafodd, unrhyw beth a welodd, unrhyw ddeimlad a'i cynhesodd neu a'i sobrodd, unrhyw ddigwyddiad, yn ddibynnol ar fodolaeth Duw i'w esbonio? Do, criodd wrth ganu emynau. Clywodd am bobl yn siarad mewn tafodau. Teimlodd ei enaid yn gynnes a glân. Teimlodd, wrth ddarllen y Beibl, fel pe bai'r cwbl yn dod yn fyw iddo, yn berthnasol i'w fywyd. Ond sylweddolodd nad oedd dim o hyn yn ddibynnol ar Dduw i'w esbonio. Roedd y cwbl yn brofiadau a theimladau a allai'n rhwydd fod yn gynnyrch ei feddwl ei hun. Chafodd o erioed ateb i unrhyw weddi, heblaw teimlo'n fwy sicr ynghylch penderfyniad yr oedd wedi ei wneud yn barod.

A gyda'r sylweddoliad nad oedd ei 'berthynas' â Duw yn ddim byd ond argyhoeddiad y tu mewn i'w ben ei hun, stopiodd gredu. Wedi hynny, roedd y byd yn gwneud llawer mwy o synnwyr. Wedi hynny, synnai iddo fod yn ddigon afresymol ac anfeirniadol i gredu yn y lle cyntaf. Ni all dim a ddywed y Bugail David yn y Truth Hope Church wneud iddo gredu'n wahanol. Gwêl y dyn a'i ddwylo ar ysgwyddau hogiau ifanc, a hwythau'n beichio crio; edrycha ar y sioe gan resymu bod pŵer personoliaeth a breuder emosiynau yn esbonio'r dagrau'n well o lawer na bodolaeth Duw.

Mae pob datganiad hyderus a wnaiff David yn syrthio'n ddarnau o feddwl amdano gyda rhithyn o resymoldeb. Mae sicrwydd David yn ei iachawdwriaeth a'r doethineb a gaiff gan Dduw yn dileu'r angen am synnwyr a rheswm. Gyrra 24609 ei hun yn benwan wrth i'w feddwl ymosod ar bob brawddeg o'r bregeth nes eu bod yn fwndel disynnwyr ar lawr yr eglwys. Felly aiff allan i'r maes parcio, a cherdded drwy'r stad ddiwydiannol am ei westy.

Teimla'n lân, fel pe bai ei enaid wedi cael ei olchi.

DYDD GWENER

Bananas

Caiff 24609-3740 fwyta a fyn ym Manceinion. Nid yw'n bwyta fawr ddim heblaw carbohydradau: tost, sosej rôls, pitsas, sglodion, peis, creision, fflapjacs, cêcs. Nid yw hwn, yn nherminoleg y gwersi diflas a gafodd 24609 yn yr ysgol ers talwm, yn 'ddeiet cytbwys'. Ac er ei waethaf, teimlai erbyn yr wythnos hon yr hoffai fwyta ffrwyth.

Felly, ar ei ffordd i'r ysbyty fore Llun diwethaf, stopiodd ger y Withington Hypermarket – siop ac arwydd mawr gwyrdd uwch ei ffenest, a'i bocsys o ffrwythau a llysiau'n gorlifo i'r stryd. Cerddodd ymhlith y blychau, a oedd yn gwneud y stryd yn sylweddol fwy lliwgar a llon wrth iddo basio yn y bws, yn edrych ar yr amrywiol ffrwythau ac yn eu byseddu. Penderfynodd, ymhen cryn gyfnod o ystyried a phendroni, brynu bwnsiaid o bum banana – un ar gyfer pob diwrnod.

Ddydd Llun, roedd ei fanana'n fwy gwyrdd na melyn. Ar ôl brathu a chnoi'r cegiad cyntaf, teimlai ei geg a'i ddannedd fel pe baent wedi eu gorchuddio â haen o baent. Ddydd Mawrth, roedd y sefyllfa rywfaint yn well; roedd y fanana wedi melynu, ond o'i blasu roedd yn dal yn galed, a'i ddannedd yn teimlo'n rhyfedd am gyfnod hir wedyn. Gallodd fwyta dros ei hanner, ond cafodd ddŵr poeth annymunol iawn ar ôl gwneud. Roedd banana dydd Mercher yn ddymunol: yn feddal heb fod yn slwj, ac yn felys a blasus. Erbyn dydd Iau, roedd y fanana wedi magu cleisiau, ac roedd darnau brown arni yr oedd yn rhaid i 24609 eu hosgoi, ac roedd braidd yn rhy felys, fel pe bai wedi dechrau pydru'n barod.

Edrycha 24609 ar fanana dydd Gwener. Mae honno eisoes

lawer yn rhy frown a meddal i 24609 ystyried ei hagor, heb sôn am ei phrofi.

Yng ngoleuni'r bananas, meddylia 24609 am ei fywyd. Am flynyddoedd maith, bu'n dyheu am i'w dalentau a'i gymeriad gyrraedd aeddfedrwydd, fel y gallai fod yn feistr arno'i hun a'i fwynhau ei hun; pan fyddai'n methu, neu'n gwneud rhywbeth dwl, dywedai wrtho'i hun y byddai pethau'n wahanol ryw ben, pan fyddai'n hŷn ac yn ddyn cyflawn. Yn awr, mae'n ei weld ei hun yn gorwedd yn flêr ar wely diarth, a'i fraich yn wan a'i frest yn boenus, yn glaf mewn ysbyty, yn teimlo'n rhy legach i godi. Mae fel pe bai wedi mynd o fod yn anaeddfed a gwyrdd i fod yn stêl a brown heb fwynhau'r cyfnod, os bu un, pan oedd yn anterth ei rymoedd, yn brydferth yn ei breim.

Milain

O'r tram, wrth edrych ar draws tir diffaith, gwêl 24609-3740 dyrau. Tyrau concrid llwyd ydyn nhw, sy'n codi'n ormesol o blith yr adeiladau isel o'u cwmpas. Fel adeiladau tebyg o'r 60au, mae siapiau'r tyrau'n ddiflas o sylfaenol: ciwboids noeth yn codi o'r tir. Does dim addurn arnynt, dim ond patrwm cyson, ailadroddus y ffenestri, a siafft y lifft a'r pibelli'n crafangu at yr ochr.

Nid oherwydd cieidd-dra y mabwysiadwyd 'Brutalism' yn enw ar y math hwn o bensaernïaeth. Y defnydd o goncrid crai, neu *béton brut* yn Ffrangeg, sydd i gyfrif am hynny. Ond ni fyddai'r term hwnnw wedi cydio heblaw ei fod yn cyfleu'n dda fileindra llym yr adeiladau llwyd.

Codwyd llawer o'r tyrau hyn yn ail hanner y ganrif ddiwethaf: cliriwyd slymiau a chodi adeiladau concrid caled, unffurf fel hyn yn eu lle. Roedd y delfryd yn iawn: codi dinasoedd yn yr awyr, gan ddarparu cartrefi safonol heb ddefnyddio gormod o dir. Erbyn hyn, ni all 24609 feddwl am glirio strydoedd a symud y dosbarth gweithiol i flociau fel hyn, a'u diflastod gormesol bwriadol, fel dim ond arbrawf cymdeithasol gwallgo a dieflig. Ni all blociau fel hyn weithio ond mewn dystopia (lle mae'r bobl i gyd yn byw'n robotig, heb fod angen gwellt na choed na siâp synhwyrol strydoedd i'w cymuned) neu mewn iwtopia (pan fo pob drygioni wedi'i olchi o gymeriad pawb, a neb yn piso yn y coridorau concrid nac yn gadael sbwriel yn y lifftiau).

Aiff y daith i'r ysbyty heibio i arwydd ar gyfer tŵr cyffelyb sydd ar werth – ac mae'r arwydd yn nodi'n falch ei fod yn rhestredig, Gradd 1. Synna 24609 fod blociau concrid mor ormesol yn cael eu hystyried yn enghreifftiau o arddull bensaernïol ddilys. Mae'r unffurfrwydd concrid diflas, llwyd yn cael ei gyfri'n nodwedd bensaernïol yr un mor symbolig o'i chyfnod â cholofnau mewn adeiladau neoglasurol a thyrau pigfain neo-Gothig.

Cofia 24609 fethu â chredu'i lygaid pan welodd erthygl gan ysgolhaig pensaernïaeth yn dadlau y dylid gwarchod adeiladau Atomfa Trawsfynydd ar bob cyfrif, gan eu bod yn enghraifft arbennig o arwyddocaol o waith rhyw bensaer Brutalist uchel ei barch. Er mor gyfarwydd oedd y ddau giwb concrid enfawr ar lan y llyn, ac yntau wedi teithio heibio iddynt lawer gwaith, nid oedd wedi meddwl erioed y gallai neb fod wedi meddwl yn galed ynghylch cynllunio'r adeilad. Ni ddychmygodd fod neb wedi meddwl am gysyniad, a dylunio hwnnw wedyn mewn modd artistig, creadigol. Jyst ciwbs concrid hollol sylfaenol ydyn nhw, er mwyn y nefoedd! Dyna'r siâp mwyaf sylfaenol a chysefin, ac un addas ar gyfer adeilad diwydiannol o'r fath. Cymerodd erioed mai canlyniad diffyg meddwl a diffyg dychymyg oedd y ffaith bod yr adeiladau mor sgwâr.

Ond ar ôl meddwl rhywfaint am y peth, ac edrych o'r newydd ar yr Atomfa wrth basio wedyn, dechreuodd 24609 werthfawrogi eu ffurf. Hoffai sut roedd y blociau'n cyferbynnu â'r Rhinogydd y tu ôl iddynt: eu cadernid yn debyg, ond y llinellau syth yn wahanol, i amlinell y bryniau. Bu'n crwydro ar y llwybrau braf y tu ôl i'r adeilad un tro, a'i gael ei hun yn mwynhau patrwm cyson, prysur, sgwarllyd y ffenestri ar gefn un o'r blociau llwyd.

Un o egwyddorion mwyaf poblogaidd dylunio diweddar yw y dylai ffurf ddilyn diben; hynny yw, y dylai edrychiad rhywbeth fod yn ddibynnol ar yr hyn y mae'r peth hwnnw'n ei wneud. Dyna'r corff dynol, er enghraifft: mae wedi esblygu dros y blynyddoedd fel bod pob darn yn ei le, a phwrpas penodol i bob cydran, heb wastraff. Mae'n ffurf effeithlon, sy'n galluogi rhywun i wneud popeth angenrheidiol heb ymdrech ormodol, ac mae hefyd, ar ei gorau, yn brydferth.

Ond nid yw hynny cweit yn wir am gorff 24609. Mae'r tiwmor wedi newid siâp ei gorff, a'i wneud yn afluniaidd, drwy ychwanegu lwmpyn hyll at un ochr o'i frest. Nid ychwanegiad er mwyn gwneud iddo edrych yn fwy atyniadol yw hwn, nac er mwyn rhoi rhyw allu ychwanegol i 24609. Does dim pwrpas iddo. Ymosod ar weddill y corff y mae'r tiwmor, nid ei helpu. Rhywbeth a aeth o'i le ydyw: damwain fiolegol sy'n dinistrio'r ffurf a esblygodd dros filiynau o flynyddoedd.

TRINIAETH 25

Mae croen ei frest yn boenus o binc erbyn hyn. Mae poen y croen yn waeth, os rhywbeth, na'r boen sy'n dod o graidd y tiwmor: mae'n boen wahanol, yn bigiadau miniog sy'n erfyn am iddo grafu'r croen. Casgla gymaint o ewyllys ag y gall er mwyn ei rwystro'i hun. Pan fo'n ei orfodi ei hun i edrych dan ei gesail, mae'n tynnu dŵr drwy'i ddannedd wrth weld y cochni sy'n bygwth troi'n grachen laith. Stopiodd ddefnyddio'r rolar atal chwys dan y gesail dde; nid oglau BO sy'n dod o'r gesail, er hynny, ond oglau cnawd yn madru.

Does gan y radiograffyddion fawr o gysur i'w gynnig iddo. Caiff ei gynghori i roi eli E45 arferol ar y croen pinc, a chynigiant ddresin iddo'i roi dros y briw sy'n debygol o agor cyn hir. Ond dywedant wrtho am ddisgwyl i'r croen fynd yn waeth o lawer nag y mae ar hyn o bryd. Yr wythnos-bythefnos ar ôl gorffen y driniaeth fydd y gwaethaf o ddigon, wrth i effaith gynyddol y chwe wythnos o belydrau ddial ar y croen.

'O,' dywed 24609-3740, cyn gorwedd yn ôl er mwyn derbyn mwy o'r pelydrau. 'Grêt. Diolch.'

Gwagleoedd

Dywedodd RS fod llefydd yng Nghymru nad yw'n mynd iddynt. Sôn yr oedd am y cronfeydd sy'n isymwybod i bobl sy'n anesmwyth yn eu dyfnderoedd ac ati – roedd darnau o'r wlad na allai'r bardd ddioddef mynd iddynt, er eu bod yn brydferth, am eu bod yn drewi o bydredd cenedl sy'n marw.

Mae llefydd ym Manceinion nad yw 24609-3740 yn mynd iddynt. Ond nid boicot na ffieiddio yn null RS yw'r rheswm dros hyn, ond y ffaith syml nad oes arno angen gweld dim ar ardaloedd eithaf helaeth o'r ddinas.

I ganol y ddinas yr aiff ei drên ag o ar ddechrau'r wythnos. Teithia o'r orsaf i'r ysbyty ar hyd Oxford Road; aiff yr heol honno heibio i brif adeiladau'r brifysgol, ac yna drwy'r Curry Mile, Fallowfield, a Withington. Mae'r ysbyty ei hun yn Didsbury. Bu'n aros ac yn yfed yn Salford Quays, yn Chorlton, ac yn y

Northern Quarter. A dyna ni (heblaw am ambell eithriad o drip, fel hwnnw i'r Truth Hope Church gyda Ric).

Mae rhannau helaeth o'r ddinas nad ydynt yn rhan o brofiad 24609 o gwbl. Ystyria fod hyn yn broblematig. Mae'n credu ei fod wedi dod i adnabod y ddinas, ond sut gall hynny fod yn wir os mai dim ond mewn canran fechan ohoni y mae wedi treulio unrhyw amser? Byddai'n gwbl ddilys dadlau nad yw'r ardaloedd a welodd 24609 wedi rhoi argraff deg iddo o'r ddinas. Gwelodd ganol prysur, ffyniannus y ddinas, sy'n llawn siwtiau a gwydr a siopau coffi; gwelodd fariau a barfau ymhonnus, drud y cyfryngis ifanc yn Salford Quays a'r Northern Quarter; bron na theimlodd mai ef oedd yr eithriad am beidio â bod yn hoyw; mwynhaodd amrywiaeth amlddiwylliannol y daith i'r ysbyty, lle nad oes neb yn edrych eilwaith o weld dyn du na dynes mewn hijab; cafodd wefr o fod mewn lle llawn o bobl ifanc, egnïol; ymlaciodd yn neiliogrwydd dosbarth canol Didsbury. Mae'n gysurus â'i ddelwedd ei hun o Fanceinion fel pair ifanc, ffyniannus, amlddiwyliannol. Ond efallai nad dyna brofiad mwyafrif y trigolion.

Meddylia 24609 yn aml am yr ystadegau sy'n dangos bod casineb at leiafrifoedd ethnig a mewnfudwyr ar ei uchaf mewn ardaloedd lle nad oes llawer o amrywiaeth ddiwylliannol i'w chael. Mae ei ffrwd Facebook yn llawn o bobl yn rhannu nonsens hiliol am droseddau Moslemiaid a haelioni'r llywodraeth wrth ffoaduriaid. Gydag un eithriad, mae 24609 yn bur siŵr mai unig brofiad y bobl hynny sy'n rhannu lluniau a chelwyddau Britain First am Foslemiaid yw'r boi clên sy'n gweini cebáb iddynt ar nos Sadwrn. (A'r eithriad? Boi a fu'n ymladd yn Affganistan am gyfnod byr iawn cyn cael ei anfon adref am fethu â rheoli ei dymer, ac sy'n treulio'i holl amser yn poeni am y pethau y mae 'filthy cunt curry-munching rag-heads' yn eu gwneud yn ei dyb ef, megis mynnu cael cig halal yn McDonald's, a threisio plant.)

Yn yr ardaloedd o Fanceinion a welodd 24609, mae cymaint o bobl o gefndiroedd gwahanol nes y byddai ofni amlddiwylliannedd yn ymddangos yn gwbl chwerthinllyd. Ond beth am y stadau a'r maestrefi mawr, gyda'u poblogaeth sefydlog, mewn swyddi rhannol-sgilgar, yn ennill cyflogau gweddol? Efallai fod pobl y rhannau hynny o'r ddinas, fel pobl yr ardal lle mae 24609 yn byw, yn ofni ac yn dirmygu lleiafrifoedd. Ond fydd 24609 byth yn dod i wybod hyn. Hyd yn oed os yw pobl yn casáu eu cyd-ddyn, mae 24609 yn hyderus na fydd byth yn dderbyniol i'r fath gasineb gael ei fynegi heblaw y tu ôl i ddrysau cartref a chlwb gweithwyr.

Mae llefydd ym Manceinion nad yw'n mynd iddynt.

Gwyfyn

Mewn siop nwyddau rhad ar gyfer y tŷ y gwelodd y poster. Er y byddai'n niwsans glân cario'r rholyn ar y trên – ni fyddai'n ffitio yn ei gês – roedd yn rhaid iddo'i brynu beth bynnag.

Mae'r trên yn chwyslyd ac yn gyforiog o bobl eto'r wythnos hon, a'r boen yn nhiwmor 24609-3740 yn gwneud iddo fod eisiau gorwedd a chrio – ar lawr y trên, pe bai raid. Does dim seddi. Mae'n sefyll uwchlaw pram babi cwynfanllyd a thad na all wneud dim byd i'w thawelu heblaw chwythu bygythion treisgar am yr hyn a wnaiff pan gyrhaeddan nhw adref. Mae ei draed yn boenus, a'i fraich yn dioddef pang arall o boen bob tro y bydd y trên yn jerian neu'n arafu.

Gwnaiff y poster y siwrnai'n anos fyth. Ond mae 24609 yn falch iddo'i brynu. Mae lluniau o ugain gwyfyn puprog arno, a blwyddyn wedi ei nodi o dan bob un. Mae'r rhai cyntaf yn lân a golau, a'r brychni a roddodd iddo'i enw yn amlwg ar yr adenydd gwyn. Gyda phob blwyddyn, aiff y gwyfyn yn dywyllach. O fewn deng mlynedd, mae'r adenydd yn edrych yn fudr, a phrin y mae'r brychni i'w weld; o fewn ugain, mae'r gwyfyn yn ddu bitsh.

Cofia 24609 am ei athro bioleg yn sôn am y gwyfynod hyn yn yr ysgol. Yr hyn a ddigwyddodd oedd bod aer Manceinion, yn ystod y chwyldro diwydiannol, wedi mynd yn fwy llygredig o dipyn. Roedd lliw a phatrwm y gwyfynod yn arfer bod yn help mawr iddynt guddio mewn coed golau. Ond wrth i'r aer lenwi â mwg a llwch a huddygl, gwnaeth hynny i'r coed fynd yn dywyllach. Byddai'r gwyfynod, a'u hadenydd golau, brycheulyd, wedi bod yn gwbl amlwg wrth geisio cuddio yn y coed. Felly, dros y blynyddoedd, esblygodd y gwyfyn i fod yn gynyddol dywyllach, fel bod ei adenydd unwaith eto yr un lliw â'r goeden lle roedd yn cuddio.

Tybia 24609 fod rhywbeth tebyg wedi digwydd iddo'i hun. Os cyrhaeddodd Fanceinion yn lân a golau, trodd yntau ei liw gyda'r wythnosau. Aeth o raid, er mwyn goroesi, yn dywyllach, yn llai golau, yn fwy abl i guddio yn nüwch y ddinas.

Ond mae'r syniad fod esblygiad yn dal i ddigwydd yn ei gyffroi. Os gall gwyfynod, mewn cyfnod gweddol fyr, newid ac addasu er mwyn dygymod â'u hamgylchiadau, tybed a yw pobl yn gwneud yr un fath? A yw nodweddion rhywogaethau'r dyfodol yn bygwth blaguro yn ein plith ni heddiw? Bob tro rydyn ni'n dewis partner, ydyn ni'n ysgrifennu'r cod a fydd yn arwain at rywogaeth arall – at ddynoliaeth well?

Maen nhw'n dweud bod Neanderthaliaid wedi cydoesi â'r dyn cyfoes, *homo sapiens*, yn yr un lle, am gyfnod o ryw bum mil o flynyddoedd, a hynny tua 45,000 o flynyddoedd yn ôl. Cael eu difodi wnaeth y Neanderthaliaid yn y diwedd – diolch naill ai i ryw drychineb ecolegol, neu am iddynt fod yn ail orau mewn cystadleuaeth â *homo sapiens*. Clywodd 24609 bobl yn damcaniaethu bod diffyg golau, oherwydd llosgfynydd efallai, wedi peri i'r bodau cyntefig ddatblygu llygaid mwy er mwyn gallu gweld yn well, a bod hynny'n golygu nad oedd lle yn y benglog i'r llabed flaen, sef y rhan o'r ymennydd sy'n rhoi i *homo sapiens* ei allu i gynllunio ac ymresymu.

Heddiw, rydyn ni'n edrych yn ôl ar rywogaeth a oedd yn gyndeidiau i ni, ac a reolai'r byd am gyfnod maith, fel dim ond cam cyntefig ar daith sy'n arwain atom ni ein hunain: penllanw pob datblygiad.

Tybia 24609 y bydd rhywogaeth fwy hardd, fwy effeithlon, fwy godidog, fwy diwylliedig o ddynoliaeth yn edrych yn ôl arnon ni mewn 45,000 mlynedd arall, ac yn chwerthin am ein pennau fel bodau cyntefig, ynfyd.

PENWYTHNOS 5

Steddfod leol

Roedd i fod i feirniadu mewn steddfod leol heddiw. Bu'n rhaid iddo dorri ei gyhoeddiad, wrth gwrs, ac roedd yr ysgrifennydd yn deall yr amgylchiadau'n burion ac yn hael iawn ei chydymdeimlad. Er i 24609-3740 brofi rhywfaint o ryddhad wrth iddo sylweddoli y byddai'r driniaeth yn gwrthdaro â'r steddfod, erbyn y penwythnos hwn mae'n teimlo braidd yn siomedig.

Bydd yn gweld eisiau cyrraedd pentref gwledig na fu ynddo o'r blaen, a pharcio'i gar mewn safle mor fanteisiol ag sy'n gweddu i feirniad llên. Bydd yn colli mynd i mewn i festri capel, a sibrwd ei swyddogaeth wrth y rheiny sy'n gwerthu'r tocynnau mynediad; byddai'r rheiny'n gadael iddo fynd i mewn am ddim, wrth gwrs.

Ni chaiff edrych o'i gwmpas, a gweld ar y waliau'r gweithiau celf a dylunio a gwau a gwnïo wedi eu gosod yn daclus dros bosteri'r capel a gwaith lliwio'r ysgol Sul. Dim paned (un wan, ond un gynnes ei chroeso yr un fath); dim fictoria sbynj hen drefn na bara brith cystal ag un te cynhebrwng. Ni chaiff sylwi ar y pethau sy'n union yr un fath â'r capel lle'i magwyd: llyfrau emynau (geiriau'n unig) yn bentyrrau yn y gornel rhag ofn i ymwelwyr alw heibio; ladeli casgliad, gyda'r ffyn brown sgleiniog yn dal platiau o fetal euraid disglair; dim rhifau yn y raciau brown sy'n datgan pa emynau a genir y Sul hwn.

Yn gwbl groes i'r disgwyl, hiraetha 24609 am y cystadlu. Ni chaiff weld y plant bach – afresymol o fach – a orfodir i ganu 'Ji Ceffyl Bach' allan o diwn, gan gael eu cyfri'n llwyddiant os nad ydynt yn eu gwlychu eu hunain, er mwyn iddynt gael profiad cynnar o steddfota. Ni chaiff fwynhau ambell adroddiad neu gân ddoniol gan ei fod yn eu clywed am y tro cyntaf, cyn syrthio i lewyg syrffed wrth sylweddoli bod pob un o'r tri phlentyn bach ar ddeg yn bwriadu canu'r un gân ddiniwed am Taid yn pwmpian. Ni chaiff gudd-chwerthin am ben ystumiau gorawyddus ambell riant.

Ni chaiff gynllunio ei ymweliadau â'r tai bach i gyd-daro â'r cystadlaethau offerynnol. Ni chaiff draddodi beirniadaethau ar straeon plant bach mewn modd sy'n ymdrechu i roi'r argraff fod ganddo unrhyw ddiddordeb yn yr anturiaethau a ddisgrifir. Ni chaiff yrru'r trysorydd i banig drwy rannu gwobrau mewn ffordd wahanol i'r hyn a nodir yn y rhaglen, gan ddrysu ei syms a'i newid mân.

Ni chaiff gladdu'r salad cynhwysfawr a neilltuir ar gyfer y beirniaid, gyda'i sosej rôls cynnes a'i salad tatws, ei selsig bach a'i fetys a'i bicalili a'i greision posh a'i ddrymstics cyw iâr a'i *quiche*. Ni chaiff y pwdinau chwaith: paflofa, cacen gaws, *gateau*.

Ni chaiff brofi'r cynhesu graddol wrth i gyfarfod y nos lenwi. Ni chaiff weld y ffenestri'n stemio wrth i'r gynulleidfa fynd yn fwy niferus, ac i'r côr a'r parti llefaru gyrraedd (gan wneud i'r ysgrifennydd wenu: o gael côr i gystadlu, mae hi'n steddfod lwyddiannus). Ni chaiff ddiosg ei holl sinigiaeth er mwyn ymuno â'r gynulleidfa i chwerthin ar jôcs diniwed, gwledig, ffurfiol yr arweinydd.

Ni chaiff ymuno â gosgordd amatur, gomig ar gyfer y cadeirio, gan fesur ei eiriau'n ofalus wrth feirniadu. Rhaid collfarnu digon er mwyn dangos ei fod yn deall ei stwff, ac er mwyn creu amheuaeth a fydd teilyngdod ai peidio, ond canmol digon ar y buddugol er mwyn ei gwneud yn noson fythgofiadwy i'r bardd a chodi ysbryd y gynulleidfa. Ni chaiff floeddio 'Hen Wlad fy Nhadau' ar ddiwedd y seremoni gydag arddeliad a gwneud ymdrechion ffôl i harmoneiddio.

Ni chaiff fwynhau paned arall mewn cegin sy'n boeth gan sgwrs a thrafod, na chacen foron frasterog, flasus gyda hi. Ni chaiff ddychwelyd i'r festri i weld dynion crynedig, a fu gynt yn urddasol, yn torsythu i ganu'r emyn dros hanner cant. Ni chaiff chwarae'r beirniad answyddogol (yn dawel yn ei ben) yn ystod y cystadlaethau canu a llefaru mewn modd na fyddai modd i'r beirniad go iawn ei wneud: tynnu sylw at VPL un o'r cystadleuwyr, at farf bathetig un arall, ceryddu un arall am lediaith ei hynganu a'r modd y mae'n mwrdro TH wrth lefaru.

Ni chaiff sgyrsiau sibrydllyd â phobl yn y gynulleidfa sy'n awyddus iddo wybod i'w taid nhw ysgrifennu englyn un tro. Ni chaiff fwynhau gweld yr arweinydd yn ymbil o'r llwyfan am ddistawrwydd yn y gegin. Ni chaiff glywed tincial llestri te'n cystadlu â thincial y piano, na theimlo'n un â'r hanner cant o bobl sydd wedi'u gwasgu i'r festri i brofi hyn oll.

Ni chaiff ymadael cyn 'Hen Wlad fy Nhadau' ola'r nos, gan ymddiheuro i'r ysgrifennydd ei bod yn rhaid iddo fynd adref i edrych ar ôl y babi (a fydd yn cysgu ers oriau), diolch am y croeso, a chanmol y cystadlu. Ni chaiff chwythu aer poeth y festri allan i awyr oer y nos, gan wneud stêm sy'n edrych fel mwg sigarét.

Ni chaiff ryfeddu at y ffaith iddo dreulio diwrnod mewn stafell yn edrych ar blant bach, a phobl ifanc ffasiynol yn eu harddegau, a phobl yn eu hoed a'u hamser, yn canu ac adrodd barddoniaeth – a bod sawl dwsin o bobl eraill yno gydag ef yn gwylio'r cwbl, a bod pwyllgor o bobl wedi bod yn cwrdd ers misoedd i drefnu'r digwyddiad. Ni chaiff ofyn iddo'i hun ym mha wlad arall dan haul y byddai pobl yn ddigon gwirion a diwylliedig i wneud y fath beth. Ni chaiff gyrraedd adref i'w wely gan addunedu na fydd byth yn cytuno i feirniadu eto, gan wybod y bydd yn cytuno i'r cais cyntaf a ddaw dros y ffôn.

Hwyrach y gallai fod wedi cadw'i gyhoeddiad. Ydi, mae'n flinedig, ac allai o ddim bod wedi mwynhau hanner cymaint o'r bwyd a ddarperid rhag ofn iddo chwydu ar lawr y festri. Byddai'n debygol o fod wedi cysgu yn y gynulleidfa, a byddai ei diwmor a'i fraich yn boenus ar y seddi capel. Byddai ei feirniadaethau wedi bod yn fflat a dihiwmor.

Ond mae rhan ohono sy'n difaru torri'r cyhoeddiad.

WYTHNOS 6

D Y D D   L L U N

Anfeidredd

Mae 24609-3740 yn gwbl argyhoeddedig fod bywyd ar blanedau eraill yn y bydysawd. Does ond ychydig ers i wyddonwyr ddarganfod tystiolaeth o bresenoldeb dŵr ar y blaned Mawrth – a lle mae dŵr, mae bywyd. Os oes bywyd ar y blaned sy'n digwydd bod agosaf atom yn y gofod enfawr, siawns fod hynny'n brawf pellach fod bywyd i'w gael yng ngweddill y cosmos.

Ond mae'r prawf mwyaf argyhoeddiadol o fodolaeth bywyd yn y gofod, yn nhyb 24609, i'w ganfod yn y cysyniad o anfeidredd. Cred gwyddonwyr fod nifer anfeidrol o sêr yn y bydysawd. Mae hwn yn nifer rhy fawr i'w amgyffred. Dydi biliwn, neu biliwn biliwn, ond megis dechrau. Golyga anfeidredd nifer diderfyn. Golyga nad yw'r holl sêr a welwn yn y nos ond megis cyfran bitw o'r cyfanswm. Mae'n galaeth ni, hyd yn oed, a'r holl filiynau o sêr o'i mewn, yn un o nifer anhraethol fawr o alaethau.

Mae natur ddiderfyn anfeidredd yn rhywbeth sy'n gwneud i 24609 feddwl am fod yn nosbarth Mrs Norris yn yr ysgol gynradd. Cofia glywed Mrs Norris yn cael sgwrs â rhai o'r plant eraill er mwyn asesu eu sgiliau rhifedd, ac yn gofyn iddynt beth oedd y rhif uchaf y credent y gallent gyfrif ato. Cant, meddai un. Pum cant, meddai un arall. Honnai un arall wedyn y gallai gyrraedd mil. Credai 24609 fod hyn yn hurt. Os gall rhywun gyfrif i fil, gall yn rhwydd gyfrif i fil ac un, felly pam ddim dweud hynny? Mater bach, ar ôl cyrraedd mil ac un, yw cyrraedd mil a deg, ac felly ymlaen. Peth felly yw anfeidredd:

dim ots pa mor fawr yw rhif, gellir ychwanegu un, neu fil, neu driliwn, ato'n ddidrafferth.

A thorri stori hir yn fyr, golyga hyn ei bod yn amhosib dychmygu sefyllfa lle nad oes amodau ffafriol ar gyfer cynnal rhyw fath o fywyd ar unrhyw blaned arall yn yr holl fydysawd. Ymhellach, mae'n anochel fod yr union amodau ar gyfer cynnal bywyd ar ein daear ni'n cael eu hefelychu ar blanedau eraill – llu ohonynt.

Golyga, yn ogystal, fod yr union sefyllfa y mae 24609 yn ei ganfod ei hun ynddi heddiw'n digwydd ar ddaear arall yn y bydysawd yn rhywle – ar fwy nag un, a dweud y gwir. Os oes nifer anfeidrol o sêr, bydd digon ohonynt fel bod sawl copi o'n byd ni'n bodoli yn rhywle yn y gofod.

Ar un copi o'r byd, ni fydd pa bynnag anffawd a greodd y tiwmor wedi digwydd; bydd ei gesail a'i fraich yn holliach, a bydd rhywbeth arall heblaw'r ffibromatosis yn peri gofid i 24609. Ar gopi arall o'r byd, ni fydd wedi cicio'r waled allan o'r dafarn ac ni fydd wedi dod i gyswllt ag unrhyw dramp o gwbl. Ar gopi arall o'r byd, bydd… Does dim pwynt rhestru'r holl bosibiliadau hyn. Yn y byd hwn y mae'n byw.

Lorri

Picia 24609-3740 i Debenhams i wneud pi-pi cyn dal y bws i'r ysbyty.

Ar y ffordd i ddal y bws, mae lorri adeiladwyr yn dal ei sylw am ryw reswm – un o'r rheiny â phen blaen fan Transit, a thrwmbal metal yn y cefn. Mae'r lorri mor hen â phechod, a'i hegsôst yn pesychu mwg glas. Caiff ei gyrru'n ddiamynedd ac mae'r gyrrwr yn canu'r corn yn rhwystredig wrth i ddynes a'i phlant groesi o'i flaen am yr orsaf fysys.

Coda 24609 ei lygaid a digwydd gweld pwy sy'n eistedd yn y cab. Steve sy'n gyrru, a'i lygaid yr un mor ymosodol ag arfer; Keir wrth ei ochr, a'i wyneb yn gadarn, hyderus, a thawel; mae'n amhosib dweud beth mae Eric yn ei feddwl. Beth mae'r tri ohonyn nhw'n ei wneud yn gyrru lorri adeiladwyr?

Mae'r lorri wedi ei basio erbyn i 24609 sylweddoli beth sydd ar fin digwydd. Yn sydyn, mae'r holl sôn am weithred a chwalu'r drefn yn gwneud synnwyr. Mae 24609 yn troi ac yn edrych wysg ei ysgwydd ar y lorri: dros y trwmbal yn y cefn, mae tarpowlin glas. Nid yw'n cymryd llawer o amser iddo weithio allan beth sydd yno. Blydi hel, llond trwmbal lorri o ffrwydron... Wrth feddwl am y difrod, aiff cryd i lawr asgwrn cefn 24609. Dim rhyfedd fod Ric wedi cael traed oer...

Mae dau blismon yn sefyll ar gornel y stryd yn ceisio edrych yn awdurdodol. Brysia 24609 atynt.

Ar un copi o'r byd, bydd yn mynd at y plismyn, ac yn achwyn am gynlluniau'r Gwrthsafiad; bydd y plismyn yn rhybuddio plismyn pwysicach na hwy eu hunain, a bydd holl gynllunio Keir, yr holl baratoi a'r hel arian, yn mynd yn ofer, yn syrthio'n fflat. Bydd popeth, ar ôl rhai munudau o gyffro wrth i'r tri yn y lorri gael eu rhwystro a'u dal, yn mynd rhagddo fel ar unrhyw fore Llun arall yn y ddinas.

Ond does dim rheol yn dweud bod rhaid i 24609 wneud y penderfyniad hwnnw yn y byd hwn. Ac yntau yn chweched wythnos ei driniaeth, y chweched wythnos o gael ei ddadwreiddio o'i gynefin a'i daflu i fywyd o stafelloedd aros a gwestai plaen mewn dinas ddiarth, nid yw'n teimlo fel fo'i hun, ac nid yw'r byd hwn yn teimlo fel realiti. Dim ond un o blith nifer yw'r byd hwn: yn y lleill, gall rhywbeth gwahanol ddigwydd.

Yn y fan hyn, rŵan, gall 24609 ddewis peidio ag ymyrryd. Gall gerdded yn syth heibio i'r plismyn, a dal y bws i'r ysbyty.

Gall adael i'r Gwrthsafiad fynd rhagddynt i ddod â'u cynlluniau i fwcwl, gadael i'w paratoi ddwyn ffrwyth.

Yn ei ddychymyg, gwêl goncrid a chnawd ar chwâl, a gwaed yn gwlychu'r stryd; clyw lefain a seirens. Gwêl y dinistr a fydd yn brathu'r ddinas. Gwêl y cwbl, ond nid yw'n cyffroi. Metha â'i argyhoeddi ei hun fod arwyddocâd i ddim a wna yn y byd diffaith, afreal hwn.

Cerdda'n syth heibio i'r plismyn a mynd i ddal y bws am yr ysbyty.

TRINIAETH 26

Yn fwy heddiw nag erioed, mae'n falch o fod yn y stafell hon, ym mherfeddion yr ysbyty, sy'n gasgliad blêr o adeiladau wedi eu cysylltu gan nifer o goridorau annealladwy. Mae Swît 1 yn teimlo fel pe bai yng nghrombil drysfa, wedi ei lapio mewn haen ar ôl haen o wardiau, stafelloedd ymgynghori, coridorau, caffis, stafelloedd aros, a storfeydd.

Does dim signal ffôn yma, hyd yn oed. Bob tro y daw yma, caiff negeseuon 24609-3740 eu drysu gan nad ydynt yn ei gyrraedd tra mae'n cael ei driniaeth.

Mae'n dywyll yma. Does dim i'w glywed ond ffigurau moel, meddygol y staff, a synau'r peiriant. Yn y stafell hon, mae'n teimlo fel pe bai'r byd y tu allan yn amherthnasol – na all gyffwrdd â 24609 nac effeithio arno. Heddiw, mae hynny'n braf.

Mae'r driniaeth yn cymryd llai o amser nag yr hoffai 24609. Rhaid iddo ffarwelio â'r staff, a mynd allan i'r stafell aros, yn gynt o lawer nag y mae'n dymuno.

Y newyddion

Fel arfer, dim ond lliwiau yn y cefndir yw'r teledu ar y wal: dangosir BBC News yng nghornel y sgrin, gyda gwybodaeth am yr ysbyty o'i gwmpas. Caiff y teledu ei anwybyddu gan fwyafrif y cleifion, wrth iddynt ganolbwyntio ar eu gwau, eu marwoldeb, a'u cylchgronau.

Nid felly heddiw. Mae pob llygad ar y teledu, a phobl yn edrych ar y sgrin mewn dychryn.

Edrycha 24609-3740 ar y teledu hefyd. Y tu ôl i ohebydd gyda'i feicroffon, gwêl stryd sy'n fwg ac yn llwch i gyd, a golau glas y gwasanaethau brys yn sgleinio drwy'r llwydni. Mae'n credu ei fod yn adnabod y stryd: gall weld y ranc tacsis, a'r siopau'n cysgodi dan do melyn. Dyna'r stryd sy'n arwain at fynedfa maes parcio aml-lawr canolfan siopa Arndale.

Roedd rhywun wedi gofyn am i'r sain gael ei godi, ac mae pawb yn y stafell yn gafael yng ngeiriau'r gohebydd ar y sgrin, gan geisio cael unrhyw wybodaeth, unrhyw sicrwydd. Un ifanc yw'r gohebydd – a dweud y gwir, edrycha fel un a yrrwyd i'r rhanbarthau yn syth o'r coleg fel rhan o gynllun hyfforddi newyddiadurwyr. Roedd wedi jelio'i wallt yn ofalus fore heddiw, a gwisgo'n smart, heb syniad y byddai rhan helaeth o boblogaeth y wlad yn dibynnu arno i gael gwybod am yr hyn a oedd newydd ddigwydd.

Does ganddo ddim llawer i'w ddweud. Gall ddweud bod ffrwydrad wedi digwydd ger canolfan siopa Arndale, a bod y gwasanaethau brys i gyd yno. Gall gadarnhau bod strydoedd canol y ddinas i gyd wedi'u cau, a bod yr heddlu'n annog pobl i gadw draw. Mae'n rhy gynnar i ddweud eto beth oedd achos y ffrwydrad – gall gyfeirio at adroddiadau ar y cyfryngau cymdeithasol ynghylch clec fawr a lorri ar dân. Gall ddweud bod yr heddlu'n dweud eu bod yn ymchwilio, ac nad oes yr un posibilrwydd yn cael ei ddiystyru. Mentra awgrymu bod ymosodiad terfysgol yn bosibilrwydd, ond mae'n garcus i beidio â chymryd dim byd yn ganiataol. Nid yw'n gwybod i sicrwydd a fu anafiadau neu farwolaethau, ond awgryma fod maint y dinistr yn awgrymu'n gryf y dylid disgwyl newyddion drwg i'r perwyl hwnnw.

Does neb yn y stafell yn siarad. Mae ambell un yn crio; ambell un yn mwmial dan ei wynt; rhai'n ysgwyd eu pennau.

Mae'r lluniau'n newid i ddangos yr olygfa o'r awyr. O'r drôn neu'r hofrenydd, ni welir llawer heblaw mwg a llwch, ond mae strwythur y ganolfan siopa'n ymddangos yn eithaf saff a chyfan. Edrycha'r gohebydd braidd yn flin pan hola'r cyflwynydd yn y stiwdio a yw hi'n rhy fuan i gymharu'r ffrwydrad hwn ag ymosodiad yr IRA ar ganol Manceinion yn 1996. Yn un peth, mae hynny'n newyddiaduraeth anghyfrifol. Yn ogystal, tybia 24609 fod y gohebydd, fel fo, yn rhy ifanc i gofio'r ymosodiad hwnnw. Mae'r gohebydd yn wafflo ateb sy'n cuddio'i ddicter.

Aiff 24609 allan. Mae ei lety yn y Northern Quarter yr wythnos hon, felly does ganddo ddim dewis ond mynd i gyfeiriad canol y ddinas. Rhaid iddo aros deng munud da cyn cael bws; dim ond ychydig funudau sydd i aros fel rheol. Ond ar y ffordd, mae'r traffig yn brin: pawb yn eu tai, a darlithoedd a chiniawau wedi'u canslo.

Mae hofrenyddion yr heddlu'n cylchdroi o gwmpas Piccadilly Gardens a chanol y ddinas. Gwêl 24609 heddlu terfysg ar bob stryd, mewn arfwisgoedd duon a'u gynnau mawr ar draws eu cyrff. Mae fel petai *coup* milwrol wedi digwydd: y strydoedd yn wag a myglyd, a dynion bygythiol ar bob cornel yn gwylio symudiadau pawb. Ceisia 24609 fynd at leoliad y ffrwydrad, ond mae'r strydoedd i gyd wedi'u cau. Mae rhes o blismyn yn gwarchod y perimedr, a phlismyn eraill yn cribo'r palmentydd a'r tarmac am unrhyw ddarnau o dystiolaeth. Rhaid iddo ganfod ffordd arall i'w westy, drwy strydoedd cefn, er mwyn osgoi'r ardal waharddedig.

Clapio

Yn y dafarn y noson honno, dangosir y newyddion ar y sgrin fawr sydd fel arfer yn dangos Sky Sports. Erbyn hyn, caiff y ffrwydrad ei alw'n ymosodiad terfysgol. Mae lluniau i'w gweld yn aml o'r lorri a ddefnyddiwyd gan y Gwrthsafiad wedi llosgi'n ulw. Does fawr ddim difrod i strwythur y ganolfan: yn ôl un peiriannydd a fu'n siarad ar y newyddion, does dim cymaint â philer wedi cracio. Cosmetig yn unig yw'r drwg.

Er bod eu tôn yn dywyll a chynhebryngol, mae pawb sy'n siarad – yr arbenigwyr, yr heddlu, y gwleidyddion – fel pe baent yn mynegi rhyddhad. Dydi'r ffrwydrad ddim wedi achosi cymaint o ddifrod ag y gallai; ffrwydrodd y lorri wrth iddi droi i mewn am faes parcio'r Arndale, gan achosi i ffenestri'r farchnad bysgod chwalu'n ulw. Cafodd sawl un eu hanafu wrth i rym y ffrwydrad eu taro oddi ar eu traed, ac roedd ambell un yn yr ysbyty o hyd oherwydd effeithiau'r mwg. Cafodd pedwar eu lladd, yn ogystal â'r tri a oedd yn y lorri. Mae'n rhy fuan i'w henwi: pedwar a oedd yn digwydd bod ar y stryd. Er nad oes neb yn dweud hynny, mae'n amlwg mai'r hyn sydd ar feddwl pawb yw diolch byth nad oedd yn waeth.

Sugna 24609-3740 ei gwrw, a phendroni. Mae'n rhaid fod Keir yn cynllunio gwaeth na hyn. Nid dyma'r ymosodiad a ddychrynodd gymaint ar Ric nes cyfiawnhau ei ladd. Nid dyma'r chwalfa a'r ffrwydrad enbyd a fygythiodd Steve wrth ei leinio ar y stryd. Rhaid fod rhywbeth wedi mynd o'i le: rhaid fod yr amseru'n anghywir, neu eu bod nhw wedi camfesur cryfder y ffrwydron. Gyda hynny, anadla 24609 yn esmwythach. Gallai ei benderfyniad i beidio ag ymyrryd fod wedi cael effaith waeth o lawer.

Gŵyr y dylai'r syniad hwnnw ei ddychryn: prin y dylai deimlo rhyddhad ac yntau'n gyfrifol am farwolaeth pedwar o bobl ddiniwed. Ond nid yw'n teimlo euogrwydd, am ryw reswm, nac yn difaru dim. Mae hynny'n gwneud iddo arswydo mwy na'r ymosodiad.

Edrycha 24609 ar ei ffôn. Mae pawb ar Facebook yn trafod y ffrwydrad – rhai'n brolio eu bod yn siopa ychydig strydoedd i ffwrdd; rhai'n datgan mai 'bwlat i bob ffwcin *immigrant*' yw'r unig ymateb dichonadwy; rhai'n dweud eu bod yn gweddïo dros Fanceinion, fel pe bai hynny'n unrhyw fath o help i neb. Mae pawb wedi cymryd yn ganiataol mai Isis neu fudiad Islamaidd tebyg sy'n gyfrifol am y drwgweithredu. Yn reddfol, dechreua 24609 feddwl am y ffrwydrad gyda'r rhagdybiaeth honno: cysylltu'r bom ym Manceinion â thensiynau gwleidyddol y Dwyrain Canol a'r hyn y mae crefydd yn cyflyru ffanatics i'w wneud. Rhaid iddo'i ddadebru ei hun, a'i atgoffa'i hun ei fod yn gwybod yn iawn nad oes a wnelo'r ymosodiad hwn ddim oll ag Isis.

Ar y sgrin fawr yn y dafarn, dangosir lluniau o faes awyr bychan wrth i hofrenydd du lanio yno. O'r hofrenydd, heb godi llaw na gwenu, daw'r Prif Weinidog mewn tei du. Cerdda'n syth at y camerâu, a gwynt mawr llafnau'r hofrenydd yn gwneud llanast o'i wallt.

'Mae pobl Manceinion wedi dioddef ymosodiad creulon, ffiaidd heddiw. Mae fy meddyliau a'm gweddïau i gyda'r bobl sydd wedi eu heffeithio a'u teuluoedd. Rydw i yma i ddangos fy nghydymdeimlad â'r bobl hynny, i helpu ym mha bynnag ffordd y medra i gyda'r ymchwiliad, ac er mwyn dangos na fyddwn ni'n gadael i leiafrif eithafol ymyrryd drwy drais â'n ffordd ni o fyw. Mae'r ymosodiad yma'n groes i'm gwerthoedd i ac i'n gwerthoedd ni fel gwlad. Mae'n rhaid i ni uno er mwyn dangos i'r terfysgwyr drwg hyn na fyddwn ni'n gadael iddyn nhw ennill.'

Synnir 24609 pan fo'r bobl o'i gwmpas yn y bar – pobl ifanc, pobl ffraeth a sinigaidd, pobl ddysgedig – yn dechrau curo eu dwylo.

DYDD MAWRTH

Newid

Mae 24609-3740 yn difaru cynnau'r teledu yn stafell ei westy. Yr hyn sy'n llenwi'r sgrin yw lluniau o'r stryd lle bu'r ffrwydrad. Mae'r BBC wedi anfon un o'u prif ohebwyr i'r ddinas erbyn hyn, a hi sy'n disgrifio'r olygfa. Y tu ôl iddi gwelir pobl yn glanhau'r stryd a pheirianwyr yn asesu'r difrod. Ond does dim llawer o ddrwg wedi ei wneud i'r adeilad.

Canolbwyntia'r gohebydd ar oblygiadau gwleidyddol y ffrwydrad. Bydd yr Ysgrifennydd Cartref yn gwneud araith yn ddiweddarach ac mae'n debygol o ddefnyddio'r digwyddiad i gyfiawnhau rhoi pwerau ymchwilio ychwanegol i'r gwasanaethau cudd, gan ddweud bod pedwar bywyd wedi eu colli oherwydd pryderon pathetig ynghylch rhyddid sifil. Beth am y rhyddid i siopa heb gael eich lladd? Dyna fydd cwestiwn yr Ysgrifennydd Cartref, yn ôl y gohebydd.

Diffodda 24609 y teledu a chychwyn allan i'r stryd. Wrth iddo droi i gyfeiriad canol y dref, gwthia thyg mewn cap besbol daflen i'w law – darn plaen o bapur wedi'i ddylunio'n amaturaidd a'i lungopïo. Ar y brig, mae logo Britain First. 'Dewch i gofio am y bobl a fu farw,' dywed y daflen, gan nodi dyddiad ac amser ar gyfer gwrthdystiad. 'Dewch i ddangos na fydd terfysg Islamaidd yn trechu pobl Prydain.'

Rhwyga 24609 y daflen, ei sgrwnsio, a'i thaflu i'r bin. Ysgydwa'i ben: oni ddylai Keir fod wedi rhag-weld mai fel hyn y byddai pobl yn ymateb?

Aiff i gyfeiriad y dref; mae arno angen prynu eli a thabledi lladd poen. Nid yw'n siŵr beth i'w ddisgwyl. Bydd y lle naill ai'n wag neu'n llawn hysteria. Mae'n bosib y bydd y boblogaeth

allan yn eu cannoedd, yn berwi â chynddaredd a galar gwirion.
Gall torf droi'n afresymol dim ond iddi gael ei chynhyrfu mewn
ffordd benodol. Cofia am genod dwl yn colli bore o'r ysgol i
fynd i osod bwnsiad o flodau yn ymyl castell Caernarfon ar
ôl i'r Dywysoges Diana farw, a bod hynny'n cael ei ystyried yn
ymddygiad rhesymol. Mae'r hyn sy'n dderbyniol yn amrywio
yn ôl tymer y cyfnod: fel y mae jôcs sâl yn ddoniol, a chanu
amhersain yn swnio'n swynol, mewn tafarn am hanner awr
wedi hanner nos, felly hefyd caiff pobl rwydd hynt i wneud
pethau dwl pan fo pawb mewn ffrensi o alar a sioc.

Ond pan fo 24609 yn cyrraedd y siopau, nid hysteria sy'n ei
aros, ond strydoedd llawn o bobl yn siopa. Dydi hi byth mor
brysur â hyn ar fore Mawrth fel arfer. Mae fel pe bai cannoedd
o bobl wedi penderfynu y gallen nhw wneud y tro â mynd i
chwilio am ddillad neu golur, neu gyfarfod ffrind am baned,
a phenderfynu gwneud hynny heddiw. Gwena pobl ddiarth ar
24609. Mae'r bobl wrth y tils yn y siopau'n holi amdano fel
pe bai'n ffrind. Mae pobl yn gwario'n ffri, ac yn cofleidio'u
ffrindiau am ryw eiliad yn hwy nag y bydden nhw'n gwneud fel
arfer. Mae hi fel cyfnod siopa Nadolig yn barod.

Pan fo rhywbeth trychinebus, byd-ddrylliol yn digwydd,
bydd 24609 yn meddwl am yr hyn ddywedodd Yeats yn sgil
Gwrthryfel y Pasg: bod popeth wedi newid, newid yn llwyr, ac y
ganed prydferthwch enbyd. Mae'r llinellau hynny yn ei feddwl
eto, ond mae'n bur amlwg nad oes fawr ddim wedi newid, ac
na aned dim heblaw ychydig o gadernid a charedigrwydd.

Mae 24609 bron â chwerthin wrth feddwl nad yw ffrwydrad
Keir, a oedd i fod i ddeffro pobl a'u codi'n erbyn cyfalafiaeth a'r
system, ond wedi gwneud iddynt fynd i siopa, a gwneud hynny
ag arddeliad.

TRINIAETH 27

'Alan ddim yma heddiw?' hola 24609-3740 wrth roi ei gerdyn apwyntiad yn y blwch priodol. Mae'n mwynhau siarad wast â'r boi hynaws sy'n trefnu ei apwyntiadau.

'Nac'di, cofia,' dywed y dderbynwraig sy'n eistedd wrth yr un ddesg ag Alan. 'Sioc ofnadwy. Cafodd gŵr ei chwaer o'i ladd yn y ffrwydrad ddoe. Roedd o yn y car reit tu ôl i'r lorri wrth iddi droi i mewn am y maes parcio. Roedd ei chwaer o mewn diawl o stad – wel mi fasa hi, yn basa? Bydd o i ffwrdd am rai dyddia. Peth bach.'

'Diar, diar mi,' dywed 24609. 'Cofiwch fi ato fo, wnewch chi?'

A dyna pryd y trewir 24609 gan anferthedd yr hyn a wnaeth.

Dyn cyffredin ar fore cyffredin ar stryd gyffredin, wedi marw am ei fod yn digwydd bod yno. Gwraig gyffredin mewn tŷ cyffredin yn methu dygymod â'r sioc. Mae'n ei chael yn anodd setlo ar y gwely. Y munud y mae'r staff yn llwyddo i'w gael i'w safle iawn, ac yn ei adael yn y stafell dywyll ar gyfer y driniaeth, mae'n dechrau beichio crio. Daw'r staff yn ôl a gofyn beth sy'n bod.

Dywed ei fod yn iawn.

'Jyst… jyst… pethau'n ormod,' dywed.

Maen nhw'n cynnig trefnu iddo gael sgwrs â'r cwnselydd; mae yntau'n gwrthod yn gadarn. Setla. Maen nhw'n ailgychwyn y peiriant.

Angof

Yng nghaffi'r ysbyty, mae 24609-3740 yn edrych ar y stand papurau newydd. Mae'r rhan fwyaf yn dangos llun o'r stryd ar ôl y ffrwydrad, gyda phennawd megis 'Terfysg ar strydoedd Manceinion'. Ar dudalen flaen un papur ceir lluniau mawr o'r pedwar a laddwyd: dyn gwyn yn ei ganol oed, hogan brydferth yn ei harddegau, dynes ifanc o India, a hen ddynes flin yr olwg. Ar bapur arall, ceir llun o Foslem bygythiol a'r cwestiwn 'Isis ar strydoedd Prydain?' yn daer mewn llythrennau du.

Pan fo 24609 yn troi, mae hogan yn sefyll yno: Becca. Wrth weld ei gilydd, nid yw'r un o'r ddau'n dweud dim. Mae 24609 yn agor ei freichiau ac mae hithau'n camu i mewn iddyn nhw. Mae'r ddau'n gwasgu ei gilydd ac yn crio'n hidl, heb wybod ai galar ynteu difaru sy'n ennyn dagrau'r naill a'r llall.

Yr wythnos hon, dydi dangos emosiwn mewn ffordd mor ddigywilydd o gyhoeddus ddim yn beth anarferol. Maen nhw'n eistedd a phryna 24609 goffi iddynt ill dau. Eisteddant yno'n edrych ar eu cwpanau.

'Ti'n gwybod be?' hola Becca ymhen hir a hwyr.

'Be?'

Oeda hithau'n hir cyn ateb.

'Dwi'n dal i gredu na wneith o ddim digwydd. Dwi'n dal i feddwl bod Keir, Steve, ac Eric yn bobl dda ac y gwnân nhw weld sens.'

Gwnaiff hynny i ddagrau 24609 ffrydio eto. Esbonia hithau nad oedd hi'n rhan o'r cynllunio ond ei bod yn disgwyl gwaeth o lawer ar sail yr hyn a glywodd ohonyn nhw'n trafod.

'Mi glywais i nhw'n sôn am ddod â'r holl adeilad i lawr. Roedd Keir yn meddwl y basa'r ganolfan i gyd yn chwilfriw, a channoedd yn gelain. Roedd o'n meddwl y basa fo'n 9/11 arall, yn gymaint o sgwd i'r system nes y byddai pethau'n newid.'

Dywed iddyn nhw fod yn trafod ac yn ffraeo'n ddi-baid am danwydd a ffrwydron a deinameit a nwyon ers wythnosau. Doedd gan yr un ohonyn nhw syniad am fanylion ymarferol fel'na, a dim ond rhyw bum mil o bunnau roedden nhw wedi llwyddo i'w gasglu i dalu am y lorri a'r ffrwydron. Y bwriad oedd gyrru'r lorri i mewn i'r maes parcio aml-lawr a mynd mor agos â phosib at y siopau, cyn pwyso'r botwm: y bwriad oedd cael ffrwydrad mor fawr yng nghrombil yr adeilad nes bod canol yr holl beth yn disgyn. Ddaethon nhw ddim yn agos at wneud hynny.

'Mi welis i nhw, 'sti,' dywed 24609 yn ofalus. 'Y bore hwnnw, yn y lorri. Mi ddylwn i fod wedi sylweddoli be fasa'n digwydd a gwneud rhywbeth i'w stopio nhw...'

'Iesu, Guy!' torra Becca ar ei draws. 'Fedri di ddim meddwl fel'na. Doedd gen ti ddim syniad am yr ymosodiad. Ro'n i'n gwybod llawer mwy na ti. Wnes i ddim byd. Ro'n i'n cymryd y baswn i'n saff, yn cymryd na fasan nhw'n gwneud dim byd yn y diwedd, felly wnes i ddim ymyrryd.'

Mae hi am adael y ddinas: bydd yr awdurdodau'n siŵr o browla drwy hanes Keir, Steve, ac Eric unwaith y caiff y cyrff eu hadnabod, a bydd pob un o'u cysylltiadau mewn peryg. Maen nhw'n ffarwelio y tu allan i'r caffi. Gwasga 24609 hi'n dynn, gan deimlo prinder y cnawd ar yr esgyrn. Cerdda'r ddau i wahanol gyfeiriadau.

'Guy,' galwa Becca pan fo 24609 ar fin troi'r gornel. 'Mae 'na un peth arall...'

'Be?'

Aiff i boced ei hwdi a thynnu ffon USB allan.

'Ddaru Keir adael hwn efo fi. Ro'n i i fod i fynd â fo i swyddfa'r *MEN*, y papur lleol. Dwn i'm faint o weithiau ddaru o bwysleisio mor bwysig oedd hi bod hwn yn cyrraedd y wasg. Be ddylwn i ei wneud?'

Oeda 24609. Cymer yr USB gan Becca. Mae'n cymryd bod rhyw ddatganiad arno – naill ai fideo neu ddogfen yn hawlio cyfrifoldeb am yr ymosodiad, ac yn esbonio'r rhesymau, gyda phregeth, siŵr o fod, ar y diwedd. Dyma neges Keir a'r Gwrthsafiad o'r tu hwnt i'r tân: eu cyfle i argyhoeddi'r lluoedd ei bod hi'n rhyfel rhwng y cyfoethog a'r cyffredin, ac mai ergyd y llafur yn erbyn y cyfalaf oedd y ffrwydrad. Heb y neges, tybia 24609 y bydd Keir a'r Gwrthsafiad yn mynd yn angof, a'r rhesymau dros yr ymosodiad yn amwys am byth. Chaiff teuluoedd y rhai a fu farw ddim esboniad; caiff yr awdurdodau roi'r sbin a fynnant ar yr ymosodiad, i siwtio'u pwrpasau nhw.

Gollynga'r USB i lawr rhwng bariau metal gwter ar y stryd, a'i glywed yn disgyn yn dywyll i'r dŵr islaw.

Suffragette

I rai pobl, ffwlbri noeth oedd y syniad y dylai merched bleidleisio. Pentyrrid rhesymau dros gredu na ddylid rhoi'r fraint honno i fenywod: nad oedd tymer na chorffolaeth merched yn eu galluogi i gymryd rhan ym myd dynion, byd grym a rhyfela; y byddai rhoi'r bleidlais i fenywod yn lladd sifalrïaeth; bod merched yn cael eu cynrychioli'n ddigon da gan eu gwŷr, eu tadau, a'u brodyr; bod fflemau a hiwmorau'r corff wedi eu trefnu mewn ffordd sy'n gwneud merched yn gwbl anaddas i gymryd rhan mewn democratiaeth.

Yn y ffilm y mae 24609-3740 yn ei gwylio heno, gwêl gymeriad sy'n aberthu'n ddirfawr er mwyn i'r syniad y dylid trin merched yn gyfartal ddod yn gred gyffredin.

Gwêl hi'n cael ei churo gan yr heddlu mewn gwrthdystiad ac yn cael ei charcharu. Gwêl hi'n cael ei gwaradwyddo gan ei chymdogion a'i chyd-weithwyr. Gwêl hi'n cael ei lluchio allan o'r tŷ gan ei gŵr. Gwêl hi'n colli ei gwaith. Gwêl hi'n methu â rhwystro'i gŵr rhag rhoi eu mab i'w fabwysiadu. Gwêl ei bywyd yn cael ei rwygo'n ddarnau am iddi fynnu sefyll dros wirionedd syml.

Erbyn heddiw, prin yw'r bobl a fyddai'n dadlau â'r

gwirionedd fod menywod yn gydradd ac yn haeddu hawliau cyfartal. Ond am ganrifoedd, y gwrthwyneb a gâi ei gyfri'n wir. Bu dynoliaeth, am gyfnod maith, yn gweithredu ar sail camsyniad yr oedd pawb yn ei ystyried yn wir.

Bu 24609 fyw drwy'i oes gan gredu ei fod yn berson da, gonest, moesol: ddim yn well na neb arall, ac nid heb ei wendidau, ond yn ddyn sylfaenol dda. Bellach, mae pedair marwolaeth sy'n dweud wrtho fod hynny'n gelwydd llwyr.

DYDD MERCHER

Cyflymu

Mae'n ystrydeb, wrth gwrs, fod bywyd fel petai'n pasio'n gyflymach wrth i rywun fynd yn hŷn. Mae'r ystrydeb yn llygad ei lle: roedd wyth mlynedd gyntaf bywyd 24609-3740 yn hafau hir o ddarganfod a rhyfeddu; cyflymodd pethau yn yr ail wyth mlynedd, wrth i drefn dyddiau'r ysgol uwchradd fartsio'i fywyd rhagddo; prin y gall 24609 gredu bod trydydd wyth mlynedd ei fywyd wedi darfod ers mwy na blwyddyn, ac yntau'n dal i gamsynied bod posibiliadau ieuenctid yn dal yn eiddo iddo.

Ond mae gan amser dueddiad creulon i arafu ar adegau anghyfleus. Mewn gwesty echrydus yn Nhwrci, er enghraifft, ar wyliau tramor cyntaf 24609 a'i wraig fel cwpwl, y treuliodd 24609 noson hiraf ei fywyd. Fo oedd wedi ei pherswadio hi mai yn Nhwrci, yn hytrach na rhywle drutach ond mwy dibynadwy fel Tenerife, y dylen nhw gael eu profiad cyntaf o wyliau torheulo: mae 24609 yn sgut am fargen. Ysywaeth, roedd y gwesty'n cyfiawnhau ei bris isel. Ar ôl cyrraedd yno am un o'r gloch y bore, fe'u brysiwyd i'w stafell gan ddyn a fynnodd gael pumpunt am y pleser, ac fe'u gadawyd yno'n digalonni. Roedd oglau cynfasau llaith ar y lle, y stafell molchi'n fechan a'r toiled yn datgymalu; cocrotsien yn y gornel, baw yn y ffrij, gwallt dan y flanced, criciaid yn sgrechian y tu allan; yr ochr arall i'r pared, merch o Newcastle yn erfyn ar ei chariad i beidio â stopio. Dywedodd 24609 wrth ei gariad ac wrtho'i hun y dylen nhw gysgu tan y bore ac y byddai pethau'n well bryd hynny. Ond doedd dim golwg o'r cwsg hwnnw a fyddai'n cyflymu dyfodiad disgleirdeb y bore. Gorweddai'r ddau'n anesmwyth ar y ddau wely sengl sbringllyd a wthiwyd at ei gilydd, y naill yn gofyn yn ysbeidiol i'r llall a oedd yn cysgu eto. Roedd fel petai amser am iddynt ddioddef pryder a difaru'r presennol yn hytrach na mwynhau'r sylweddoliad hwnnw, pan ddôi'r bore, y byddai haul a choctels yn trechu diflastod y llofft.

Felly hefyd y mae hi ym Manceinion yr wythnos hon. Disgwyliodd 24609 y byddai'r amser yn carlamu heibio iddo ac yntau bellach ar ei wythnos olaf. Ond mae pob taith bws o ychydig filltiroedd yn teimlo fel yr A470 y tu ôl i lorri Mansel, pob hanner yn teimlo fel peint, a phob diwrnod yn cymryd oes i'w lenwi fel petai'n fwced a thwll ynddi. Mae pob gewyn yn ei gorff yn gwingo am gael gwibio at y terfyn, ac amser fel gwynt yn gwthio'n ei erbyn.

TRINIAETH 28

Mae'r un bobl i'w gweld yn y stafell aros bob dydd; rhaid bod eu triniaethau tua'r un amser â rhai 24609-3740. Un o'r bobl hynny a welodd yn gyson ers rhai wythnosau yw dyn sydd bob amser mewn siwmper goch, a chystal pen o wallt ganddo – gwallt trwchus, tywyll, sgleiniog, iach – nes bod 24609 yn argyhoeddedig ei fod yn foel ac yn gwisgo wig. Nid yw 24609 erioed wedi cyfnewid mwy na gwên â'r dyn.

Ond heddiw, pan fo'r dyn yn cyrraedd, daw i eistedd nesaf at 24609.

'Roy ydw i,' dywed.

Dywed 24609 ei enw yntau, heb ei alw'i hun yn 'Guy' y tro hwn. Maen nhw'n sgwrsio am bum munud da, yn cymharu tiwmorau a phrofiadau o'r driniaeth. Sonia 24609 am y fechan, a Roy am ei wyrion yntau. Cytunant fod y staff yn dda yma, a'r ysbyty'n lân. Hola Roy am yr ardal y daw 24609 ohoni, gan ddweud iddo weithio yn Butlins am gyfnodau ers talwm. Hola

24609 am ddiddordebau Roy a gwrando arno'n sôn am ei arddio a'i waith coed.

Gelwir enw 24609, a rhaid iddo fynd am ei driniaeth.

'Braf siarad efo chi,' dywed 24609.

Cydia Roy yn ei law.

'Diolch, 'ngwas i. Mae'r ffrwydrad peth 'ma'r diwrnod o'r blaen... Beth ydan ni os na fedrwn ni siarad?'

Y pabi coch

Bob blwyddyn, mae 24609-3740 yn casáu mwy fyth ar yr orfodaeth i wisgo pabi coch. Maen nhw'n cyrraedd cyn diwedd mis Hydref erbyn hyn – hynny yw, os nad yw rhywun yn cyfri'r rheiny sydd wedi eu gosod ar flaenau ceir rhai pobl drwy gydol y flwyddyn. Erbyn dechrau Tachwedd byddant ar labedi cotiau gaeaf tua hanner y boblogaeth, ac ar frest pob cyflwynydd teledu a gwleidydd a chwaraewr pêl-droed. A gwae'r rhai sy'n meiddio peidio â chydymffurfio; cyhuddir y rheiny o amharchu'r milwyr dewr.

Beth yw rhyddid, meddylia 24609, heblaw'r hawl i beidio â gwisgo blodyn os nad yw'n dymuno? Nid cofio lladdedigion rhyfel y mae'r pabi. Datgan y mae fod y gwisgwr yn derbyn yn ddigwestiwn y syniad fod lluoedd arfog Prydain, a Phrydeindod yn gyffredinol, yn rym daionus, ac wedi bod felly erioed.

Os bydd 24609 yn gweld rhywun ifanc, yn enwedig rhywun Cymraeg, yn gwisgo pabi, bydd yn meddwl llai ohonynt yn syth. Yn gam neu'n gymwys, bydd yn ystyried y blodyn papur yn dystiolaeth ddigamsyniol fod y sawl sy'n ei wisgo'n falch a pharod i fod yn ddinesydd ufudd, syml. Dyma'r teip o berson sy'n gwylio'r rygbi mewn crys coch gyda gwydraid o win, ond yn meddwl bod Princess Charlotte yn beth fach ddel i'w rhyfeddu a dyna ni.

Heno, serch hynny, cred 24609 ei fod yn deall pam mae pobl yn gwisgo pabi coch. Dydyn nhw ddim o angenrheidrwydd yn sycoffantiaid thic sy'n addoli militariaeth. Maen nhw eisiau dweud eu bod yn falch o'r math o gymdeithas yr ydym yn rhan ohoni, ac yn ddiolchgar am y diogelwch a'r sicrwydd sydd – maen nhw wedi cael eu harwain i gredu – yn gwbl ddibynnol ar aberth ein sowldiwrs ni dros y canrifoedd hyd heddiw.

Heno, cynhelir gwylnos ger y Gofeb o flaen Neuadd y Ddinas. Mae llawer am y syniad sy'n troi ar 24609: defnyddio cofeb ryfel i anrhydeddu pobl a fu farw mewn protest wleidyddol wallgo, a'r ffaith y bydd clerigwyr Eglwys Loegr yno – yn eu dull arferol, fel cigfrain barus – yn hawlio'r holl alar iddynt eu hunain gyda'u geiriau diogel, siwdo-ddiwinyddol.

Aiff 24609 yno hefyd. Er ei fod yn gynnar, mae miloedd yno o'i flaen; mae'n rhy bell i weld y Gofeb, hyd yn oed. Mae'r sgwâr yn llawn o'r bobl fwrgeisiol yr oedd Keir yn eu casáu: y rhai gweddol gysurus eu byd sy'n gwylio nonsens ar ITV ac yn bodloni ar y system cyn belled â'u bod nhw'n gallu fforddio wythnos yn Tenerife bob blwyddyn, cyn belled â'u bod nhw'n gwybod bod rhywun yn ei chael hi'n waeth na nhw. Mae pabis ar frestiau mwy na'r cyffredin ohonynt. Crwydra 24609 drwy'r dorf dynn. Nid yw'n credu bod y rhan fwyaf o'r dorf, fwy nag yntau, yn siŵr beth maen nhw'n ei wneud yno. Maent yno am eu bod yn ei weld yn syniad neis. Nid yw'r uchelseinydd yn ddigon cryf i eiriau gwag yr esgob fod yn fwy na sŵn yn y pellter.

Ar ôl i'r traethu ddod i ben, ac i'r dyrfa sefyll mewn distawrwydd am funud, ac yna gymeradwyo'n hir, dechreua'r bobl wasgaru ymaith. Dyna pryd mae pobl yn dechrau canu 'God Save the Queen'. Mae'r canu a'r emosiwn yn lledaenu'n ddiatal drwy'r dyrfa. Nid yw 24609 yn canu; siŵr Dduw nad yw'n canu. Ond mae'n cymryd ymdrech iddo beidio â dechrau beichio crio eto.

DYDD IAU

Reiat

Ac yntau wedi mynd i'w wely'n gynnar y noson cynt, caiff 24609-3740 dipyn o sioc pan fo'n deffro i weld llu o negeseuon ar ei ffôn:

'Sut mae hi'n mynd yn Manceinion na? Clwad bod hi'n flêr yno neithiwr. Cym ofal.'

'Heia cariad, gweld ar Twitter bod na gwffio a petha yn Manc neiths. Ti'n iawn wyt? xxx'

'Ti di bod yn cadw reiat eto, y bastad? Dim byd ond trwbwl lle bynnag ti'n mynd!'

Estynna'r MacBook a mynd ar wefan y *Guardian*. Ar gefndir coch, gyda llun o gar ar dân, addewir y ceir, o glicio, y diweddaraf am Reiats Manceinion, gyda'r hashtag #MancRiots2015.

Casgla 24609 o ddarllen y stori fod ymladd rhwng cefnogwyr pêl-droed wedi mynd allan o reolaeth wrth i Man City wynebu Bradford yn y cwpan. Gwylia fideo o ddynion yn taflu cadeiriau a byrddau a gwydrau at ei gilydd y tu allan i dafarn ym mhen dwyreiniol y ddinas. Darllena ddarn lle mae gwahanol golofnwyr yn ceisio dyfalu'r rheswm dros y gwrthdaro; does gan neb syniad, ond awgrymir fod tensiynau arferol pêl-droed, gydag elfen o groestynnu hiliol, ynghyd â'r teimlad fod trefn arferol pethau wedi llacio yn dilyn yr ymosodiad, i gyd wedi cyfrannu at yr helynt. Ceir adroddiadau fod llanciau o bob math o gangiau wedi clywed am y cwffio ac wedi rhuthro draw i gyfeiriad y stadiwm er mwyn ymuno â'r terfysg.

Ofna 24609 fod Keir, mewn ffordd flêr ac anuniongyrchol, wedi cael ei ffordd. Darllena am siopau bwyd yn cael eu hysbeilio a'r ymladdwyr yn eu helpu eu hunain i boteli siampên o Spar, yfed tipyn, cyn chwalu'r gwydr a cheisio'i ddefnyddio i drywanu rhywun o garfan arall. Mae fel pe bai pobl wedi penderfynu nad yw rheolau arferol cymdeithas yn cyfrif. Gwêl luniau brawychus o fyddinoedd o heddlu, a'u batons allan, yn gorymdeithio i gyfeiriad y drwgweithredwyr. Gwêl ffenestri siopau wedi chwalu, a dyn yn gafael ym mhen gwaedlyd ei fab.

Sylweddola 24609 mai rhith yw holl afael y wladwriaeth ar bobl. Does dim i atal pobl rhag dwyn a chwffio a rhoi pethau ar dân os mynnant wneud hynny. Clymau o ofn a chonfensiwn – haniaethau anorfodadwy – yw'r cwbl sy'n atal pobl rhag dilyn eu cyneddfau mwyaf hunanol ac ymosodol.

Ar ôl cael cawod a gwisgo, aiff 24609 allan, ychydig yn bryderus am ei ddiogelwch ei hun, gan gychwyn i gyfeiriad yr ysbyty. Mae'n fore mwyn. Does dim arlliw o gwffio na llosgi yma erbyn hyn. Mae ychydig yn wacach nag arfer, ac ambell filwr mewn du yn dal ar gorneli'r strydoedd yn dilyn y ffrwydrad, ond does dim perygl yn yr awyr. Roedd y terfysg neithiwr rai milltiroedd i ffwrdd o'r fan hyn. Gyda'r bore'n ffres a golau, dydi'r archwaeth am ymladd ddim wedi crwydro mor bell â chanol y ddinas.

Bron nad yw 24609 yn clywed adar yn canu yn nhawelwch heulog y bore.

TRINIAETH 29

Wrth i'r peiriant ddechrau gwneud ei rwgnach arferol, meddylia 24609-3740 am sgwrs feddw a gafodd ag un o'i hen ffrindiau ysgol un Nadolig. Meddyg yw'r ffrind hwnnw bellach.

Wrth weld 24609 yn llyncu pils lladd poen fel y diawl, a'u golchi i lawr â lager, aeth ei ffrind rhagddo i gollfarnu'r feddyginiaeth a roddir i bobl, gan ddweud nad oes mewn tabledi cyffredin fawr ddim o'r cemegau sy'n gwneud gwahaniaeth go iawn. Rhoi pils i bobl er mwyn eu cysuro y mae doctoriaid, dywedodd. Mae pobl yn credu bod y dabled am wneud ei gwaith, ac felly mae'n gweithio. Iacháu drwy ffydd ydyw.

Gwnaiff hynny i 24609 feddwl am y driniaeth y bu'n ei chael ers wythnosau. Beth os mai hynny'n union sy'n digwydd yma? Beth os nad ydyn nhw'n sgleinio pelydrau ymbelydrol arno o gwbl, dim ond yn honni eu bod yn gwneud hynny? Mae effeithiau'r driniaeth i'w gweld, wrth gwrs: mae'r croen yn goch a chlwyfus, yn brifo wrth symud, a'r blew wedi diflannu, a'r tiwmor wedi chwyddo – ond mae'r meddwl yn bwerus. Beth os mai twyll yw'r cyfan? Ydyn nhw'n gwneud i 24609 fynd drwy'r rigmarôl o gael y driniaeth dim ond er mwyn perswadio'i ymennydd y dylai wella'r tiwmor?

Beth os mai dim ond ffrwyth dychymyg yw'r cwbl sydd wedi digwydd iddo?

Penderfyna 24609 ei fod yn meddwl yn wirion.

Llyfrgell John Rylands

Erbyn hyn, mae 24609-3740 wedi ymweld â'r rhan fwyaf o'r atyniadau diwylliannol yr oedd yn bwriadu ymweld â nhw. Yr olaf ar ei restr yw Llyfrgell John Rylands – adeilad neo-Gothig godidog y mae llawer o bobl, mae'n debyg, yn ei gamgymryd am eglwys.

Cerdda o gwmpas, gan deimlo embaras wrth i'w stumog wneud mymryn o sŵn yn nhawelwch eglwysig y stafelloedd darllen. Mae'r lle'n odidog, ac mae yno arddangosfa ddigon difyr am bethau Gothig. Ond fel un sy'n caru llên, ac a gymerodd felly y byddai ymweliad â llyfrgell at ei ddant, mae'r profiad yn siomi 24609. Teimla'n fflat, fel pe bai'n colli rhywbeth.

Sylweddola 24609 ei gamgymeriad. Disgwyliai i'r wefr o fod yn y llyfrgell fod fel y wefr o ddarllen llyfr da, un y mae ei genadwri a'i fynegiant yn gafael a gwefreiddio. Ond sut gall hynny fod? Sut gall hanner awr o edrych ar feingefnau brown mewn cypyrddau hardd dan nenfydau uchel gymharu â gafael yn un o'r llyfrau a mynd ar daith gyda'r awdur i ddyfnderoedd ei ymennydd?

Mae rhywbeth arall yn poeni 24609 yn y llyfrgell hefyd.

Mae'r llyfrgell yn ddatganiad o hyder yn y llyfrau sydd o'i mewn. Mae'n dangos ffydd yn eu gwerth a'u geirwiredd. Pam fyddai rhywun yn codi adeilad godidog er mwyn cadw llyfrau celwyddog neu annibynadwy? Codwyd llyfrgelloedd mewn amser pan oedd dysg yn drysor – yn fraint brin i'w gwarchod a'i gwerthfawrogi.

Ystyria 24609 gynnwys y llyfrau sy'n ei amgylchynu. Hen lyfrau cloriau lledr sydd yma, rhai mor fregus nes ei bod yn rhaid eu rhwymo â rhuban wen, feddal. Bydd yma lyfrau crefyddol a deongliadau beiblaidd: ymrafael â manylion gweledigaeth o'r byd sy'n seiliedig ar y celwydd fod Duw'n bodoli. Bydd yma lyfrau hanes, a'r rheiny'n dod o gyfnod pan edrychid ar y byd drwy fwg yr ymerodraeth. Bydd yma lyfrau gwyddonol yn llawn dop o theorïau a gafodd eu gwrthbrofi neu eu mireinio gyda'r blynyddoedd. Bydd yma gofiannau a hunangofiannau: cyfrolau sy'n rhoi sbin o ryw fath ar fywyd sy'n bownd o fod yn fwy cymhleth nag y gall geiriau'r awdur ei gyfleu. A bydd yma nofelau, sy'n bownd o ddweud mwy am yr awdur – y person a'i gyfnod a'i foesoldeb a'i ragfarnau a'i brofiadau – nag am y cymeriadau.

Mewn gair, mae llyfrgell yn sancteiddio deunydd ffaeledig. Mae'r syniad y dylid ymddiried yn rhywbeth dim ond am ei fod mewn llyfr yn nonsens i 24609. Peryglus yw rhoi coel ar awdur, dim ots pa mor awdurdodol ydyw. Os nad yw ei duedd neu ei wendid yn amlwg ar y pryd, mae'n fwy na thebyg y bydd meddwl a beirniadaeth y blynyddoedd yn dinoethi ei ffwlbri, fel y tonnau a'r gwynt yn ymosod ar graig. Does dim yn sicrach nag y caiff ffuglen ei gwisgo fel ffaith, ac y caiff ffaith ei smyglo i mewn i ffuglen.

Ond pe bai pawb yn ymatal rhag cyhoeddi llyfrau nes cael sicrwydd bod yr awdur yn anffaeledig a'r cynnwys yn sicr o beidio â chael ei erydu gydag amser, ni châi dim oll byth ei roi ar glawr.

DYDD GWENER

Y ras

Wnaeth 24609-3740 ddim sylweddoli, ar ei ymweliad cyntaf â'r oriel, i'r llun hwn wneud cymaint o argraff arno. Ni soniodd ddim amdano yn ei nodiadau, na meddwl amdano yn yr wythnosau ers ei weld.

Ond wrth bendroni beth i'w wneud â'r hanner awr a oedd ganddo'n sbâr cyn gorfod ei throi hi am yr ysbyty ar gyfer ei driniaeth olaf, cenfydd 24609 ei draed yn ei gludo, heb fawr ddim arweiniad gan ei feddwl, i gyfeiriad y Manchester Art Gallery.

Bron nad yw'n neidio, yn hytrach na cherdded, i fyny at y brif fynedfa. Nid yw'n oedi i edrych ar y bocsys perlysiau y tro hwn. Yn y cyntedd, aiff yn syth i fyny'r grisiau, troi i'r dde, heb edrych ar ddim un o'r lluniau y mae'n eu pasio, drwy ddwy oriel, ac eistedd ar y fainc o flaen y llun.

Mae'n gadael i egni cyntefig y darlun ymosod arno. Mae'n beintiad mawr – mor llydan nes na all 24609 dynnu ei lun yn gyfan â'i ffôn wrth eistedd ar y fainc. Ond nid mawredd yr arena sy'n tynnu'r sylw, er bod manylder yr adeiladwaith a chrandrwydd y cerfluniau yn y cefndir yn ddigon trawiadol. Nid y miloedd o wylwyr, chwaith – rhai'n rhy fychan i'w gweld, rhai'n gweiddi fel anifeiliaid ynfyd, rhai heb fawr ddim diddordeb yn yr hyn sy'n digwydd ar y trac – a ddenodd 24609 yn ôl yma i syllu ar y llun.

Y rasio sy'n hawlio'r sylw: y certiau bregus a'r meirch cydnerth sy'n eu tynnu yw'r hyn sy'n rhoi cyffro cyhyrog i'r llun. Ar ddwy brif gert y mae'r llun yn canolbwyntio. Mae golwg milwr dideimlad ar y marchog sydd ar y dde: saif yn stond yn ei gert, a'i lygaid disgybledig yn syllu ymlaen. Brown yw ei bedwar ceffyl, a brown hefyd yw ei wisg.

Mae'r marchog ar y chwith, sydd rywfaint ar y blaen, yn fwy o gymeriad. Mae lliwiau ei geffylau'n amrywio, ac yntau mewn tiwnig coch, a'i gyhyrau mawr yn y golwg. Mae chwip y marchog yn ei law, a'i fraich wedi'i chodi'n uchel fel bod rhaff y chwip yn nadreddu'n chwim drwy'r awyr uwch ei ben. Mae'i wallt yn wyllt, ac ar ei wyneb mae panig. Mae'n dal mewn rheolaeth ar y meirch a'r cerbyd, hyd yn hyn, ond mae ganddo ormod o brofiad i beidio â'u hofni: gallai un camgymeriad wneud ei gert a'i gorff yn chwilfriw.

Y tu ôl i'r ddau hyn, mae'r cwrs yn gelanedd o geffylau ar eu hochrau. Draw acw, gwelir olwyn yn fflat ar lawr: darn o gerbyd a chwalwyd ymhell cyn hyn; doedd dim amser i gasglu'r gweddillion oddi ar y cwrs ar ôl i wrthdrawiad ddymchwel y cerbyd yn ffrwydrad o bren brau, a gadael i'r ceffylau garlamu'n rhydd oddi wrth farchog a gaiff ddianc, os yw'n lwcus, gydag embaras ac ambell glais.

Camp fawr Alexander von Wagner yw'r persbectif. Peintiwyd y ceffylau o ongl isel. Gorfodir 24609 i edrych i fyny arnynt, fel petai'n gorwedd ar dywod poeth y trac yn gwylio'r ceffylau'n carlamu'n ddidrugaredd amdano. Gall weld y gwylltineb yn eu llygaid, a bron na all ogleuo'r poer a'r chwys sy'n diferu oddi arnynt, a theimlo'u hanadl boeth yn chwythu'n ffyrnig. Mae'n rhy hwyr i geisio cropian i'r ochr. O'r safbwynt hwn, ni all 24609 wneud dim ond disgwyl i'r carnau ei sathru a'i fathru nes ei fod yn llanast gwaedlyd o esgyrn mâl.

TRINIAETH 30

Bu ers wythnosau'n pendroni sut y byddai'n ffarwelio â'r staff radiotherapi. Tybiodd efallai y gellid cael cas o ddeuddeg potel o win am ryw ddeugain punt neu lai – byddai hwnnw'n anrheg gwerth chweil, siawns, ac yn cadw'r cof am 24609-3740 fel claf hael a chlên yn fyw yn yr uned am rai wythnosau. Ond o ymchwilio, canfu nad oes casys o'r fath i'w cael am lawer yn llai na chwephunt y botel. Dydi ysfa 24609 i blesio ddim cyn gryfed â hynny.

Felly, ar ôl cael ei osod a'i ailosod a'i rowlio a'i dynnu'r naill ffordd a'r llall ar y persbecs am y tro olaf, ar ôl i'r peiriant droi o'i amgylch am y tro olaf, ar ôl i'r pelydrau ymbelydrol gael eu gyrru i'w gorff am y tro olaf, ac iddo gael ei ostwng a gwisgo amdano am y tro olaf, aiff 24609 i'w gês. Estynna oddi yno focs mawr o siocled moethus, a gafodd yn Thorntons am bris gostyngol o ddeg punt yn lle pymtheg.

Ffugia Lucy a Shireen syrpréis, a diolch iddo. Dymunant yn dda iddo gyda'i adferiad, gan wirio bod ganddo ddigon o eli a dresin i warchod y clwyf. Dywedant eu bod yn gobeithio y caiff o a'r teulu Nadolig braf. Ac yna, mae'n amlwg i 24609 ei bod yn bryd iddo adael. Diolcha iddynt unwaith eto am eu gwaith, cyn llusgo'i gês ar ei ôl drwy'r drws.

Nid oedd wedi disgwyl dagrau na chofleidio, nac addewidion i gadw mewn cysylltiad a chwrdd unwaith y flwyddyn am ddiod. A ffarwél cwrtais, proffesiynol a gafodd hefyd.

Ar ei ffordd allan, diolcha i'r staff wrth y ddesg, ond dydi'r ddynes sydd yno yn absenoldeb Alan ddim yn glên iawn.

Llusga'i gês am y drws. Oeda wrth y gloch. Ystyria beidio â'i chanu: nid yw hyn yn teimlo fel diwedd dim byd, dim ond dechrau ar gyfnod o regi ar groen clwyfus, poenus. Ond mae'n gafael yn y rhaff, ac yn taro tri chaniad clir. Clyw fymryn o gymeradwyaeth y tu ôl iddo. Cerdda drwy goridorau poeth yr ysbyty, lle mae'r oglau bwyd stêl yn codi pwys. Cerdda allan drwy'r drysau otomatig, fel petai'n rhydd.

WEDYN

Di-syfl

Mae 24609-3740 wedi cymryd sawl peth yn ganiataol yn ystod ei ymweliadau â Manceinion.

Ni ddiolchodd unwaith am y ffaith fod digon o ocsigen yn yr aer iddo allu anadlu. Mae wedi cymryd yn ganiataol y bydd y trenau'n rhedeg, a'r gwestai ddim yn llosgi i'r llawr, a'r bysys yn mynd yn weddol brydlon. Mae ei ymweliadau wedi dibynnu ar gant a mil o wahanol ffactorau ond nid yw 24609 wedi gorfod meddwl ddwywaith amdanynt: felly y mae pethau.

Felly hefyd ei wraig. Nid yw wedi meddwl llawer amdani yn yr wythnosau y bu i ffwrdd, dim ond dibynnu arni'n llwyr. Bu eu sgyrsiau FaceTime nosweithiol yn amser prin lle câi deimlo'i fod yn perthyn i rywle a rhywun. Fydden nhw byth yn trafod pethau mawr, dim ond trefniadau domestig, pethau a welodd y ddau ohonyn nhw ar y teledu, planiau ar gyfer swper, a buchedd y fechan. Ond roedd hynny'n ddigon.

Hi fu'n gofalu am y fechan, ac yn ei ddanfon i'r orsaf a'i nôl oddi yno am fod ei fraich yn brifo gormod i yrru, ac yn golchi ei ddillad ac yn sicrhau bod digon o arian yn y banc ac yn gwneud y bwyd ac yn cynnal popeth yn ei absenoldeb. Yn bwysicach na dim, hi sydd wedi bod yn darparu'r cariad diamod, cadarn sy'n ei argyhoeddi bod ystyr ar ôl. Hebddi hi, allai o ddim bod wedi goroesi, ond mae hi'n bresenoldeb mor ddi-syfl wrth ei ochr fel nad yw wedi oedi i'w gwerthfawrogi'n iawn, yn union fel nad yw wedi gwerthfawrogi'r ffaith fod grym disgyrchiant yn cadw pethau ar y ddaear.

Fe fuon nhw'n trafod un peth arall hefyd. Ers wythnosau, bu hi wrthi'n trefnu trip iddynt. Dydyn nhw ddim yn gwpwl sy'n hoffi syrpreisys – credant ei bod yn fwy synhwyrol o lawer trafod a chytuno yn hytrach nag i'r naill geisio dyfalu beth yw dymuniadau'r llall a gwneud penderfyniad ansicr. Ond y tro hwn, does ganddo ddim syniad i ble mae'n mynd. Cafodd wybod bod ei wraig yn trefnu gwyliau iddynt, a chafodd ei sicrhau nad ym Manceinion y byddai'r gwyliau, a chafodd flas ar ei straen a'i chyffro wrth iddi lunio'r amserlen a gwneud y trefniadau, ond nid yw'n gwybod dim oll heblaw hynny.

Caiff decst fore heddiw'n gorchymyn iddo fod yng nghyntedd gorsaf Piccadilly am dri o'r gloch.

Aiff yno. Saif yno'n troi yn ei unfan, yn chwilio amdani. Dacw hi! A dyna'i gwên onest, hyfryd yn gwneud i'r holl bobl eraill yn yr orsaf edrych fel ffigurau di-lun Lowry wrth iddi lusgo siwtces tuag ato.

Dewis

Rhaid mai hwn yw'r gwyliau gorau a gawsant erioed.

Cawsant deithio i fyny drwy eira ysgafn Ardal y Llynnoedd, lle roedd y mwg o simneiau'r mân ffermydd yn solet a gwyn yn yr aer oer, mewn cerbyd moethus gyda phobl yn gweini bwyd a bŵs iddynt. Cawsant gyrraedd Caeredin dywyll, rynllyd, a rhyfeddu, wrth ddringo'r Mound am eu gwesty, at oleuadau lliwgar y ffair a'r farchnad Nadolig, a oedd yn disgleirio'n goch a chyffrous yr ochr arall i'r dyffryn dwfn sy'n rhannu'r ddinas. Cawsant ddeffro a chrwydro ar droed ac ar fysys, gan weld y castell yn fawreddog ar ei graig o sawl ongl, a mynd i lawr strydoedd bach lliwgar a chiwt, a gwirioni ar holl haenau a siapiau adeiladau tal yr Hen Dref blith draphlith yn erbyn ei gilydd yn yr awyr oer, a rhyfeddu at y *closes* culion rhwng yr adeiladau tal sydd wedi tyfu oddi ar yr asgwrn cefn o rimyn o dir rhwng y castell a Holyrood. Cawsant grwydro orielau'n frysiog, heb oedi ond i sylwi ar y pethau mwyaf diddorol. Cawsant wisgo'n deidi i swpera mewn gem o fwyty, lle roedd y cig yn frau, a'r gwin rhata'n hyfryd, a siot o gwrw sunsur a sorbe mafon yn cael eu darparu er mwyn clirio'r tafod rhwng cyrsiau. Cawsant beint o Deuchars IPA yn y dafarn y mae hoff dditectif 24609-3740 yn mynd iddi. Cawsant y pleser o wisgo fest a sgarff a menyg a het a chôt er mwyn lapio'n dynn rhag yr oerfel.

Dau fefl oedd ar y gwyliau. Y mefl cyntaf oedd bod y drwg dan gesail 24609 yn gollwng ac yn drewi, a bod tri chwarter awr cyntaf ac ola'r diwrnod yn cael eu treulio'n golchi'r clwyf a'i guddio eto â darnau niferus o ddresin. Gwnâi'r cyfnodau hynny i 24609 deimlo'n fabïaidd a diymadferth. Ni allai wneud dim heblaw diodde'r boen yn y gawod gan geisio peidio â sgrechian gormod, a pheidio ag ymyrryd wrth i'w wraig roi'r dresin amdano â'i gofal hyfryd, medrus.

Yr ail fefl yw eu bod, ar hyn o bryd, yn disgwyl am eu swper mewn tafarn Wetherspoon heb fod ymhell o orsaf drenau yn Warrington. Golyga amserlenni'r trenau ei bod yn rhaid iddynt aros yma am awr a chwarter ar eu ffordd adref, wedi laru ac yn ddrwg eu hwyl.

Mae 24609 yn ei gael ei hun mewn tafarndai Wetherspoon yn amlach nag yr hoffai. Mae bwytai a thafarndai eraill i'w cael – digonedd ohonynt, a rhai'n nes o lawer at yr orsaf, fel na fyddent wedi gorfod llusgo'u bagiau drwy'r glaw mân am ddeng munud. Gallent fod wedi cael bwyd mwy blasus na'r hyn a fydd yn cyrraedd eu bwrdd ymhen ychydig funudau – bwyd poethach, mwy arbrofol, a sglodion mwy ffres. Gallent fod wedi cael bwyd rhatach: er eu delwedd, dydi Wetherspoons ddim cyn rhated â hynny erbyn hyn. Gallent yn bendant fod wedi cael gwasanaeth gwell, a chwmni mwy dethol na'r yfwyr wrth y byrddau o'u hamgylch.

Felly pam maen nhw yma? Pam na fentron nhw i un o'r llefydd bwyta niferus eraill a basion nhw ar y ffordd? Tybia

24609 mai sicrwydd yw'r rheswm. Mae pob Wetherspoon yr un fath â'i gilydd. Mae'r fwydlen yr un fath, prosesau'r gegin yr un mor effeithlon, a'r bwyd yn blasu'n union yr un fath waeth pa dafarn yr eir iddi drwy Brydain benbaladr. Does dim antur mewn dewis Wetherspoon. Ni cheir byth syndod na rhyfeddod. Ond ni cheir byth siom fawr chwaith. Mae'n union yr un fath â'r disgwyl, yn union yr un fath â'r tro cynt a'r tro wedyn. Ac ar rai nosweithiau glawog, blin, mae hynny'n amhrisiadwy.

Ond er bod y dafarn hon yn ymddangos fel y dewis saff, nid yw 24609 yn siŵr a yw'r fath beth yn bod erbyn hyn. Bu'r wythnosau diwethaf mor orlawn o gyd-ddigwyddiadau milain nes gwneud iddo amau a yw pob dewis a wnaiff dan felltith. Teimla na all droi cornel benodol heb i'r penderfyniad hwnnw'i faglu'n slei yn nes ymlaen. Ddegau ar ddegau o weithiau, gwnaeth benderfyniadau a olygodd ei fod yn dod wyneb yn wyneb â rhywbeth nad oedd arno eisiau ei weld.

Yr hyn sy'n dychryn 24609 yw'r amheuaeth y byddai gwneud y dewisiadau amgen wedi ei arwain i'r un llefydd yn union.

Siop

Roedd y radiograffyddion yn gywir i'w rybuddio mai'r wythnosau ar ôl gorffen y driniaeth fyddai'r rhai anoddaf.

Roedd pob cawod yn artaith, gyda'r croen dan ei gesail yn sgrechian ei brotest bob tro y byddai'n ceisio glanhau ei gorff, yn llosgi fel pe bai llond bws o bobl yn gwasgu pennau golau sigaréts ar y croen. Nid oedd y boen yn y tiwmor yn ildio dim chwaith, a hwnnw'n gur parhaus, trwm, sbeitlyd.

Ac adrenalin y teithio a'r arsylwi twristaidd drosodd, ac yntau heb ddim i'w wneud ond segura, dôi ton ar ôl ton o flinder dros 24609-3740, gan olchi drosto'n gyson heb i'r don flaenorol gilio. Roedd y fechan, y gariad fach annwyl â hi, yn rhy fywiog iddo allu ei dal heb iddi gicio a bownsio arno nes bod y croen yn ceisio rhwygo. Teimlai'n rhy wan a blinedig i allu ei chynnal yn saff yn ei freichiau. Ni allai newid bylbiau na mynd â'r biniau allan.

Bythefnos ar ôl dod adref, mae'n cael bore pan nad yw'r boen a'r blinder cynddrwg ag y buont. Meiddia dybio ei fod ar wella. Mynna gael mynd â'r fechan am dro i'r stryd. Yn gyndyn, cytuna'i wraig. Mae hi'n gofyn iddo brynu cerdyn pen-blwydd ar gyfer ffrind iddi.

Mae powlio'r babi ar hyd y pafin yn brofiad mor anghyfarwydd erbyn hyn nes ei fod yn teimlo fel pan aeth â hi allan am dro gyntaf oll, yn ychydig ddyddiau oed – dim ond ei bod hi, wrth gwrs, yn fwy sylwgar bellach, a'i llygaid yn chwilio am atyniadau o'i chwmpas ym mhobman, a het fach lwyd ddel ar ei phen.

Ar ôl rhywfaint o gerdded, er bod ei ysgyfaint yn gwichian mymryn, a'r chwys yn gwneud i'w gesail bigo, mae'n falch iddo fagu'r plwc i ddod allan.

Yn y siop gardiau y maent, ac yntau'n cymharu'r cardiau ar y stand, pan ddaw hen ddynes atynt. Mae 24609 yn hen gyfarwydd erbyn hyn â chael pobl yn cyfarch y fechan gyntaf, yn hytrach na fo – wedi'r cwbl, mae hi'n fwy hynaws a hardd. Ar ôl cwji-cŵio'r babi, mae'r ddynes yn codi ei phen ac yn siarad â 24609.

'Fe welson ni'ch colli'r noson o'r blaen.'

Does gan 24609 ddim syniad pwy ydi hi nac am beth y mae hi'n sôn.

'Fy ngholli fi?' hola.

'Yn y gymdeithas 'cw. Torri'ch cyhoeddiad. Roeddan nhw'n dweud eich bod chi'n bur wael. Falch eich bod chi'n well erbyn hyn, beth bynnag.'

Mae'r cyhuddiad yn ei llais a'i gwep yn ormod i 24609. Yn y fan a'r lle, tynna'i gôt, ac yna mae'n mynd ati i dynnu ei siwmper a'i grys.

Coda'i fraich mor uchel ag y mae'r boen yn caniatáu, gan deimlo'r grachen yn rhwygo ac aer y siop yn oer ar yr hylif sy'n gollwng o'i groen. Gedy i'r ddynes – sydd, yn ddealladwy, wedi dychryn – rythu ar ei frest chwyddedig, greithiog, binc, ar yr anffurfiad o diwmor sy'n ymwthio'n bowld a hyll o'r asennau, ac ar y croen sydd wedi crebachu'n farwaidd a phoenus dan ei gesail. Gedy iddi ddifaru cymryd yn ganiataol ei fod yn well am ei fod wedi meiddio dod allan o'r tŷ.

Yna, heb ddweud gair, gwisga'i ddillad, aiff at y cownter i dalu am y cerdyn, a mynd allan.

Rhedeg

Mae gan 24609-3740 sawl rheswm da dros beidio â chodi am hanner awr wedi chwech i fynd i loncian. Mae sawl un o'r rhesymau'n rhai corfforol: ei bod yn rhy fuan ar ôl y driniaeth i'w groen, ei lwmp poenus, a'i ysgyfaint allu dygymod â rhedeg am hanner awr yn y tywyllwch o gwmpas strydoedd tref laith ar fore oer yng nghanol Rhagfyr. Ond does a wnelo'r prif beth sy'n ei annog i aros yn ei wely ddim oll â'r tiwmor.

Os bydd yn codi rŵan, yn gwisgo ei siorts a'i grys rhedeg ac yn mynd allan o'r tŷ, bydd yn colli moment fwyaf odidog pob dydd. Daw'r foment honno ychydig cyn saith, pan fo'r fechan wedi deffro ac yn cwyno gormod wrth ei llusgo'i hun o gwmpas ei chot i 24609 a'i wraig allu anwybyddu mwy arni. Maen nhw'n mynd drwodd i stafell y babi a bydd honno'n codi ei phen wrth synhwyro'u presenoldeb. A dyna pryd y bydd uchafbwynt pob diwrnod yn digwydd.

Bydd y babi'n gwenu arnynt. Bydd yn codi ei phen oddi ar y matras, yn edrych i'w llygaid, a bydd ei hwyneb yn troi'n bictiwr o lawenydd. Ni all 24609 ddisgrifio'r boddhad a gaiff gan y wên honno – gwên sy'n gryfach, ac yn fwy diffuant, nag unrhyw un arall o wenau'r fechan y diwrnod hwnnw. Mae'n wên enillgar, hawddgar, fuddugoliaethus. I 24609 a'i wraig, mae fel petai'r babi'n gorfoleddu o gael eu gweld eto, yn diolch eu bod wedi ymddangos heddiw eto ar ôl y nos hir. Mae'r wên yn galondid, yn teimlo i 24609 fel datganiad o hyder ynddo: yn y dyddiau wedi darfod y driniaeth, ac yntau'n teimlo fel peidio â chodi byth, roedd gwên y babi am saith y bore'n rhoi modd iddo fyw. Gŵyr fod gorchestion mawr i ddod gan ei ferch – ei gair cyntaf, ei cham petrus cyntaf (a hithau'n simsanu gan fethu credu ei bod yn cerdded), y frechdan gyntaf iddi ei bwyta heb help – ond mae 24609 yn hyderus y bydd y wên hon yn parhau i guro'i gorchestion i gyd.

Ond heddiw, dewisa 24609 beidio â gweld gwên fendigedig ei ferch. Dewisa wisgo'i ddillad rhedeg am y tro cyntaf ers misoedd (ac maen nhw, diolch i'r cwrw a yfodd a'r sosej rôls a fwytaodd ym Manceinion, dipyn yn dynnach heddiw na'r tro diwethaf iddo'u gwisgo) a mynd allan i'r smwclaw.

Am y de yr aiff, gan gerdded i gychwyn. Erbyn iddo gyrraedd y bont, mae'n loncian, a'i goesau'n canfod eu hen rythm odano. Mae ewyn wedi hel o dan y beipan gachu mewn ffurfiau sy'n twyllo 24609 am eiliad mai elyrch sydd yno.

Rhaid iddo sychu ei sbectol â'i dop gan fod y diferion glaw bron â'i ddallu'n llwyr. Gwyddai y byddai'r ffordd hyn – ar hyd y prom eang, gwyntog – yn fwy garw na mynd drwy'r strydoedd, ond mae'n falch o gael teimlo chwip rewllyd y dŵr hallt ar ei goesau, ac o gael clywed y gwynt yn chwibanu rhwng mastiau a rhaffau'r cychod yn y marina. Mae ei goesau'n dal eu tir yn rhyfeddol: yn nes ymlaen y byddan nhw'n brifo. Mae cefn ei wddw'n llosgi, ac mae 24609 yn argyhoeddedig nad yw ei frest yn llyncu cymaint o aer ag o'r blaen – ond mae ganddo ddigon. Mwynha deimlo'i galon yn cyflymu, a'i holl gorff yn uno i'w gludo.

O gwmpas ffiniau'r dref y mae'n mynd. Hoffa feddwl ei fod yn cylchu ei diriogaeth: arfer arweinwyr ers talwm, wrth ddychwelyd o ryfel, oedd mynd ar daith o gylch y wlad er mwyn ailgynefino â hi, a nodi eu goruchafiaeth drosti. Yn yr un modd, dewisa 24609 lwybr sy'n gadael iddo amgylchynu'r dref.

Mae bron yn Nadolig erbyn hyn. Wrth iddo basio simne becws yr archfarchnad, mae mwy nag arfer o sinamon a sbeis yn yr oglau pobi cynnes, melys sy'n llenwi ei ffroenau. Mae hi'n ddiwrnod hel biniau, ac mae'r oglau'n annioddefol o sur pan fo llwybrau 24609 a'r lorri sbwriel yn croesi. Cymer 24609 anadl fawr wrth basio dyn llefrith sy'n smocio ar ei daith o dŷ i dŷ, gan sawru blas y mwg.

Does fawr ddim ceir o gwmpas. Prin mae'n rhaid i 24609 edrych i'r ddau du cyn croesi ffyrdd. Faniau adeiladwyr a lorïau danfon yw'r rhan fwyaf o'r traffig. Yn y pellter, mae rhywun yn mynd â'r ci am dro mewn trowsus oel a chôt fawr.

Tybia 24609 na fyddai fawr neb yn sylwi pe diflannai'r dref hon oddi ar wyneb y byd; prin yw ei harwyddocâd yn nhrefn fawr pethau, heblaw fel cyrchfan ar gyfer pobl yr ardal wledig o'i chwmpas. Ond mae 24609 yn caru'r lle. Wrth basio drysau caeedig y tafarnau lle cafodd fodd i fyw gyda'i gyfeillion sawl noson, wrth fynd heibio i'r ffair ddi-raen na fu ynddi ers disgyn i'r dŵr oddi ar un o'i chychod bach yn ddeuddeg oed, wrth osgoi'r pyllau chwd sy'n dal heb eu golchi gan y glaw ers nos Sadwrn, teimla'i fod ar dir cadarn. Er mai ei adfer o'r môr a gafodd y tir hwn, mae adnabyddiaeth 24609 ohono'n gwneud iddo deimlo'n fwy solet na chraig.

Rhaid i 24609 gael cerddoriaeth yn ei glustiau wrth redeg. Rhy'r gerddoriaeth, a'r geiriau'n benodol, rywbeth iddo feddwl amdano; fel arall, bydd nonsens yn llenwi ei ben – pethau fel y llinell 'Nid ar redeg mae aredig' dro ar ôl tro ar ôl tro. Am bwl heddiw, bu'r llinell 'You can run but you can't hide' yn ailadrodd yn ei ben er gwaetha'r gerddoriaeth. Ond nid rhedeg er mwyn dianc y mae 24609, meddylia. Mae'n rhedeg er ei fwyn ei hun, gan ddod yn ôl i'w gartref ar y diwedd, a dychwelyd yn iachach ac yn fwy heini – hyd yn oed os bydd ei goesau'n brifo a'i ysgyfaint yn grwgnach rhywfaint ar ôl i'r pelydrau ymbelydrol ei greithio.

Ar ôl cylchu'r dref, a sblasio yn ei drênars ar hyd y llwybrau cyfarwydd, teimla 24609 ei fod adref. Teimla'i fod wedi cael adfer rhywfaint o drefn a disgyblaeth yn ei fywyd ar ôl misoedd digyswllt o deithio a segurdod. Teimla'n barod i adael Manceinion a'r radiotherapi – a'r holl boen, yr holl brofiadau, yr holl gamweddau, yr holl flinder, yr holl dywyllwch – yn y gorffennol. Wrth bwmpio'i goesau'n gyflymach wrth ddod heibio'r Crown er mwyn gorffen ei lonc ar dipyn o gyflymder, bron nad yw'n chwerthin wrth feddwl amdano'i hun yn credu na fyddai terfyn ar y cyfnod: mae pob profedigaeth yn pasio, maes o law.

Wrth ddod rownd y gornel heibio i'r Blac i'r stryd lle maen nhw'n byw, stopia 24609-3740 yn stond. Mae car heddlu wedi'i barcio o flaen y tŷ.